Theresa Prammer

Falsche Masken

Ein Theater-Krimi

Für Brigitte, Günter und Christa
Für die Schauspielschule Krauss – danke für drei fabelhafte Jahre
Und für Joseph

Und an diesem Zauberfädchen,
Das sich nicht zerreißen lässt,
Hält das liebe lose Mädchen
Mich so wider Willen fest;
Muss in ihrem Zauberkreise
Leben nun auf ihre Weise.
Die Veränderung, ach, wie groß!
Liebe! Liebe! Lass mich los!

„Neue Liebe, neues Leben“
von Johann Wolfgang von Goethe

Prolog

„Ist das Blut?“

„Bitte?“, fragte sie, als hätte sie die Worte der Maskenbildnerin nicht verstanden. Dabei klammerte sie sich an den Kamelhaarmantel, den sie eben ausgezogen hatte. Damit die junge Frau nicht mitbekam, wie sehr sie zitterte. Normalerweise kam sie zu allen Terminen mit ihrer eigenen Visagistin. Aber heute war nichts normal.

„Da, auf Ihrem Knie. Haben Sie sich verletzt, Frau Didier?“

Julia Didier folgte mit ihrem Blick dem Zeigefinger der Maskenbildnerin.

Sie hatte den großen roten Fleck auf dem glänzenden hellgrünen Stoff ihrer Designerhose bisher nicht bemerkt. Weder, als der Fahrer sie von ihrer Wohnung im achten Bezirk abgeholt hatte, noch beim Betreten des TV-Studios. Es war alles so schnell gegangen.

Wie ein roter Fluss, der immer mehr versiegt, schlängelte sich der Fleck von Knie bis Hosensaum. Sie schluckte, stammelte ein entsetztes „Oh, nein“, das unterging, da im selben Moment die Tür geöffnet wurde. Der Aufnahmeleiter, ein kleiner geschäftiger Mann Anfang 50, kam mit ausgestreckten Armen auf sie zu.

„Julia! Meine Liebe, du bist da. Und schön wie immer.“ Er stoppte mitten in seiner Bewegung, die Lippen noch zum üblichen Begrüßungsbussi gespitzt, starrte auf ihre Hose, atmete hörbar ein: „Oh Gott, was ist das?“ Auch sein Gesicht zeigte Entsetzen.

Julia Didier setzte ein bekümmertes Lächeln auf und legte sich die Hand aufs Herz: „Ich habe es auch gerade erst bemerkt.“ Dramatische Pause. „So ein Pech. Ich muss mich beim Rasieren geschnitten haben.“ Ein hörbares Aufseufzen, als wäre es eben erst passiert und der Schmerz noch präsent. Dabei war jedes Härchen an ihrem Körper seit Ewigkeiten weggelasert. Sie konnte sich nicht einmal erinnern, wann sie sich das letzte Mal die Beine rasiert hatte.

In den letzten Jahren hatte sie sich so sehr angewöhnt, zu schauspielern, dass es zu einem Reflex geworden war. Sie musste keine Sekunde mehr darüber nachdenken. Sie verkörperte die Rolle der erfolgreichen und mit Preisen überhäuften Schauspielerin perfekt. Und wer war sie wirklich? Das war eine Frage, auf die sie selbst schon seit zehn Jahren keine Antwort mehr hatte. Nein, das stimmte nicht. Es war eine Frage, auf die sie die Antwort nicht wissen wollte.

Der Aufnahmeleiter setzte sofort ein Gesicht auf, als könnte er etwas dafür. Was nicht verwunderlich war, schließlich musste er seinen Kopf hinhalten, wenn etwas nicht passte. Selbstverständlich glaubte er ihr. Warum auch nicht? Trotzdem war sie für einen kurzen Augenblick über seine Freundlichkeit so erleichtert, dass ihr Tränen in die Augen stiegen. Völlig unter Kontrolle hatte sie ihre Emotionen wohl doch nicht. An diesem Tag war das auch nicht verwunderlich.

Der Aufnahmeleiter missdeutete ihre Tränen, er sah auf die Uhr über dem Schminkspiegel: „Keine Sorge, meine Liebe. Alles wird gut. Es ist doch noch eine Stunde bis zur Live-Sendung. Du hast nicht zufällig eine Ersatzhose dabei?“

Kopf hängen lassen, zugleich weinerliche und verärgerte Stimme, die perfekte Reaktion: „Natürlich nicht.“

„Macht nichts. Das ist meine leichteste Aufgabe. Ist dein Mann schon im Haus?“

„Nein, er kommt heute nicht, er ist bei einem Termin.“

„Oh, wirklich? Am Nachmittag hab ich mit ihm telefoniert und er wollte mit mir nochmal die Interview-Fragen durchgehen, wenn ihr hier seid.“ Wie zum Beweis wedelte er mit einem Computerausdruck durch die Luft.

„Das kannst du mir geben. Seine Pläne haben sich kurzfristig geändert.“

Er war nur kurz irritiert, aber auch jetzt hatte er natürlich keinen Grund, ihr nicht zu glauben. Kurzfristige Änderungen waren in seinem Job nun wirklich nicht ungewöhnlich, wenn auch lästig. Deshalb schaltete er sofort wieder in den Problem-Lösungsmodus: „Was ist mit deiner Assistentin? Kannst du sie bitten, dir eine neue Hose zu holen?"

„Ich habe sie schon mit meinem Gepäck zum Flughafen geschickt, ich fliege morgen Früh für meinen nächsten Dreh nach Hamburg." Das war der erste wahre Satz, den sie seit ihrer Ankunft im ORF gesprochen hatte. Erst jetzt fiel es ihr auf. Und zugleich bemerkte sie ihren Fehler. Ich. Sie hatte „ich" statt „wir" gesagt. Deshalb schob sie rasch hinterher: „Erich kommt morgen Abend nach."

„Natürlich, ich verstehe. Gut, weißt du was? Ich besorge sofort einen Fahrer, den werde ich zu dir nach Hause schicken und er ..."

„Auf keinen Fall!" Das war ihr lauter herausgerutscht als beabsichtigt. Doch sie fasste sich gleich wieder: „Es ist niemand da, außerdem ist dafür zu wenig Zeit." Sie ließ sich in den Schminksessel fallen. „Es war schon bei der Herfahrt so viel Verkehr."

Das stimmte nicht. Der Fahrer hatte noch darüber gescherzt, wie schnell sie vorangekommen waren. Als wären in Wien alle Ampeln extra für sie auf Grün geschalten worden.

„Okay, verstehe." Er kratzte sich an der Schläfe.

Vor Jahren hatte sie selbst diesen Job gemacht. Als die Engagements als Schauspielerin ausgeblieben waren und sie bei Vorsprechen nur Absagen kassiert hatte, brauchte sie einen Plan B, um die Miete zu bezahlen. Ein Teilzeitjob bei einem kleinen Provinzsender in St. Pölten, nicht zu vergleichen mit dem Österreichischen Rechtlichen Rundfunk am Küniglberg. Bereits zu dieser Zeit hatte die goldene Regel gelautet: „Das Wohlbefinden des Stargasts hat oberste Priorität".

Sie hieß damals noch Julia Kratochvil und hatte ihre Arbeit gut gemacht, besser als alle. Das wusste nicht nur jeder dort, auch sie selbst. Angefangen bei den unbezahlten Überstunden – sie war die Erste im Sender und die Letzte, die ihn wieder verließ. Über jeden Ablauf wusste sie Bescheid, selbst wenn er nicht in ihren Aufgabenbereich fiel. Niemand zwang sie dazu, das verlangte ihr eigener Anspruch. Ihr Perfektionismus war zugleich Antrieb und Hindernis. Wenn sie etwas machte, dann richtig. Keine halben Sachen. So war sie schon immer.

Trotzdem lehnte sie jede Beförderung mitsamt Gehaltserhöhung immer wieder dankend ab. Sie war Schauspielerin und dieser Job nur eine Zwischenlösung. Die leider immer länger andauerte, während ihre künstlerische Seele dahindümpelte und regelrecht verkümmerte.

Je mehr Zeit verging, desto größer wurde ihr innerlicher Druck, endlich wieder ein Engagement an Land zu ziehen. Wahrscheinlich war das der Grund, weswegen ihr das Lampenfieber bei jedem Vorsprechen einen Strich durch die Rechnung machte. Die Angst vor dem erneuten Versagen war das Unkraut, das über ihrem Talent zu wuchern begonnen hatte. Sie wusste bereits, bevor sie die Bühne betrat oder den Castingleuten ihren Lebenslauf in die Hand drückte, dass sie die Rolle nicht bekommen würde. Wieder nicht. Und wieder nicht. Mit jedem Geburtstag verließ sie die Hoffnung, es doch irgendwann zu schaffen. Wer glaubte schon an eine 33-jährige Newcomerin?

Und dann kam Erich und mit ihm änderte sich alles.

Er war einer der Stargäste bei dem Provinzsender gewesen. Damals leitete er eine neue und hippe Werbeagentur und war zum Interview in den Sender eingeladen worden, da bereits seine erste Kampagne mit dem *Goldenen Delphin* für den besten Imagefilm in Cannes ausgezeichnet worden war. Normalerweise handelte es sich bei ihren Stargästen um irgendwelche Bürgermeister der umliegenden Gemeinden, Weinprinzessinnen oder bestenfalls lokale Berühmtheiten. Doch Erich fiel in eine andere Kategorie. Er war der Einladung nur gefolgt, weil er und der Senderchef gemeinsam ins Gymnasium gegangen waren. Vom ersten Moment an war Julia beeindruckt von diesem großen schlanken Mann mit dem unwiderstehlichen Lächeln, den kurzen schwarzen Haaren, den gleichzeitig weichen und dennoch markanten Gesichtszügen. Er trug einen dunkelblauen Slimfit-Anzug, dazu ein weißes T-Shirt und weiße Sneaker. Sie fühlte sich alt neben ihm, dabei war er wie sie 33. Das sah man ihm nicht an, im Gegenteil. Hätte sie sein Alter schätzen müssen, hätte sie ihm keine 30 gegeben.

Sein Lachen war umwerfend, er war zu jeder Person im Team nett. Auch zu ihr, natürlich. Und sie war so beeindruckt von ihm, dass sie sich ungeschickt verhielt, seinen Kaffee verschüttete, ihr Handy fallen ließ. Dieser Mann machte sie nervös. Selbstverständlich kannte sie seinen Lebenslauf wie bei jedem Stargast – gut, seinen vielleicht sogar ein bisschen besser. Er hatte schon so viel erreicht, achtete auf seine Gesundheit, war sportlich, aber nicht übertrieben, meditierte, ohne einer speziellen Glaubensrichtung anzugehören, rauchte nicht, trank kaum Alkohol, und wenn, dann nur die edelsten Weine. Er liebte es, zu reisen und neue Kulturen zu entdecken, abseits der Touristenpfade, las viel und er schwärmte fürs Kino. Mit seinem rasanten Aufstieg waren immer mehr Presseleute an ihm interessiert gewesen. Und Julia hatte alle Interviews mit ihm verschlungen. Er hatte sie schon vor ihrer persönlichen Begegnung fasziniert.

Als er sie an diesem Abend vor zehn Jahren nach der Aufzeichnung zum Essen eingeladen hatte, wollte sie dennoch instinktiv ablehnen. Nicht, weil er ihr im echten Leben nicht gefiel – schon lange hatte sie niemanden getroffen, den sie so attraktiv fand. Sie war beruflich zu oft gescheitert, als dass sie für ihr Privatleben noch genug

Selbstvertrauen hatte, um daran zu glauben, dass ernsthaft jemand an ihr interessiert war. Was sollte denn aus dieser Verabredung herausschauen als allerhöchstens ein One-Night-Stand? Vielleicht eine kurze Affäre. Sie spielte nicht in seiner Liga. Erich Didiers Interesse wäre hundertprozentig von geringer Dauer.

„Gut. Ich nehme jetzt deine Hose einfach mit in die Kostümabteilung und schau, was die für Tricks auf Lager haben", holte der Aufnahmeleiter sie aus der Erinnerung. „Notfalls suchen wir dir eine andere, die zu der schwarzen Bluse passt. Größe 34?"

Sie nickte wieder und der Aufnahmeleiter drehte sich um. Die Maskenbildnerin reichte ihr einen Friseurumhang und sah sie erwartungsvoll an.

„Ich glaube, Sie müssen die Hose ausziehen, bitte", sagte die junge Frau schüchtern.

„Natürlich."

Sie stand auf, wickelte umständlich den Umhang um ihre Hüften, schlüpfte aus den schwarzen High Heels und vermied den Blick in den großen Spiegel, während sie die Hose abstreifte.

„Ein Gläschen Sekt auf diesen Schreck?", fragte der Aufnahmeleiter, als sie ihm die Hose gereicht hatte.

Sie nickte automatisch, obwohl sie bei der Arbeit niemals Alkohol trank. Nicht beim Drehen und schon gar nicht, wenn sie ein Interview geben musste. Erst recht nicht, wenn es eine Livesendung war.

Disziplin, Disziplin, Disziplin. Die drei goldenen Regeln des Erfolgs.

„Möchtest du auch etwas essen? Wir haben ein paar Brötchen vorbereitet."

„Ja, bitte."

„Kommt sofort."

Sie aß nie etwas außerhalb ihres strengen Ernährungsplans, sofern es sich vermeiden ließ. Was bedeutete, dass sie ständig Hunger hatte. In den letzten Jahren hatte sie gelernt, dass sie sich wirklich an alles gewöhnen konnte. Wenn den Aufnahmeleiter ihre Antwort überraschte, ließ er es sich nicht anmerken. Er wandte sich zu der jungen Maskenbildnerin.

„Ich bin gleich wieder da, mach inzwischen das Make-up und kümmere dich bitte auch um die Haare von Frau Didier."

„Ich kann sie hochstecken, wie bei ihrem Shooting für die deutsche *Vogue*."

„Nein, die Haare müssen offen bleiben. Das habe ich mit ihrem Mann so vereinbart", sagte er.

„Aber ..."

„Die Haare bleiben offen", sagte der Aufnahmeleiter so streng, dass die Maskenbildnerin leicht zusammenzuckte.

Erich überließ nichts dem Zufall. Je nach Rolle, für die sie auf Promotion ging, gab er genaue Stylinganweisungen. Offene Haare passten zur Rolle, die sie in ihrem aktuellen Kinofilm *Adeles Liebe* als Hauptdarstellerin verkörpert hatte. Sie dachte nur ungern an das harte körperliche Training und die entbehrungsreiche und lange Diät als Vorbereitung für die Rolle, um bei den vielen expliziten Sexszenen ja erotisch und makellos auszusehen. Einzig die Reitstunden, die sie für den Dreh nehmen hatte müssen, waren ihr in angenehmer Erinnerung. Sie war heilfroh, dass sie seit Abschluss des Films im Burgtheater spielen durfte. Die Vorstellungen von *Cyrano de Bergerac* waren ihr lieber als jeder Drehtag.

„Gut, dann lasse ich euch jetzt allein." Noch ein unechtes Lächeln des Aufnahmeleiters, das seinen Stress wie eine Schablone verbergen sollte, dann war er verschwunden.

Julia zog den Umhang fester um ihre Hüften, setzte sich wieder in den Frisierstuhl und starrte in den Schminkspiegel. Dieses schmale helle Gesicht, die roten widerspenstigen Locken, die jede Maskenbildnerin zur Verzweiflung brachten, die grünen Augen mit den langen falschen Wimpern, das alles kam ihr so unbekannt vor. Als wäre die Frau im Spiegel eine Fremde. Sie hatte sich in den letzten zehn Jahren verjüngt, keiner käme jetzt auf die Idee, dass sie 43 war. Vier Mal pro Jahr zum Vampirlifting, jede Woche zur Kosmetikerin, mehrmals pro Woche abwechselnd Kraft- und Kardiotraining, außerdem diverse Yogaeinheiten. Dazu selbstverständlich ein strikter Ernährungsplan.

Sie war ein Produkt geworden. War es nicht genau das, was sie sich immer gewünscht hatte? Natürlich, denn nur so kannte sie das Publikum und nur als dieses Produkt verlieh man ihr einen Preis nach dem anderen als beste Schauspielerin. Davor hatte sich niemand in der Branche für sie interessiert. Nicht einmal sie selbst. Ihr optimiertes Erscheinungsbild gab ihr das nötige Selbstvertrauen, beim Spielen alles aus sich rauszuholen. Das hatte Erich immer verstanden.

Sie zuckte zusammen, als ihr Handy läutete. Es war die Nummer ihrer Agentin, Berta Fuchs. Wahrscheinlich hatte sie Erich nicht erreicht und wollte wissen, ob sie im Sender war. Sie drückte den Anruf weg.

„Ist es in Ordnung, wenn ich ein bisschen mit dem Glätteisen rangehe?“, hörte sie wie aus weiter Ferne die ängstliche Stimme der Visagistin.

Sie nickte, ließ alles über sich ergehen: das Make-up, das mit der Airbrush-Pistole auf ihre Haut gesprüht wurde, das Gepinsle auf ihrem Gesicht. Jemand brachte den Sekt und die Brötchen, doch sie reagierte nicht. Erst als sie den Aufnahmeleiter mit einem lauten „Die Hose ist gerettet“ eintreten hörte, öffnete sie wieder die Augen.

„Alles wie neu, bitte schön“, sagte er, doch sie starrte nur auf ihr Spiegelbild.

Sie sah furchtbar aus. Anders konnte man es nicht sagen. Der Hautton um zwei Nuancen zu dunkel, das Rouge grellorange und völlig übertrieben, der pinkfarbene Lippenstift schlug sich mit ihrer Haarfarbe. Der Versuch, aus ihren Locken eine Wasserwelle zu kreieren, war kläglich gescheitert. Wie ein Vorhang baumelten die Haare vor ihren Augen.

„Was hast du nur angestellt?“, fauchte der Aufnahmeleiter Richtung Maskenbildnerin.

„Ich ... Ich ...“, stammelte die junge Frau.

„Sie haben das ganz wunderbar gemacht, danke“, sagte Julia und nickte wie zum Beweis ihrem Spiegelbild zu. Dann stand sie auf, nahm dem Aufnahmeleiter die gereinigte Hose ab und schlüpfte hinein.

„Gut, dann ...“, sie griff nach dem Sektglas, leerte es in einem Zug. „Ich bin bereit“, sagte sie mit einem Lächeln und reichte dem Aufnahmeleiter das leere Glas.

„Bist du sicher?“

„Absolut.“

„Ähm ... Julia, ich weiß nicht, Erich würde ...“

„Wirklich, es ist alles gut“, sagte sie beruhigend und legte dem Aufnahmeleiter die Hand auf den Arm. Sie zwinkerte ihm zu und warf einen freundlichen Seitenblick zur Maskenbildnerin.

„Okay, wenn du willst. Gut. Wir haben noch zehn Minuten. Clarissa Stadler macht die Anmoderation, dann wird ein kurzer Bericht eingespielt, währenddessen führe ich dich an deinen Platz. Bitte geh schon einmal vor.“

„Hast du ein Glück, dass ihr Mann nicht hier ist“, hörte sie noch die wütende Stimme des Aufnahmeleiters, als sie den Raum verließ.

Die Moderatorin des *kulturMontags* hätte nicht professioneller auf ihr schlechtes Make-up reagieren können: „Hallo, Frau Didier. Wie toll, ein ganz neuer Look. Ich war gestern in Ihrer Vorstellung im Burgtheater. Sie waren unbeschreiblich. Es war überwältigend. Am Ende konnte ich nicht aufhören zu weinen.“ Sie schüttelten einander die Hände, noch ein kurzer Small Talk, dann nahmen sie Platz und das rote Licht der Liveübertragung fing auf der Kamera an zu blinken.

Wie zwei alte Freundinnen plauderten sie über den Film und ihre Arbeit mit der französischen Regisseurin. Clarissa Stadler fragte, wie sie sich auf ihre unterschiedlichen Rollen vorbereitete und wie es sich anfühlte, nach so langer Zeit wieder Theater zu spielen.

Sie wollte wissen, wie es so gut funktionierte, vom eigenen Ehemann gemanagt zu werden.

Julia beugte sich in Richtung der Moderatorin, als würde sie ihr ein Geheimnis verraten: „Wir haben uns darauf geeinigt, dass er Montag bis Freitag von neun bis siebzehn Uhr nicht mein Ehemann ist." Clarissa Stadler lachte. Touché.

Es war ein ganz normales Interview, Julia schmunzelte gekonnt an den richtigen Stellen, streute Selbstironie ein, zeigte sich dankbar und bescheiden, wie man es von erfolgreichen Frauen erwartete.

Sie ging wie immer so in ihrer Rolle der berühmten und dennoch bodenständigen Schauspielerin auf, dass sie den Tumult erst bemerkte, als Clarissa Stadler einen überraschten Blick Richtung Kameramann warf. Irgendwas spielte sich vor der Tür des Studios ab, Stimmen, die durcheinanderriefen, waren zu hören.

„Ich glaube, es ist Zeit für die Überraschung, die wir für Frau Didier vorbereitet haben", sagte Clarissa Stadler in die Kamera und stand auf. „Frau Didier, darf ich Sie bitten, mich zu begleiten? Wir müssen kurz das Studio verlassen und hinaus zum Eingang. Ihr Mann hat uns ein kleines Geheimnis verraten. Darum wartet da draußen jetzt jemand auf Sie, den Sie bei Ihrem letzten Dreh sehr liebgewonnen haben."

Julia wurde schlecht, ihr Magen krampfte sich zusammen. Verdammt. Was sollte das?

Ein Kameramann mit umgeschnallter Steadycam ging ihnen voraus, das Objektiv auf sie gerichtet. Ihr Herz schlug so rasant, dass sie Angst hatte, man könnte es durch das angesteckte Mikrophon hören. Sie versuchte, sich nichts anmerken zu lassen und freundlich zu lächeln, während sie durch die Gänge des ORF-Gebäudes gingen. Endlich waren sie beim Haupteingang. Durch die Glastür konnte man nichts sehen, draußen war es stockdunkel. Die Beleuchtung schien ausgeschaltet zu sein.

Die Moderatorin ging voraus. Es war ein stürmischer Herbstabend, der Wind fegte über sie hinweg. Aus der Ferne hörte Julia ein „Los", im nächsten Moment erstrahlte das grelle Licht zweier Scheinwerfer.

„Anatol", presste sie hervor. Ihre Knie wurden weich.

„Genau, das ist Anatol", sagte Clarissa Stadler in die Kamera, „er ist der Hengst aus Frau Didiers letztem Film. Ein Menorquiner mit ordentlichem Temperament. Darum ist es besser, seine Trainerin hält ihn am Zaumzeug. Hallo." Sie winkte der jungen brünetten Frau zu, keine 20 Jahre alt, die mehr wie eine Komparsin neben dem stattlichen Pferd stand und in die Kamera lächelte. Julia hatte sie noch nie gesehen. Zum Glück war es nicht Tanja, Anatols echte Trainerin.

„Ich bleibe lieber hier stehen, aber Sie, Frau Didier, kennt er gut. Bitte, gehen Sie ruhig zu ihm und begrüßen Ihren Anatol."

Julia kamen die Tränen. Sie trat zu dem Pferd, blieb einen Moment stehen. Erst, als er seinen Kopf senkte, legte sie ihre Stirn auf seinen Nasenrücken, schloss die Augen und streichelte über seine Kehle. Wie sie es unzählige Male in den Drehpausen getan hatte. Er blies beruhigend aus den Nüstern.

Der Wind wurde stärker, fegte über sie hinweg und sie krallte sich an Anatols schwarzglänzendem Fell fest.

„Was ist ...?", hörte sie Clarissa Stadlers Stimme. „Moment, was ...? Entschuldigen Sie, liebes Publikum, ich höre gerade von der Regie, der Wind ist zu stark, wir müssen die Übertragung für einen Moment unterbrechen, wir sind gleich wieder da." Im nächsten Moment änderte sich ihr

Tonfall. „Okay, was ist passiert? Müssen wir weg?“, fragte die Moderatorin panisch.

Ein Mann sagte Julias Namen, als wäre es eine Frage. „Frau Didier?“

Sie reagierte nicht.

„Frau Didier?“

Sie seufzte lautlos, wahrscheinlich mussten sie wieder ins Gebäude gehen. Sie hob den Kopf, küsste Anatols Nasenrücken und drehte sich um.

Der Kameramann stand abseits, sein Objektiv war nicht mehr auf sie oder Clarissa Stadler gerichtet, sondern zur anderen Seite. Es sah nicht so aus, als wäre der Wind dafür verantwortlich, dass abgebrochen wurde. An der Hausmauer stand aufgereiht eine Gruppe Polizeibeamter in Uniform.

„Entschuldigen Sie bitte, das gehört natürlich nicht zu der Überraschung, es muss etwas passiert sein“, hörte sie wie aus weiter Ferne Clarissa Stadlers Stimme, obwohl sie nur ein paar Meter entfernt stand. „Ich gehe kurz hinein und kläre, was los ist und wie wir weitermachen.“

Einer der Polizeibeamten löste sich aus der Menge und kam auf Julia zu. Anatol trabte ruckartig zurück, zog am Zaumzeug, blähte die Nüstern. Der Polizist schien sich davon nicht irritieren zu lassen. Julia trat ein paar Schritte von dem Pferd weg, stoisch, als wäre es eine Filmszene, die gerade gedreht wurde.

„Vor Julia dachte ich immer, das Leben imitiert nur die Kunst“, hatte Erich gerne auf Partys gesagt, wenn er auf ihre Ehe angesprochen wurde. „Ich dachte, die große Liebe gibt es ausschließlich auf der Leinwand, nicht in den eigenen vier Wänden. Wahrscheinlich war ich deshalb immer so ins Kino verliebt. Doch dann ... dann ist etwas Magisches passiert. Ich habe meine Frau kennengelernt.“

Bereits drei Mal hatte Erich Didier ihr Leben komplett verändert. Nun würde er es zum vierten und letzten Mal tun.

Der Polizist war um zwei Köpfe größer als Julia, er beugte sich zu ihr.

„Sie sind Frau Didier?“

„Ja, die bin ich.“

Er bedeutete ihr, in das Gebäude zu gehen. Julia machte ein paar Schritte, doch dann drehte sie sich um und schüttelte den Kopf.

„Warum sind Sie hier?“, fragte sie.

„Frau Didier, es tut mir leid, aber ich muss Sie bitten mitzukommen. Es ist eine reine Vorsichtsmaßnahme, zu Ihrem eigenen Schutz. Nur bis wir sicher sein können, dass für Sie keine Gefahr besteht. Es geht um Ihren Mann“, sagte er leise. Es klang fast ehrfürchtig. „Es tut mir sehr leid.“

„Was soll das? Das ist ein Scherz“, widersprach irgendwer, der in der Zwischenzeit aus dem Gebäude getreten war, wahrscheinlich der Aufnahmeleiter. Julia hatte das Gefühl, als gäbe es nur noch sie und diesen Polizisten im Scheinwerferlicht. „Das ist versteckte Kamera, richtig?“, kreischte der Aufnahmeleiter. „Hören Sie, das war nicht abgesprochen. Regie, es muss sofort wer aus der Regie herkommen, ich ... Moment, die Kamera läuft noch. Sind wir auf Sendung? Oh Gott, Abbruch, Abbruch, das ist ...“

„Es ist nichts dergleichen“, unterbrach ihn Julia, ohne den Blick von dem Polizisten abzuwenden. Ihre Stimme klang ruhig und fest. „Sie sind hier, weil mein Mann tot ist.“

Die Augen des Polizisten weiteten sich. Er nickte langsam: „Wieso wissen Sie das?“

„Weil ich ihn umgebracht habe.“

Niemand rührte sich. Als wäre die Szene angehalten worden. Eine Böe wirbelte, einer der Scheinwerfer fiel krachend zu Boden, Glas zerbrach, jemand schrie. Im Augenwinkel bemerkte Julia, wie Anatol sich losriss.

„Vorsicht“, brüllte eine männliche Stimme. Alle stoben auseinander. Der Polizist packte sie am Arm, wollte sie wegreißen. Doch er stolperte und ließ sie los. Julia knickte auf dem Absatz ihrer High Heels um und stürzte.

Hinter sich hörte sie die Hufe auf Asphalt. Blitzschnell drehte sie sich um. Anatol stürmte auf sie zu. Für den Bruchteil einer Sekunde hatte sie den Impuls, zur Seite zu rollen. Doch dann war dieser Moment vorbei. Sie blieb liegen.

Das Letzte, was sie sah, war der Huf des Pferdes, der sie am Kopf traf, als es über sie hinwegtrampelte.

Dann verschluckte sie der Schmerz und alles wurde schwarz.

1.

„Sie sind der Detektiv, den mein Vater engagiert hat", hörte Edgar eine Frauenstimme hinter sich.

Er fluchte innerlich. Das war ohne Zweifel sein Zielobjekt. Dazu musste er sie nicht mal sehen. Wer sonst sollte ihn so ansprechen, er befand sich immerhin auf der Herrentoilette des Café Gerstner im ersten Bezirk und wusch sich gerade die Hände. Sollte er sie ignorieren? So tun, als wäre er ein Tourist und würde sie nicht verstehen?

Aus einer der Toilettenkabinen war ein Rumpeln zu hören. Er hob den Kopf. Im Spiegel sah er, wie erwartet, die junge Frau Mitte 20 mit tief ins Gesicht gezogener, dunkelgrüner Baseballmütze und Brille mit Goldrand, die sie garantiert nicht brauchte. Entweder war sie nicht sehr intelligent, weil sie laut ihrem Vater immer diese Verkleidung für ihre Wienbesuche wählte. Edgar hatte ein Foto von ihm in genau dieser Aufmachung bekommen, man musste also kein besonders guter Detektiv sein, um sie sofort in der Ankunftshalle des Flughafens Wien-Schwechat zu entdecken. Oder sie wollte gefunden werden, aus welchem Grund auch immer. So oder so, es ging Edgar nichts an, es interessierte ihn nicht mal. Bis jetzt, da sie ihm offenbar auf die Toilette gefolgt war.

Er war müde nach der dritten zu kurzen Nacht in Folge und wollte diesen Auftrag endlich hinter sich bringen. Die junge Frau lebte in London und war für ein paar Tage nach Wien gekommen. Ihr Vater hatte ihn engagiert. Weil seine Tochter nach einem Rosenkrieg mit seiner mittlerweile verstorbenen Exfrau den Kontakt zu ihm abgebrochen hatte. Der Vater wusste nicht, an welchem Tag genau sie kommen würde, aber es wäre ein Direktflug in der letzten Oktoberwoche und sie würde nicht nach 15 Uhr landen. Anscheinend hatte er es über ihre Kreditkartenabrechnung herausgefunden. Edgar bezweifelte das, doch er hatte nicht genauer nachgefragt. Manchmal war es besser, nicht alles zu wissen.

Neun Flüge zwischen neun Uhr am Vormittag und sechzehn Uhr kamen infrage. Edgar war heute den dritten Tag am Flughafen in der Ankunftshalle gewesen, an dem er auf die junge Frau gewartet hatte. Am Sonntag hatte Edgar seine Assistentin Toni dabeigehabt, was die ganze Angelegenheit nicht nur einfacher, sondern auch bedeutend angenehmer gemacht hatte. Aber Toni arbeitete nur nebenbei für ihn, sie war Schauspielschülerin und hatte unter der Woche meistens Unterricht im Konservatorium.

Ihre Zusammenarbeit war hervorragend, sie war klug, zuverlässig und loyal. Doch nicht nur deswegen hatte er ihr den Job angeboten. Toni war ihm ans Herz gewachsen, vielleicht verschwieg er auch aus diesem Grund manchmal, dass er sie brauchte. So wie heute.

Nach zermürbend langweiligen Stunden alleine am Flughafen war sein Zielobjekt mit der Maschine um 15:40 Uhr angekommen. Es war sehr einfach, ihr zu folgen, sie schlenderte durch die Ankunftshalle. Edgar nahm ein paar Sitze von ihr entfernt Platz, als sie in den Zug nach Wien stieg, und hörte dabei zu, wie sie sich am Telefon mit einer Edith in einer halben Stunde auf einen Kaffee im ersten Bezirk verabredete.

Weiter ging es von Wien Mitte mit der Straßenbahn zur Staatsoper. Edgar hatte sie nie aus den Augen verloren. Kaum hatte die junge Frau in den prachtvollen Salons Privés des Café Gerstner im zweiten Stock Platz genommen und eine Melange und einen Kaiserschmarrn bestellt, hatte Edgar ihren Vater angerufen und ihm mitgeteilt, wo er seine Tochter antreffen konnte. Das war alles. Der Mann wollte einfach nur mit ihr reden. Es war ein ganz simpler Auftrag.

In spätestens 15 Minuten wäre er da, sagte der Vater am Telefon gehetzt, bedankte sich überschwänglich und

Edgar hörte noch, wie der Mann ins Taxi stieg und dem Fahrer das Ziel nannte.

Nun wäre es Edgars Aufgabe gewesen, vor dem Eingang des Cafés Stellung zu beziehen, bis sein Auftraggeber eintreffen würde. Doch so lange konnte Edgar nicht warten.

Er musste so dringend pinkeln, dass er keinen Schritt mehr gehen konnte. Das war der Nachteil, wenn man alleine arbeitete: Er musste die Getränkemenge ebenso wie die Toilettenpausen während seiner Observationen genau timen. Das war eine der unrühmlichen Seiten seines Berufs. Aus diesem Grund hatte er sich auf einen Espresso im Café der Ankunftshalle beschränken wollen. Doch er war so müde, dass aus dem einen Kaffee vier wurden. Dazu hatte er extra nur an den kleinen Gläsern Wasser genippt, die danebenstanden. Bis ihm plötzlich schwindlig geworden war und er Tonis mahnende Worte in seinem Kopf gehört hatte, er müsse sich mehr um seine Gesundheit kümmern. Daraufhin hatte er ein großes Glas Wasser bestellt. Danach ging es ihm zwar besser, aber nicht lange. Doch er hatte keine Wahl gehabt, schließlich hätte er dem Kellner ja nicht das Foto seines Zielobjekts in die Hand drücken und ihn bitten können, die Augen nach der Frau offen zu halten. Aber es war heute die letzte Maschine, die in Frage kam, nur so lange musste er noch warten. Doch dann war genau in dem Moment sein Zielobjekt in der Ankunftshalle aufgetaucht. Vielleicht sollte er die Sache mit einer Hilfskraft doch nochmal überdenken. Später, aber nicht jetzt. Jetzt musste das Glas Wasser dringend wieder heraus.

Nachdem Edgar sich vergewissert hatte, dass die junge Frau mit ihrem Handy beschäftigt war und auf ihre Bestellung und anscheinend auch auf ihre Freundin wartete, war er eiligst auf die Toilette gelaufen. Was ein großer Fehler war, wie er jetzt bei seinem Blick in den Spiegel feststellen musste.

„Ich weiß, dass Sie mir seit dem Flughafen folgen. Sie müssen nichts sagen, bitte hören Sie mir nur eine Minute zu“, sagte sein Zielobjekt.

Eine der Toilettenkabinentüren schwang auf. Ein Mann, den Edgar auf den ersten Blick als Tourist einschätzte, kam heraus. Noch mehr Aufmerksamkeit war das Letzte, was Edgar brauchen konnte. Er drehte sich um und gab der jungen Frau mit einer Kopfbewegung zu verstehen, draußen weiterzureden. Sie schüttelte den Kopf und blieb einfach stehen, bis der erstaunte Mann den Waschraum verließ. Dann schloss sie die Tür und lehnte sich dagegen.

„Ich weiß nicht, was mein Vater Ihnen erzählt hat, es geht mich auch nichts an. Aber ich zahle Ihnen, was Sie auch verlangen, wenn Sie ihm sagen, dass ich nicht angekommen bin. Nennen Sie mir einfach den Preis.“ Sie nahm ein Kuvert aus ihrer Handtasche, es war prall gefüllt mit Geldscheinen. Wie selbstverständlich fing sie an, die Scheine zu zählen. „Also?“

Normalerweise hätte Edgar sofort abgelehnt, aber irgendetwas am Verhalten dieser jungen Frau irritierte ihn – und es war nicht, dass sie ihm gefolgt war und ihm jetzt Geld anbot. Er konnte es nicht festmachen. Bis jetzt hatte er sie nur auf den Fotos, die ihr Vater ihm gegeben hatte, gesehen und aus einigen Metern Entfernung bei seiner Verfolgung. Noch nie aus der Nähe. Sie war im Internet nicht auffindbar und laut Toni benutzte sie auch keine sozialen Medien.

„Wieso kommen Sie darauf, dass ich auf Ihr Angebot eingehe?“

„Weil das bis jetzt alle Detektive getan haben, die er nach mir hat suchen lassen“, sagte sie nüchtern. „Wie viel kostet es mich, damit Sie mich in Ruhe lassen?“

„So arbeite ich nicht.“

„Wenn Sie damit meinen, das Bargeld im Kuvert reicht Ihnen nicht, dann nennen Sie mir die Summe und ich überweise Ihnen ...“

Edgar nahm ein Papierhandtuch aus dem Spender. Er sollte seine Zeit nicht mit dem Gespräch vergeuden, sondern vor dem Café auf seinen Klienten warten. Und dann musste er nach Hause, sich frisch machen und umziehen. Um 19 Uhr war er mit Ralph verabredet. Seit ihrer letzten Begegnung auf der Hochzeit von Tonis Oma Martha Lorenz waren zehn Tage vergangen. Vor zehn Tagen hatte Ralph Edgar vor der versammelten Gästeschar geküsst. Ralph, der Mann, den er mehr als jeden anderen geliebt und der ihm vor Jahren gleich mehrfach das Herz gebrochen hatte. Edgar hätte gerne gesagt, es wäre vergeben und vergessen, doch so einfach war das nicht. Oder doch? Die Wahrheit war, er wusste es nicht. Alles, was er wusste, war, wie sehr er sich auf Ralph freute. Vor zehn Tagen hatten sie sich für heute verabredet. Ralph musste nach Rom, in den Vatikan. Anscheinend gehörte das zum Prozedere, wenn man das Priesteramt zurücklegte.

„Ich will Ihr Geld nicht. Sie können sich wieder an Ihren Tisch setzen und auf Ihre Freundin warten", sagte Edgar zu seinem Zielobjekt.

Ein leises Lachen entkam der jungen Frau. „Es gibt keine Freundin. Das Telefonat war vorgetäuscht. Ich musste nur herausfinden, wer mir diesmal folgt."

Jetzt erkannte Edgar, was ihn so irritiert hatte. Es war ihm nicht aufgefallen, aber es war ihre Haltung. Sie war leicht nach vorne gekrümmt. Als wäre sie darauf bedacht, irgendetwas an sich zu verstecken. Hoffentlich keine Waffe, dachte Edgar und ging auf sie zu, um die Tür zu öffnen, die sie immer noch blockierte. Er wollte hier raus. Doch sie rührte sich nicht von der Stelle.

„Haben Sie sich nicht gefragt, warum mein Vater nicht einfach selbst am Flughafen auf mich gewartet hat, wenn er doch offensichtlich gewusst hat, wann ich ungefähr ankomme?"

„Weil er eine Firma und keine Zeit dafür hat?"

Der Mann hatte sein eigenes Unternehmen mit mehreren Mitarbeitern und sich auf hochwertige Schreibtische, alles Spezialanfertigungen, spezialisiert.

Sie verschränkte die Arme, doch ihre Geste wirkte nicht abwehrend. Sondern zerbrechlich.

„Das klingt nicht so, als hätte er Ihnen von dem Annäherungsverbot erzählt, das es ihm seit der Scheidung meiner Eltern verbietet, mir nahe zu kommen?"

Edgar unterdrückte ein Seufzen. So etwas war nicht unüblich, er musste sich oft alle möglichen erfundenen Geschichten anhören.

„Ich weiß, dass Sie Ihren Vater um eine hohe Geldsumme betrogen haben. Aber er will sein Geld nicht, das möchte er Ihnen sagen", sagte er.

Sie lachte auf: „Das hat er Ihnen erzählt? Was für eine schöne Geschichte. Wieso hat er dann nicht einfach einen Detektiv in London engagiert?"

„Keine Ahnung, hören Sie ..."

„Weil er in London sofort von der Polizei festgenommen werden würde", fiel sie ihm ins Wort. „Die sehen einen Mordversuch nämlich nicht so locker wie die Behörden in Wien."

Edgar stockte. Er hatte in seinem Berufsleben schon unzählig viele Ausreden gehört. Es war nicht seine Aufgabe, über deren Wahrheitsgehalt zu urteilen, er erledigte lediglich seine Aufträge. Aber die Abgeklärtheit, mit der diese junge Frau zu ihm sprach, irritierte ihn. Vielleicht war er auch einfach nur sentimental, was wahrscheinlich mit Toni zu tun hatte, die sich ihren Glauben an das Gute trotz ihrer gemeinsamen Ermittlungen und ihrer persönlichen Erfahrungen einfach nicht abgewöhnte. So etwas färbte ab.

„Klären Sie das bitte mit Ihrem Vater", sagte er.

Sie sah ihn an, als würde sie überlegen. Dann griff sie an den Saum ihres Sweatshirts. Ohne den Blick von Edgar abzuwenden, zog sie es hoch und streckte Edgar die nackte Haut entgegen. Wie Nester rankten sich unzählige verwachsene Narbengebilde auf dem Bauch der jungen Frau, der Nabel war gar nicht mehr zu erkennen.

„Sieht das für Sie wie die Möglichkeit aus, mit ihm etwas zu klären?“ Edgar hatte in seiner Zeit als Polizist vor mittlerweile über 20 Jahren schon einmal solche Narben gesehen. Bei einem Brandopfer, zu dessen 24-Stunden-Schutz er abgestellt worden war. „Nachdem meine Mutter meinem Vater gesagt hat, dass sie sich von ihm scheiden lässt, hat er gedroht, mich anzünden, wenn sie ernst macht. Was er getan hat“, sagte sie emotionslos und zog das Sweatshirt wieder herunter. „Also nehmen Sie jetzt mein Geld?“

Edgar holte sein Handy aus der Innentasche des Sakkos und rief die Liste der ausgehenden Anrufe auf. „Nein, nehme ich nicht“, sagte er.

Er sah sie nicht an, aber er spürte, wie die junge Frau zurückzuckte. „Aber ...“

Vor acht Minuten hatte er seinen Auftraggeber angerufen. Was bedeutete, sie hatten bis zu seinem Eintreffen im besten Fall noch ein paar Minuten Zeit. Er wählte die Nummer und bedeutete der jungen Frau, leise zu sein. Ihr Vater ging nicht ran. Keine Mobilbox, nur eine Ansage, man solle es später erneut versuchen. So ein Mist. Er legte auf.

„Ich weiß nicht, ob Sie hier irgendein Spiel veranstalten, aber ich will es nicht darauf ankommen lassen. Sie müssen sofort gehen. Vielleicht gibt es einen Hinterausgang, nur um sicher zu sein.“ Er steckte sein Handy wieder ein. „Ihr Vater wird in ein paar Minuten hier sein. Ich habe ihn angerufen, als Sie ...“

„Er kommt her?“ Sie riss die Augen auf, schnappte nach Luft.

„Ja. Er ist bereits im Taxi. Aber ich kann ihm sagen, ich hätte mich geirrt, Sie wären es nicht gewesen.“

Ihr Kinn bebte, sie schüttelte energisch den Kopf. „Nein. Er wird Ihnen niemals glauben.“

Edgar wollte widersprechen, es wäre nicht die erste Verwechslung, die ihm passierte. Doch sie ließ ihn nicht zu Wort kommen.

„So etwas ist schon einmal vorgekommen, bei einem anderen Detektiv, dem ich Geld angeboten habe. Er wird Ihnen nicht glauben. Er weiß jetzt, dass ich in Wien bin. Er wird mir keine Ruhe lassen. Das tut er nie, wenn er weiß, wo ich bin. Ich muss zurück zum Flughafen. Sofort."

Ihre Stimme überschlug sich, Tränen waren ihr in die Augen gestiegen.

Edgar starrte sie an, wie Puzzleteilchen fiel nun alles an den richtigen Platz. Darum ihre Verkleidung. Deshalb hatte sie sich am Flughafen und auf dem Weg in die Innenstadt so viel Zeit gelassen. Sie wollte sichergehen, dass jeder Detektiv, der auf sie angesetzt war, sie erkennen würde und ihr problemlos folgen konnte. Damit sie ihr Angebot unterbreiten konnte. Sein Handy klingelte. Das war sicher ihr Vater.

„Das ist er, oder? Er ist es!", weinte sie.

Edgars letzte Zweifel, sie könnte ihn anlügen, lösten sich in Luft auf. Diese Frau hatte Todesangst.

„Es tut mir leid, ich hatte keine Ahnung", sagte Edgar.

Sie verschränkte wieder die Arme, krümmte sich zusammen und keuchte.

„Bis eben war ich mir nicht sicher, dass Sie der Detektiv sind." Es klang wie ein Vorwurf, aber Edgar nahm es ihr nicht übel. „Ich dachte, Sie sind irgendein Geschäftsmann oder so was."

„Das ist nicht Ihr Vater", stellte Edgar beim Blick auf das Display fest. Wie versprochen meldete sich Toni nach dem Unterricht, um zu fragen, ob Edgar am Flughafen Erfolg gehabt hatte oder ob er noch ihre Hilfe brauche.

Edgar sah vom Handy wieder zu seinem Zielobjekt. Die beiden Frauen waren ungefähr gleich alt, doch Toni hatte kurze schwarze Haare, die junge Frau lange blonde.

Aber wer konnte das schon unter der Baseballkappe so genau sehen?

„Ziehen Sie sich sofort aus“, sagte Edgar zu der jungen Frau. Sie öffnete den Mund, als wollte sie widersprechen, doch er winkte ab. „Das ist kein Annäherungsversuch. Beeilen Sie sich.“

Er sah ihr an, dass sie ihm misstraute.

„Wirklich, ich schwöre es Ihnen. Ich will Ihnen helfen.“

Sie zögerte noch immer, natürlich.

„Erstens werden Sie es gleich verstehen und zweitens brauchen Sie sich keine Sorgen zu machen, ich bin schwul.“

Sie runzelte die Stirn, er nahm den Anruf an und kam gerade noch dazu, Tonis Namen zu sagen, da hörte er den Riegel einer der Toilettenkabinen. Im nächsten Moment schwang die Tür auf. Ein Mann mit kurzen braunen Haaren, ungefähr Mitte 40, in einem dunkelbraunen Leinensakko, der offenbar nach Edgar die Toilette betreten hatte, trat aus einer der Kabinen. Er sah mehrmals zu Edgar, als würde er ihn erkennen, wäre sich aber nicht sicher, und verließ schließlich den Raum.

2.

Sechs Minuten später trat Toni aus der Herrentoilette in einem nach fremdem Veilchenparfum duftenden Sweatshirt, Baseballkappe am Kopf und Brille mit Goldrand auf der Nase. Als sie Edgar vorhin angerufen hatte, war sie gerade aus dem Konservatorium in der Johannesgasse gekommen und mit dem Handy am Ohr Richtung Karlsplatz zur Badner Bahn gegangen. Sie hatte eigentlich vorgehabt, ihre Oma zu besuchen. Davor wollte sie Edgar aber fragen, ob er sie heute noch brauchte. Wenn ja, würde sie endlich mit ihm reden. Schon seit einer Woche schleppte sie das, was ihr so am Herzen lag, mit sich herum. Sie musste es ihm sagen. Alles andere war Irrsinn. Nächtelang hatte sie sich den Kopf nach einer Lösung zerbrochen, aber ihr war keine eingefallen. Vorgestern am Flughafen wäre die perfekte Möglichkeit gewesen, Edgar alles zu erzählen. Aber immer, wenn sie es sich vorgenommen hatte, war ihr etwas anderes, Banales über die Lippen gekommen. Nicht mal Ralphs 20 Sekunden Mut – oftmals reichen schon 20 Sekunden Mut, um etwas zu tun, was einem schwerfällt – hatten ihr geholfen. Das passte gar nicht zu ihr. Sie war vernünftig und klug und so etwas Leichtsinniges zu tun, belastete sie sehr.

Vielleicht wusste ja ihre Oma Rat. Auch, was die Sache mit Tim betraf, die ihr zusätzlich seit heute Morgen im Kopf herumspukte.

Sie wollte also nicht nach Hause, die Frage war nur noch, welches Ziel sie anpeilen würde. Ihre Gedanken fuhren Karussell und das hatte ausnahmsweise nichts mit der schrecklichen Stunde bei der Schmitz zu tun. Die Schmitz war nicht nur die Schulleiterin, sondern auch Tonis Dramatiklehrerin. Sie erarbeiteten gerade einen neuen Monolog – die Johanna von Orleans aus George Bernard Shaws *Die heilige Johanna*.

Doch während des gesamten Unterrichts hatte Toni beschämenderweise nur an Tim Ravinger denken können. Er drehte gerade die zweite Staffel einer Netflix-Serie in Hamburg. Eine der Hauptrollen natürlich. Toni und er schickten sich wie zwei verliebte Teenager täglich WhatsApp-Sprachnachrichten und Fotos und sie hatten etliche Male per Video telefoniert.

Toni hatte ihn im Sommer kennengelernt. Der junge erfolgreiche Schauspieler hatte einen Workshop im Konservatorium für höhere Jahrgänge geleitet und Toni hatte daran teilgenommen.

Sie wurde schlussendlich aber aus dem Kurs geschmissen, weil Tim und sie sich privat getroffen hatten, da gab es ein strenges Reglement, was Beziehungen zwischen Schülern und Lehrern betraf. Sie hatte noch seine Worte von damals im Ohr, als er ihr die Entscheidung der Schmitz mitteilte: „Ich bin froh, dass ich dich nicht mehr unterrichte. Das wäre ein schlimmer Interessenskonflikt. Ich denke, man sollte niemanden unterrichten, den man so umwerfend findet."

Ihr wurde noch immer ganz merkwürdig, wenn sie daran dachte. Als würden Freude und Angst Hochzeit feiern und die Party fände in ihrem Herzen statt. Wieso fühlte sie so und konnte nicht einfach genießen, was sich da entwickelte? Hatte es mit Felix zu tun, der sie während ihrer gesamten Beziehung belogen und bestohlen hatte und wegen dem ihr Vertrauenskonto nahezu aufgebraucht war? Wenn man bedachte, wie viele untreue Eheleute sie in den letzten Monaten mit Edgar beschattet hatte, war das auch nicht sonderlich hilfreich.

Oder spielte das alles doch keine so große Rolle und hatte es in Wahrheit mit Tim selbst zu tun? Weil er eben Tim Ravinger war, mit dem man nicht mal einfach so ins Kaffeehaus gehen konnte, ohne dass er erkannt wurde. Nicht verwunderlich, dass sie heute beim Aufwachen eine Nachricht von ihm völlig überrascht hatte:

Hey, guten Morgen, ich hab gerade erfahren, ich hab dieses Wochenende drehfrei. Die Produktion besteht darauf, dass ich bleibe, sonst wäre ich nach Wien geflogen. Also dachte ich, du hast doch am Freitag Geburtstag und vielleicht hast du Lust, mich in Hamburg zu besuchen und ein bisschen zu feiern? ... Was meinst du?

Toni hatte noch im Bett gelegen und auf die Nachricht gestarrt. Natürlich freute sie sich, dass er an ihren Geburtstag dachte und sie einlud. Aber sie wusste dennoch nicht, was sie darauf antworten sollte. Das blaue Häkchen verriet ihm aber, dass sie den Text gesehen hatte.

Ich kümmere mich gerne um Flug und Unterkunft, schrieb er. Wahrscheinlich nahm er an, ihr Zögern hatte finanzielle Gründe. *Und du musst auch nicht bei mir übernachten. Außer du willst. Die Wohnung, die mir die Filmproduktion zur Verfügung gestellt hat, ist riesig. Du könntest hier einziehen und wir müssten uns nicht mal begegnen. Was hältst du davon?*

Einerseits wollte sie sofort zusagen. Andererseits hatte sie bei dem Gedanken, die Einladung anzunehmen, einen riesigen Knoten im Bauch. Deshalb redete sie sich heraus:

Hey, das klingt toll. Kann ich dir später Bescheid geben, ich hab gleich Unterricht und bin spät dran.

Spät dran stimmte immer. Toni war die Königin der Verspätungen. Als würde ihre innere Uhr mit jeglichem Zeitmanagement kollidieren.

Lena, ihre beste Freundin, mit der sie auch das Konservatorium besuchte, erklärte ihr in der Pause fachmännisch, Tims Einladung sei *die* Gelegenheit, Tonis Misstrauen abzubauen und sich wieder ins Liebesleben zu stürzen. Aber Toni war sich bei Lenas Diagnose nicht so sicher, außerdem war Lena frisch verliebt und deshalb nicht gerade objektiv.

„Wie schnell kannst du in der Konditorei Gerstner sein?“, hatte sich Edgar auf Tonis Anruf gemeldet.

„Wahrscheinlich in zwei Minuten, wieso?“

„Du sollst vorgeben, unser Zielobjekt zu sein. Komm in die Herrentoilette in den zweiten Stock."

Toni hatte keine Zeit gehabt, alles zu verstehen, aber das, was Edgar in Stichworten mitgeteilt hatte – der Auftraggeber hatte gelogen, er war offenbar gewalttätig und durfte sich seiner Tochter per Gerichtsbeschluss nicht nähern –, war ausreichend.

Sie hatte mit der jungen Frau außer der Jeans die gesamte Kleidung gewechselt und dabei die Narben auf ihrem Bauch gesehen. Dieser völlig unerwartete Anblick hatte ihr kurz den Atem verschlagen.

„Setz dich an den Tisch in der rechten Ecke vor dem Fenster. Ich werde unseren Auftraggeber unten abfangen und zu dir bringen. Das Reden überlass mir, okay?", sagte Edgar. Er schien ein wenig besorgt. Aber was sollte schon passieren! Sie waren in einer der besten Konditoreien der Stadt, die von Gästen fast aus den Nähten platzte.

„Und falls du einen Mann in einem braunen Leinensakko siehst, der vermutlich an einem Tisch in der Nähe sitzt ..."

„Was ist mit ihm?"

„Ich hoffe, er ist nicht der, für den ich ihn halte. Ich muss runter", sagte Edgar nur und ließ sie allein.

Zielstrebig ging Toni an den freien Tisch beim Fenster in der rechten Ecke des Salons, den die junge Frau ihr beschrieben hatte. Dort standen bereits ein Teller mit dampfendem Kaiserschmarrn und eine Melange.

Toni sah sich um, sie kannte die Konditorei, aber war noch nie hier oben im zweiten Stock gewesen. Die Einrichtung war prunkvoll: antike Möbel, goldverzierte Holzvertäfelungen, mehr als beeindruckende Deckengemälde, kristallene Kronleuchter und imposante Marmorsäulen. Sie nahm Platz, das Ambiente und die fremde Kleidung wirkten unwirklich, als wäre sie in einer Filmkulisse und gleich würde irgendwo eine Filmklappe geschlagen werden.

Und dann sah sie den Mann im braunen Leinensakko, den Edgar gemeint hatte. Er stand neben der Kuchenvitrine und hielt eine Zeitung in der Hand, in der er nicht las. Ihre Blicke trafen sich. Er schaute nicht weg, sondern nickte Toni zu. Ein leichtes Lächeln blitzte in seinen Augen. Wer war das und warum sah er sie so unverfroren an? Tonis Arbeit mit Edgar hatte ihren Blick geschärft, sie prägte sich sofort sein Äußeres genau ein: rundes Gesicht, Grübchen am Kinn, freundlicher Blick, das hellblaue Hemd spannte ein wenig über seinem üppigen Bauch. Sein Gesicht kam ihr irgendwie bekannt vor. Ja, sie hatte ihn schon mal gesehen. Aber wo war das?

Während sie unauffällig die Kameraapp am Handy öffnete, ließ sie ihren Blick weiter durch den Raum gleiten. Keiner der anderen Gäste schien davon Kenntnis zu nehmen, dass eine zwar gleich gekleidete, aber andere junge Frau an dem Tisch Platz genommen hatte. Als sie wieder zu dem Mann sah, hatte er sich umgedreht und betrachtete die Torten in der Auslage. Sie wartete, doch er blieb abgewandt.

Toni blieb keine Zeit, sich weiter darüber zu wundern, denn da stürmte ein Mann in den Salon. Er blieb beim Eingang stehen, keuchte. Wahrscheinlich hatte er die Treppen statt des Lifts genommen. Er war um die 50, groß und sehr schlank, hatte eine Glatze und einen grauen Bart. Toni wusste nicht, wie Edgars Auftraggeber aussah, weil sie nicht in der Detektei gewesen war, als er da war. Aber dieser Mann wirkte nicht wie ein gewalttätiger Mensch, im Gegenteil. Er machte einen sympathischen Eindruck.

Er sah in Tonis Richtung, stutzte, dann steuerte er durch den weitläufigen Raum auf ihren Tisch zu. Mit jedem Schritt wurde er langsamer.

„Sie sind nicht meine Tochter", sagte er irritiert. Vor Enttäuschung schien er in sich zusammenzufallen. „Wo ist sie?" Er klang besorgt, Toni wusste nicht, was sie antworten sollte. Wo war Edgar, er wollte doch mitkommen? „Wer sind Sie? Wieso tragen Sie die Sachen meiner Tochter?“

Er sah sich um und ließ die Schultern noch mehr hängen, als er sie nicht entdeckte.

Passte dieses Verhalten zu dem Mann, den die Tochter Edgar beschrieben hatte und wovon Edgar ihr kurz am Telefon erzählt hatte? Toni suchte nach den richtigen Worten, denn eines war klar: Was auch immer dieser Mann getan hatte – wenn er überhaupt irgendwas getan hatte –, schien nicht zu der Geschichte der jungen Frau zu passen. Vielleicht hatten ihre Narben einen völlig anderen Ursprung und die junge Frau war in Tonis Kleidung bereits aus der Konditorei abgehauen. Toni musste sofort Edgar anrufen.

„Können Sie bitte einen Moment warten?“, bat sie.

Der Mann sah sie an, seine Augen verengten sich zu Schlitzen. Er schlug so unvermittelt mit der Faust auf den Tisch, dass Toni zusammenzuckte. Die Melange schwappte aus, die Gabel fiel zu Boden, Kaiserschmarren-Klümpchen sprangen vom Teller auf den Marmortisch. Er wurde knallrot, die Muskeln an seinem Hals traten hervor.

„Was soll das? Du kleine Schlampe, wo ist meine Tochter?“, brüllte er. Dabei verteilten sich Spucketröpfchen auf dem Tisch.

Schlagartig verstummten alle Gespräche an den Nachbartischen. Nur das Aufschäumen von Milch war noch zu hören. Oder war das Tonis Blut, das in ihren Ohren rauschte?

„Du sagst mir sofort, wo sie ist, oder ich ...“, schrie er, beugte sich vor und ballte die Faust.

Sein Gebrüll hatte auf Toni eine doppelte Wirkung. Jeder Zweifel, seine Tochter hätte gelogen, war augenblicklich in Luft aufgelöst. Und sie wurde gleichzeitig ganz ruhig und sehr wütend. Sie hatte keine Angst, ihr war nur sehr heiß und da war brennende, grenzenlose Wut. So hatte sie noch nie empfunden.

Ganz langsam stand sie auf. Der Tisch war zwischen ihnen, sie war viel kleiner als er. Sie beugte sich vor, fixierte den Mann mit ihrem Blick, ohne zu blinzeln.

Ganz bedächtig nahm sie ihr Handy hoch, das sich noch immer im Kameramodus befand, und drückte auf den Auslöser. Es machte „Klick", als sie das Foto schoss. Er wollte sofort nach dem Handy greifen, doch sie hatte damit gerechnet, zog es weg und steckte es sofort in die Gesäßtasche der Jeans.

„Ihre Tochter ist in London", sagte Toni. Ihre Stimme zitterte und kiekste, aber das war egal. „Sie kommt nicht mehr nach Wien. Nie wieder. Sie wusste, dass Sie nach ihr suchen würden. Darum bin ich hier. Sollten Sie jemals wieder nach ihr suchen, werden sehr viele Frauen, die so gekleidet sind wie Ihre Tochter, die Verfolgung dokumentieren. Und wahrscheinlich würde schon mein Foto für die Polizei reichen, um zu beweisen, dass Sie das Annäherungsverbot missachtet haben." Wo kam denn das her? Toni war über sich selbst überrascht. Als wäre das gar nicht sie, die da sprach.

Doch leider zeigte ihre Drohung nicht die erhoffte Wirkung. Stattdessen lachte der Mann auf. Als hätte Toni einen Witz gemacht.

„Du bist so lächerlich, kleines Mädchen. Du sagst mir jetzt, wo meine Tochter ist, und dann gehst du zurück auf deinen Spielplatz."

„Du beschissener Dreckskerl ..." Das Zittern aus Tonis Stimme war verschwunden. „Dieses kleine Mädchen hier ruft jetzt die Polizei und ..."

In diesem Moment schrie der Mann auf, packte so schnell den Tisch und warf ihn um, dass Toni zu überrumpelt war, um zu reagieren. Er ging auf sie los. Sie hob instinktiv die Arme vor ihr Gesicht. Doch bevor seine geballten Fäuste sie erreichten, wurde er zurückgeschleudert. Jemand hatte ihn am Kragen gepackt. Es ging so schnell, erst als der Mann von seinem Angreifer zu Boden gedrückt wurde, erkannte Toni: Es war Edgar, der ihr zu Hilfe geeilt war.

Er war außer sich, schrie dem Mann ins Gesicht.

Toni verstand nur „Angriff", „Betrug", „Vorgabe falscher Tatsachen", „juristische Konsequenzen", „Anzeige", neben dem bunten Mix an Beschimpfungen, die sie Edgar noch niemals hatte sagen hören. Der Mann hatte sich anfangs noch gewehrt, doch mittlerweile wirkte es, als würde er unter Edgars Gebrüll schrumpfen.

Einer der Kellner, ein junger blonder Mann mit aufgeregten roten Wangen, kam zu den beiden, beugte sich zu Edgar und fragte drei Mal, ob man die Polizei rufen solle, bevor Edgar ihn registrierte. Erst da ließ Edgar von dem Mann ab. Der Kerl rappelte sich sofort hoch, zog seine Jacke zurecht. Sein Blick war gehässig, Toni wünschte sich, dass ihm irgendwer eine reinhauen würde. Am liebsten sie selbst.

„Ihnen wird die Lizenz entzogen", keuchte der Auftraggeber.

„Ich geb Ihnen drei Sekunden zu verschwinden", zischte Edgar.

„Das wird ein Nachspiel haben", fauchte er.

„Ja, für Sie", antwortete Edgar, ohne ihn anzusehen.

Der Mann rempelte den Kellner an, als er den Salon verließ.

Edgar wandte sich Toni zu: „Hat er dich erwischt?"

Toni schüttelte den Kopf. Edgar war genau im richtigen Moment aufgetaucht. Eine Sekunde später ... nein, sie wollte nicht daran denken.

„Es tut mir so leid, Toni", sagte Edgar und wischte sich über die schweißnasse Stirn. „Ich hab ihn unten verpasst. Geht es dir wirklich gut?"

Sie wollte nicken, doch so schlagartig, wie das Adrenalin vorhin von ihr Besitz ergriffen hatte, so schnell verschwand es auch wieder. Toni fing an zu zittern, ihre Knie wurden weich und ihr Herz raste. Mit raschem Griff klammerte sie sich an Edgars Arm fest.

„Ist alles in Ordnung?“, fragte der junge Kellner hinter ihnen.

„Ja, danke“, sagte Edgar und winkte über seine Schulter hinweg. „Tut mir leid, das alles.“

„Die Polizei kommt gleich“, sagte der Keller. Die anderen Gäste wisperten in den unterschiedlichsten Sprachen.

Toni spürte, wie Edgar leicht zusammenzuckte. Zwar hatte sich sein Verhältnis zu seinem ehemaligen Arbeitgeber seit ihrem letzten Fall gebessert – der wahre Täter wäre ohne sie nie gefasst worden –, trotzdem wusste Toni, dass sich Edgars Misstrauen in die Behörde über Jahre hinweg angesammelt hatte. Und das würde sich nicht wegen einer Gegebenheit ändern.

„Die Tochter soll hier auf die Polizei warten, aber wir werden gehen.“

„Edgar, wir müssten doch bleiben.“

„Es gibt genug Zeugen“, murmelte Edgar entschieden. „Ich geb ihr rasch Bescheid.“

Er ging zur Herrentoilette und kam mit der jungen Frau zurück. Sie hätte längst abhauen können, doch offenbar hatte sie befürchtet, beim Verlassen des Cafés ihrem Vater zu begegnen. Von dem Tumult im zweiten Stock hatte sie nichts mitbekommen. Deshalb wollte sie auch nicht mit der Polizei reden. Ihre Angst vor ihm war zu groß, um wieder Anzeige zu erstatten. Erst als sie zu dritt die Konditorei verließen, setzte Toni Brille und Baseballkappe ab. Die sich nähernden Polizeisirenen waren bereits zu hören.

Sie gingen rasch Richtung Kärntnerstraße und mischten sich in den Strom aus Touristen, nicht ohne sich immer wieder zu vergewissern, dass sie nicht von ihrem Auftraggeber oder jemand anderem verfolgt wurden. In einem Hauseingang wechselten Toni und die junge Frau, von Edgar verdeckt, wieder die Kleidung. Sie war sehr wortkarg, es war ihr anzusehen, wie verstört sie war. Sie bestand darauf, Edgar ein Kuvert zu geben. Toni wusste nicht, was sich darin befand, wahrscheinlich Geld. Auf jeden Fall nahm er es nicht an.

„Darf ich Sie etwas fragen? Wenn Sie in London vor Ihrem Vater sicher sind, wieso kommen Sie dann immer wieder nach Wien?“, fragte Edgar.

Sie nickte, als hörte sie diese Frage nicht zum ersten Mal.

„Weil er sonst gewonnen hat“, sagte sie und Toni verstand, was sie meinte. Gleichzeitig fragte sie sich, ob der Preis dafür nicht zu hoch war. Am Stephansplatz tauschte Edgar mit ihr Telefonnummern aus, dann setzten sie die junge Frau in ein Taxi.

Toni hoffte, dass sie recht hatte und ihr Vater die Suche nach ihr nicht weiterverfolgte. Doch Toni hatte in den letzten Monaten genug an Edgars Seite erlebt, dass ihr mittlerweile klar war, wie naiv dieser Wunsch war.

3.

„Geht es dir wirklich gut, Toni?“, fragte Edgar. Er fühlte sich elend. Seine Idee, Toni als Stellvertreterin für diese junge Frau einzusetzen, war ein riesiger und dummer Fehler, für den er sich nicht nur Vorwürfe machte, sondern auch schämte. Was hatte er sich nur dabei gedacht? In welche Gefahr er Toni gebracht hatte! Nein, nicht er, dieser Mistkerl hatte Schuld. Trotzdem. Er mit seiner jahrelangen Berufserfahrung hätte es besser wissen müssen. Was war nur los mit ihm?

Er ließ seinen Blick über den Stephansplatz gleiten. Touristen tummelten sich neben als Mozart verkleideten Männern, die Konzertkarten verkauften. Junge Leute posierten mit ihren Handys vor der Kirche und machten Selfies. Ein paar Fiaker warteten auf Kunden. Vor dem Souvenirgeschäft gegenüber der Kirche hatte sich eine Schlange gebildet. Der Mistkerl war glücklicherweise nirgends zu sehen.

Das hatte Edgar auch nicht angenommen, der Typ war gerissen genug. Die ganze Story, die er ihm aufgetischt hatte, wenn Edgar nur daran dachte, wurde er wütend.

„Ja, alles okay, danke ... was für ein Mistkerl“, sagte Toni, als hätte sie Edgars Gedanken gelesen. „Was machen wir jetzt?“

„Was meinst du?“

„Ich hab ein Foto von ihm gemacht. Man kann ihn doch nicht einfach so davonkommen lassen.“

Edgar seufzte.

„Ich fürchte, das werden wir müssen. Solange seine Tochter ihn nicht anzeigt ...“

„Und das war’s? Einfach so?“

Es war keine Antwort, die er geben wollte, als er „Ja“ sagte. Es war nicht sein erster Fall, bei dem er akzeptieren musste, was ihm nicht gefiel.

Toni ließ den Kopf hängen.

„Dieser Typ hat so normal gewirkt im ersten Moment. Und dann ... zack ... ich hätte das nie gedacht."

„Ich auch nicht." Der Mann war ihm sympathisch gewesen, als er zu ihm in die Detektei gekommen war. Nicht einen Moment hatte er an dessen Geschichte gezweifelt, im Gegenteil. Sein Mitgefühl für den verstoßenen Vater hatte ihn selbst verwundert, obwohl Edgar sich sonst eine gesunde Distanz zu seinen Klienten bewahrte.

Oder hatte sein getrübtes Urteilsvermögen einen anderen Ursprung? War ihm seit der Hochzeit von Tonis Großmutter nicht fast jeder irgendwie sympathisch? Seit Ralph ihm gesagt hatte, dass er kein Priester mehr war? Edgar musste die Erinnerung an den Kuss von Ralph immer wieder verdrängen, er schüttelte über sich selbst den Kopf. Seine Gefühle für Ralph hin oder her, sie durften auf keinen Fall seine objektive Wahrnehmung im Job beeinflussen. Meine Güte, er war ein Mann Mitte 50 und kein verliebter Teenager, der die Welt durch eine rosarote Brille sah. Zumindest sollte er das nicht sein. Dabei hatte er sich erst heute Morgen ertappt, wie er beim Gedanken an Ralph völlig bescheuert sein Spiegelbild angegrinst hatte.

Jetzt aber fühlte sich Edgar ziemlich flau, am liebsten wollte er sich irgendwo hinsetzen, ein Kaffee wäre auch kein Fehler. Obwohl sein Herz schon so genug raste. Das schlechte Gewissen nagte an ihm. Toni hatte recht, man konnte diesen Kerl nicht ungeschoren davonkommen lassen. Ihm war nur noch nicht klar, was er tun sollte. Er sah auf seine Armbanduhr, es war schon so spät, in einer halben Stunde war er bereits mit Ralph verabredet. Bei dem Gedanken wurde ihm noch flauer. Den Plan, sich vorher noch umzuziehen und ein wenig frisch zu machen, konnte er auf jeden Fall verwerfen.

„Ich bring dich nach Hause", sagte er, das würde zwar knapp werden, aber sich ausgehen.

„Danke, aber ich wollte nach Baden zu Oma. Der Kapitän und sie sind doch gestern von der Hochzeitsreise zurückgekommen. Sie haben Geschenke mitgebracht, die soll ich holen."

„Verstehe. Dann lass mich dir wenigstens ein Taxi zahlen." Es sah, dass sie widersprechen wollte, darum sagte er rasch: „Verrechne ich ja sowieso als Spesen an diesen Idioten."

Worüber er sich jedoch nicht sicher war, im Gegenteil, sein Honorar konnte er sich wahrscheinlich abschminken. Aber es gab Schlimmeres, die Detektei lief zwar nicht mehr auf Hochtouren wie im Sommer – er hatte aus Zeitmangel und weil er niemand zusätzlich einstellen wollte, zu viele Aufträge ablehnen müssen –, aber sie lief auch nicht schlecht.

Sie gingen nebeneinander Richtung Taxistand her, als Toni plötzlich etwas einfiel, das sie in dem Trubel völlig vergessen hatte: „Wer war eigentlich der Mann in dem braunen Sakko? Und woher hast du gewusst, dass er im zweiten Stock sein würde?"

„Ich glaube, er ist auch ein Detektiv, er war auf der Toilette, als mir die Tochter unseres Auftraggebers dort alles erzählt hat. Wahrscheinlich wollte der Kerl auf Nummer sicher gehen und hat uns beide engagiert."

„Wirklich?" Sie sah hoch zu Edgar. „Meinst du, der Irre weiß jetzt doch, dass seine Tochter in Wien ist?"

„Davon muss man leider ausgehen."

Toni legte den Kopf in den Nacken.

„Ich hab es vorhin gar nicht richtig registriert ... aber ich hab mich im Salon nochmal umgeschaut. Dieser Mann – er war da, bevor ihr Vater aufgetaucht ist, er hat mich sogar angesehen. Aber nachher ... bevor wir gegangen sind, war er weg. Er ist mir so bekannt vorgekommen." Sie biss sich auf die Unterlippe. „Ich komm nur nicht drauf, wo ich ihn schon mal gesehen habe."

„Wahrscheinlich am Flughafen. Er wird wie wir auf sie gewartet haben."

„Oh." Toni verzog das Gesicht. „Daran hab ich nicht gedacht. Ja, das kann sein."

Edgar nickte, hob die Hand, um ein Taxi heranzuwinken. Ein weißer Mercedes setzte den Blinker und hielt an.

„Entschuldigen Sie bitte", rief eine Männerstimme hinter ihnen. Sie drehten sich gleichzeitig um.

Es war der Mann im braunen Sakko. Er hatte einen schwarzen Mantel über dem Arm und kam auf sie zugelaufen, die Hand erhoben. Sportlich war er auf jeden Fall nicht, aber das war auch keine Grundvoraussetzung für einen Detektiv. Wie lange war er ihnen wohl bereits gefolgt und warum war er ihnen nicht aufgefallen? Edgar öffnete die Hintertür des Taxis und bedeutete Toni, einzusteigen.

„Augenblick, bitte, haben Sie einen Moment für mich?", rief der Mann.

Toni blieb am Gehsteig stehen, sie warf Edgar einen ernsten Blick zu, und er wusste sofort, dass sie sicher nicht mit dem Taxi wegfahren würde. Manchmal hatte er den Eindruck, sie wollte *ihn* beschützen und nicht umgekehrt. Nun hatte der Mann sie erreicht.

„So ein Glück ... ich ... Sie aus den Augen verloren ... mein Name ... Alfred Strömer", sagte er und schnappte nach Luft. „Ich ... Sie ... gerne ... etwas fragen ..."

Er bemühte sich um ein entschuldigendes Lächeln, stützte sich auf den Knien ab und keuchte.

„Was wollen Sie?", fragte Edgar genervt.

„Sie ... Sie ...", begann Strömer, er griff sich ans Herz, „eine Sekunde ... bitte ... ich muss ... Luft ..."

Meine Güte, wenn Edgar auch so bei einer Verfolgung wirkte, dann musste er aber rasant etwas an seiner Kondition ändern. Das war ja peinlich.

„Steigen Sie ein oder nicht?", fragte der Taxifahrer.

„Ja, einen Moment noch", bat Edgar.

Toni gab einen überraschten Laut von sich, drehte sich zu Edgar und flüsterte ihm zu: „Ich weiß jetzt, woher ich ihn kenne. Von einem Interview." Er sah sie fragend an, sie nickte begeistert. „Wirklich. Er war nicht am Flughafen. Ich erzähl es dir später … er ist Psychologe."

„Psychologe?", fragte Edgar laut und kam hoch.

„Das stimmt, ich bin Psychologe. Vorwiegend Paartherapeut", sagte Strömer, der endlich zu Atem gekommen war. Ein Paartherapeut, auch das noch. „Können wir kurz unter vier Augen reden, bitte?"

„Geht es um die junge Frau von vorhin?", fragte Edgar.

„Nein, nein. Ich kenne die Dame nicht." Anscheinend registrierte er Edgars skeptischen Gesichtsausdruck. „Ich versichere Ihnen, damit hab ich nichts zu tun. Ich würde Sie gerne in einer Privatangelegenheit sprechen. Sie sind doch dieser Detektiv …" Er schnipste in die Luft. „Sie sind das mit Alexander Steiner gewesen, nicht wahr?"

Edgar zögerte, dann nickte er. Der Fall um den berühmten Regisseur Alexander Steiner war im Frühjahr durch die Presse gegangen. Weswegen Edgar im Sommer einen richtigen Run auf seine Detektei erlebt hatte, der genauso schnell wieder verebbt war. Wie hieß es so schön: Nichts ist so alt wie die Schlagzeile von gestern.

Edgar zögerte. Nicht, weil er dem Mann nicht glaubte, noch nicht mal, weil er etwas gegen einen neuen Auftrag hatte. Im Gegenteil, das kam ihm gerade recht, wenn man bedachte, dass ihm soeben die Bezahlung für drei Tage Observation durch die Lappen gegangen war. Doch sein Bauchgefühl schlug Alarm. Normalerweise waren Intuition und Erfahrung die beiden Kriterien, nach denen Edgar entschied, welche Fälle er annahm. Gut, ja, die hatten ihn bei seinem letzten Klienten im Stich gelassen, trotzdem war er bei diesem Strömer skeptisch. Irgendwas stimmte mit dem Mann nicht. Er konnte es nicht fassen. Oder trog ihn sein Urteil? War er einfach nur verunsichert wegen dem, was sie gerade erlebt hatten?

Die professionelle Vorgehensweise war, dem Mann zuzuhören und sich dann zu entscheiden. Edgar beugte sich zum Taxifahrer, entschuldigte sich mit einem Fünf-Euro-Schein, dass er es sich anders überlegt hatte, und schloss die Autotür.

„Worum geht es?" Strömer sah zögerlich in Richtung Toni. Deshalb sagte Edgar: „Das ist Antonia Lorenz, meine Assistentin."

Edgar nahm nur im Augenwinkel wahr, als zuckte Toni bei der Nennung ihres Namens leicht zusammen.

„Freut mich." Strömer reichte ihnen die Hand zur Begrüßung, Edgar fiel der funkelnde Ehering auf. Wahrscheinlich trug er ihn noch nicht lange. „Ich habe Ihr Gespräch mit der jungen Dame auf der Toilette zufällig mitangehört und war mir nicht sicher, ob Sie es wirklich sind. Aber es hat mich sehr beeindruckt, wie Sie mit dieser äußerst schwierigen Situation umgegangen sind. Die Sache ist die, ich befinde mich in einer verzwickten Lage und ... da habe ich mich dazu durchgerungen, Ihnen zu folgen, nachdem Sie das Café verlassen haben. Glücklicherweise waren Sie noch in der Nähe, ich hatte Sie schon aus den Augen verloren."

Edgar war erleichtert. Der Mann war ihnen doch nicht sofort gefolgt, er hatte offenbar erst nach ihrem Verlassen der Konditorei entschieden, ihn anzusprechen. Für die Tochter seines Auftraggebers ging von ihm also keine Gefahr aus. Edgar vermutete, es ging um Ehebruch oder etwas in der Art. Das tat es doch fast immer.

„Wie gesagt, ich habe mit dem Gedanken gespielt, jemanden zu engagieren, aber das ist nicht so einfach. Ich weiß ja gar nicht, wem man in Ihrer Branche vertrauen kann, es gibt so viele Detektive und die meisten ..."

Der Mann fing an zu schwafeln, was Edgar in seinem Bauchgefühl bestätigte. Menschen, die nicht gleich zur

Sache kamen und Tacheles redeten, versuchten oft, sich durch Ausschweifungen besser darzustellen. Wie ungerecht dieses vorschnelle Urteil war, wusste er selbst. Er stellte seine Ohren auf Durchzug, nickte ein paar Mal und griff dann in die Innentasche seines Sakkos.

„Hier meine Karte, rufen Sie mich bitte morgen an, dann machen wir einen Termin."

„Danke. Es ist nur so, also ...", Strömer sah wieder zu Edgar, seine Wangen waren gerötet, das Lächeln war unverändert. Als versuchte er zu verbergen, wie aufgeregt er war. Die Karte nahm er nicht, er legte sich erneut eine Hand aufs Herz.

„In meine Praxis wurde heute Nacht eingebrochen. Deshalb ist die Angelegenheit dringend. Sogar sehr. Es ist viel verlangt, aber hätten Sie jetzt gleich Zeit? Ich verspreche, es dauert nicht lange. Am Finanziellen soll es nicht liegen. Meine Praxis ist ganz in der Nähe, in der Riemergasse."

„Alfred", rief ein Mann im Anzug, der mit dem Handy am Ohr an ihnen vorbeiging. Strömer winkte ihm, sagte: „Hallo" und murmelte in Edgars Richtung: „Mein Steuerberater."

„Sag, hast du das vom Didier gehört?", rief der Mann.

Strömer schüttelte den Kopf, legte sofort einen Finger auf die Lippen und sah sich um.

Edgar war sich nicht sicher, aber der Therapeut wirkte plötzlich, als hätte er Angst. Große Angst.

„Bitte, ich brauche wirklich Ihre Hilfe", sagte er flehend.

I.

X: Hallo.

Y: Oh, hallo. Was machst denn du hier?

X: Ich wollte mit dir sprechen.

Y: Wir sehen uns später, kann es bis dahin warten?

X: Nein, ich meine, ich möchte jetzt und hier mit dir sprechen.

Y: Hier?

X: Ja.

Y: Ist etwas passiert?

X: Ja, kann man so sagen.

Y: Was ist los?

X: Bitte halte mich nicht für verrückt …

Y: Werde ich nicht. Was ist denn?

X: …

Y: Was ist los?

X: Ich glaube, das war eine dumme Idee. Bitte vergiss es.

Y: Du kannst mir alles sagen. Das weißt du.

X: Ja, alles vielleicht. Aber nicht das.

Y: Du machst mir Angst.

X: Tut mir leid, das will ich nicht. Ich dachte, ich wäre mutig genug.

Y: Mutig genug wofür?

X: Mutig genug für ein Geständnis. Ich ... ich weiß nicht, wie ich es sagen soll.

Y: Sag es einfach.

X: Ich empfinde mehr für dich, als angemessen ist. Viel mehr sogar.

Y: Was meinst du mit mehr?

X: Eine sehr verwirrende Zuneigung.

Y: Ist das ein Scherz?

X: Nein. Ich habe wirklich versucht, diese Gefühle zu verdrängen. Eine Zeitlang dachte ich, dass ich es im Griff habe. Aber dann wieder nicht.

Y: ...

X: Ich hätte das nicht schreiben sollen. Bitte vergiss es. Tut mir leid! Bitte, denk nicht schlecht von mir.

Y: Das tue ich nicht. Ich weiß nur nicht, was ich sagen soll.

X: Das war dumm von mir.

Y: Nein. Ich bin nur ... überrascht.

X: Können wir uns sehen?

Y: Was meinst du?

X: Alleine? Können wir uns treffen? Nur du und ich. Es dauert auch nicht lange. Aber ich muss das für mich klären.

Y: In Ordnung. Natürlich.

X: In einer Stunde? Ich schicke dir die Adresse.

Y: Gut.

X: Danke.

Y: Bis gleich.

X und Y haben den Chat verlassen.

4.

Solange Unbewusstes nicht bewusst gemacht wird, lenkt es dein Leben und du nennst es Schicksal, stand in geschwungenen goldenen Buchstaben auf einem schwarz gerahmten Poster, das in der Praxis von Alfred Strömer über seinem Schreibtisch hing. Darunter der Name *C. G. Jung*.

Toni kannte dieses Zitat nicht, aber es klang sehr nach ihrer besten Freundin Lena, die laut eigener Aussage „ein Faible für Küchenpsychologie" hatte. Toni musste grinsen, als Edgar das Zitat mit einem lauten Schnaufen registrierte und nicht ganz unauffällig die Augen verdrehte. Anscheinend gefiel es ihm nicht.

Als Strömer seinen Namen genannt hatte, war Toni sofort eingefallen, woher sie ihn kannte. Von einem Interview, das Lena ihr geschickt hatte, mit dem Titel „Der Therapeut, dem die Prominenz vertraut". Strömer war mit einem Foto in seiner Praxis darin abgebildet, es ging um die immer größer werdende Einsamkeits-Epidemie. Als Ursache nannte Strömer die Angst, in einer Beziehung, Freundschaft oder Partnerschaft verletzt zu werden: „Eine Verbindung mit jemandem einzugehen und zu erwarten, dass alles perfekt ist und man einander nie verletzt, ist genauso, als würde man duschen und erwarten, nicht nass zu werden." Die Ansprüche an eine Beziehung hätten in den letzten Jahren immer mehr zugenommen, wofür auch das Internet und die unrealistischen Ideale durch Social Media verantwortlich seien. Doch die Seele des Menschen, die Bedürfnisse und Sehnsüchte seien die gleichen geblieben. Im Endeffekt war laut Strömer vieles auf die Prägungen aus der Kindheit zurückzuführen. Sie gelte es zu entschlüsseln, da sie sonst immer wieder unbewusst aktiv würden, selbst wenn man bewusst nichts davon mitbekomme.

Dieses Interview hatte Toni sehr zum Nachdenken gebracht. Sie wusste nicht, wer ihr Vater war, und würde es sicherlich auch nie erfahren, da er eine Zufallsbekanntschaft gewesen war. Ein paar Jahre nach Tonis Geburt hatte ihre Mutter sie als Belastung empfunden und bei ihrer Oma abgegeben. Laut Lena grenzte es an ein Wunder, dass Toni überhaupt beziehungsfähig war. Dass sie dann ausgerechnet an Felix geriet, der sie betrogen und belogen hatte, war rückblickend auch kein Zufall. Toni habe sich noch nicht von ihren alten Mustern gelöst – wahrscheinlich war es für sie als Kind wichtig gewesen, vieles von dem, was ihre Mutter getan hatte, auszublenden. Genauso, wie sie es bei Felix getan hatte. Womit Lena wahrscheinlich richtiglag, sonst wäre Toni gleich, nachdem sie von ihm bestohlen worden war, zur Polizei gegangen und hätte keinen Detektiv engagiert. Sie wollte damals einfach nicht wahrhaben, wie sehr sie sich in Felix geirrt hatte. Lena meinte, Tonis Unterbewusstsein hätte sich Felix genauso ausgesucht, wie es sie zu Edgar geführt hatte. Was Lena wiederum mit Tonis gutem Karma erklärte. Jedenfalls, meinte Lena, bekäme Toni nun mit Tim eine Chance, die alten Muster ihrer Kindheit zu lösen. Das war Toni dann doch ein bisschen zu esoterisch, was sie Lena aber natürlich niemals sagen würde. Denn sie hatte Lena noch nie so glücklich erlebt wie jetzt mit Michel, einem Jusstudenten aus München, den sie im Urlaub kennengelernt hatte, und da Lena ein wenig zu Extremen neigte, war es nicht verwunderlich, dass sie nun alle um sich herum verkuppeln wollte. Sie fand, Toni sollte sich liebestechnische Unterstützung suchen.

„Damit der Supertrottel Felix nicht auch noch dein zukünftiges Liebesleben ruiniert. Strömer ist ideal, du solltest zu ihm gehen. Wenn jemand die High Society auf der Couch hat, kann der nicht schlecht sein."

Das waren sicher alles gute Überlegungen, abgesehen davon, dass Strömer 250 Euro für eine Sitzung verlangte. Das stand auch in dem Artikel.

Nun befand sich Toni aber tatsächlich in Strömers Praxis. Worüber Lena wahrscheinlich jubeln würde. Toni konnte sie förmlich hören, das sei ein Zeichen, oder so etwas in der Art. Sie selbst war seit einiger Zeit eher unsicher, was solche Fügungen betraf, und verbuchte das alles als Zufall. Rationalität fühlte sich sicherer an. Ganz abgesehen von der Tatsache, dass sie eigentlich gar nicht hier sein sollte. Es war gut gemeint von Edgar, dass er sie nicht nur als seine Assistentin, sondern auch mit ihrem Namen vorgestellt hatte, doch sie wünschte, er hätte es nicht getan. Schon alleine, um solche Situationen in Zukunft zu vermeiden, musste sie mit ihm sprechen. Doch obwohl sie es sich jeden Tag vornahm, schob sie es dann doch immer wieder hinaus.

Jetzt war auch nicht die passende Gelegenheit dazu. Toni sah sich in der Praxis um, sie sah gemütlich und einladend aus. Die Wände in einem pastellfarbenen freundlichen Gelb gestrichen, die Einrichtung in dunklem Holz, dezent und geschmackvoll, alte Doppelglasfenster, viele gemusterte Orientteppiche und besonders die große dunkelblaue Samtcouch gefiel Toni. Ob die Patienten wie in den Filmen da lagen und mit geschlossenen Augen über ihre Probleme sprachen? Wie war das bei Paaren, blieben die sitzen? Würde sie sich auch auf diese Couch legen wollen? Nein, sie sollte sich konzentrieren, deshalb waren sie nicht hier. Der Schreck von vorhin steckte ihr in den Knochen. Das war immer so bei Toni, wenn sie etwas erschütterte. Als würde sie mit Zeitverzögerung begreifen, was geschehen war. Und ihr Gehirn suchte unterdessen nach Ablenkung. Sie sah zu Edgar, sein Blick huschte umher. Wahrscheinlich waren sie beide mehr durcheinander, als sie voreinander eingestehen wollten. Obwohl es sie ein wenig verblüffte, sie hatte Edgar nur zwei Mal unruhig erlebt. Einmal bei einem Begräbnis – weil die bei ihm generell Panikattacken auslösten, und das zweite Mal, als er Ralph nach 20 Jahren wiedergetroffen hatte.

Toni nahm einen tiefen Atemzug und konzentrierte sich auf den Punkt zwischen ihren Augenbrauen. Das hatte sie im Schauspielunterricht gelernt – eine schnelle und unauffällige Methode, sich zu fokussieren. Besonders hilfreich bei Vorsprechen, um in die Rolle zu finden. Sie spürte, wie ihre Schultern sich entspannten und ihr Kopf klarer wurde. Mit wachem Blick sah sich weiter um.

Die Laden des Schreibtischs standen offen, sie waren durchwühlt worden. Filzstifte in verschiedenen Farben, ein sehr eleganter, silberner Kugelschreiber, der ziemlich teuer aussah, Post-its, Büroklammern, Kuverts und etliche Playmobilfiguren lagen verstreut am Boden. Ob Strömer die für die Therapie brauchte? Spielten die Patienten Szenen mit ihnen nach?

„Ich habe alles so gelassen, wie es war“, sagte Strömer und deutete zu dem massiven Holzschrank in der Ecke. Die Türen standen offen, das Schloss war herausgebrochen und lag neben ein paar verstreuten Papieren auf dem Teppichboden.

„Können Sie abschätzen, wann der Einbruch stattgefunden hat?“, fragte Edgar. Sie kannte ihn gut genug, um das Misstrauen aus seiner Stimme herauszuhören. Glaubte er dem Therapeuten nicht?

„Irgendwann heute Nacht. Meine Frau ist Therapeutin in einem kinderpsychologischen Zentrum. An Montagabenden arbeiten wir hier gemeinsam mit den Familien. Die Praxis haben wir ungefähr um 22 Uhr 30 verlassen, kurz nach der letzten Sitzung.“

„So spät? Wer war denn Ihre letzte Sitzung?“

Ja, eindeutig, Edgar klang, als würde er Strömer kein Wort glauben. Aber warum? Und aus welchem Grund sollte er denn lügen?

„Das kann ich Ihnen nicht sagen, es ist streng vertraulich.“

Edgar schien widersprechen zu wollen.

„Ich komme gleich dazu, dann werden Sie es verstehen", winkte Strömer ab. „Es ist allein meine Schuld, ich hätte das sofort ..." Er hielt kurz inne. „Nein, der Reihe nach", korrigierte er sich, „heute Morgen habe ich gleich bemerkt, dass eingebrochen worden war. Im Flur war der Kleiderständer umgekippt und alle Zeitschriften lagen am Boden. Es hat mich sehr gewundert. Ich meine, was gibt es hier schon Wertvolles zu stehlen? Mein Honorar wird überwiesen, niemand bezahlt bar. Ich habe angenommen, jemand ist wahllos in mehrere Büros eingebrochen und meine Praxis war dabei. Doch nirgends sonst wurde eingebrochen, und als ich das Behandlungszimmer gesehen habe, wusste ich, dass es Absicht war. Jemand hat etwas gesucht ... und gefunden."

„Was wurde entwendet?", fragte Edgar ungeduldig.

Strömer deutete auf die gelben dünnen Mappen und die handschriftlichen Papiere, die verstreut am Parkettboden lagen. „Patientenakten. Wie viele genau, weiß ich noch nicht, außer ..." Er zögerte.

„Wer weiß, dass Sie Patientenakten hier aufbewahren?"

„Nur meine Patienten, sonst niemand. Ich hole den jeweiligen Akt am Beginn der Stunde aus dem Schrank und lege ihn nachher dorthin zurück, sowohl für Einzelpersonen als auch für Paare. Die Aufzeichnung der Familien macht nur meine Frau."

„Sie haben nicht die Polizei verständigt?"

Er schüttelte den Kopf.

„Warum nicht?"

„Es wurde noch etwas gestohlen." Er zögerte.

„Und was?", fragte Edgar.

Auf Strömers Stirn bildete sich eine tiefe Falte. „Das ist kompliziert. Aber ich kann mich wirklich nicht an die Polizei wenden, denn ..." Er ließ den Satz in der Luft hängen, schüttelte den Kopf und presste die Lippen aufeinander. Sein Blick war glasig und merkwürdig leer.

„Das müssen Sie genauer erklären", sagte Edgar.

Strömer nickte mit einem unterdrückten Seufzen. „Ja, ich weiß. Es war ...“ Er wurde vom Läuten seines Handys unterbrochen, sah auf das Display, murmelte: „Entschuldigung, da muss ich ran, das ist meine Frau“, und verschwand aus dem Behandlungszimmer.

Toni ließ sich auf die große blaue Chaiselongue fallen, während Edgar seine Brille aufsetzte und vor dem Schrank in die Knie ging. Er betrachtete das kaputte Schloss des Aktenschranks genauer und stieß einen überraschten Laut aus.

„Was ist los?“, fragte sie.

„Sieht so aus, als wäre jemand wütend gewesen“, murmelte er.

„Echt? Woran erkennst du das?“

„Da wurde mehr Gewalt angewendet als nötig. Der Einbrecher hat sich an dem Holz ganz schön ausgelassen, wahrscheinlich mit einem Hammer oder etwas in der Art.“

Toni stand auf und ging neben Edgar in die Knie. Jetzt sah sie es auch, er hatte recht. Die Schranktüren waren stellenweise komplett demoliert.

„Also ich finde Strömer sehr sympathisch“, flüsterte sie Edgar zu.

Er schüttelte leicht den Kopf.

„Du nicht?“, fragte sie nach.

Edgar zuckte mit den Achseln, aber sie erkannte an seinem Gesichtsausdruck, dass er Strömer nicht mochte. Toni stand wieder auf. Der Therapeut machte auf sie einen vertrauenserweckenden Eindruck, er hatte etwas an sich, das ihr ein Gefühl von Hoffnung gab. Obwohl sie gar nicht sagen konnte, was es genau war. Vielleicht gründete Edgars Skepsis auf dem, was sie gerade erlebt hatten? Es musste ihn treffen, dass er sich so in seinem Auftraggeber geirrt hatte.

Edgar kam mit einem verhaltenen Ächzen hoch und griff sich ans Kreuz. Toni bemühte sich, ihm keinen vorwurfsvollen Blick zuzuwerfen. Sie hatte ihm eine App aufs

Handy geladen mit täglichen Fitnessübungen. Vermutlich hatte er die nicht einmal angesehen. Er fuhr sich durch die Haare, sah auf seine Armbanduhr. Toni wollte ihn fragen, ob er wegmusste, da kam Strömer zurück.

„Entschuldigen Sie bitte die Unterbrechung." Der Psychologe hatte das braune Sakko ausgezogen, das hellblaue Hemd war voller Schweißflecken. „Wo waren wir gerade?", fragte er.

„Ich kann nicht länger bleiben, aber ich habe mir ein Bild gemacht", sagte Edgar. „Wir werden morgen alles Weitere besprechen."

„Bitte, wenn Sie nur noch zehn Minuten Zeit hätten ..." Strömer legte sich eine Hand aufs Herz, das schien wohl eine seiner verinnerlichten Gesten zu sein. „Das, was ich Ihnen erzählen werde, bedarf strengster Diskretion."

Toni sah Edgar an, dass er verneinen wollte, doch Strömer sagte rasch: „Ich wurde erpresst und es hat sicher mit dem Einbruch zu tun."

„Fünf Minuten", brummte Edgar widerwillig.

Sie nahmen auf der Chaiselongue Platz, Strömer setzte sich ihnen gegenüber in den schwarzen Lederstuhl und stützte die Ellbogen auf den Knien ab: „Vielen Dank, ich weiß das sehr zu schätzen." Er räusperte sich, hielt einen Moment inne. Fast hatte Toni den Eindruck, er wäre traurig. Nein, es war etwas anderes. Er wirkte beschämt. „Es war ein Anruf von einer unterdrückten Nummer. Das war vor ungefähr einem Monat. Eine verzerrte Stimme, ich kann nicht sagen, ob es sich um eine Frau oder einen Mann gehandelt hat. Ich dachte, jemand erlaubt sich einen Scherz, vielleicht Jugendliche."

„Wieso ein Scherz?", fragte Edgar.

„Es war nach einem Fernsehinterview, das ich gegeben habe, und meine Nummer ist nun mal öffentlich. Jedenfalls wollte ich auflegen. Aber ich habe schnell erkannt, dass es etwas anderes war. Diese Person wusste sehr exakte Details, die sie nicht wissen konnte."

„Was für Details?“

Strömer sah wieder hoch. „Details darüber, was hier in meiner Praxis passiert ist.“ Er griff zu seinem Ehering und fing an, ihn zu drehen. Als er Tonis Blick darauf bemerkte, ließ er ihn sofort los. „Der Anrufer hat gesagt, er oder sie hätte einen Beweis und würde alles an die Öffentlichkeit bringen, wenn ich nicht tue, was von mir verlangt wird. Er hat mir eine Aufnahme vorgespielt.“

„Wovon?“

Strömer schüttelte den Kopf. „Das kann ich Ihnen nicht sagen. Es ist streng vertraulich. Meine Patienten müssen sich darauf verlassen können, dass nichts diesen Raum verlässt.“

„Verstehe“, sagte Edgar, doch es klang, als würde er es nicht so meinen. Anscheinend bemerkte Strömer das auch.

„Außer den Patienten, meiner Frau und mir hat niemand Zutritt zu diesen Räumen. Ich habe nicht mal mehr eine Putzfrau, ich erledige das selbst. Unter meinen Patienten befinden sich mittlerweile so viele bekannte Persönlichkeiten. Es ist wichtig, sich in einer Therapie vollkommen öffnen zu können. Dafür braucht es das größte Vertrauen und dazu gehört, dass ich die größtmögliche Diskretion und Sicherheit biete“, erklärte Strömer.

„Wie kam es zu dieser Aufnahme?“, fragte Edgar.

Er schlug sich auf die Oberschenkel. „Das weiß ich nicht und ich kann es mir auch nicht erklären. Von meinen Patienten war nie jemand alleine hier. Ich bin immer anwesend. Diese Aufnahme ist gar nicht möglich, wenn man bedenkt, dass ich seit einem halben Jahr keine neuen Patienten mehr aufnehmen kann, weil ich voll ausgebucht bin. Die Didiers waren eine Ausnahme. Darum ist es so verstörend, dass ...“

Toni fragte sich, wen der Therapeut mit den Didiers meinte? Sie kannte nur Julia Didier, eine Schauspielerin, die sie schon in unzähligen Serien, Filmen und vor ein paar Monaten im Burgtheater gesehen hatte. Zwei Mal war Toni am Stehplatz in der restlos ausverkauften Vorstellung von *Cyrano de Bergerac* gewesen. In dieser neu übersetzten Inszenierung hatte die Regisseurin alle Geschlechterrollen getauscht. Schon alleine das war großartig, zusätzlich wurde die Geschichte in die Gegenwart verlegt, statt Fechtszenen gab es Rap-Battles und auf Cyranos große Nase war verzichtet worden, sie diente nur noch als Metapher. Diese Doppeldeutigkeit wurde dadurch hervorgehoben, dass die Cyrano tatsächlich von einer so schönen Frau wie Julia Didier gespielt wurde. Die Vorstellungen waren restlos ausverkauft. Hatte Tim Julia Didier nicht erst vor einiger Zeit erwähnt?

„Was meinen Sie?“, fragte Edgar nach.

Strömer drehte sich um. „Dass dieser Anrufer von mir verlangt hat, ich soll die Didiers nicht weiter behandeln. Nur das. Und sollte ich mich weigern, würde die Aufnahme, die mir vorgespielt wurde, online gehen. Das war am Abend nach deren dritter Sitzung. Wenn ich mich daran halten würde, würde ich die Aufnahme auf einem USB-Stick bekommen, mit dem Versprechen, es sei die einzige.“

„Sie meinen mit Didier Julia Didier, die Schauspielerin, und ihren Mann, richtig?“, fragte Edgar nach.

„Ja, Erich und Julia Didier.“

Toni atmete vor Erstaunen hörbar ein und kaschierte es mit einem Husten. Wenn das Lena wüsste! Toni saß bei dem Therapeuten, der Julia Didier behandelt hatte. Wie cool war das denn! Dass Edgar, der sich so gar nicht für Film und schon gar nicht für Klatsch und Tratsch interessierte, wusste, wen Strömer mit den Didiers gemeint hatte, wäre aber alleine schon Grund genug für Tonis Erstaunen gewesen.

„Hatte denn diese Aufnahme etwas mit den Didiers zu tun?“, fragte Edgar.

„Nein.“

Edgar sagte nichts, anscheinend wartete er, ob Strömer das ausführte. Doch der Therapeut schwieg.

„Haben Sie getan, was der Anrufer von Ihnen verlangt hat?“, fragte Edgar schließlich.

Strömer nickte. „Der USB-Stick lag ein paar Tage danach in meinem Briefkasten.“

„Sie haben ihn behalten, in dem Schrank aufbewahrt und er wurde gestern Nacht gestohlen, richtig?“, fragte Edgar.

„Ja, das stimmt“, sagte Strömer perplex.

„Hat sich der Erpresser noch einmal gemeldet?“

„Nein. Nachdem ich den Didiers abgesagt habe, kam kein Anruf mehr. Die Sache war für mich in dem Moment erledigt, als der USB-Stick eingetroffen ist. Ich wollte es auf sich beruhen lassen.“

Toni hätte gerne gewusst, wieso er diesen USB-Stick behalten hatte. Es musste irgendwas Wichtiges drauf sein. Ein Geständnis vielleicht? Von einem Promi? Doch Edgar schien sich dafür nicht zu interessieren.

Strömer fuhr fort: „Und jetzt ... Sie wissen von Erich Didier, dass er ...?“ Edgar nickte. Toni hatte keine Ahnung, was Strömer meinte. Er setzte sich wieder, verschränkte die Finger ineinander. „Das ist kein Zufall. In derselben Nacht, nur ein paar Stunden nach der Tat, wird bei mir eingebrochen und der USB-Stick gestohlen. Ich weiß noch nicht, welche Akte weg sind, ich muss alles erst ordnen – aber ich habe sofort nach dem Akt der Didiers gesucht. Er ist nicht mehr da.“

Strömer sprach weiter, Toni holte so unauffällig wie möglich ihr Handy aus der Tasche und rief eine Nachrichtenseite auf. Sie musste nicht danach suchen, es war die Headline.

Erich Didier war tot. Ermordet. Seine Leiche war gestern Abend von Julia Didiers Assistentin Marie H. in der Wohnung gefunden worden, während die Schauspielerin live im Fernsehen beim *kulturMontag* ein Interview gab.

Toni konnte es nicht glauben. Das war furchtbar. Sie schloss die Nachrichtenseite und ging auf Bildersuche nach Erich Didier. Da war ein Foto von einer Preisverleihung. Julia Didier und ihr Mann Arm in Arm, beide unfassbar gutaussehend, er im Smoking, sie im roten Abendkleid. Ein Traumpaar. Erfolgreich. Glücklich.

„Was für eine Tragödie", kam es Toni über die Lippen.

„Ja", sagte Strömer, der anscheinend dachte, sie sprach von ihm. Sie steckte ihr Handy wieder ein.

„Mit welcher Begründung haben Sie damals den Didiers abgesagt?", fragte Edgar.

„Dass ich zu viel zu tun habe und sie mich nicht brauchen würden, wenn sie fixe Arbeits- und Privatzeiten einhielten."

„Wie haben sie reagiert?"

„Ich habe Julia Didier angerufen und hatte den Eindruck, sie war erleichtert. Aber Erich Didier war nicht damit einverstanden. Er hat nachgefragt, ob ich mir wirklich sicher sei? Er wollte eine Empfehlung, zu wem sie sonst gehen könnten."

„Und haben Sie ihm die gegeben?"

„Das hätte ich unter anderen Umständen getan. Aber in diesem Fall – nein."

„Fällt Ihnen irgendein Grund ein, warum der Erpresser diese Forderung hatte? Eine Affäre vielleicht?"

„Das, was ich Ihnen jetzt erzähle, bleibt zu hundert Prozent unter uns?"

Toni nickte, dabei hatte er Edgar angesehen.

„Natürlich."

„Bei den Didiers gab es meines Wissens keinen Ehebruch, keine Fremdliebe, keine heftigen Auseinandersetzungen, nichts dergleichen."

„Was meinen Sie mit ‚Ihres Wissens'?"

„Dass keiner von beiden darüber geredet hat. Aber ich hatte meine Zweifel."

„Bei ihm oder bei ihr?“

„Bei ihm. Bei der zweiten Sitzung spreche ich zuerst mit jedem alleine. Ich versichere meinen Patienten, dass die Partnerin oder der Partner nichts davon erfährt. Ganz gleich, was sie mir erzählen. Es ist jedoch wichtig für den Erfolg der Therapie, mit mir alles zu besprechen. Ob sie es irgendwann zum Thema machen wollen oder nicht, bleibt vollkommen meinen Patienten überlassen. Manchmal stellt sich bei der Therapie heraus, dass es besser ist, für sich zu behalten, wenn ...“ Anscheinend bemerkte er Edgars ungeduldigen Blick auf die Uhr, denn er sagte rasch: „Auf den ersten Blick hat es gewirkt, als hätten sich die Didiers nach zehn Jahren Ehe auseinandergelebt. Es ging bei ihnen fast nur um die Karriere von Frau Didier. Das wollten sie ändern, ohne den Erfolg zu gefährden. Im Einzelgespräch hat sich Erich Didier besorgt gezeigt. Die enge Zusammenarbeit belaste ihre Ehe. Womit er recht hatte. Berufliches mit Privatem zu verbinden, ist immer eine Herausforderung. Aber ich hatte den Eindruck, er verschweigt etwas.“

„Eine Affäre?“

„Ich nehme es an. Es ist nicht ungewöhnlich, dass es auch in der Einzeltherapie Zeit braucht, um so etwas zuzugeben.“

„Hatten Sie irgendeinen Verdacht, wer diese Affäre sein könnte?“

„Wie gesagt, das war nur eine Vermutung von mir. Vielleicht irre ich mich. Auf jeden Fall hat Herr Didier etwas verschwiegen.“

Edgar sah wieder auf die Uhr und räusperte sich.

„Als ich am Morgen den Diebstahl bemerkte, habe ich sofort alle meine Termine für heute abgesagt und meinen Anwalt angerufen“, sagte Strömer rasch. „In diesen Akten stehen sehr intime Details von einflussreichen und bekannten Personen.“ Er wischte sich Schweiß von der Stirn.

„Was sagt Ihr Anwalt?"

„Noch nichts, ich war auf dem Weg in seine Kanzlei. Eine Frau ist mir gefolgt, sie wollte ein Interview. Hat gesagt, es sei für ihren True-Crime-Podcast, wegen des Mordes an Erich Didier. Ich kannte sie nicht, ich kann mir nicht mal erklären, woher sie wusste, dass die Didiers bei mir waren."

„Das hat sie gesagt?"

„Ja. Ich wollte nicht, dass sie mir weiter folgt, also bin ich in die Konditorei Gerstner und war gerade dabei, auf der Toilette meinem Anwalt eine Nachricht zu schicken, dass ich mich verspäte. Und da habe ich dann Sie ..."

Das Klingeln an der Tür unterbrach ihn. Er sah erstaunt aus.

„Ich erwarte niemanden."

Das Klingeln hörte nicht auf. Es folgte ein Hämmern.

„Kein Problem, wir müssen ohnehin gehen", sagte Edgar und stand auf.

„Würden Sie noch einen kurzen Moment warten?"

Edgar nickte mürrisch. Strömer stand auf und schloss hinter sich die Tür zum Praxisraum. Toni wollte Edgar fragen, wieso er es so eilig hatte, doch sie kam nicht dazu.

5.

Ein Schluchzen war zu hören. So laut und erschütternd, dass es sogar durch die geschlossene Tür der Praxis drang. Edgar erstarrte innerlich und bereute erneut, dass er sich von dem Therapeuten hatte überreden lassen.

„Ju...li...a", wimmerte eine Stimme. Es war nicht zu erkennen, ob sie zu einem Mann oder zu einer Frau gehörte. Edgar nahm an, wer das auch immer war, sprach über Julia Didier. Toni sah ihn ratlos an, er zuckte mit den Schultern.

„Ich verstehe Sie nicht, bitte versuchen Sie, ruhig zu atmen", sagte Strömer immer wieder, die Hilflosigkeit schwang in seiner Stimme. „Atmen Sie ... Vorsicht." Ein Krachen war zu hören, kurz darauf Strömer: „Können Sie mir bitte helfen?" Damit waren eindeutig Edgar und Toni gemeint.

Das Bild, das sich ihnen bot, als Toni die Tür öffnete, hatte Edgar nicht erwartet. Es war ein alter Mann, gebrechlich und dünn, der sich nur noch durch Strömers Hilfe auf den Beinen halten konnte. Ein Stock, eine Stofftasche und eine Brille lagen neben ihm am Boden. Seine Schultern bebten vor Weinen. Edgar bedeutete Toni, ihm den Arm des Mannes um die Schulter zu legen. Gestützt von Strömer auf der einen und Edgar auf der anderen Seite, brachten sie ihn in die Praxis. Immer wieder versuchte der alte Mann, etwas zu sagen, doch er brachte nur ein Keuchen heraus. Gemeinsam setzten sie ihn langsam und behutsam auf der Couch ab. Strömer warf ihnen einen dankbaren Blick zu und reichte dem Mann eine Kleenex-Box. Er fasste mit zitternden Händen danach, ohne ein Taschentuch zu nehmen, während er von einem erneuten Schluchzen und einem anschließenden Hicksen geschüttelt wurde. Toni sammelte in der Zwischenzeit die auf dem Boden liegenden Habseligkeiten des Mannes zusammen und stellte sie neben ihn auf die Couch.

Edgar hatte jetzt wenigstens einen Anlass, um die Praxis zu verlassen. Doch einfach so rauszustürmen, ohne sich zu vergewissern, dass es dem alten Mann gut ging, brachte er nicht über sich. *Eine Minute*, sagte er sich. Ralph war sicher schon im Restaurant. Er hatte die Angewohnheit, überpünktlich zu sein.

Das Hicksen des alten Mannes wurde rhythmischer, der Schluckauf und das Schluchzen lösten einander ab, bis nur noch das Hicksen blieb.

„Wollen Sie ein Glas Wasser?", fragte Strömer unnötigerweise. *Bring ihm doch einfach eines,* dachte Edgar.

„Es tut mir – hicks – leid, ich wollte – hicks – nicht unter – hicks – brechen", sagte der alte Mann und deutete auf Edgar und Toni. „Aber Julia, meine Toch – hicks – ter ..." Anscheinend dachte er, Edgar und Toni wären ein Patientenpaar, was Edgar sich nur mit seiner fehlenden Brille erklären konnte. Und damit meinte er nicht nur ihren Altersunterschied, sondern dass man ihm doch ansehen musste, dass er niemals freiwillig an einem Ort wie diesem wäre.

Seine Tochter Julia, hatte er gesagt – war das der Vater von Julia Didier?

Endlich brachte Strömer ihm ein Glas Wasser. Der alte Mann nippte daran, doch er zitterte so sehr, dass er mehr verschüttete, als zu trinken, und Strömer nahm es ihm rasch wieder aus der Hand.

„Was kann ich für Sie tun?", fragte er in einem typischen Therapeutentonfall, ein aufgesetzter Singsang in Edgars Ohren.

„Mein Name ist Egon Kratochvil. Ich bin hier wegen meiner Tochter. Ich bin der Vater von ...", er schluckte, verzog das Gesicht, doch dann schaffte er es gerade noch, die Fassung zu behalten, „der Vater von Julia Kratochvil, ich meine, Didier."

Strömer nickte, er ließ eine Plattitüde los, wie sehr er alles bedauerte, Edgar versuchte, nicht hinzuhören.

Der Mann tat ihm leid, er musste weit über 80, eher sogar 90 Jahre alt sein und sein gesundheitlicher Zustand wirkte alles andere als gut. Edgar hatte keine Ahnung, wie alt Julia Didier sein mochte, auf jeden Fall schien er erst spät sein Vaterglück gefunden zu haben. Die Ähnlichkeit mit seiner Tochter war ihm anzusehen. Wahrscheinlich war er früher sehr gutaussehend gewesen. Ein faltiges Gesicht, doch sein Blick war aufmerksam, und wenn auch voller Schmerz, so konnte man doch den Scharfsinn darin erkennen.

Er setzte die Brille auf, die Toni neben ihn gelegt hatte, und sah mit seinen wässrig grauen Augen von Edgar zu Toni und dann zu Strömer.

„Das ist Herr Brehm, er ist Privatdetektiv, und das ist seine Assistentin, Frau ...“, sagte Strömer rasch. Es klang, als würde er sich verteidigen.

„Lorenz“, ergänzte Edgar.

„Sind Sie hier wegen Julia?“, fragte Herr Kratochvil.

„Ja, das sind sie“, antwortete Strömer.

Der alte Mann straffte die Schultern, er stützte sich auf den Stock und schien neue Kraft gefunden zu haben.

„Meine Tochter hat das nicht getan.“

„Was getan?“, fragte Strömer.

„Sie hat Erich nicht umgebracht.“

„Natürlich nicht.“ Es klang nicht wie eine gut gemeinte Beschwichtigung, sondern nach Überzeugung.

„Aber die Polizei sagt, sie war es. Sie sind zu mir nach Hause gekommen und haben gesagt, Julia hat gestanden, bevor sie ...“ Er schluchzte auf, seine Stimme versagte.

„Das kann nicht sein“, sagte Strömer, er klang entsetzt.

„Ich weiß. Sie haben gesagt, es gibt keinen Zweifel. Aber das kann nicht sein. Darum bin ich sofort hergekommen. Niemals hätte sie das tun können.“ Kratochvil drehte sich zu Strömer. „Das müssen Sie denen sagen. Sie kennen Julia doch auch.“

„Herr Kratochvil ...“

„Ich weiß, dass die beiden Probleme hatten. Sie hat nicht darüber gesprochen, aber ich habe es gemerkt. Ich kenne meine Tochter. Sie hat mir ja auch erzählt, dass sie bei Ihnen in Therapie waren. Aber sie war es trotzdem nicht!“

Betretenes Schweigen breitete sich in dem Praxisraum aus. Das war nun der richtige Zeitpunkt, zu gehen. Edgar gab Toni mit einer Kopfbewegung ein Zeichen.

„Wir lassen Sie allein, ich melde mich morgen“, sagte er zu Strömer. Und schob in Gedanken hinterher, dass er sich bis morgen sehr gut überlegen würde, ob er diesen Fall annehmen wollte.

„Bitte, warten Sie, junger Mann. Können Sie bitte kurz zu mir kommen“, sagte Herr Kratochvil und streckte ihm seine Hand entgegen. Edgar war sich nicht sicher, was er von ihm wollte. Und er konnte sich auch nicht erinnern, wann ihn in den letzten 20 Jahren jemals jemand als junger Mann angesprochen hatte.

Dennoch ging er hinüber, beugte sich runter und griff nach der Hand des alten Mannes, die erstaunlich weich war. „Sind Sie ein guter Detektiv?“

Edgar musste lächeln.

„Ich gebe mir Mühe.“

Er nickte. „Sie sind ein ehrlicher Mensch, das sehe ich Ihnen an. Ich habe eine gute Menschenkenntnis. Julia war schon lange nicht mehr glücklich. Sie hat versucht, es vor mir zu verbergen. Sie mag auf der Bühne eine großartige Schauspielerin sein, aber ich kenne meine Tochter doch.“ Man merkte ihm beim Sprechen den Kloß in seinem Hals an. „Ich weiß nicht, was geschehen ist, sie wollte es mir nicht sagen. Aber ich hatte bei Erich von Anfang an ein schlechtes Gefühl. Ich habe mir eingeredet, das wäre normal. Es ist doch kein Mann gut genug für die eigene Tochter.“ Er seufzte. „Ich habe ihr das nie gesagt. Er war ihre Wahl und man wünscht sich nur eines für sein Kind, nämlich dass es glücklich ist. Darum war ich so froh, als sie mir von der Therapie erzählt hat." Er schüttelte den Kopf. „Ich hätte genauer hinsehen sollen. Bitte, Herr Brehm, Julia war das nicht. Das müssen Sie beweisen."

„Herr Kratochvil ..." Edgar suchte nach den richtigen Worten. Er verstand den Wunsch, ihn zu engagieren, doch er wusste zugleich auch, dass es ein Auftrag wäre, den er nie annehmen konnte. Und das hatte nichts mit Strömer zu tun, sondern alleine mit der Tatsache, dass es für Herrn Kratochvil wahrscheinlich nichts herauszufinden gab. Wenn es stimmte, was die Beamten Herrn Kratochvil gesagt hatten. Wovon Edgar ausgehen konnte, denn niemand wollte einem Vater beibringen müssen, dass seine eigene Tochter eine Mörderin war. Was auch immer zwischen seiner Tochter und ihrem Mann vorgefallen war, ob sie aus Affekt gehandelt hatte oder es geplant war, es würde nichts daran ändern, dass sie ihn umgebracht hatte.

„Für die Ermittlung der Umstände ist die Kriminalpolizei zuständig", sagte Edgar.

Herrn Kratochvils Hand glitt aus Edgars, sein Gesicht zeigte nur noch Verzweiflung, sein Kinn zitterte. Edgar hörte, wie Toni laut neben ihm schluckte.

„Es tut mir wirklich sehr leid."

„Julia war das nicht. Ich weiß es", sagte er kaum hörbar.

Doch noch aus seiner Zeit als Polizist wusste Edgar, dass das nur ein frommer Wunsch eines liebenden Vaters war. Wahrscheinlich konnte jeder unter den richtigen oder, besser gesagt, falschen Umständen zum Mörder werden. Und anscheinend war auch eine berühmte und gefeierte Schauspielerin wie Julia Didier nicht davor gefeit.

Herr Kratochvil griff nach der Stofftasche, er zog ein Fotoalbum heraus und streckte es Edgar entgegen: „Sehen Sie sich das an. Bitte." Es war voll mit ausgeschnittenen Zeitungsberichten von Julia Didier. Ihr beruflicher Werdegang, angefangen von Auftritten als Jugendliche, als junge Schauspielerin auf kleinen Kellerbühnen, Fotos von ihr in verschiedenen Kostümen und dann weitere Bilder mit Erich Didier, ihr Gesicht auf Filmplakaten.

„Ihre Tochter ist …“, begann Edgar, doch er wurde vom nicht stoppen wollenden Klingeln an der Tür unterbrochen. Es folgte ein Hämmern.

So, das reichte, sie sollten jetzt wirklich gehen! Wenn die ganze Sache nicht so tragisch wäre, müsste man fast schon an eine Slapstick-Komödie denken bei dem vielen Kommen und Gehen. Nicht dass da noch jemand auf die Idee kam, ihn zu engagieren. Doch bevor Edgar etwas sagen konnte, flitzte Strömer aus der Praxis, schloss die Tür hinter sich und ließ sie alleine mit Herrn Kratochvil.

„Guten Tag, Kriminalpolizei. Sind Sie Alfred Strömer?“, fragte eine ihm bekannte Stimme im Flur. Das hatte auch Herr Kratochvil verstanden, er zuckte leicht zusammen.

Edgar drehte sich zu Toni, sie hatte die Augen aufgerissen.

„Ist das Carolin Schebesta?“, flüsterte sie.

Edgar gab Herrn Kratochvil das Album zurück und ging zur Tür. Er drückte vorsichtig die Klinke herunter und öffnete sie einen Spalt. Kaum hatte er hindurchgesehen, schnellte er zurück. Er formte ein lautloses „Sie ist es“ und lehnte die Tür wieder an. Toni stand auf und trippelte auf Zehenspitzen zu Edgar. Der Parkettboden unter ihren Füßen knarrte. Sie hielt inne. Herr Kratochvil beobachtete die Szene, ohne etwas zu sagen. Aber auch er schien nicht begeistert vom Besuch der Polizei zu sein. Edgar konnte nur vermuten, dass Strömer nicht seine erste Anlaufstelle war. Wahrscheinlich hatte man ihn bereits abblitzen lassen.

Strömer schien Schebesta abwimmeln zu wollen, doch als sie sagte, er müsse sonst aufs Revier, ließ er sie herein.

Schritte waren zu hören. Das klang nach mehr als zwei Personen, sie war nicht alleine.

„Ist hier eingebrochen worden?“, fragte Schebesta.

„Was? Nein. Das war ein Patient.“ Edgars Misstrauen in Strömer wurde nicht unbedingt geschmälert dadurch, dass er offenbar auf Kommando lügen konnte.

„Aha?“ So wie Schebesta klang, bezweifelte Edgar, dass sie ihm glaubte.

Die junge Beamtin war nicht zu unterschätzen, das hatte er erst vor ein paar Wochen selbst erlebt. Sie war klug, unkonventionell genug, um eigene Wege zu gehen, und Tonis Oma hatte bei der Hochzeit anerkennend zu ihr gesagt, sie hätte Chuzpe. Was stimmte. Und die brauchte sie auch, denn Schebesta war die Tochter des Polizeibeamten, wegen dem man Edgar vor über 20 Jahren unehrenhaft aus dem Polizeidienst entlassen hatte. Edgar war von ihm verleumdet und hintergangen worden, da er sich geweigert hatte, bei Absprachen und Korruptionsdeals mitzumachen. Obwohl sie wirklich nichts dafür konnte und er persönlich rein gar nichts gegen sie hatte, war es trotzdem kein Wunder, dass Edgar nicht sonderlich gut auf Carolin Schebesta zu sprechen war. Und wenn man bedachte, dass sie Ralph als Hauptverdächtigen bei einem Mordfall in Untersuchungshaft gesteckt hatte, konnte man ihm das noch weniger verübeln. Ralph hingegen hatte ihr verziehen. Schebesta war sogar seine „plus eins“ auf der Hochzeit von Tonis Oma gewesen. Aber Ralph war Priester, nein, ehemaliger Priester. Er hatte wegen Edgar sein Priesteramt zurückgelegt, was laut Toni „das Romantischste ist, das ich jemals gehört habe“. Nicht zu verzeihen, kam für ihn wohl einfach nicht in Frage.

„Herr Strömer, wir ermitteln im Mordfall Erich Didier“, sagte Carolin Schebesta so nüchtern, als würde sie über ihre Steuererklärung sprechen. Anscheinend war Strömers Klientenliste doch nicht so geheim, wie er dachte.

„Ich gehe davon aus, dass Sie wissen, wer das ist. Können wir uns setzen?“

„Tut mir leid, das geht nicht, ich habe Patienten. Aber wenn Sie möchten, in einer halben Stunde habe ich Zeit und dann können wir ..."

„Es dauert nicht lange. Warum waren die Didiers bei Ihnen in Therapie?"

„Darüber darf ich nicht sprechen."

„Das werden Sie aber müssen."

„Wie meinen Sie das?"

„Frau Didier hat den Mord an ihrem Mann gestanden."

„Besteht kein Zweifel?", fragte er. Er versuchte nicht mal, überrascht über die Neuigkeit zu klingen.

„Nein", sagte Schebesta knapp. „Die beiden waren drei Mal bei Ihnen. Ich würde gerne wissen, wieso nicht öfter? Und worum ging es?"

„Ich möchte Ihnen wirklich helfen. Aber ich kann das aus ethischen Gründen nicht erzählen. Es muss etwas vorgefallen sein. Das ist die einzige Erklärung, die ich anbieten kann."

„Hat Erich Didier seine Frau betrogen?"

„Davon hat er nichts erwähnt."

„Sie ihn?"

„Auch davon wurde nicht gesprochen. Alles, was ich Ihnen sagen kann, ist, dass keiner von den beiden einen Ehebruch als Grund für die Therapie erwähnt hat. Zu dem Zeitpunkt der Sitzungen wäre eine Gewalttat niemals, nicht einmal ansatzweise möglich gewesen."

„Sind Sie ein guter Therapeut?", fragte eine Männerstimme provozierend. Schebesta war also wirklich nicht alleine.

Sie wies ihren Kollegen mit einem bissigen „Darum geht es hier nicht" in die Schranken. Er murmelte unverständlich zurück. Das klang nicht gerade nach einem harmonischen Arbeitsverhältnis. Irgendwie kam Edgar diese Stimme bekannt vor. Aber alle Kollegen, mit denen er vor mehr als 20 Jahren zusammengearbeitet hatte, waren bis auf Fernanda an andere Dienststellen gewechselt oder von der Polizei weggegangen.

„Falls Sie damit meinen, ob ich es erkenne, wenn mir etwas vorgespielt wird – ich bin kein Hellseher, aber ich lese aus dem unbewussten Verhalten von Menschen mehr, als sie vermuten würden. Das gehört zu meinem Job.“ Das ging eindeutig gegen Schebestas Kollegen, der auf Strömers Aussage mit einem abschätzigen Laut reagierte.

„Ich denke, es ist besser, Sie wenden sich direkt an Frau Didier und fragen sie nach ihrem Motiv“, sagte Strömer.

„Das würde ich, wenn ich könnte“, sagte Schebesta.

„Was meinen Sie damit?“

„Es gab einen Unfall“, sagte Schebestas Kollege, er klang gehässig. „Oder wissen Sie das auch schon aus meinem unbewussten Verhalten?“

Edgar ruckte den Kopf zu Herrn Kratochvil. Er sah Edgar an, aber im Gegensatz zu ihm schien er nicht verblüfft. Sein Kinn fing wieder an zu zittern. Wusste er das bereits?

„Was ist passiert?“, fragte Strömer, er hörte sich ehrlich besorgt an. Carolin Schebesta seufzte laut auf.

„Frau Didier liegt im Koma. Und es ist ungewiss, ob sie so bald aufwachen wird.“

Julia Didiers Vater ließ den Kopf sinken, Edgar sah, wie die Tränen senkrecht auf den Boden tropften. Darum war er gekommen. Weil seine Tochter nicht selbst erklären konnte, was geschehen war.

In dem Moment klingelte Tonis Handy. Es war der Klingelton, den Tim Ravinger ihr aufgenommen hatte. „Bitte, heben Sie ab“, sagte er mit raunender Stimme in Dauerschleife. Edgar sah, wie sie den Anruf rasch wegdrückte, entschuldigend die Schultern hob und mit den Lippen ein stimmloses „Sorry“ formte. Er antwortete genauso stimmlos und deutete Richtung Flur, doch Toni verstand nicht, was er meinte, und zuckte mit den Achseln. Plötzlich war ihm nämlich eingefallen, woher er die Stimme des Beamten bei Carolin Schebesta kannte. Aber das konnte doch nicht sein. Nein, er musste sich irren.

Im nächsten Moment flog die Tür zum Praxisraum auf.

Strömer rief: „Was machen Sie da, das dürfen Sie nicht."

Georg Schebesta, sein ehemaliger Kollege bei der Polizei, der Vater von Carolin, stand vor Edgar. Er hatte die Klinke in der Hand und starrte zuerst Edgar und dann Toni an, als könnte er nicht glauben, wen er vor sich hatte. Doch nach dem kurzen Moment der Überraschung breitete sich ein höhnisches Grinsen auf seinem Gesicht aus.

II.

X: Wie geht's dir?

Y: ...

X: Hallo?

Y: Was soll das? Wieso schreibst du mir wieder?

X: Weil ich wissen will, wie es dir geht?

Y: Gut. Mir geht es hervorragend.

X: Niemand kann hier mitlesen.

Y: Bist du ganz sicher?

X: Ja. Sonst würde ich nicht schreiben. Also?

Y: Was?

X: Wie geht's dir?

Y: Ich hab doch schon gesagt, gut.

X: Wirklich?

Y: Nein.

X: Mir auch nicht.

Y: Diese Unterhaltung ist eine schlechte Idee. Wir haben doch gesagt, wir lassen das.

X: Weil ...?

Y: Du weißt, warum. Also hör damit auf. Wir müssen das alles vergessen.

X: Das kann ich nicht.

Y: Warum? Was willst du überhaupt von mir?

X: Das fragst du wirklich?

Y: Was soll das bedeuten?

X: Es bedeutet, dass ich ohne dich nicht sein kann.

Y: Bitte, hör auf damit. Ich hatte ja keine Ahnung, was passieren würde, wenn wir uns sehen. Sag so etwas nie wieder.

X: Willst du das wirklich?

Y: Ja. Nein. Ich muss es wollen.

X: Warum?

Y: ...

X: Bist du noch da?

Y: Ja.

X: Es tut mir leid, wenn es dir wegen mir schlecht geht. Das ist das Letzte, was ich will.

Y: Ich weiß nicht, was ich machen soll. Ich weiß gar nichts mehr.

X: Kann ich etwas für dich tun?

Y: Du kannst mir helfen, damit ich nicht mehr an dich denke.

X: Und wenn ich das nicht will?

Y: Wir hätten das nie tun dürfen. Es war ein Fehler.

X: Darf ich ehrlich sein?

Y: Ich bin mir nicht sicher ...

X: Ich wollte das schon lange. Sehr, sehr lange.

Y: Aber wieso? Das ergibt keinen Sinn.

X: Hast du denn nie bemerkt, wie ich dich angesehen habe, wenn wir alleine waren?

Y: Vielleicht. Aber ich dachte, ich drehe durch und bilde mir das ein.

X: Hast du nicht.

Y: Das ist doch verrückt.

X: Nein. Ich muss dich wiedersehen.

Y: Wir sehen uns ohnehin fast jeden Tag.

X: Das meine ich nicht. Ich will alleine mit dir sein. Ich will dich wieder berühren, dich küssen, deine Hände auf mir spüren, mit dir …

Y: Stopp! Hör auf! Du solltest nicht mal daran denken.

X: Ich kann nichts dafür. Ich denke an nichts anderes. Ich bin verrückt nach dir. Wenn ich die Augen schließe, kann ich dich noch immer fühlen. Sag mir, dass es dir nicht genauso geht, und ich lasse dich sofort in Ruhe.

Y: Bitte, wir dürfen das nicht. Ich kann das nicht. Es war eine einmalige Sache. Und es wird nie wieder passieren.

X: Hat es dir nicht gefallen?

Y: Darum geht es nicht.

X: Beantworte meine Frage: Hat es dir nicht gefallen?

Y: Doch. Das ist ja das Problem.

X: Ich habe ein noch größeres Problem.

Y: Welches?

X: In meinem ganzen Leben habe ich noch nie jemanden so sehr begehrt wie dich.

Y: Das bildest du dir ein.

X: Nein. Es ist die Wahrheit. Es fühlt sich an, als hätte ich nur auf dich gewartet.

Y: Sag das nicht.

X: Ich will so sehr mit dir zusammen sein, ich kann gar nicht mehr klar denken. Ich glaube, ich ...

Y hat den Chat gelöscht.

6.

Edgar stand vor dem italienischen Restaurant, in dem er gleich Ralph treffen würde. Es kam ihm lächerlich vor, in seinem Alter so nervös zu sein. Er hatte sich zwar beeilt, war aber trotzdem zu spät und sollte sich nicht auch noch Zeit lassen. Es war kühl geworden, er vergrub die Hände in seinen Hosentaschen und trat von einem Fuß auf den anderen. Natürlich zögerte er das Wiedersehen absichtlich hinaus. Es war peinlich, das zuzugeben, doch es war der wahre Grund, warum er überhaupt mit in Strömers Praxis gegangen war.

Carolin Schebesta hätte nicht überraschter sein können, als ihr Vater Edgar und Toni präsentierte.

„Schau dir das an, ich glaub es nicht", sagte Georg Schebesta.

Dass Carolin Schebesta mit ihrem Vater zusammenarbeitete, war Edgar neu. Fernanda hatte nichts davon bei ihrem gestrigen Telefonat erwähnt. Sie war die Einzige seiner Exkolleginnen, mit der er nach all den Jahren noch immer befreundet war. Allem Anschein nach musste Georg Schebesta vor kurzem befördert worden sein. Er trug keine Polizeiuniform, sondern einen alten Trenchcoat, der Edgar sehr an Columbo erinnerte. Doch auch durch diesen Vergleich wirkte er nicht weniger unsympathisch und hinterhältig. Ob seine Tochter sich mit ihm versöhnt hatte, bezweifelte Edgar, wenn er die genervten Blicke, die sie ihrem Vater zuwarf, betrachtete.

Hätte Edgar es nicht besser gewusst, wäre ihm ihre Reaktion auf Toni und ihn erfreut vorgekommen. Edgar konnte nicht leugnen, dass es nett von ihr war, als sie ihm und Toni die Hand schüttelte und sich sogar bei ihm erkundigte, wie es Ralph ging. Ihr Vater gab währenddessen abschätzige und grunzende Laute von sich. Georg Schebesta war und würde für immer ein Abszess am Arsch der Menschheit bleiben.

Dann trat sie zu Herrn Kratochvil, der unverändert auf der Couch saß, und ging vor ihm in die Knie: „Geht es Ihnen schon ein wenig besser?“ Der alte Mann drehte empört den Kopf von ihr weg. Anscheinend war sie es gewesen, die ihm vorhin einen Besuch abgestattet hatte.

„Haben Sie vor, den zu engagieren?“, wollte Georg Schebesta von dem Therapeuten wissen. Herrn Kratochvil beachtete er gar nicht. Strömer überging die Frage, entschuldigte sich bei Carolin Schebesta und wollte Edgar und Toni zur Tür bringen.

„Junger Mann, auf Wiedersehen“, sagte Herr Kratochvil, während er ihm die Hand schüttelte. Dabei spürte Edgar die Oberfläche von Papier auf seiner Haut. Der alte Mann hatte ihm ungesehen von den anderen Anwesenden seine Visitenkarte zugesteckt. Edgar ballte seine Hand, um sie zu verstecken. Herr Kratochvil reichte auch Toni die Hand und bedankte sich bei ihr. Carolin Schebesta nickte ihnen zu.

„Ich rufe Sie morgen an“, flüsterte Strömer, als er Toni und Edgar zur Tür gebracht hatte.

„Tut mir leid, die Angelegenheit übersteigt meine Kapazitäten“, sagte Edgar knapp. Strömer sah ihn verwundert und enttäuscht an, doch Edgar wollte sich auf keine Diskussion und vor allem auf keine weitere Verzögerung einlassen, deshalb wandte er sich ab und ging.

Ob er Strömers Auftrag annehmen sollte, hatte sich für ihn erübrigt. Und das hatte auch, aber nicht nur mit Georg Schebesta zu tun. Edgars Bauchgefühl schlug noch mehr Alarm, seit er Carolin Schebesta zugehört hatte. Doch vor allem vertraute er Strömer nicht.

Die Geschichte, er wäre vor einer aufdringlichen Podcasterin geflohen und wollte seinen Anwalt von der Toilette in der Konditorei Gerstner anrufen und hätte dort zufällig Edgar getroffen, glaubte er einfach nicht. Es wäre logisch gewesen, sich bereits zu dem Zeitpunkt des Erpresser-Anrufs an einen Detektiv zu wenden. Es war augenscheinlich, dass dieser Strömer etwas verbarg. Unter anderen Voraussetzungen wäre das Edgar relativ egal gewesen, auch wenn seine Arbeit dadurch stark erschwert werden könnte. Niemand, der seine Dienste in Anspruch nahm, war ihm zur Wahrheit verpflichtet. Und solange keiner dadurch Schaden nahm, konnte er mit allem leben – ihm war in seiner langen Laufbahn als Detektiv wahrlich nichts Menschliches mehr fremd. Die Wahrheit war – auch wenn Edgar sich schämte, das zuzugeben: Es hatte mit Strömers Beruf zu tun. Edgar fühlte sich unwohl bei dem Therapeuten. Als würde jeder seiner Blicke bedeuten, Strömer durchschaute ihn, erkannte seine Unsicherheiten. Was absurd war, das wusste Edgar selbst. Und er wusste es deshalb so genau, da sein Vater Psychologe gewesen war. Und dem hätte Edgar nicht fremder sein können. Vielleicht kam auch daher seine Abneigung gegen Strömer, aber damit würde Edgar sich nicht auseinandersetzen.

Sollte der Therapeut selbst entscheiden, ob er sich einen anderen Detektiv nehmen wollte oder einfach nichts unternahm. Carolin Schebesta würde ihm ohnehin auf die Schliche kommen, sie war eindeutig mit mehr Intelligenz gesegnet als ihr Vater. Was zugegeben nicht besonders schwer war.

Vor dem Haus nahm Edgar eilig seine Geldbörse und reichte Toni 50 Euro: „Wird das für ein Taxi nach Baden reichen?"

„Sicher, danke. Wieso hast du es so eilig?"

„Weil ich Ralph treffe."

Sie riss erfreut die Augen auf: „Er ist zurück. Edgar, wieso hast du nichts gesagt? Wann trefft ihr euch?"

Er sah auf die Uhr: „Vor zehn Minuten. Beim Italiener – ist nicht weit."

Sie strahlte ihn an und Edgar musste lächeln. Im nächsten Moment warf sie einen prüfenden Blick auf seine Haare. Er hatte eigentlich noch zum Frisör gehen wollen.

„Darf ich?“, fragte sie und er nickte. Sie stellte sich auf die Zehenspitzen und richtete mit ein paar Handbewegungen seine Frisur.

„Das war ja eben schräg“, sagte sie. „Du willst den Fall sicher nicht annehmen?“

„Es gibt auch so genug zu tun.“

„Ja, eh. Es ist nur ...“

„Was?“

„Ich hab sie gesehen. Julia Didier in *Cyrano*. Sogar zwei Mal.“ Sie bekam glasige Augen. „Ich hab so was im Theater noch nie erlebt. Es war magisch – nein, *sie* war magisch. Sie war so gut, ihre Liebe, die Verzweiflung, ihr Mut, diese Leidenschaft, das war so echt. Du hättest sie sehen sollen. Kennst du das, wenn jemand die ganze Stimmung im Saal verändert? Das hat sie getan. Am Ende konnte ich gar nicht aufhören zu weinen. Und es ging allen so. Ich kann das noch immer nicht fassen.“

Edgar nickte. Sogar er hatte in der Zeitung über Julia Didier gelesen: „Sie war eine sehr gute Schauspielerin.“

Toni nickte eifrig und legte dann die Stirn in Runzeln: „Ich würde nur zu gern wissen, was das für eine Aufnahme auf dem USB-Stick ist. Und wer war dieser neue Kollege von Carolin? Der ist ja ein echter Kotzbrocken, sie hat mir richtig leidgetan. Es ist ohnehin nicht leicht für sie. Sie muss doppelt so gut sein, um von den Kollegen ernstgenommen zu werden.“

Edgar war seine Verwunderung anscheinend anzusehen, denn Toni schob schnell als Erklärung nach: „Wir haben uns länger auf Omas Hochzeit unterhalten.“

„Hab ich nicht mitbekommen.“

„Du warst mit Ralph beschäftigt“, grinste sie.

„Der Kotzbrocken ist Carolin Schebestas Vater“, lenkte Edgar rasch ab.

Toni zog die Augenbrauen hoch und sog hörbar Luft ein: „Das ist Georg Schebesta?“

Edgar nickte.

„Das ist ja wie in Murphys Gesetz. Was schiefgehen kann, geht schief. Arme Carolin."

Edgar musste lachen, Toni stellte seinen Hemdkragen auf und zupfte ein paar Staubfusseln von seinem Sakko.

„Perfekt. Du siehst umwerfend aus", stellte sie fest. Edgar gab einen gequälten Laut von sich und verzog das Gesicht. Er hatte seiner Meinung nach noch nie umwerfend ausgesehen, nicht mal vor 30 Jahren. Toni warf lachend den Kopf in den Nacken und boxte ihn leicht auf den Oberarm.

„Hör auf damit, du bist der Hammer. Merkst du das wirklich nicht?"

„Soll ich dir ein Taxi bestellen?", fragte er.

„Nein, danke. Ich rufe erst Tim zurück."

Edgar war in letzter Zeit aufgefallen, dass Tonis Augen zu leuchten anfingen, sobald sie den Namen des jungen Schauspielers erwähnte. Das fand er gleichzeitig rührend und beunruhigend. Es war nicht lange her, seit ihr letzter Freund sie hintergangen und sich mit ihrem Ersparten aus dem Staub gemacht hatte. Ihm war absolut klar, dass es ihn nichts anging, was Toni tat. Trotzdem hatte Edgar einen für ihn ungewohnten Beschützerinstinkt entwickelt und sogar nach diesem Tim Ravinger gegoogelt. Er war ganz offensichtlich ein ausgezeichneter Schauspieler, doch es gab eine andere Seite – die Klatschpresse berichtete regelmäßig über ihn. Und da tauchten diverse Jungschauspielerinnen, Models und Sängerinnen auf, mit denen ihm Affären nachgesagt wurden. Sicher, das durfte man nicht alles eins zu eins glauben. Was aber auch nicht hieß, dass es nicht wahr sein könnte. Wie lange würde es dauern, bis Toni in so einem Bericht auftauchte? Und was, wenn es Ravinger und sie ernst meinten? Edgar war realistisch genug, um zu wissen, dass Tonis Zusammenarbeit mit ihm dann beendet wäre. Erstens hätte sie sicher nicht mehr so viel Zeit neben der Schauspielschule und zweitens konnte er sie nicht auf Observation schicken, wenn es öffentlich Fotos von Ravinger und ihr gäbe. Es war ohnehin nur eine Frage der Zeit. Edgar hatte Toni noch nie spielen gesehen, doch er zweifelte nicht daran, dass sie großartig war. Was bedeutete, sie würde in drei Jahren das Konservatorium abschließen und ihre eigenen Wege gehen. Und das war gut so.

So oder so, ihre Zusammenarbeit hatte ein Ablaufdatum, was Edgar mehr bedauerte, als er sich eingestehen wollte. Er hätte angenommen, lebenserfahren genug zu sein, um sein Seelenleben besser unter Kontrolle zu haben. Dass diese Annahme ein Irrtum war, bestätigte ihm sein Herz, das vor dem Eingang des Italieners gegen seinen Brustkorb hämmerte. Er erhaschte einen Blick in das Innere des Lokals, als die Tür aufging und ein älteres Paar herauskam. Drinnen sah es gemütlich aus, Holzvertäfelungen an den in Altrosa gestrichenen Wänden, weiße Tischtücher, auf den eingedeckten Tischen standen brennende Kerzen, die Beleuchtung war romantisch-schummrig. Es erinnerte Edgar an sein erstes Rendezvous mit Ralph. Und nun gab es die Wiederholung nach fast 20 Jahren. Wer hätte das gedacht? Das Leben ging manchmal komische Wege.

Er hatte Ralph eine SMS geschickt, dass er sich wegen eines Falls verspäten würde.

Lass dir Zeit, ich bin da.

Die Dämmerung hatte eingesetzt, die Frau ging an ihm vorbei, der Mann hielt Edgar die Tür auf. Er bedankte sich. Da er Ralph nicht gleich sah, ging er in den hinteren Teil des Lokals, in dem es noch schummriger war. Hier gab es keine Fenster, nur Nischen mit Tischen, Lachen und Unterhaltungen erfüllten den Raum. Im Hintergrund war klassische Musik zu hören, irgendwas von Puccini, aber Edgar fiel der Name des Stücks nicht ein. Mit jedem Schritt durch das vollbesetzte Lokal wurde er angespannter und empfand es als Höchstleistung, sich das nicht anmerken zu lassen.

Und dann sah er Ralph. Er saß an einem Tisch in der Ecke in einem kleinen Seitenflügel, in dem nur zwei Tische Platz hatten. Ralph trug einen schwarzen Rollkragenpullover, der Kerzenschein tauchte sein Gesicht in goldenes Licht. Der graue Dreitagebart war neu. Edgar blieb in ein paar Metern Entfernung stehen. Er wusste, wie attraktiv Ralph war, trotzdem war da dieser kurze Moment der Überraschung. Er sah Ralph dabei zu, wie er mit den beiden Frauen am Nebentisch plauderte, Edgar schätzte sie um die 40. Sie lachten zu laut, warfen Ralph vielsagende Blicke zu, strichen sich durch die Haare. Ob Ralph registrierte, dass sie mit ihm flirteten? Oder war er dieses Verhalten gewöhnt? Die beiden redeten so laut, Edgar konnte sie sogar aus der Entfernung hören.

Ralph sah unvermittelt in seine Richtung. Ein Lächeln breitete sich auf seinem Gesicht aus, als ihre Blicke sich trafen. Ralph sagte „Pardon, meine Verabredung ist eingetroffen" zu den beiden und stand auf. Ganz selbstverständlich kam er auf Edgar zu, fasste nach seinen Händen, sah ihn mit tiefem Blick an und sagte leise: „Hallo, Edgar."

„Hallo, Ralph."

Sie umarmten sich, Edgar wollte loslassen, doch Ralph gab ihm einen Kuss auf die Wange und verweilte einen Moment, Haut an Haut. Sein nach Jasmin und Zedernholz duftendes Aftershave stieg Edgar in die Nase, dazu diese Nähe – alle rationalen Schranken: Edgar wäre zu alt, zu verletzt, es wäre zu albern – lösten sich auf.

„Na super", hörte er eine der beiden vom Nachbartisch.

„Entweder sind sie schwul oder verheiratet", antwortete die andere, sie bemühte sich gar nicht, leise zu sein.

Wenn du wüsstest, dachte Edgar. Auf Ralph traf beides zu. Vor 20 Jahren hatten Ralph und er sich kennengelernt. Sie waren sechs Jahre lang ein Paar, bevor Ralph ohne Vorwarnung eine Frau geheiratet hatte. Nicht aus Liebe. Ralph wollte fliehen, vor dem, was er war. Es gab keine Worte, um zu beschreiben, was Edgar damals durchgemacht hatte. Nie im Leben hätte er es für möglich gehalten, dass diese Wunde jemals wieder heilen könnte. Dass er Ralph vergeben würde. Doch das hatte er getan.

Sie nahmen Platz. Die zwei Frauen am Nebentisch ignorierten sie, das war Edgar nur recht. Er konnte nicht aufhören, Ralph anzusehen. Er musste daran denken, wie Toni ihn auf der Hochzeit ihrer Oma genannt hatte – den „Kevin-Bacon-Verschnitt eines Expriesters". Edgar hatte sie erstaunt angesehen und war dann in einen Lachkrampf verfallen, der alle um sie herum angesteckt hatte.

Edgar wusste, dass er selbst nicht mehr der Mann von damals war. Und das nicht nur innerlich, das Leben hatte seine Spuren hinterlassen, im Guten wie im Schlechten. Er hatte seinen Frieden damit geschlossen, schon aus rein pragmatischen Gründen. Doch jetzt fragte er sich, ob es nicht eine Ausrede für seine Bequemlichkeit war. Im Gegensatz zu Ralph sah man Edgar sein Alter an. Er war noch immer unsportlich, obwohl er sich ständig vornahm, das zu ändern, und er arbeitete definitiv zu viel. Dass Toni ihm immer wieder versicherte, wie umwerfend er war, verbuchte er mehr als Liebenswürdigkeit denn als realistische Beurteilung.

„Darf ich Ihnen einen Aperitif bringen?", fragte eine Kellnerin mit samtener Stimme. Edgar bestellte wie Ralph ein Glas Chianti.

„Wie geht es dir?", fragte Ralph. „Viel zu tun?"

Edgar nickte, er hatte aber keine Lust auf Small Talk: „Und wie war es in Rom?", fragte er deshalb. „Hast du den Papst getroffen?"

„Fast", lachte Ralph. „Ich war bei einer Messe, die er gehalten hat. Aber ein paar Kardinäle habe ich getroffen."

„Haben sie dich mit Weihwasser aus der Kirche verjagt?"

Es wirkte, als würde Ralph zusammenzucken. Edgar wollte nicht unsensibel sein, er hatte mit den Katholiken nur nichts am Hut. Er murmelte eine Entschuldigung, doch sie ging unter, da die Kellnerin in dem Moment den

Wein brachte. Edgars Handy brummte in der Innentasche seines Sakkos, er nahm es heraus. Eine unbekannte Nummer, die er wegdrückte. Er stellte das Handy auf leise und steckte es ein.

„Und wie war es sonst in Rom?", setzte er seine Frage fort.

Am Nebentisch war es noch ruhiger geworden, die beiden Frauen hatten ihre Handys gezückt. Vielleicht wollten sie aber auch nur unbemerkt lauschen.

Ralph lächelte. „Wollen wir erst mal etwas zu essen bestellen? Ich verhungere."

Edgar nickte. Anscheinend war es ihm unangenehm, dass die beiden am Nachbartisch mithörten. Von ihm aus könnten sie das Thema Rom und Ralphs Laisierung gerne auf sich beruhen lassen.

Vielleicht war es ein Fehler, auf nüchternen Magen Alkohol zu trinken, aber Edgar wollte einfach abschalten und den Abend genießen. Dann hätte er eben einen Schwips, na und? Den letzten Schwips hatte er bei der Hochzeit von Tonis Oma gehabt. Als Ralph ihn gefragt hatte, ob er – ein geschiedener Expriester – ihn küssen dürfe? Bei der Erinnerung daran musste Edgar grinsen.

„Woran denkst du?", fragte Ralph.

„An etwas Schönes", sagte Edgar leise, nahm einen weiteren Schluck und widmete sich der Speisekarte. Am Nebentisch hatten die beiden Frauen ihre Unterhaltung wieder aufgenommen. Irgendwas versetzte sie in Aufregung. „Das kann nicht sein." „Ich glaub es nicht." „Hier, schau dir das an."

Ralph sagte etwas, doch Edgar hörte vom Nebentisch den Namen Julia Didier und war kurz abgelenkt. Anscheinend überfluteten neue Details des Mordes Social Media. Die beiden Frauen zeigten sich gegenseitig ihre Handys, wer was darüber gepostet hatte. Ein zu Bruch gegangener Glastisch spielte eine Rolle, soweit Edgar das verstand. Über Mord im Affekt oder geplant wurde spekuliert. Sie waren erleichtert, als die beiden Frauen kurz darauf zahlten und sie endlich alleine waren.

Ralph erkundigte sich, wie es Toni ging. Edgar erzählte nun doch von dem Nachmittag, sogar von Strömer und Carolin Schebesta. Es war schön, einfach so reden zu können, und Edgar entspannte sich immer mehr. Zum Essen bestellte er sich ein zweites Glas Wein, obwohl er das erste deutlich spürte. Die Stimmung zwischen ihnen wurde immer gelöster. Sie lachten, Ralph erzählte von seiner Suche nach dem besten Kaffee in Rom und vermied jede Erwähnung des wahren Grunds seiner Reise. Es klang, als hätte er Urlaub gemacht.

Edgar leerte das zweite Glas mit einem großen Schluck. Die Wirkung des Alkohols löste die letzten Reste seiner Anspannung. Er lehnte sich zurück und hörte Ralph aufmerksam bei seiner Erläuterung über Kaffeebohnen und deren Röstung zu.

„Ich bin froh, dass du wieder da bist", sagte Edgar, als er das dritte Glas bestellt hatte.

Ralph nickte. „Rom war anders, als ich erwartet habe."

„Anders gut oder anders schlecht?"

„Das kann ich noch nicht sagen." Ralph wischte über die weiße Tischdecke. „Aber ich bin mir über einiges klar geworden."

Ralph sah ihn an und streckte seine Hand nach der von Edgar aus. Nach einem kurzen Moment des Zögerns ergriff Edgar sie. Zwei mehr als erwachsene Männer, die in einem Restaurant Händchen hielten. Daran müsste er sich erst gewöhnen. Die Zeiten hatten sich vielleicht geändert, aber Edgar sich nicht so ganz mit ihnen. Wer hätte gedacht, dass Ralph ihm da jemals voraus wäre?

„Und worüber?", fragte Edgar.

Ralph sah ihn mit einem tiefen Blick an. „Glaubst du an Bestimmung, Edgar?"

„Ich glaube, ich bin zu beschwipst, um eine rationale Antwort geben zu können", sagte Edgar und Ralph lachte auf.

„Glaubst du denn an Bestimmung?", fragte er zurück.

„Ich will daran glauben, dass es Bestimmung war, als wir uns vor 20 Jahren in dieser Hotelbar getroffen haben. Ich habe in diesen zehn Tagen in Rom viel über uns nachgedacht. Kennst du den Witz von dem Mann, der bei Hochwasser auf sein Dach flüchtet?"

Edgar musste dank des Alkohols bereits bei der Ankündigung lachen, er schüttelte den Kopf.

„Ein Mann rettet sich während einer Überschwemmung auf das Dach seines Hauses. Ein Nachbar kommt mit dem Schlauchboot vorbei und will ihn mitnehmen. Aber er sagt, nein, danke, Gott wird mich retten. Das Wasser steigt weiter. Der Mann klettert auf den Schornstein. Ein Rettungsboot kommt vorbei, um ihn zu holen. Aber er sagt wieder, nein, danke, Gott wird mich retten. Das Wasser steigt und steigt, schließlich kommt ein Hubschrauber. Auch von dem will er nicht mitgenommen werden, weil Gott ihn ja retten wird. Das Wasser steigt weiter und der Mann ertrinkt. Als er in den Himmel kommt, beschwert er sich bei Gott, warum der ihn nicht gerettet hat. Gott sieht ihn erstaunt an und sagt: ‚Ich habe dir deinen Nachbarn, ein Rettungsboot und einen Hubschrauber geschickt. Worauf hast du gewartet?'"

Edgar bemühte sich um einen freundlichen Gesichtsausdruck, doch anscheinend gelang ihm das nicht.

„Er gefällt dir nicht", stellte Ralph fest.

„Es klingt nicht nach einem Witz, sondern als wäre es aus einer Predigt."

Nun lachte Ralph.

„Damit hast du wahrscheinlich recht. Er gefällt mir trotzdem, weil ..." Er schluckte. „ ... na ja, es ist ein Sinnbild dafür, dass das Leben vorwärts gelebt und rückwärts verstanden wird."

„Aha." Edgar nahm einen Schluck Wein.

„Die Sache ist die." Er lächelte. „Ich liebe dich, Edgar. Ich weiß, du bist die Liebe meines Lebens. Das warst du schon immer."

Edgar verschluckte sich fast. Er starrte Ralph an, als müsste sein Gehirn das Gehörte erst begreifen. Plötzlich fühlte er sich wieder wie damals, als sie ein Paar gewesen waren: sicher, geborgen, verliebt wie ein Teenager.

Er setzte an, um zu antworten, doch Ralph sagte: „Warte, bitte. Ich bin noch nicht fertig. Es ist etwas ... also, es gibt noch etwas, das ich dir sagen muss."

„Was denn?", fragte Edgar mit einem Lächeln. Er wollte nur noch eines – Ralph an sich ziehen und ihn küssen. Aber nicht hier, er wollte mit ihm alleine sein und das tun, woran er seit diesem Kuss vor zehn Tagen immer wieder denken musste. Ja, er fühlte sich wirklich wie 16 und es gab jetzt keinen Grund mehr, das nicht zuzulassen.

„Ich ... ich wusste, dass meine Entscheidung, das Priesteramt aufzugeben, ein offizielles Prozedere durchlaufen muss." Ralph zog während dieser Worte seine Hand zurück, er stützte die Ellbogen auf der Tischplatte ab und verschränkte die Finger ineinander.

„Was bedeutet das genau?"

„Meine Entscheidung wird angenommen, aber sie wird nicht gleich umgesetzt. Egal, ob ich das möchte oder nicht."

Edgar verdrehte die Augen: „Die Katholiken ... sag mir deine Entscheidung und ich zeige dir, was daran falsch ist."

„Wenn man sich scheiden lässt, muss man eine gewisse Zeit in Trennung leben, bis die Scheidung vollzogen wird. So in etwa kann man das auch sehen. Es wäre streng genommen eine Scheidung. Und das wusste ich", sagte Ralph versöhnlich. „Es wurde mir freigestellt, ob ich dieses eine Jahr noch als Priester tätig sein möchte. Eigentlich habe ich das ausgeschlossen."

Eigentlich. Eigentlich war ein Wort, das Edgar nicht gefiel. Ganz generell und in diesem speziellen Fall besonders nicht. „Und ich weiß, Edgar, das ist jetzt überraschend, aber ich habe sehr viel darüber nachgedacht. Über mich, mein Leben – es war meine Bestimmung, Priester zu sein, genauso, wie du damals meine Bestimmung warst."

Wäre. Ralph hatte „wäre eine Scheidung“ gesagt.

„Was heißt das?“

Ralph zögerte und Edgar konnte förmlich sehen, wie er sich seine „20 Sekunden Mut“ vornahm.

Sag es nicht, flehte eine Stimme in Edgar. Als hätte er eine Vorahnung.

„Ich denke darüber nach, Priester zu bleiben.“

Stille. Ralph sah ihn nur regungslos an. Kein Blinzeln. Kein Lächeln.

„Du meinst, für dieses eine Jahr?“, fragte Edgar, obwohl er die Antwort ahnte.

Ralph hob die Schultern, seine Ausdruckslosigkeit löste sich. Er bekam diesen Gesichtsausdruck, der Edgar ins Gedächtnis gebrannt war, so gut kannte er ihn. Die gerunzelte Stirn, der geöffnete Mund, die großen Augen – es sah aus, als würde er die Luft anhalten. So hatte Ralph immer ausgesehen, wenn er verzweifelt war. Die Gründe variierten – seine Familie, der Job, ein Streit, sein schlechtes Gewissen, weil er hinter Edgars Rücken eine Frau geheiratet hatte.

„Das war so nicht von mir geplant?“

Er hatte es als Frage formuliert, als erwartete er eine Antwort von Edgar. „Bitte?“, fragte eine Stimme, die Edgar eindeutig als seine identifizierte, aber sie klang wie aus weiter Ferne.

„Es war nicht geplant, aber ...“, wiederholte Ralph, er zögerte, schien zu überlegen. Doch dann sagte er nichts mehr und senkte nur den Blick.

„Und das fällt dir erst jetzt ein? Was heißt das alles?“ Edgar hatte das „für uns?“ gerade noch hinuntergeschluckt.

„Es ändert nichts an meinen Gefühlen für dich. Ich weiß, es ist schwer zu verstehen, aber bitte glaub mir, ich mache das nicht leichtfertig.“

Edgar war plötzlich schwindlig. Er wusste nicht, ob es vom Alkohol, seinem Herzleiden oder Ralphs Worten kam. Am liebsten wäre er aufgesprungen und gegangen, aber für so eine kindische und dramatische Reaktion war er scheinbar doch nicht betrunken genug. Im Gegenteil, er fühlte sich plötzlich entsetzlich nüchtern. Und wütend.

Ralph sah hoch. „Bitte, lass es mich erklären, Edgar. Es ist kompliziert. Ich weiß, es verletzt dich ..."

Edgar bedeutete Ralph, nicht weiterzureden. Er zitterte vor Wut, als er einen 100-Euro-Schein aus seiner Geldbörse nahm und die Kellnerin heranwinkte.

„Ich möchte zahlen. Alles zusammen."

„Natürlich, ich bringe die Rechnung."

„Die brauche ich nicht. Behalten Sie den Rest." Er drückte ihr den Schein in die Hand.

„Edgar, bitte geh jetzt nicht ...", begann Ralph, doch Edgar schüttelte den Kopf und stand auf.

„Ich weiß nicht, was das soll, Ralph", zischte er. „Aber ich hab wirklich genug von deiner Unentschlossenheit und deiner ewigen Hinhalte-Taktik! Ich wünsche dir, dass du bei deinem Gott das findest, wonach du suchst."

„Aber ..."

„Nein! Kein Aber. Du schwingst deine heiligen Reden über Gott und das Leben. Und dann tust du doch das Gegenteil."

„Edgar ..."

„Nein. Das war's!" Er wandte sich ab, drehte sich dann aber noch einmal kurz um: „Ich habe nur eine Bitte. Lass mich in Ruhe! Ich kann das nicht noch einmal."

Edgar verließ eilig das Lokal. Es war frisch geworden. Er nahm sein Handy aus der Innentasche des Sakkos, um sich ein Taxi zu rufen. Er musste sofort hier weg. Die unbekannte Nummer hatte in der Zwischenzeit sechs Mal angerufen. Die einzige Taxifunknummer, die er auswendig kannte, war besetzt. Auch beim zweiten und dritten Mal. Er wollte gerade nach einer anderen googeln, da leuchtete das Display seines Handys auf. Erneut die unbekannte Nummer. Er war froh über die Ablenkung. Während er abhob, überquerte er die Straße.

„Brehm.“

„Oh, endlich“, sagte ein Mann am Telefon.

Edgar stellte sich in einen dunklen Hauseingang. Die Tür des Restaurants hatte er im Blick. „Wer spricht?“

„Alfred Strömer.“ Edgar bereute sofort, dass er abgehoben hatte. „Ich weiß, Sie haben keine Zeit und wollen meinen Fall nicht übernehmen. Aber diese ganze Angelegenheit ...“

Die Tür des Restaurants öffnete sich, Ralph trat heraus. Er bemerkte Edgar nicht, drückte sich an die Hausmauer, nahm sein Handy heraus und wählte eine Nummer. In der Leitung seines Telefons klopfte es. Auch ohne einen Blick auf sein Display zu werfen, wusste Edgar, dass Ralph ihn gerade anrief. Die Wut kochte erneut in ihm hoch. Strömer schwafelte weiter, Edgar hörte ihm kaum zu.

Es war mehr ein Impuls als eine rationale Überlegung, als Edgar den Redeschwall des Therapeuten unterbrach: „Sind Sie noch in Ihrer Praxis?“

„Ja, ich bin da, warum?“

„Ich komme in ein paar Minuten zu Ihnen. Ich übernehme Ihren Fall.“ Strömer schwieg, vermutlich vor Erstaunen. „Erzählen Sie mir inzwischen, was ich noch nicht weiß.“

„Was meinen Sie?“

„Die Wahrheit. Was war das für eine Aufnahme auf diesem USB-Stick?“

„Das kann ich nicht ...“

„Doch. Sie können. Bei Ihnen wurde nicht erst heute Nacht, sondern schon vorher eingebrochen“, sagte Edgar, ohne den Blick von Ralph zu nehmen.

„Was? Woher wissen Sie das?“

„Sie haben selbst gesagt, dass das Schloss heute Morgen gehakt hat und dass es Ihnen nicht aufgefallen ist. Und zwar ganz einfach deshalb, weil sich bereits früher jemand Zutritt zu Ihrer Praxis verschafft hat, vermutlich schon, als Sie die Didiers behandelt haben. Deshalb existiert diese

Aufnahme, mit der Sie erpresst wurden. Ist es nicht so? Ich halte es sogar für möglich, dass seither alles aus Ihrer Praxis aufgezeichnet wird." Das war lediglich Edgars Vermutung, aber manchmal war diese Taktik die einzige, um die Wahrheit herauszufinden. So hatte er damals, bei seinem ersten Fall mit Toni, auch der Tochter von Alexander Steiner ihr Geständnis entlockt.

Ralph stand unverändert auf der anderen Straßenseite. Er hatte Edgar nicht bemerkt und wirkte verzweifelt, wie er frierend sein Handy ans Ohr drückte.

„Eine Affäre – ich hatte eine Affäre mit einer Patientin. Das ist auf der Aufnahme. Sie war mit ihrem Mann bei mir. Zur Paartherapie. Ich wollte das nicht. Mein privates und berufliches Leben wäre zerstört, wenn die Affäre an die Öffentlichkeit kommt", sagte Strömer.

Edgar trat aus dem Hauseingang. Ein letzter Blick zu Ralph, der in dem Moment hochsah und ihn bemerkte. Ohne auf ihn zu reagieren, ging er eilig denselben Weg zurück, den er vor ein paar Stunden gekommen war.

„Ich denke, ich weiß, warum bei Ihnen eingebrochen wurde", sagte er.

„Warum?"

„Es kann sein, dass die Didiers während der Sitzung etwas gesagt haben. Etwas, das sie nicht hätten sagen sollen. Was vermutlich bei den Ermittlungen rauskommen würde, hätten Sie deren Patientenakte noch. Fällt Ihnen wirklich gar nichts mehr ein?"

Edgar hörte Ralphs Stimme, die seinen Namen rief, doch er zwang sich, keinen Blick zurückzuwerfen. Und das würde er ab sofort auch nicht mehr tun – in jeder Beziehung.

III.

Eine Woche später

Y: Bist du da?

X: Ja. Was gibt's?

Y: Es tut mir leid.

X: Was genau?

Y: Es tut mir leid, dass ich dich letzte Woche ignoriert habe.

X: Okay. Bis dann.

Y: Warte.

X: Was noch?

Y: Bitte, du musst das verstehen.

X: Ich verstehe es. Sonst hätte ich dich nicht in Ruhe gelassen.

Y: Du bist mir böse.

X: Was erwartest du von mir? Ich habe dir geschrieben, was ich fühle, wie sehr ich mich nach dir sehne, und du behandelst mich, als wäre ich Luft für dich.

Y: Was hätte ich denn sonst tun sollen?

X: Du hast nur mit mir gespielt.

Y: Das ist nicht wahr.

X: Es interessiert dich nicht, wie beschissen es mir geht.

Y: Doch! Mir geht es ja nicht anders.

X: Soll ich jetzt Mitleid mit dir haben?

Y: Du weißt, warum mir keine andere Wahl bleibt.

X: Natürlich weiß ich das. Du tust so, als hätte ich nicht dasselbe Problem. Glaubst du, ich will das? Ach, vergiss es. Bis dann.

Y: Warte bitte.

X: Was denn noch?

Y: Ich vermisse es, dich zu berühren.

X: Du lügst.

Y: Das ist nicht wahr. Und das weißt du.

X: Woher sollte ich es wissen? Du weichst doch sogar meinen Blicken aus.

Y: Das stimmt. Und es tut mir leid. Ich muss es, weil du mein erster Gedanke am Morgen bist und mein letzter, wenn ich einschlafe. Manchmal habe ich das Gefühl ...

X: Was?

Y: ...

X: WAS?

Y: Ich zerbreche in meine Einzelteile.

X: Willst du mich?

Y: Ich kann das nicht beantworten.

X: Willst du mich?

Y: Bitte, tu das nicht. Ich kann dich nicht haben und das weißt du. Wir wissen es beide.

X: Willst du mich?

Y: Was ändert es, wenn ich ja sage?

X: Es ändert alles.

Y: Du kennst meine Antwort doch bereits.

X: Wir müssen uns sehen. Heute. Selbe Zeit, unser Treffpunkt. Bitte.

Y: Okay …

Y hat den Chat gelöscht und die Unterhaltung verlassen.

7.

Toni war im Bademantel, ein Handtuch um die nassen Haare gewickelt. Eilig sammelte sie ihre Kleidung ein, die verstreut auf der Couch und am Boden herumlag, und balancierte den Wäschehaufen ins Schlafzimmer, wo sie alles zu dem Bücherstapel neben ihr Bett fallen ließ. Wie viel Zeit hatte sie noch? Auf dem Flur stieß sie sich den Fuß am Staubsauger und hüpfte fluchend in die Küche. Was für ein Chaos! Seit einer Woche hatte sie den Geschirrspüler nicht mehr benutzt, die schmutzigen Teller, Tassen und Gläser stapelten sich.

Nachdem Edgar zu seinem Treffen mit Ralph gegangen war, hatte sie Tim nicht erreicht und deshalb ihre Oma angerufen: „Sorry, hat ein bisschen länger gedauert, aber ich setz mich ins Taxi und bin in 20 Minuten bei euch."

„Schatz, können wir den Besuch auf einen anderen Tag verschieben? Es geht uns nicht so gut."

„Seid ihr krank?"

„Unser Abschiedsessen in Venedig gestern Abend waren Muscheln in einer Bar, ein Geheimtipp unserer Vermieterin. Jetzt wissen wir, warum die so geheim ist. Uns geht es elend", sagte ihre Oma und Toni hörte, wie der Kapitän im Hintergrund aufstöhnte.

„Soll ich euch etwas aus der Apotheke besorgen?"

„Danke, Schatz, aber wir sind hier in guten Händen."

Das war einer der Vorteile der Seniorenresidenz, in der ihre Oma lebte und wo sie ihren frischgebackenen Ehemann kennengelernt hatte. Wegen seiner Kapitänsmütze und des blauen Blazers mit den goldenen Knöpfen nannte ihn jeder „Kapitän", obwohl er nie zur See gefahren war.

„Okay. Ich melde mich morgen, gute Besserung!"

Toni legte auf und bemühte sich, nicht gleich panisch zu werden. Es beunruhigte sie immer, wenn ihre Oma gesundheitliche Probleme hatte.

Jetzt alleine zu Hause zu sitzen, war ihr unerträglich vorgekommen. Deshalb war sie zurück ins Konservatorium gegangen, in der Hoffnung, es wäre irgendwer aus ihrem Jahrgang da, mit dem sie den Abend verbringen konnte. Doch sie hatte niemanden getroffen, den sie kannte. Toni hatte sich plötzlich sehr einsam gefühlt. Edgar war bei Ralph, Lena bei Michel. Natürlich freute sie sich für die anderen. Aber das half ihr nicht über dieses Gefühl, das sie seit einigen Monaten so gut kannte, hinweg. Felix hatte ein Loch in ihrem Herzen hinterlassen, so wie ihre Mutter damals. Vielleicht sollte sie Tims Einladung nach Hamburg annehmen? Und was dann? Sie mochte ihn. Sehr. Möglicherweise sogar ein bisschen mehr, als sie sich eingestehen wollte. Aber sie kannte auch die Fotos von ihm mit diversen Frauen auf Promi-Onlineportalen und hatte keine Lust, eine von ihnen zu werden. Seit ihrer Arbeit mit Edgar, die sie um nichts auf der Welt aufgeben wollte, musste sie zugeben, dass sich ihr inneres Vertrauenskonto noch weiter geleert hatte.

Als Trost und um ein bisschen im Selbstmitleid zu baden, ging Toni zu einem chinesischen Imbiss und bestellte eine Frühlingsrolle und eine große Portion gebratene Udon-Nudeln mit Erdnusssauce zum Mitnehmen. Während sie dem Koch dabei zusah, wie er die Pfannen schwenkte, rief Tim zurück. Er klang gehetzt.

„Ich kann nur kurz reden, Toni. Es hat sich alles geändert. Ich komme nach Wien."

„Oh. Schön." Dann musste sie sich also keine Gedanken machen wegen seiner Einladung nach Hamburg. Was sie mehr enttäuschte, als sie erwartet hatte.

„Wann kommst du? Am Wochenende?"

„Nein. Jetzt. Ich meine, ungefähr in eineinhalb Stunden, ich bin am Flughafen, gleich startet das Boarding. Die Dreharbeiten wurden unterbrochen, ich musste heute schon nach Berlin, es ist ein ziemliches Chaos und ... egal, das erzähl ich dir später."

„Wow, ich meine ... wow. Das ist eine Überraschung."

„Ja. Sorry, ich kann gerade nicht reden, hier ist so viel los. Aber ich ruf dich gleich an, wenn ich gelandet bin. Können wir uns heute noch sehen?"

„Ähm, ja. Klar."

„Und wo?"

„Ich weiß nicht ..." Der Mann hinter der Theke stellte ihr die Boxen mit ihrer Bestellung auf den Tresen. „Willst du zu mir nach Hause kommen?"

„Sehr gern." Im Hintergrund hatte Toni eine Frauenstimme gehört, die mit Tim sprach, aber sie hatte nicht verstehen können, was sie sagte. „Ich muss auflegen, Toni. Bis später. Schickst du mir deine Adresse?"

„Mach ich."

„Danke! Ich melde mich, wenn ich im Taxi sitze."

Erst, als Toni aufgelegt hatte, hatte sie begriffen, dass sie soeben Tim Ravinger zu sich eingeladen hatte. Einfach so. Und mit einem Mal war ihr Selbstmitleid dahin. Sie bestellte noch etwas zu essen für Tim und lief zur U-Bahn, doch die fuhr nicht wegen eines Gleisschadens. Das Geld fürs Taxi hatte sie beim chinesischen Imbiss ausgegeben. Deshalb rannte sie nach Hause.

Die Reue über ihre Einladung war gekommen, als sie die Wohnungstür aufgesperrt hatte und gleich mal von den herumliegenden Sneakern im Flur empfangen wurde. Es sah ein wenig aus wie in Strömers Praxis, mit dem Unterschied, dass hier niemand eingebrochen hatte. Normalerweise war sie nicht so unordentlich. Doch die Schmitz wollte in jeder Stunde ein anderes Kostüm für die Johanna sehen, schließlich war das Tonis Monolog am Szenenabend, der nächste Woche als Arbeitseinblick des zweiten Jahrgangs öffentlich stattfinden sollte. Natürlich war der Schmitz keiner von Tonis Vorschlägen recht. Zu normal, zu langweilig, zu gewollt, zu uninspiriert. Toni unterstellte der Schulleiterin Willkür, deshalb hatte sie heute Morgen einfach das Erstbeste aus ihrem Kleiderschrank genommen, ohne darüber nachzudenken. Genau bei diesem Outfit hatte die Schmitz in die Hände geklatscht und gefragt: „Warum nicht gleich?“ Neben dem Textlernen für ihre Rolle der Johanna, den Vorbereitungen und den Unterrichtsstunden hatte Toni so viel für Edgar gearbeitet, dass sie das Gefühl hatte, ständig in Eile zu sein – und ihren Haushalt dabei völlig vernachlässigt hatte.

Jetzt räumte sie den Geschirrspüler ein, das restliche schmutzige Geschirr stellte sie in die Spüle und warf ein Geschirrtuch darüber. Das musste reichen. Sie wollte gerade den Küchentisch abwischen, auf dem sich noch der halbvolle Kaffeebecher und die Müslischüssel vom Frühstück befanden, da läutete es an der Tür. Sie erschrak und fegte unabsichtlich sowohl die Müslischale als auch den Kaffeebecher vom Tisch. Das Porzellan zerbrach klirrend am Fliesenboden, die Kaffeereste spritzten auf die Schränke. So ein Mist!

Tim wollte doch anrufen, wenn er im Taxi saß. Und sie war noch nicht mal angezogen. Es läutete wieder. Egal, sie musste ihm aufmachen. Sie setzte ein mehr gezwungenes als charmantes Lächeln auf und öffnete schwungvoll die Tür. Doch da stand nicht Tim. Sondern Edgar. Völlig durchnässt, Wasser tropfte von seinen Haaren. Offenbar hatte es in der Zeit, seit Toni nach Hause gekommen war, zu regnen bekommen. Er war blass und sah schrecklich aus, als wäre er in den paar Stunden, seit sie ihn vor Strömers Praxis verabschiedet hatte, um Jahre gealtert.

„Was ist passiert?“, fragte Toni erschrocken.

„Dein Handy ist aus“, sagte er zur Begrüßung.

Toni checkte sofort ihr angestecktes Handy. Tatsächlich, das Display war schwarz. Es ließ sich nicht mehr einschalten. Sie bewegte das Ladekabel. Nichts.

„Entschuldige, dass ich vorbeikomme, aber ich hab mir Sorgen gemacht, wegen der Sache heute ...“, murmelte Edgar. „Ich war gerade vorhin nochmal bei Strömer.“

„Wirklich?“

Edgar nickte, er tropfte auf den Parkettboden. Toni lief ins Badezimmer und brachte ihm ein Handtuch.

„Du musst deine Sachen ausziehen, du bist völlig durchnässt. Was ist mit Ralph? Oder hat er dich zu Strömer begleitet?"

Edgar lachte auf, es klang sarkastisch. „Nein. Ralph ist Geschichte."

„Was? Wieso? Was ist passiert?"

„Nichts ist passiert. Er bleibt Priester."

„Ist das ein Scherz?"

Edgar schüttelte den Kopf und sie sah ihm an, wie verletzt er war. Toni konnte es nicht glauben. „Aber warum?"

„Ich übernehme Strömers Fall", wich Edgar aus und schälte sich aus dem Sakko. „Und ich habe auch mit Herrn Kratochvil telefoniert. Wir haben uns geeinigt, dass ich herausfinde, was seine Tochter zu der Tat gebracht hat."

„Und da hat er zugestimmt?"

„Ja, ich glaube, ihm ist klar, dass die Beweislage zu dicht ist. Vielleicht tut er aber auch nur so und hofft, dass wir doch Beweise für ihre Unschuld finden."

Sie sahen sich einen Moment lang an und da war auf einmal dieses tiefe Verständnis, das Toni sonst nur bei ihrer Oma kannte. Es war einer der Gründe, warum sie diesen Job abgesehen von der vielen Zeit, die sie mit Edgar verbrachte, so mochte. Die Suche nach der Wahrheit.

„Ich bin froh, dass du ihm helfen willst. Er tut mir leid", sagte Toni.

„Ja, mir auch." Auf dem Parkettboden hatte sich von seiner tropfnassen Kleidung eine Pfütze gebildet, doch Edgar schien es nicht aufzufallen. „Kennst du eine Schauspielagentur Fuchs?"

„Meinst du *die* Fuchs?"

„Die?"

„Die Fuchs ist eine der wichtigsten Agentinnen im deutschsprachigen Raum. Sagt zumindest die Schmitz. Es gibt sie schon ewig, die Schmitz war früher bei ihr.

Aber nochmal wegen Ralph ... was hat er denn gesagt? Ist es wegen Rom? Ist dort irgendwas passiert?“

Edgar rieb sich die Haare trocken. „Was weiß ich. Er hat mit ein paar Kardinälen geredet und seine Meinung geändert“, murmelte er, ohne sie anzusehen. Es brach ihr das Herz. Wie konnte Ralph nur?

Toni wartete, doch augenscheinlich wollte Edgar nicht darüber reden. Nach allem, was vorgefallen war, machte Ralphs Entscheidung überhaupt keinen Sinn. Er hatte das Priesteramt zurückgelegt, ohne Edgar etwas davon zu sagen, um ihm keinen Druck zu machen. Warum also jetzt dieser Rückzieher? Oder hatte er in Rom jemanden anderen kennengelernt und wollte Edgars Gefühle schonen? Nein, so war Ralph nicht.

Toni versuchte, ihr Handy einzuschalten, schüttelte es. Keine Reaktion. Das hieß, Tim konnte sie nicht erreichen und jeden Moment hier sein.

„Ich hab’s ein bisschen eilig, ich muss mir was anziehen.“

„Gehst du nochmal weg?“

„Nein, ich bekomme Besuch. Tim kommt her.“ Sie merkte selbst die Aufregung in ihrer Stimme.

„Ich dachte, er ist in Hamburg?“

„Es gab irgendeine Änderung im Drehplan.“ Sie ging Richtung Schlafzimmer, Edgar kam ihr nach und blieb im Flur stehen. „Also, was ist mit der Fuchs?“, rief sie von drinnen und schnappte sich eine graue Jogginghose aus der Lade. Sie fand ein sauberes weißes T-Shirt. Oder war das zu leger? Sollte sie sich was Hübscheres anziehen? Ihr Lieblingskleid lag in dem Haufen Schmutzwäsche. Sie entschied sich für hellblaue Jeans und ein weißes Hemd, das sie in die Hose stopfte. Dazu ein Gürtel, das sah ziemlich gut aus. Ihre Haare waren noch nicht trocken, aber so würde es gehen. Sie wischte sich die verlaufene Wimperntusche unter den Augen weg. Jetzt musste sie nur noch die Sauerei in der Küche beseitigen.

„Ihre Agentur ist der einzige Anhaltspunkt, den Strömer geben konnte. Ich fahre morgen Vormittag hin“, rief Edgar.

„Super.“ Sie kam aus dem Schlafzimmer. Irgendwo mussten noch frische Socken sein. Edgar sah sie mit festem Blick an, er versuchte zu lächeln, aber sie merkte, wie traurig er war. Wäre es ein Fehler, ihn in die Agentur Fuchs zu begleiten? Wahrscheinlich. Sie hatte es ihm gegenüber noch nicht erwähnt, aber weder die Schmitz noch die anderen Lehrer am Konservatorium durften wissen, dass sie weiter für Edgar arbeitete. Am Anfang des zweiten Schuljahres hatte die Schmitz mit Toni ein „Gespräch“ geführt. Toni hatte sich von ihr eine flammende Rede anhören müssen: Es wäre eine Pflicht, als Schauspielerin für ihre Rollen „zu brennen“, mit Haut und Haaren alles von sich zu geben. Aber eigentlich wollte die Schmitz nur, dass Toni nicht mehr für Edgar arbeitete. Es wäre zu viel Ablenkung. Toni neige ohnehin dazu, sich zu verzetteln, und als Toni versprach, ihr Arbeitspensum bei Edgar zu kürzen, und einwarf, welche Bereicherung die Arbeit für ihre persönliche Entwicklung war, war es mit der Freundlichkeit der Schmitz vorbei. Was für ein Unsinn das sei, bellte sie. Und darum ginge es nicht. Es wäre der Fokus, der Toni geraubt würde, außerdem schade diese Betätigung dem Ruf des Konservatoriums. Hätte Toni Schwierigkeiten, für ihren Lebensunterhalt zu sorgen, gäbe es die Möglichkeit eines Stipendiums. Einzige Voraussetzung wäre – neben der Offenlegung aller ihrer finanziellen Mittel –, dass sie Höchstleistungen während ihrer Ausbildung erbrachte. Was bedeuten würde, dass sie noch mehr von der Willkür der Schulleiterin abhängig wäre. Also hatte Toni der Schmitz gesagt, sie würde den Job bei Edgar aufgeben und es gäbe keine finanziellen Probleme. Zwei Lügen mit einer Klappe.

Toni hasste das, sie kam sich vor wie eine Betrügerin. Doch in diesem Fall blieb ihr nichts anderes übrig. Nur

Lena wusste von dieser Unterhaltung und hatte sie beruhigt. Was sollte schon passieren, wenn die Schmitz die Wahrheit erfuhr? Wahrscheinlich hatte Lena recht, sie bekäme einen Rüffel, vielleicht auch eine schlechtere Note, aber mehr konnte die Schmitz nicht machen.

Von der Lüge wiederum konnte sie Edgar nichts erzählen, denn sie wusste, dass er das nicht so locker sehen würde. Würde sie ihm davon erzählen, wäre ihre Zusammenarbeit vorbei. Denn er wollte ihre Karriere auf keinen Fall gefährden. Er wirkte in ihrem Flur so verloren und trotz seiner stattlichen Körpergröße schmächtig.

„Ich kann mitkommen, wenn du magst. In der Früh hab ich frei, der Unterricht fängt erst am späten Vormittag an. Oder willst du lieber alleine hin?“

„Soll ich dich um halb neun abholen?“, überging er ihre Frage. Sie konnte sehen, wie erleichtert er war.

„Strömer hat doch gesagt, er vermutet, Erich Didier hatte eine Affäre. Meint er, es könnte mit jemandem aus der Agentur zu tun haben, oder warum willst du unbedingt dorthin?“

Toni hörte so aufmerksam zu, als Edgar von seiner Theorie über den Einbruch erzählte, dass sie die Unordnung in der Küche vergaß.

„Eine Frau aus der Agentur ist der einzige Anhaltspunkt, der Strömer eingefallen ist. Er kann sich nicht an ihren Namen erinnern. Erich Didier hatte im Einzelgespräch erwähnt, sie und Julia Didier wären eng befreundet. Was ihn störte. Als Didiers Manager müsse er mit ihr verhandeln, da sie für die Verträge zuständig ist. Die Freundschaft würde das erschweren. Man sollte das Berufs- und Privatleben trennen, hat er gesagt.“

„Ausgerechnet Erich Didier, als Ehemann und Manager?“

„Eben. Deshalb meint Strömer, das könnte nur ein Vorwand von ihm gewesen sein. Es sind die Themen, über die man spricht, die Hinweise geben. Nicht unbedingt, was dann tatsächlich gesagt wird."

„Aha", sagte Toni, obwohl sie es nicht verstand. „Denkt er, dass Erich Didier mit ihr die Aff-"

Toni kam nicht dazu, die Frage auszusprechen, denn die Türglocke läutete.

Tim Ravinger stand da mit einem Koffer und seiner braunen Reisetasche. Er hielt sein Telefon hoch: „Sorry, ich hab angerufen, aber dein Handy ist aus."

„Ja, ich weiß. Es lässt sich nicht mehr einschalten."

Tim lächelte sie verlegen an, sie lächelte zurück. Keiner von ihnen machte den ersten Schritt zur Begrüßung, darum bat ihn Toni einfach herein. Toni entging Edgars Blick nicht, er wirkte immer ein wenig misstrauisch, wenn er Tim sah. Er verabschiedete sich rasch und dann waren sie alleine. Für einen kurzen Moment breitete sich eine peinliche Stille zwischen ihnen aus, die von einem ohrenbetäubenden Donner unterbrochen wurde. Sie zuckten gleichzeitig zusammen und mussten lachen.

„Ganz schönes Unwetter. War ein rumpeliger Flug."

„Das tut mir leid! Aber warum bist du überhaupt in Wien, was ist mit deinem Dreh?"

„Erst mal komplett auf Eis gelegt. Meine Agentin gibt mir Bescheid, wie es weitergeht, aber das wird ein paar Tage dauern."

„Wirklich, warum?"

„Weil Julia Didier ausfällt und umbesetzt werden muss. Weißt du, dass sie ... ich meine, was passiert ist?"

Toni nickte und er seufzte.

„Ich kann das nicht glauben. Julia ist eine der nettesten Kolleginnen. Du würdest sie mögen. Es ist ziemlich schwierig, sie hatte bereits einige Drehtage. Das heißt, es müsste neu gecastet und nachgedreht werden, das sind hohe Kosten. Die Produktionsfirma denkt darüber nach, die Szenen drinzulassen, was rechtlich kompliziert ist. Aber ich hab gehört, wie einer der Produzenten gesagt hat, es wäre nicht nur günstiger, alles umschreiben zu lassen, diese PR wäre auch unbezahlbar.“ Er verdrehte die Augen. „Ich kenne ihren Mann nicht, aber dass sie ihn umgebracht haben soll, klingt total absurd. Ich kann mir das nicht vorstellen. Gerade sie.“

„Ach so?“

„Ja. In Hamburg gab es eine Angestellte, die hat am Set beim Catering gearbeitet. Sie war schon älter, ist über ein Kabel gestürzt und hat sich den Fuß gebrochen. Julia hat darauf bestanden, dass nicht weitergedreht wird, bis der Krankenwagen eintrifft. Sie ist bei ihr gesessen, hat sie beruhigt, ihr die Hand gehalten. Die Frau hat gesagt, sie braucht den Job, ihre Rente reicht nicht. Und weißt du, was Julia gemacht hat? Sie hat sich von der Cateringfirma die Kontaktdaten geben lassen und hat dieser Frau Geld überwiesen. So viel, dass sie den Job aufgeben konnte. Ich habe es von der Regieassistentin erfahren, sie selbst hat kein Wort darüber verloren.“

„Wow.“ Toni zog anerkennend die Augenbrauen hoch. Einen Moment überlegte sie, ihm von Edgars neuem Fall zu erzählen – aber wie sagte Edgar immer: Das oberste Gebot bei unserer Arbeit ist absolute Diskretion.

Sie sahen sich an und mussten wieder lächeln.

„Weißt du, dass wir noch nie alleine gemeinsam in einem Raum waren, außerhalb des Konservatoriums?“, fragte Toni.

„Stimmt“, sagte er überrascht.

„Hast du Hunger?“

„Riesigen Hunger. Und du?“

„Ja, ich auch.“

„War ja klar“, sagte er und Toni lachte. Sie hatte praktisch immer Hunger, ihre Oma hatte ihr bereits als Kind einen Hochbrennofen statt Verdauungsorganen diagnostiziert. „Wo isst du das eigentlich alles hin?“, fragte Tim und sie lachte noch mehr, weil er wusste, dass es eine Frage war, die sie ständig zu hören bekam.

„Verdauen ist meine Superkraft, ich bin Super-Verdau-Girl“, antwortete sie und er lachte laut auf.

Sie gingen in die Küche, wo noch immer die Scherben auf dem Boden lagen.

„Ich mach das gleich weg“, sagte sie und griff nach einem Schwamm. Tim ging in die Hocke und sammelte die Scherben auf. Sie beugte sich neben ihn und wischte über die Kaffeeflecken. Im selben Moment drehten sie sich zueinander. Ihre Gesichter waren sich ganz nah. Tims Blick löste ein Gefühl in Toni aus, das sie schon lange nicht mehr empfunden hatte. Sein Blick machte sie glücklich. Auf andere Art glücklich, als Edgar oder ihre Oma sie glücklich machten. Dieser Blick ließ ihr Herz schneller schlagen, ihre Lippen zittern, ihre Kopfhaut kribbeln und jegliches Hungergefühl verschwinden.

Tim schluckte laut. Sie hörte ein leises Klimpern, weil ihm die Scherben aus der Hand fielen.

„Toni?“, fragte er leise.

„Ja?“, antwortete sie genauso leise.

Er kam noch näher. „Ja?“, wiederholte er.

Sie nickte. „Ja“, flüsterte sie.

Und damit war auch schon alles gesagt.

8.

„Fernanda, ich brauche deine Hilfe. Kannst du für mich Informationen über den Didier-Fall besorgen?"

Edgar hatte sich sein Handy zwischen Schulter und Ohr geklemmt und schüttete Milch in die Kaffeetasse.

„Bitte nicht, Edgar. Das ist jetzt nicht dein Ernst." Sie gähnte, es war sieben Uhr morgens. Er hatte sie rechtzeitig vor Dienstantritt erwischt. Fernanda klang genauso müde, wie Edgar sich fühlte.

Er hatte eine unruhige Nacht hinter sich. Nach Ralphs sechstem Anruf gestern Abend war endlich Ruhe. Das schien nur leider nicht für Edgars Träume zu gelten, in denen er in einem Feuer nach Ralph suchte, ihn aber einfach nicht finden konnte. Sein Herzschlag hämmerte in seinen Ohren, als er abrupt aufwachte. An Einschlafen war nicht mehr zu denken. Sein erster Impuls war, Ralphs Nachrichten auf der Mobilbox abzuhören. Sein zweiter Impuls war, sich zu fragen, ob er noch ganz dicht war?

„Doch."

„Um Gottes willen", stöhnte Fernanda.

Schon wieder Gott! Edgar wollte nicht melodramatisch sein, ihm war sehr wohl klar, dass dieser Gott etwas mit seiner selektiven Wahrnehmung zu tun hatte und nicht alle um ihn auf einmal gläubig geworden waren. Er schluckte seinen Unmut mit dem Kaffee herunter und trug die Tasse ins Badezimmer.

„Also?", fragte er.

„Ich weiß nur, was alle wissen. Die Didier war im Fernsehen, hat dort den Mord gestanden und jetzt liegt sie wegen des Unfalls mit dem Pferd im Koma. Das klingt schon irre, oder? Wird sicher mal verfilmt. Dabei haben sie und ihr Mann immer so hinreißend ausgesehen. Aber wer kann sagen, was sich hinter den Kulissen von diesen Promis abgespielt hat? Sind ja auch nur Menschen." Fernanda seufzte schwer, sie hatte eine Scheidung hinter sich und ihre beiden Kinder lebten bei ihrem Exmann und seiner neuen, bedeutend jüngeren Freundin in Kanada.

„Fernanda, ich weiß, es ist viel verlangt. Aber kannst du dich vielleicht unauffällig bei Carolin Schebesta nach Neuigkeiten erkundigen?" Sie antwortete nicht, aber Edgar hörte Schritte und eine Tür, wahrscheinlich hatte sie gerade das Wachzimmer betreten. „Es ist ihr Fall", schob er nach.

„Ich weiß das, aber woher weißt es du?", fragte sie verblüfft.

Edgar schaltete den Lautsprecher des Handys ein und legte es auf den Rand des Waschbeckens, um sich zu rasieren.

„Wir haben uns gestern gesehen. Zufällig und nur kurz." Für die Einzelheiten war keine Zeit, die würde er Fernanda später erzählen. „Wie kann es sein, dass sie mit ihrem Vater zusammenarbeitet?"

„Sie hatte keine Wahl", sagte Fernanda etwas leiser, anscheinend war sie nicht mehr allein, „das hat er so eingefädelt. Kein Mensch hier versteht, warum. Die hassen sich doch bis aufs Blut. Irgendwann bringen sie sich gegenseitig um, ist nur eine Frage der Zeit. Hier laufen schon Wetten. Ich hab auf Carolin gesetzt." Sie kicherte verhalten.

„Kannst du sie fragen?"

Sie seufzte. „Ich schau, was ich machen kann."

„Danke, Fernanda."

„Als Gegenleistung krieg ich deine Hilfe."

„Alles, was du willst."

Sie senkte die Stimme noch mehr. „Lach jetzt nicht, aber ich hab mich für einen Tanzkurs angemeldet. Und dazu brauche ich einen fixen Tanzpartner. Zumindest am Anfang, bis ich die Schritte beherrsche und auf die freie Wildbahn geworfen werden kann."

Edgar musste lächeln. Dass Fernanda sich wieder ins Leben hinauswagte, freute ihn. Sie hatte viel zu lange unter der Trennung gelitten. Außerdem war er ein guter Tänzer, nur hatte er keine Ahnung, wie sich das zeitmäßig bei seinem Arbeitspensum ausgehen sollte. Doch er fühlte sich Fernanda verpflichtet, sie war nicht nur seine Infoquelle bei der Polizei, sie waren seit Jahren befreundet.

„In Ordnung, was ist das für ein Tanzkurs?", fragte er und bemühte sich, erfreut zu klingen.

„Ein klassischer Kurs, Standardtänze."

„Schickst du mir die Details?"

„Welche Details?"

„Zeit und Ort?"

„Aber ich meine doch nicht dich." Sie lachte laut auf.

„Sondern?"

Anscheinend klang er gekränkt, denn sie sagte rasch: „Edgar, bitte, du würdest mir ständig absagen, weil irgendeine Observation dazwischengekommen ist. Nein, ich dachte an Ralph." Edgar zuckte zusammen und schnitt sich mit der Rasierklinge. Blut tropfte von seiner Wange ins Waschbecken. „Ralph hat doch jetzt sicher Zeit, wo er die Menschheit nicht mehr bekehren muss. Kannst du ihn für mich fragen? Hallo, Edgar? Bist du noch dran?"

Eine Minute vor halb neun fuhr Edgar bei Tonis Haus vor. Er hatte Fernanda Ralphs Nummer gegeben und sie gebeten, ihn selbst zu fragen. Fernanda war über Ralphs plötzliches Umdenken genauso überrascht wie Toni gestern. Edgar wollte mit niemandem mehr über Ralph reden, sich keine Entrüstungen und Erklärungsversuche anhören. Ab jetzt würde er jede Erwähnung und jeden Gedanken an Ralph konsequent vermeiden. Dass diese Strategie genauso realistisch war wie ein Sechser im Lotto, wusste er selbst. Aber es blieben ihm ja keine anderen Optionen ...

Es war ein schöner Herbsttag, die Sonne tauchte die Straße in goldenes Licht, als würde sie eine Wiedergutmachung für das Unwetter am Vorabend liefern. Toni wartete mit zwei Kaffeebechern aus der Bäckerei nebenan auf dem Gehweg. Ihrem glücklichen Gesichtsausdruck und den dunklen Augenringen nach zu urteilen, schien sie ebenfalls nicht viel Schlaf abbekommen zu haben. Bevor sie einstieg, sah sie nach oben und winkte etwas umständlich mit einem unter den Arm geklemmten Kaffeebecher. Edgar beugte sich vor und blickte durch die Windschutzscheibe. Ravinger lehnte halb aus dem Fenster im zweiten Stock und winkte ebenfalls. Er warf Toni einen Luftkuss zu. Er hatte also bei Toni übernachtet, und das allem Anschein nach nicht auf der Couch. Was Edgar mehr beunruhigte, als er erwartet hatte. Mit diesem Beschützerinstinkt, den er seiner jungen Assistentin gegenüber in den wenigen Monaten, seit sie für ihn arbeitete, entwickelt hatte, wusste er nicht umzugehen. Natürlich war Toni erwachsen und verantwortungsvoll genug, ihre eigenen Entscheidungen zu treffen. Trotzdem spürte Edgar dieses nagende Misstrauen, wenn er an Ravinger dachte.

Er lehnte sich zurück. In zwei Tagen hatte Toni Geburtstag, im Kofferraum lag ihr verpacktes Geschenk. Er hatte es letzte Woche gekauft, da er nach einer Observation an dieser kleinen Parfümerie vorbeigekommen war. Ein exquisites Parfum aus Italien, es roch nach Zitrone, Vanille und Feige und hatte ihn sofort in Urlaubsstimmung versetzt.

„Dieser Duft ist bei jungen Damen sehr beliebt. Ist er für Ihre Tochter?“, hatte die Verkäuferin gefragt und er hatte schmunzelnd „So in der Art. Wir sind befreundet“ geantwortet. Sie hatte es falsch verstanden und ihm verschwörerisch zugezwinkert.

Während Edgar nun Toni beobachtete, dachte er daran, dass er nie den Wunsch nach Kindern verspürt hatte – im Gegensatz zu Ralph. Der Gedanke an ihn war ihm reflexartig passiert. Und mit ihm kam der Schmerz, den er seit gestern Abend zu verdrängen versuchte. Im Augenwinkel bemerkte Edgar eine Bewegung auf der gegenüberliegenden Straßenseite. Als Erstes entdeckte er eine schwarze Vespa mit rotem Sitz. Die war ihm gestern bereits aufgefallen, aber nicht hier. Sondern nachdem er Strömers Praxis zum zweiten Mal an diesem Abend verlassen hatte. Nicht weit entfernt sah er wie gestern den Vespafahrer. Er kniete zwischen zwei Autos, nur sein schwarzer Helm mit aufgeklapptem Visier ragte hervor. Er schien Edgar nicht zu beachten, denn er kam aus der gebückten Haltung wieder hoch und holte etwas aus der Hosentasche. Schwarzer Parka, Jeans und weiße Sneaker. Obwohl Edgar sein Gesicht wegen des Helms nur teilweise sehen konnte, schätzte er ihn als recht jung ein. Vielleicht zwischen 20 und 30. Der Vespafahrer hatte sein Handy in der Hand und kniete sich erneut hin. Fotografierte er Toni und Ravinger? Edgar wurde flau. Das war kein Zufall, er war ganz offensichtlich ein Paparazzo. Eilig nahm Edgar sein Smartphone aus der Innentasche des Sakkos und machte ein Foto durch das geöffnete Seitenfenster, doch der junge Mann hatte etwas bemerkt. Verwirrt sah er sich um und zuckte zurück, als er Edgar sah, der in dem Augenblick nochmal ein Foto machte. Sofort sprintete er zurück zu seiner Vespa.

Edgar riss die Autotür auf und rannte über die Straße, doch er war nicht schnell genug, der junge Mann war davongefahren. Edgar sah nur das Rücklicht in der Ferne. Keine Chance, das Nummernschild zu entziffern.

„Edgar, alles ok? Wer war das?“ Toni war zu ihm auf die andere Straßenseite gerannt.

„Das wüsste ich auch gern. Ich hab ihn gestern schon gesehen“, murmelte Edgar und sah sich das Foto an, das er geschossen hatte. Es war nicht besonders scharf, aber besser, als Edgar gedacht hatte, er reichte Toni sein Handy: „Kennst du den?“

„Nein, ich glaube nicht.“ Sie klang beunruhigt. „Was hat er gemacht?“

„Fotografiert. Gestern stand er vor Strömers Praxis.“

„Oh. Glaubst du, er ist dir hierher gefolgt?“

„Sieht so aus.“

„Hat er Tim gesehen?"

Edgar nickte und sah rauf zum Fenster im zweiten Stock. Ravinger war nicht mehr dort. Das fing ja gut an.

Sie fuhren sofort los, der Verkehr quer durch die Stadt war dicht, wie üblich zur morgendlichen Rushhour. Toni bekam eine Nachricht aufs Handy, doch sie warf nur einen kurzen Blick auf das Display und steckte es ein.

„Funktioniert es wieder?", fragte Edgar.

„Ja, ich weiß auch nicht, warum es nicht ging." Sie nahm die Kaffeebecher aus der Halterung und reichte ihm seinen. „Da drin ist Sojamilch, ist gut fürs Herz, weniger gesättigte Fette." Er musste lächeln. Das war einer ihrer ständigen Versuche, ihn besser zu ernähren. „Tim kennt übrigens die Didier und auch die Agentur Fuchs. Er sagt, die Schmitz hat recht, die gehört wirklich zur absoluten Oberliga, die besetzen als einzige Agentur in Österreich internationale Filme und sogar Theater, er war nie bei ihr, weil ihn gleich eine deutsche Agentur genommen hat. ... Was wirst du denen in der Agentur eigentlich sagen, warum wir dort sind? Also, ich habe auf jeden Fall Zeit, wie gesagt, mein Unterricht beginnt erst in zwei Stunden, dann hab ich Improvisation, wenn es länger dauert, kein Problem, dann komm ich eben zu spät, das macht nichts, der Improlehrer sieht das locker. Und am Nachmittag hab ich die Schmitz, aber die bekommt immer fast einen Herzinfarkt, wenn ich auch nur eine Minute nach Unterrichtsbeginn da bin. Da darf ich mir dann einen Vortrag anhören, dass ich es nie schaffen werde, wenn ich es nicht mal zustande bringe, rechtzeitig ..."

Toni plapperte ohne Unterbrechung. Sie war eindeutig nervös. Er ließ sie reden und war froh, dass sie Ralph mit keinem Wort erwähnte. Plötzlich schlug sie sich auf die Stirn. „Hab ich ganz vergessen, ich hab heute Morgen schon nach Neuigkeiten über die Didier gegoogelt. Einige deutsche Zeitungen haben viele Details gebracht. Erich

Didier wurde mit einer Glasscherbe die Halsschlagader durchtrennt.“

Edgar hob eine Augenbraue und setzte den Blinker, um die Spur zu wechseln: „Wie, mit einer Glasscherbe?“

Toni nickte. „Krass, oder?“

„Krass?“, fragte er stirnrunzelnd.

„Ja, ich mein, das ist heftig. Es wird davon ausgegangen, dass es einen Kampf gab, denn in der Wohnung der Didiers ist ein gläserner Designertisch zu Bruch gegangen. Und mit einer der Glasscherben wurde Erich Didier umgebracht. Es fehlt noch der Bericht aus der Gerichtsmedizin und die Scherbe wurde auch nicht gefunden, doch es scheint ziemlich sicher zu sein.“

„Das ist bereits öffentlich? Das ist ja mehr, als Fernanda wusste.“

„Ich kann halt nicht sagen, ob es hundertprozentig stimmt. Aber da stand, wenn die Scherbe wirklich die Tatwaffe ist, dann konnte die leicht zerstört werden, wegen der Fingerabdrücke und so. Das mit den Spuren scheint sowieso schwer zu sein, da stand aber nicht, warum.“

Edgar stieß einen beeindruckten Pfiff aus: „Das hast du einfach so herausgefunden.“

Toni lachte auf und zuckte mit den Schultern: „Da gibt es so eine neue Sache, die nennt sich Internet.“

„Haha.“

Edgar trank den Kaffee aus und bemühte sich, wegen der Sojamilch nicht das Gesicht zu verziehen. Anscheinend gelang es ihm nicht, denn Toni stieß ein leichtes Lachen aus. Immer wieder sah er während der Fahrt in den Rückspiegel. Es überraschte ihn nicht, als er nach einer roten Ampel den Vespafahrer entdeckte.

„Er ist wieder da, drei Autos hinter uns.“

Toni zuckte zusammen. „Oh, nein.“

„Dreh dich nicht um. Wenn es eine Möglichkeit gibt und er uns nicht sieht, steig aus und versteck dich zwischen den Autos. Ich fahre weiter.“

„Du meinst, wenn er an mir vorbeikommt, mach ich ein Foto vom Kennzeichen, richtig?“

Edgar nickte. Toni nahm ihr Smartphone heraus und löste den Gurt. Sie fuhren weiter, der Vespafahrer blieb mit Abstand hinter ihnen.

„Das ist doch komisch“, murmelte Toni.

„Was?“

„Wenn er von der Presse ist, wieso folgt er uns dann?“

„Was meinst du?“

„Na ja, er hat ja wahrscheinlich Tim gesehen. Also, weshalb bleibt er jetzt nicht vor dem Haus und wartet, dass Tim es verlässt?“

„Weil er von ihm kein Foto braucht. Sondern ...“, dachte Edgar laut und stoppte.

„Sondern?“

„Von dir.“ In dem Moment, als er es gesagt hatte, merkte er, dass es ein Fehler war. Tonis Stimmung hatte sich schlagartig verändert.

Ein LKW bog von rechts aus einer Seitengasse um die Ecke und reihte sich hinter ihnen ein. Für einen Moment war dem Vespafahrer die Sicht versperrt.

„Jetzt“, sagte Edgar und bremste.

Toni öffnete die Tür und sprang raus. Der LKW hinter ihnen hupte, Edgar hob die Hand als Entschuldigung und fuhr weiter. Er war keine fünf Meter gekommen, da lief Toni dem Auto am Gehweg hinterher und bedeutete ihm, stehenzubleiben. Dieses Mal setzte er den Blinker und fuhr rechts ran.

„Er ist weg“, sagte sie und schlüpfte in den Wagen. „Ich glaube, er hat was bemerkt und ist sofort abgebogen, als der LKW gebremst hat.“

Wer der Vespafahrer auch immer war, er schien sich auf jeden Fall besser mit Verfolgungen auszukennen, als Edgar erwartet hatte. Den Rest der Fahrt tauchte er nicht mehr auf. Das ergab keinen Sinn. Wieso sollte ein Paparazzo so einen Aufwand betreiben, um nicht erkannt zu werden?

„Vielleicht ist er wirklich nicht von der Presse“, murmelte Edgar, als sie an einer roten Ampel hielten.

„Aber was dann?“

Er drehte sich zu Toni: „Gestern, als wir vom Stephansplatz zu Strömer gegangen sind. Vielleicht ist uns der Vater der jungen Frau aus dem Café Gerstner doch gefolgt? Und der Vespafahrer gehört zu ihm. Ich war die ganze Zeit zu Fuß unterwegs, erst als ich ins Taxi gestiegen bin, hab ich ihn bemerkt.“

„Du meinst, er ist dir bereits vorher gefolgt?“

„Könnte sein.“

„Aber warum?“

Edgar konnte Toni keine Antwort geben, die er selbst nicht beunruhigend fand. Und zwar nicht seinetwegen. Sondern wegen Toni. Wenn dieser Kerl in der Lage war, seiner eigenen Tochter so etwas anzutun ... nein, Edgar wollte gar nicht daran denken. Der Wagen hinter ihnen hupte, es war Grün.

„Keine Ahnung“, sagte Edgar und trat aufs Gas.

IV.

Ein Tag später

X: Bist du da?

Y: Ja.

X: Hast du gut geschlafen?

Y: Wenig.

X: Ich auch.

Y: Ich bin noch ganz ... ich weiß auch nicht. Meine Güte, mir fällt kein anständiges Wort dafür ein.

X: Dann verwende ein unanständiges. So wie gestern, als ich dich ...

Y: Bitte hör auf. Ich muss mich hier konzentrieren.

X: Du bist wunderbar.

Y: Ich kann das alles nicht fassen. Und ich kann nicht aufhören, an dich zu denken. Ich dachte nicht, dass so etwas noch möglich ist. Danke!

X: Du musst mir nicht danken. Ich danke dir. Danke für dich!

Y: Das hat nie jemand zu mir gesagt – so, dass ich es glauben konnte.

X: Kann ich dich heute wiedersehen? Ich meine, alleine.

Y: Das sollten wir nicht.

X: Warum?

Y: Weil es riskant ist.

X: Das ist mir egal. Ich muss dich wiedersehen. Bitte!

Y: Was stellst du nur mit mir an? Ich erkenne mich nicht wieder.

X: Also ja?

Y: Ja.

X: Wann?

Y: In zwei Stunden?

X: Ich glaube, so lange halte ich es nicht aus.

Y: Vorher kann ich nicht.

X: Wieso nicht jetzt gleich?

Y: Das geht nicht.

X: Dann werde ich mir so lange vorstellen, was ich mit dir machen werde. Zuerst werde ich dich aufs Bett legen und ganz langsam ausziehen. Wenn du nackt bist, bedecke ich jede Stelle deines Körpers mit Küssen. Und dann werde ich ganz langsam immer ...

Y: Hör auf.

X: Gefällt dir die Vorstellung nicht?

Y: Sie gefällt mir zu sehr.

X: Ich werde ganz langsam immer tiefer gehen ...

Y: Ich kann nicht mehr.

X: ... und wenn du dich windest, werde ich mich ausziehen und ...

Y: Stopp. Bitte!

X: Also gut. … Ich kann es nicht erwarten.

Y: Ich auch nicht. Wir sehen uns in zwei Stunden.

X: In Ordnung. … Es gibt aber noch etwas, das ich dir sagen wollte.

Y: Was?

X: Ich liebe dich.

Y: …

X: Bist du noch da?

Y: Ja. Ich … wir treffen uns in 15 Minuten.

Y hat den Chat gelöscht und die Seite verlassen.

9.

Die Agentur Fuchs befand sich etwas außerhalb in einem Abschnitt des 19. Bezirks, in den Edgar selten kam. Villen reihten sich zu neu errichteten Wohnhäusern, historische Bauwerke standen neben modernster Architektur. Alles wirkte zusammengewürfelt, hatte aber einen eindeutigen gemeinsamen Nenner: viel Geld. Zumindest hatte es diesen Anschein. Es gab erstaunliche Prunkbauten, die meisten beherbergten Botschaften. Und auffallend viele Kirchen, die im Gegensatz zu den restlichen Häusern verlassen wirkten.

Mit den Übertragungswagen deutscher Fernsehsender und den Presseleuten, die vor der Auffahrt der Agentur standen, hatte Edgar nicht gerechnet. Das mussten mindestens 20 sein. Er fuhr langsam vorbei, niemand nahm von ihnen Notiz.

Es war ein imposanter Bau. Üppige Grünpflanzen in hohen Tontöpfen säumten die Einfahrt, über der ein meterhohes goldenes Schild angebracht war:

AGENTUR BERTA FUCHS – Schauspiel, Management, PR.

Toni war tiefer in ihren Sitz gerutscht. Ob es die richtige Entscheidung war, dass sie Edgar hierher begleitete? Schließlich war sie Schauspielschülerin und er hatte ja keine Ahnung, wie vernetzt Agenturen mit den Ausbildungsstätten ihrer zukünftigen Klienten waren.

„Was machen wir jetzt? Hast du einen Termin ausgemacht?“, fragte sie.

Edgar schüttelte den Kopf, fuhr um die Ecke, parkte den Wagen und holte sein Handy hervor. Den Plan, einfach zu klingeln und das Überraschungsmoment zu nutzen, konnte er verwerfen. Eine junge Frauenstimme meldete sich nach dem dritten Läuten.

„Frau Berta Fuchs bitte.“

„Sie ist momentan nicht zu sprechen, aber Sie können ihr eine Nachricht hinterlassen.“ Es klang aufgesagt. Wahrscheinlich wurde die Agentur mit Anrufen belagert.

Edgar zögerte einen Moment, sagte dann aber: „Mein Name ist Edgar Brehm. Ich bin Privatdetektiv. Es geht um ihre Klientin, Julia Didier, zu der ich ein paar Fragen habe.“

„Äh ... Augenblick bitte.“

Ein Rauschen und Klicken war zu hören, im nächsten Moment sagte eine andere Frauenstimme: „Frau Fuchs hat kein Interesse.“ Sie klang tiefer und schroff.

„Der Paartherapeut der Didiers hat mich engagiert, sein Name ist Alfred Strömer. Bei ihm wurde Montagnacht eingebrochen und er denkt, es gibt einen Zusammenhang mit Frau Didier. Darum bin ich hier. Ich stehe mit dem Auto in einer Nebenstraße der Agentur. Wäre keine Presse vor Ihrem Haus, hätte ich geläutet.“ Strömer hatte gegen Edgars Vorschlag protestiert, ihn und den Einbruch nicht weiter geheim zu halten. Doch Edgar hatte ihm klargemacht, dass ein Teil der Wahrheit die besten Ergebnisse brachte. Es ging um Vertrauen und das war keine Einbahnstraße. Außerdem hatte Carolin Schebesta den Einbruch sicher bemerkt. Jetzt war schnelles Handeln wichtiger als Diskretion.

„Wie ist nochmal Ihr Name?“

„Edgar Brehm.“

„Warten Sie.“ Edgar wurde auf die Warteschleife gelegt. Es dauerte lange, bis sich die Frau am anderen Ende wieder meldete.

„Es gibt einen zweiten Eingang. Wo parken Sie?“

„Ruthgasse 27.“

„Ich komme Sie holen.“

Während sie warteten, schien Toni etwas sagen zu wollen, doch dann deutete sie zum Gehweg. Eine Frau war um die Ecke gebogen und sah sich suchend um. Sie hatte einen großen Schlüsselbund in der Hand, Edgar schätzte sie um die 40. Sie sah so perfekt gestylt aus, als wäre sie einem Modemagazin entstiegen. Unter dem Kragen ihrer Bluse glänzte eine schwarze, eng anliegende Perlenkette. Ihr Gesicht war perfekt geschminkt, wie Edgar es aus Werbeanzeigen kannte.

„Bitte erwähne meinen Namen nicht", flüsterte Toni, als sie ausstiegen. Er nickte ihr überrascht zu, darum hatte sie ihn noch nie gebeten.

„Haben wir eben telefoniert?", fragte Edgar.

„Sind Sie Herr Brehm?"

Sie klang unfreundlich, ihr Tonfall grenzte fast an Verachtung. Edgar nickte. Aus der Nähe sah Edgar, wie rot und aufgequollen ihre Augen waren. Darüber konnte selbst das Make-up nicht hinwegtäuschen. Schließlich sagte sie: „Folgen Sie mir."

Sie ging voraus, schritt leichtfüßig und so schnell auf ihren High Heels, als wären es Sportschuhe. Edgar hatte Mühe, Schritt zu halten.

Toni wurde immer unruhiger, sie zappelte herum, schüttelte im Gehen ihre Hände aus. Ob sie den Vespafahrer oder sonst wen von der Presse entdeckt hatte? Doch hinter ihnen war niemand zu sehen.

Die Frau führte sie durch einen Garten, der von außen durch allerlei Büsche völlig uneinsehbar war, zur Hinterseite des Agenturgebäudes. Dort sperrte sie eine Metalltür auf und führte sie über eine Treppe hoch, durch eine riesige Empfangshalle mit französischen Fenstern. Ihre Stilettos klackerten auf den hellen Marmorfliesen. Neben der pompösen Einrichtung fielen Edgar vor allem Kameras an der Decke auf.

Sie gingen weiter in ein großes helles Eckzimmer. Die Wände waren voll mit gerahmten Porträts von Schauspielerinnen und Schauspielern. Eine junge Frau saß hinter einem Schreibtisch. Sie nickte schüchtern ein kaum hörbares: „Guten Morgen". Sie war wohl die Assistentin, mit der er vorhin telefoniert hatte – nicht die Frau, die sie beim

Auto abgeholt hatte. Bevor er den Gruß erwidern konnte, stand sie auf und verließ eilig den Raum.

Die Einrichtung war hier schlichter. Ein aufgeklappter Laptop stand auf einem kleinen Marmortisch in der Ecke. Edgar erkannte auch ohne Brille die Webseite seiner Detektei auf dem Bildschirm. Toni hatte sie vor ein paar Wochen an nur einem Nachmittag eingerichtet. Sie meinte, eine Internetpräsenz wäre unverzichtbar. Außerdem bekäme er interessantere Aufträge statt der ewigen Observationen untreuer Partner. Womit sie recht gehabt hatte.

Die Frau, die sie hierher begleitet hatte, fing Edgars Blick auf und klickte die Seite weg:

„Wir mussten sichergehen, dass Sie nicht von der Presse sind." Sie drehte sich zu ihm. Zum ersten Mal lächelte sie, doch es wirkte aufgesetzt.

Edgar nickte. Nun endlich stellte sie sich als Karin Fuchs vor.

„Ihnen gehört die Agentur?", fragte Edgar.

„Nein." Sie neigte leicht den Kopf. „Meiner Tante. Wenn Sie bitte hier warten, ich bin gleich zurück", sagte sie. Dann waren sie alleine.

Toni ging im Raum umher, sie räusperte sich lautstark, schien weiterhin unruhig War es das Licht in dem Zimmer, oder war sie blass geworden?

Er spürte das Vibrieren seines Handys in der Brusttasche. Ralphs Name stand auf dem Display. Er ließ das Handy vibrieren. Am liebsten hätte er seine Nummer blockiert, aber das war zu drastisch. Endlich verstummte der Anruf. Edgar drehte den Ton ab und steckte rasch das Handy ein. Toni hob die Augenbrauen und deutete zu seiner Brusttasche. Als wollte sie ihm zu verstehen geben, er solle Ralph eine Chance geben, sich zu erklären. Natürlich wollte sie das. Sie war jung, und wenn auch nicht mehr so naiv wie vor ihrer Zusammenarbeit, glaubte sie noch immer an die Menschen. Er seufzte. Und wie so oft kam in ihm die Frage hoch, wie lange sie diese Einstellung durchhalten würde, wenn er sie weiterhin beschäftigte? Aber vielleicht unterschätzte er sie. Wenn man bedachte, was Toni bereits in ihrer Kindheit erlebt hatte.

Es schien eine Ewigkeit zu dauern, bis sich die Tür öffnete.

„Verzeihen Sie, dass Sie warten mussten. Ich bin Berta Fuchs. Hallo."

Edgar hatte sich keine Vorstellung von der Agenturchefin gemacht. Aber er war von der älteren Frau mit den grauen Locken, die sich aus ihrem unordentlichen Dutt gelöst hatten, überrascht. Edgar schätzte sie mindestens Anfang 60, wenn nicht älter. Sie reichte ihm die Hand und begrüßte ihn und Toni freundlich, was ihrer Nichte, die hinter ihr eintrat, nicht zu gefallen schien.

Man sah die familiäre Ähnlichkeit, trotzdem war der Eindruck von Berta Fuchs ungleich sympathischer. Sie war ein wenig rundlich, trug kaum Make-up und schien kein Problem mit ihren Falten zu haben. An ihr war nichts Glamouröses wie bei ihrer Nichte. Im Gegenteil, sie wirkte bodenständig. Ihr Typ erinnerte Edgar an seine alte Volksschullehrerin, die er in gleichem Maß geliebt und respektiert hatte.

Ein Mann um die 40 betrat hinter ihnen das Zimmer. Er war nicht groß, Edgar schätzte ihn auf höchstens 1,70, vielleicht sogar kleiner. Seine feinen Gesichtszüge, die dichten schwarzen Haare, die von wenigen silbrigen Strähnen durchsetzt waren, und die dunkelbraunen Augen wirkten wie gemalt. War er ein Schauspieler? Er wirkte elegant, was wahrscheinlich an seinen geschmeidigen Bewegungen lag.

„Sebastian Weber. Ich bin Karins Mann und arbeite auch für die Agentur", stellte er sich mit einem Lächeln vor. Sein Händedruck war warm und kräftig.

Berta Fuchs entging Edgars erstaunte Reaktion nicht. „Ich habe die Agentur zwar gegründet, aber mittlerweile sind wir ein Familienunternehmen." Sie lächelte Edgar an. An ihr war keine Spur der leicht arroganten Attitüde ihrer Nichte, die Edgar nicht aus den Augen ließ. „Meine Nichte kümmert sich um die Verträge, Sebastian ist für Events und PR zuständig."

Verträge. War Karin Fuchs die Frau, die Erich Didier bei Strömer erwähnt hatte – die Freundin von Julia Didier, mit der er womöglich eine Affäre gehabt hatte?

„Wie gesagt, Herr Strömer schickt uns."

„Weiß er zufällig etwas über Julias gesundheitlichen Zustand?"

„Nein, leider nicht."

„Ich war heute Morgen im Krankenhaus. Leider hatte ich kein Glück. Niemand von uns darf zu ihr, wir bekommen keine Auskunft. Es ist so ..." Berta Fuchs' Blick wurde glasig, sie wischte sich mit den Handballen rasch über die Augenwinkel. Sie griff sich mit einer Hand aufs Herz und deutete mit der anderen auf die zwei Stühle vor dem Schreibtisch. „Verzeihung. Es nimmt uns alle so mit. Aber setzen Sie sich doch bitte wieder. Ein Kaffee?"

Toni schüttelte nur den Kopf. Edgar hatte sie noch nie so eingeschüchtert erlebt, was völlig absurd war, wenn man bedachte, wie selbstbewusst sie gestern die Auseinandersetzung mit seinem gewalttätigen Auftraggeber überstanden hatte.

„Danke, wir brauchen nichts."

Sebastian Weber rollte für Berta Fuchs den ledernen Schreibtischstuhl hervor und bedeutete ihr, sich zu setzen. Karin Fuchs klappte den Laptop zu und nahm ihn an sich. Anscheinend war es ihrer, denn sie hielt ihn an sich gedrückt und ging zu ihrem Mann, der hinter Berta Fuchs an der Schreibtischplatte lehnte. Die Hierarchie in der Agentur war eindeutig verteilt. Es sah aus, als flankierten die beiden Berta Fuchs.

Der Blick der Agentin wurde weich, sie schien mit der Trauer zu kämpfen. Sie verschränkte die Finger im Schoß: „Was kann ich für Sie tun, Herr Brehm?"

„Herr Strömer möchte verstehen, wie es dazu kommen konnte."

Berta Fuchs nickte: „Das möchte ich auch."

„Gab es irgendwelche Anzeichen für Gewalt in der Ehe der Didiers?"

Sie hob überrascht die Augenbrauen: „Um Gottes willen, nein! Niemand von uns hätte jemals so etwas gedacht. Ich habe in meiner Laufbahn viel erlebt, aber das ... das ist wie ein böser Traum." Sie stieß ein leises Seufzen aus.

„Wann haben Sie Frau Didier das letzte Mal gesehen?"

„Erst diesen Samstag, zwei Tage bevor sie ... bevor es passiert ist. Wir waren bei ihr und Erich eingeladen."

„Wir?"

Sie nickte und deutete hinter sich: „Meine Nichte, Sebastian und ein paar Leute aus der Branche. Wie viele waren wir, Sebastian?", fragte sie, ohne sich umzudrehen.

„Wir waren zu zehnt", antwortete er.

„Waren solche Einladungen üblich?"

Ein wehmütiges Lächeln huschte über ihr Gesicht. „Früher schon, in den letzten Jahren leider nicht mehr. Das war kein Wunder, bei Julias Arbeitspensum. Sie liebt es, aufwendige Abendessen mit mehreren Gängen zu geben. Sie ist eine unglaubliche Köchin, man denkt, man isst in einem Haubenlokal."

„Gab es einen Grund für dieses Essen?"

„Oh ja. Wir haben den erfolgreichen Filmstart von *Adeles Liebe* gefeiert und die Nominierungen für den Nestroy."

„Der Nestroy?"

„Der Theaterpreis, er wird einmal im Jahr vergeben. *Cyrano* im Burgtheater ist als beste Produktion und sie als beste Hauptdarstellerin dafür nominiert. Es war ein schöner Abend."

„War irgendetwas ungewöhnlich?"

„Nein, im Gegenteil. Alles war perfekt, wir haben viel gelacht." Ein leises Räuspern von Karin Fuchs war zu hören. „Aber wir sind auch als Erste gegangen", sagte Berta

Fuchs rasch. Sie schien zu überlegen, ihr Blick wanderte umher. Edgar hatte den Eindruck, sie wollte etwas sagen. Doch anscheinend entschied sie sich dagegen. Vielleicht war etwas geschehen, nachdem sie nicht mehr dort gewesen waren?

„Soll ich Sebastian bitten, Ihnen die Namen der anderen Gäste zukommen zu lassen?", fragte sie schließlich. Edgar nickte. „Darf ich Sie auch um einen Gefallen bitten? Wenn Herr Strömer so nett wäre und sich bei uns meldet, sobald er etwas aus dem Krankenhaus über Julia erfährt. Sebastian, gibst du Herrn Brehm bitte deine Handynummer?"

Sebastian Weber reichte ihm eine Visitenkarte: „Er kann mich jederzeit erreichen." Irrte Edgar sich, oder ignorierte Berta Fuchs ihre Nichte absichtlich?

Er nahm die Karte, doch er sah Berta Fuchs verwirrt an: „Ich fürchte, er wird keine Informationen über Frau Didiers Zustand bekommen, denn die Didiers hatten nur drei Sitzungen bei ihm und das ist ja auch schon länger her."

„Wie, nur drei Sitzungen?", unterbrach Karin Fuchs so laut, dass Toni zusammenzuckte. „Das stimmt nicht. Sie waren viel öfter dort. Wenn sie in Wien waren, jede Woche."

Edgar schüttelte den Kopf. Karin Fuchs stellte sich hinter ihre Tante und spielte nervös an ihrer Kette herum. Sollte sie fragen, warum die Therapie bereits nach so kurzer Zeit beendet worden war, hatte Edgar mit Strömer besprochen, dass sich schnell herausgestellt hatte, dass keine Paartherapie nötig gewesen war. Doch außer Bestürzung in Karin Fuchs' Gesicht kam keine Reaktion.

„Hat Ihnen Frau Didier etwas anderes gesagt?", fragte Edgar.

„Ich weiß nicht." Sie griff sich an die Stirn. „Nein, aber sie hat nie erzählt, dass sie nicht mehr in Therapie waren. Und das hätte sie doch. Ich bin ihre ..."

„Karin, Liebes." Nun drehte sich Berta Fuchs zu ihrer Nichte. „Vielleicht wäre es besser, ich rede alleine mit Herrn Brehm und seiner Assistentin." Sie sagte es so liebevoll, als würde sie mit einem kleinen, trotzigen Kind sprechen.

Sebastian Weber ging sofort zur Tür und nickte seiner Frau zu. Karin Fuchs sah aus, als würde sie jeden Moment in Tränen ausbrechen, doch beim Anblick ihrer Tante versteinerte ihr Gesichtsausdruck zu einer starren Miene.

„Karin, bitte", forderte ihr Mann sie auf, er klang genervt.

Ohne etwas zu sagen, verließ sie nach ihm das Zimmer.

„Meine Nichte und Julia sind eng befreundet. Es nimmt Karin furchtbar mit."

Edgar nickte. Er hatte das unbestimmte Gefühl, dass das nicht die ganze Wahrheit war. Trotzdem war es ihm lieber, mit Berta Fuchs alleine zu sprechen.

Sie fragte: „Wieso hat Herr Strömer Sie denn engagiert, wenn die Therapie schon so lange vorbei war?"

„Herr Strömer versteht nicht, wie es zu diesem Unglück kommen konnte", entgegnete Edgar ruhig. „Er meint, es muss Hintergründe geben, von denen er nichts wusste." Er gab alles so wieder, wie er es gestern Abend mit Strömer abgesprochen hatte.

Ein erschrockener Schatten huschte über Berta Fuchs' Gesicht: „Was meint er mit ‚Hintergründe'?"

Sie griff sich an den Hals und holte eine dünne Goldkette unter dem Kragen hervor. Daran hing ein Anhänger, Edgar konnte nicht erkennen, was es war. Sie hielt ihn zwischen ihren Fingern und rieb daran.

„Die Ehe der Didiers machte auf Herrn Strömer einen stabilen Eindruck. Oder war das nicht so?"

Berta Fuchs seufzte tief. Sie schien etwas sagen zu wollen, doch dann presste sie die Lippen zusammen, senkte den Kopf und faltete ihre Hände. Es sah aus, als würde sie beten. Der Anhänger der Kette baumelte herunter – es war ein Kreuz. Edgar vermied es hinzusehen.

„Kann es sein, dass Erich Didier eine Affäre hatte?"

Sie sah wieder hoch, ihr Blick war fest und klar. Erneut fasste sie an den Kreuzanhänger auf ihrer Kette und rieb daran. Sie ließ sich Zeit.

„In meinem Beruf ist es wichtig, den schmalen Grat zwischen Freundschaft und Professionalität mit meinen Klienten nicht aus den Augen zu verlieren. Das soll nicht herzlos klingen, ich schätze die Menschen, die ihre Karrieren in meine Hände legen, sehr. Ihr Wohlergehen ist mir wichtig. Doch trotz aller Zuneigung sind es letztendlich Arbeitsbeziehungen. Wenn Sie meine sehr subjektive und persönliche Meinung hören wollen", sprach Berta Fuchs weiter, „natürlich haben sie sich geliebt. Das war für uns alle offensichtlich. So etwas kann man nicht die ganze Zeit über vorspielen."

„Sie halten es also nicht für möglich, dass Erich eine Affäre hatte?"

Sie legte den Kopf in den Nacken und überlegte kurz: „Ich möchte keine Gerüchte in die Welt setzen, Herr Brehm."

Sie zögerte, sprach dann aber weiter: „Es ist wirklich nur mein sehr subjektiver Eindruck. Erich war immer liebevoll zu Julia."

„Woher kommt dieser Eindruck?"

Wieder wollte Berta Fuchs nicht weitersprechen, doch Edgar konnte sie davon überzeugen, dass im Laufe der Ermittlungen ohnehin alles ans Tageslicht kommen würde.

„Ich hatte diesen Eindruck aufgrund eines einmaligen Fehlers, eines dummen Zufalls. Es ist auch schon Jahre her."

„Wie viele?"

„Lassen Sie mich kurz nachdenken. Sicher fünf oder sechs, würde ich sagen. Einer meiner Schauspieler bekam den Goldenen Bären in Berlin. Es gab eine Party mit vielen bekannten Gesichtern. Julia konnte nicht dabei sein, sie hat zu der Zeit in Prag gedreht. Erich war ein guter Netzwerker, deshalb war das nicht ungewöhnlich, dass er als ihr Manager alleine dort war. Ich habe ihn an dem Abend aus den Augen verloren. Wir waren im selben Hotel untergebracht und mitten in der Nacht ruft Julia mich an. Sie war durcheinander, es hatte bei ihrem Nachtdreh einen Unfall gegeben, nichts weiter Schlimmes, aber der Dreh wurde unterbrochen, sie hat geweint, wollte so schnell wie möglich nach Hause. Sie konnte Erich schon seit Stunden nicht erreichen, das Telefon in seinem Zimmer war besetzt und er ging nicht an sein Handy. Sie hat mich gefragt, ob ich wüsste, wo er sei?“ Sie senkte den Blick. „Das Einzige, was ich tun konnte, war, an der Tür seines Hotelzimmers zu klopfen. Er war nicht allein. Es war uns beiden unglaublich peinlich. ... Warum er überhaupt die Türe geöffnet hat, ist mir bis heute schleierhaft.“

„Wer war bei ihm?“

„Die Ehefrau eines Produzenten.“ Bevor Edgar nach dem Namen fragen konnte, hob sie abwehrend die Hände. „Es spielt keine Rolle, wer sie war, sie ist vor zwei Jahren an einer Überdosis gestorben. Damals, am nächsten Morgen ist Erich zu mir aufs Zimmer gekommen, er hat geweint, gesagt, es sei eine einmalige Sache gewesen. Und mich angefleht, es zu vergessen und Julia nichts davon zu sagen.“

„Was Sie getan haben?“

„Ich mische mich generell nicht in das Privatleben meiner Klienten ein. Die Wahrheit ist, ich hätte es ihr auch dann nicht gesagt, wenn Erich mich nicht darum gebeten hätte. Ich glaube nicht, dass Julia etwas davon erfahren hat – jedenfalls nicht von mir.“

Edgar nickte. Aus seiner beruflichen Erfahrung wusste er, dass es grob gesagt zwei Kategorien von Affären gab – die einen passierten, wenn einer der Partner sich fremdverliebte. Die anderen hatten weniger mit einem bestimmten Gegenüber und mehr mit der Suche nach Abenteuer und Ablenkung zu tun. Wenn Erich Didier zur zweiten Kategorie gehörte, war es wahrscheinlich, dass er dieses Verhalten wiederholt hatte.

Offensichtlich hatte Erich Didier seine Frau betrogen. Wenn Julia Didier dahintergekommen war, hatte es der berühmte Tropfen auf dem heißen Stein sein können. Denn die Affäre konnte noch so lange her sein, verletzt wäre sie sicherlich dennoch gewesen. Und Mord im Affekt war noch immer einer der häufigsten Tötungsgründe. Es war aber natürlich auch nicht ausgeschlossen, dass Erich Didier sie wieder betrogen hatte und Julia Didier ihm dieses Mal auf die Schliche gekommen war.

Wenn es so war, dann hätte er den nächsten Anhaltspunkt für den Einbruch bei Strömer. Erich Didiers Geliebte. Als sie von dem Mord erfahren hatte, bekam sie Angst, ihr Name würde in der Öffentlichkeit auftauchen – es war ja wohl davon auszugehen, dass sie eine Frau aus dem Schauspiel-Umfeld war, in dem sich Erich Didier bewegte. Häufig war es der naheliegendste Grund.

„Erich Didier hat bei Herrn Strömer jemanden aus Ihrer Agentur erwähnt, mit dem er immer wieder Konflikte hatte." Die Nichte hatte Edgar absichtlich nicht genannt.

„Das war Karin", entkam es Berta Fuchs sofort mit einem unterdrückten Lachen. „Sie hat die Verträge für Julia abgeschlossen. Erich wollte ständig Korrekturen, er war ein harter Verhandler. Was für Karin schwierig war, denn sie stand zwischen ihm und den Produktionsfirmen. Und für ihn war es vermutlich auch belastend aufgrund der engen Freundschaft zwischen Julia und Karin."

„Ich verstehe. Es scheint Herrn Didier belastet zu haben."

„Ich weiß. Vor ungefähr zwei Monaten ist er zu mir gekommen und wollte, dass jemand anderes die Vertragsverhandlungen übernimmt, statt Karin. Wir haben es so gelöst, dass ich mich darum gekümmert habe."

„Und hatte er mit Ihnen ebenfalls diese Konflikte?"

Sie schüttelte den Kopf und grinste selbstbewusst. „Nein, dafür bin ich zu lange in diesem Geschäft. Erich hatte seine Fehler, aber er war als Geschäftsmann vorausschauend. Ihm war es immer wichtig, für Julia die besten Konditionen auf allen Ebenen auszuverhandeln. Unsere Ziele waren dieselben.“ Berta Fuchs’ Blick verlor sich in der Ferne. „Und von einem Moment auf den anderen ist alles anders.“ Sie räusperte sich und blinzelte heftig. Edgar war froh, dass sie nicht zu den Menschen gehörte, die vor anderen in Tränen ausbrachen. „Sie können mir gerne Ihre Nummer hierlassen, Herr Brehm, falls mir noch etwas einfällt.“

Es war eine charmante Art, ihnen zu verstehen zu geben, dass das Gespräch beendet war.

Edgar kramte eine Visitenkarte aus der Innentasche seines Sakkos.

„Geht es Ihnen gut?“, hörte er Berta Fuchs Toni fragen. „Was ist mit Ihnen?“

Edgar drehte sich zur Seite. Sein Körper reagierte, bevor sein Verstand begriff, was er sah.

Toni hatte die Augen verdreht. Ihr Kopf kippte nach hinten. Sie rutschte vom Stuhl und fiel polternd auf den Perserteppich.

V.

Zwei Wochen später

Y: Entschuldige, ich wurde aufgehalten. Bist du da?

X: Ja. Ich vergehe vor Sehnsucht nach dir. Willst du etwas Lächerliches hören? Ich zähle die Stunden, bis wir alleine sind. Soll ich uns was zu essen besorgen? Lasagne vom Italiener, den du so magst? Tiramisu?

Y: Ich kann heute nicht.

X: Schon wieder?

Y: Es tut mir wirklich leid.

X: Warum kannst du nicht?

Y: Wegen eines Treffens mit M. Gerade kam der Anruf.

X: Kannst du nicht absagen?

Y: Das würde ich, wenn ich könnte. Aber es geht nicht.

X: Bitte!

Y: Ich mache es nächste Woche wieder gut.

X: So lange kann ich nicht warten. Ich habe eine Überraschung für dich vorbereitet. Was ist mit morgen?

Y: Morgen bin ich wie jeden Mittwoch verabredet, das weißt du doch.

X: Und wenn du sagst, du kannst nicht?

Y: Mit welcher Begründung?

X: Du bist krank?

Y: Du weißt selbst, dass ich diese Ausrede nicht verwenden kann. Ich muss jetzt gehen.

X: Warte! Es wird doch irgendeine Möglichkeit geben. Du bleibst eine halbe Stunde bei M. und dann gehst du.

Y: Das kann ich nicht.

X: Willst du mich nicht sehen?

Y: Doch. Natürlich.

X: So wirkt es aber nicht.

Y: Können wir das lassen? Ich wäre viel lieber bei dir, aber ich muss zu diesem Termin.

X: Du spielst mit mir.

Y: Das ist nicht wahr. Bitte, lass uns darüber reden, wenn wir uns sehen. Ich muss jetzt los.

X: Wo führt das hin? Das mit uns?

Y: Wir wussten beide, worauf wir uns einlassen.

X: Das ist keine Antwort.

Y: Wie könnte das mit uns überhaupt irgendwo hinführen?

X: Das musst du beantworten, nicht ich.

Y: Es ist nicht fair, wenn du mir die ganze Verantwortung gibst. Als wäre alles nur meine Entscheidung.

X: Ich weiß, dass es nicht so ist. Aber es kommt mir oft vor, dass ich ...

Y: Was?

X: Dass ich dich mehr liebe als du mich.

Y: Das ist nicht wahr. Ich liebe dich.

X: Wirklich?

Y: Du kannst dir nicht vorstellen, wie sehr. Aber uns war doch von Anfang an klar, wie schwierig es ist. Glaub mir, wenn die Umstände anders wären, würde ich jedem die Wahrheit über uns sagen. Ich würde mich keine Sekunde verstecken. Aber wir wissen beide, warum das nicht geht.

X: Aber ich will dich. Ich brauche dich.

Y: Ich brauche dich genauso.

X: Sag das Treffen ab. Bitte!

Y: Das geht nicht.

X: Dann tut es mir leid.

Y: Was meinst du?

X: Ich kann so nicht mehr weitermachen.

X hat den Chat gelöscht und die Unterhaltung verlassen.

10.

„Toni, Toni, was ist los? Hörst du mich?" Toni hörte Edgars Stimme wie aus weiter Ferne.

Sie spürte ein Rütteln, ihr Kopf schwirrte. Ein hoher Ton piepste in ihren Ohren. Sie blinzelte. Tausende Lichter tanzten vor ihren Augen. Was war los? Gerade hatte Berta Fuchs sie etwas gefragt, aber sie hatte nicht antworten können, weil ihr Mund so trocken gewesen war. Das Letzte, an das sie sich erinnern konnte, war, wie unscharf das Gesicht der Agentin plötzlich geworden war. Sie blinzelte erneut, die Lichter verblassten. Das Erste, was sie schemenhaft sah, waren Edgars besorgte Augen.

„Toni, kannst du mich hören? Ist alles in Ordnung?"

Sie nickte, ihr ganzer Körper kribbelte. Als hätte sie Ameisen in ihren Adern. Sie versuchte, einen klaren Gedanken zu fassen.

„Was ist passiert?", fragte sie, ihre Stimme klang in ihren eigenen Ohren piepsig und fremd.

„Du bist plötzlich umgekippt. Wahrscheinlich ein Kreislaufkollaps."

„Was? Ich bin nicht ... ich hab doch keinen ..."

Schon während sie es aussprach, kam schemenhaft die Erinnerung wieder. Sie hatte keine Luft bekommen, als wäre ihr Hals zugeschnürt. Ihr war schwarz vor Augen geworden. So etwas war ihr noch nie passiert.

Toni war bereits bei der Fahrt aufgefallen, wie merkwürdig sie sich fühlte. Leicht schwindlig und ihre Brust war so eng, dass es ihr schon da schwerfiel, zu atmen. Und sie hatte sich immer beklemmter gewühlt, als Edgar gesagt hatte, der Vespafahrer sei hinter ihnen aufgetaucht. Sie war ein wenig zittrig, aber sie schob es auf den Stress, außerdem spielte ihr Zyklus in letzter Zeit immer mal wieder verrückt.

„Hier, ein Wasser." Sebastian Weber war hinter Edgar aufgetaucht, er reichte ihm das Glas.

„Kannst du aufstehen, Toni?“

Sie nickte und stemmte sich mit Edgars Hilfe hoch. Ihre Arme und Beine waren so schwach, als wären sie aus Pudding. Was war das?

„Sie sind ganz blass. Wann haben Sie das letzte Mal etwas gegessen?“, fragte Weber besorgt. Berta Fuchs war nicht mehr zu sehen.

„Weiß ich nicht“, sagte Toni. Sie versuchte, sich zu erinnern, gestern Abend hatten sie das Essen des chinesischen Imbisses nicht mehr angerührt. Aber sie war nicht hungrig. Oder doch?

„Vielleicht sind Sie unterzuckert. Sowas kommt bei unseren Schauspielerinnen öfter mal vor.“ Er griff in die Schreibtischschublade und förderte eine Schachtel roter Lindorkugeln zu Tage, die er Edgar reichte.

Toni wollte widersprechen. Erst auf der Herfahrt hatte sie einen großen Kaffee getrunken, mit viel Milch und zwei Löffeln Zucker. Außerdem hatte sie ein Briochekipferl gegessen, während sie auf Edgar gewartet hatte. Doch sie kam nicht dazu, etwas zu sagen. Denn Edgar hatte bereits zwei Lindorkugeln ausgepackt und stopfte sie Toni jetzt so fest in den Mund, dass sie gleichzeitig lachen und husten musste.

„Entschuldige.“ Er klopfte ihr auf den Rücken. „Geht's wieder?“

Sie nickte und spülte die Schokolade mit einem großen Schluck Wasser hinunter. Das Summen in ihren Ohren wurde leiser, aber im nächsten Moment überkam sie ein unruhiges Gefühl. Sie musste sich zurückhalten, um nicht in Tränen auszubrechen. Sie biss sich auf die Unterlippe, hier zu heulen war das Letzte, was sie wollte. Irgendwas stimmte nicht mit ihr.

„Ist es ok, wenn ich draußen auf dich warte? Ich brauche ein bisschen frische Luft.“ Erst als Edgar sie erstaunt ansah, fiel ihr wieder ein, dass vor dem Gebäude die Presse wartete.

„Ich suche nur rasch die Namen der anderen Gäste für Sie heraus. Dann bringe ich Sie gleich zurück zu Ihrem Auto. Sie können sich so lange in der Empfangshalle auf die Couch legen."

Toni schüttelte den Kopf. Sie konnte Weber kaum in die Augen sehen. Sie wollte einfach nur hier weg.

„Hey, das ist vollkommen okay. Meine Frau hat auch immer mal wieder Migräne. Was ist, wenn Sie sich kurz unten hinlegen?", fragte Sebastian Weber. Anscheinend konnte sie nicht verbergen, wie sie sich fühlte. „Die Treppe runter gibt es im ersten Raum links eine Couch."

„Danke, das ist ... sehr nett."

„Soll ich dich begleiten?", fragte Edgar.

Sie warf einen Blick zu Weber und schüttelte den Kopf: „Alles ok, mir geht es gut."

Edgar sah sie skeptisch an. Weber gab ihr lächelnd die Schachtel mit den Lindorkugeln in die Hand. Sie bedankte sich und versuchte zurückzulächeln. Es kostete sie große Anstrengung.

„Ich bin gleich bei dir", sagte Edgar.

Schon als Toni die Stufen hinunterging, konnte sie die Tränen nicht mehr zurückhalten. Sie beeilte sich, in den beschriebenen Raum zu kommen, und als sie sich vergewissert hatte, dass sie alleine war, setzte sie sich auf die Couch, zog die Knie an und begann zu schluchzen. Als wäre da eine riesige Traurigkeit in ihr, die plötzlich an die Oberfläche wollte. Das fühlte sich nicht nach verrücktem Zyklus an. Sondern nach einem Gefühl, als wäre sie von einer Lawine überrollt worden. Was war das? Und warum gerade jetzt? Wo doch alles so gut lief.

Ihre Oma hatte am Morgen geschrieben, ihr und dem Kapitän gehe es besser, die Lebensmittelvergiftung sei überstanden. Und was noch viel besser war: Sie hatte gerade eine wundervolle Nacht mit Tim verbracht. Er gab ihr das Gefühl, als würden sie einander schon lange kennen. Heute Morgen hatte sie nach kurzem Überlegen festgestellt, dass es ihr nichts ausmachte, ihn alleine in ihrer Wohnung zu lassen. Dass sie nach Felix wieder einem Mann so sehr vertrauen würde, überraschte sie selbst. Aber was war dann das Problem?

Toni wischte sich die Tränen von den Wangen und holte tief Luft. Sie ließ sich auf die Couch fallen und blickte auf die holzvertäfelte Decke.

Tim und sie hatten nicht miteinander geschlafen, sondern waren in Tonis Bett nebeneinandergelegen und hatten stundenlang geredet. Sich Geschichten aus der Kindheit erzählt. Zum Beispiel, wie Tim mit acht Jahren von zu Hause ausreißen wollte, weil seine Eltern sich ständig stritten. Aber da sie ihm verboten hatten, alleine die Straße zu überqueren, war er Stunden hindurch nicht weiter als um den Häuserblock gelaufen. Seine Eltern hatten nicht mal bemerkt, dass er weg war. Toni erzählte, dass sie als Kind *Aktenzeichen XY ungelöst* so gerne gemocht hatte, da ihre Oma ihr erklärt hatte, das sei eine erfundene Krimi-Serie und man müsse sich selbst ausdenken, wie die Episoden ausgingen. Natürlich hatten sie jedes Mal in ihren Erzählungen das Motiv herausgefunden und den Täter ermittelt.

Schließlich hatte Toni von ihrer Mutter erzählt. Und Tim zugehört, wie er über die Scheidung seiner Eltern gesprochen und Witze darüber gemacht hatte, wie sehr er seinen Stiefvater hasste.

In der Dunkelheit ihres Zimmers hatten sie geredet und geredet und vielleicht war das der Grund, weswegen es zwischen ihnen nur zu ein paar sanften Küssen gekommen war. Als hätten sie beide noch diese Bremse angezogen. Unwillkürlich dachte Toni kurz an Felix, doch sie schob den Gedanken sofort beiseite. Tim war anders, in ihm würde sie sich nicht irren.

Toni hatte ihm gestanden, wie groß ihre Angst war, ihre Oma zu verlieren. Weil es dann nur noch sie auf der

Welt gab. Er hatte sie in den Arm genommen und gehalten, bis sie eingeschlafen waren.

Eigentlich sollte sie glücklich sein. Doch wenn sie ehrlich war, hatte es sich beim Aufwachen nach dem Gegenteil angefühlt. Nicht, dass sie sich nicht über ihn freute, aber da war noch etwas anderes. Etwas, das sie nicht verstand und nicht mal benennen konnte. Sie hatte nur eines gewusst: Sie wäre am liebsten weggelaufen.

Dann der Vespafahrer, der ihnen gefolgt war. Was, wenn es wirklich ein Paparazzo war, der Fotos von ihr und Tim gemacht hatte? Das wäre nur logisch, er hatte bei Strömers Praxis gewartet, weil er wie Schebesta wusste, dass die Didiers bei ihm in Behandlung waren. Sie keuchte. Schnappte nach Luft und setzte sich auf. War es das? Hatte sie Angst? Panik? Dass er es nicht ehrlich meinte? So wie Felix? Oder weil sie dann in den Medien auftauchen würde?

Es war eine rationale Entscheidung gewesen, ihn auf Abstand zu halten. Doch jetzt war Tim Ravinger viel schneller als gedacht in ihrem Leben.

Er hatte ihr von seinen nächsten Projekten erzählt, er drehte bald eine Serie, dann wieder einen Film für einen Streamingdienst. Dazwischen musste er zur Berlinale, weil ein Kinofilm mit ihm in der Nebenrolle präsentiert wurde. In ihren Ohren fing es erneut an zu summen, ihr Herz raste.

Sie packte sofort eine Lindorkugel aus und steckte sie sich in den Mund. Wenn sie sich schon jetzt so fühlte, wie sollte das denn weitergehen? Der Gedanke formte sich so langsam in ihrem Kopf, dass sie selbst verblüfft war. Nein, sie wollte das alles nicht. Mehr noch. Sie wollte Tim nicht in ihrem Leben. Gar nicht. Auf keinen Fall.

Die Aufregung in ihr legte sich schlagartig. Das Zeichen der richtigen Entscheidung. Sie musste das Tim sofort mitteilen. Nicht am Telefon, sie sollte den Unterricht schwänzen und nach Hause fahren, um sich dort mit ihm zu treffen. Jetzt gleich.

Sie holte ihr Handy hervor, um ihm zu schreiben, doch sie hatte hier unten kein Netz. Nicht einen Balken. Es musste an den alten Mauern liegen.

Auf der Suche nach besserem Empfang hielt sie das Handy hoch und sah sich um. Toni verließ den Raum und trat eine Treppe hoch – sie dachte, es wäre dieselbe, die sie heruntergeführt hatte. Toni nahm ein paar Stufen mehr, das Holz gab knirschende Laute von sich, als wäre diese Treppe schon lange nicht benutzt worden. Je weiter sie hochging, desto dunkler wurde es. Anscheinend führte diese Treppe doch nicht zurück zu Edgar. Ihr Handy läutete plötzlich, sie erschrak so sehr, dass es ihr fast aus der Hand fiel.

Es war Edgar.

„Es dauert hier noch ein bisschen. Geht es dir gut?“, fragte er leise.

„Ja, danke, viel besser. Was ist los?“

„Ich wollte gerade zu dir, da hat ...“, begann er, dann krachte es in der Leitung.

„Ich verstehe dich ganz schlecht, Edgar.“

Sie nahm noch ein paar Stufen. Er sagte etwas, aber gleichzeitig knackste und rauschte es.

„Edgar, was hast du gesagt?“

Keine Antwort, nur ein schabendes Geräusch und dann Schritte.

„Hier, das ist die Nummer von Julias Assistentin“, hörte Toni eine gedämpfte Frauenstimme. Sie klang genervt, fast bissig. Das war Karin Fuchs.

Es hörte sich an, als würde sie durch Stoff sprechen. Hatte Edgar das Handy eingesteckt?

„Ihr Name ist Marie Her... Studentin ... nur seltene Botengänge ...“, sagte sie abschätzig.

„Danke ... Ihnen noch etwas einfällt, rufen Sie mich ... jederzeit ...“ Hier verstand sie die Stimmen besser. Sie verabschiedeten sich. Toni wollte auflegen, weil es in der Leitung nur noch rauschte, da sagte eine dünne und gepresste Frauenstimme: „Es … es tut … mir leid." War das noch immer Karin Fuchs?

„Ent… ent…schuldigen Sie bitte … geht gleich … ich … ich brauche Ihre Hilfe, Herr Brehm." Ja, das war sie. Und sie weinte heftig. Sie schluchzte so heftig, dass kein Wort zu verstehen war. Toni kam sich ungerecht vor, sie hatte Karin Fuchs nicht besonders sympathisch gefunden. Aber jetzt tat sie ihr leid. Es musste furchtbar für sie sein.

Sie hörte Edgar sich lautstark räuspern. Er war überfordert mit weinenden Menschen – als hätte er Angst vor seiner eigenen Verletzlichkeit. Deshalb sagte er nur: „Es tut mir leid, ich muss jetzt …"

„Augenblick …" Karin Fuchs' Stimme klang so, wie jemand klingt, der versucht, die Tränen zu unterdrücken.

Es knarrte ein paar Mal. Dann war es plötzlich still. Gerade, als Toni dachte, Edgar hätte aufgelegt, sagte Karin Fuchs: „Entschuldigen Sie bitte, wenn Sie vorhin den Eindruck hatten, ich wäre unfreundlich. Die Wahrheit ist, ich bin erschrocken, dass ein Detektiv mit uns reden will. … Julia und ich … mir tut das alles so leid. Ich hätte früher etwas sagen müssen."

Sie war nun deutlich zu verstehen. Hatten sie das Zimmer gewechselt?

„Was früher sagen?", fragte Edgar.

„Also, ich … ich wurde verfolgt und ich denke, es hat etwas damit zu tun. Letzte Woche ist mir …" Die nächsten Worte wurden vom Weinen verschluckt.

„Von wem wurden Sie verfolgt?", fragte Edgar nach. Toni dachte sofort an den Vespafahrer.

„Pardon." Ein heftiges Schnäuzen war zu hören. „Ich habe ihn nie richtig sehen können, er war immer zu weit weg." Ihre Stimme war belegt, doch sie schien sich besser im Griff zu haben. „Aber er war groß. Ich schätze, mindestens 1,85 Meter. Und er wirkte muskulös. Außerdem hat er eine dunkelblaue Baseballkappe und eine getönte Brille getragen. Keine Sonnenbrille, das Glas war heller, orange oder ein dunkles Gelb.“ Toni hatte den Vespafahrer zwar nur kurz vor ihrem Haus gesehen, aber diese Beschreibung passte nicht auf ihn.

„Ist es jemand von der Presse?“

„Das kann ich mir nicht vorstellen, weil er mir schon einige Tage vor Julias ... Unfall aufgefallen ist. Er schleicht um mich seit letzten Freitag herum. Bevor ich am Vormittag in die Agentur gefahren bin, war ich im Fitnesscenter. Als ich rauskam und auf mein Taxi gewartet habe, ist er mir zum ersten Mal aufgefallen. Zu Mittag habe ich die Agentur kurz verlassen, um meinen Sohn von der Volksschule abzuholen, da war er ebenfalls. Als ich ihn das zweite Mal gesehen habe, dachte ich erst nur an einen komischen Zufall. Aber dann habe ich ihn wieder und wieder gesehen.“ Toni dachte, dass das nicht unbedingt nach jemandem klang, der Observationen beherrschte, wenn er seiner Zielperson so häufig auffiel.

„Haben Sie ihn angesprochen?“

„Nein, das war mir zu unangenehm. Ein Foto von ihm zu machen, ist mir leider auch nie gelungen. Mein Mann hat mir natürlich nicht geglaubt.“ Sie schnaubte, es klang genervt.

„Doch seit Erich ... seit wir von dem Unglück erfahren haben, ist er nicht mehr aufgetaucht. Aber ich denke, ich weiß, wer er ist.“

Bevor Edgar fragen konnte, wer, sprach sie schon weiter: „Ich glaube das alles nicht. Dass Julia Erich umgebracht hat. Nie im Leben. Nicht einmal im Affekt wäre sie zu so etwas imstande. Das hab ich übrigens alles bereits bei den beiden Beamten von der Kriminalpolizei anklingen lassen, die gestern hier waren.“ Wieso hatte das Berta Fuchs nicht erwähnt? Oder hatte sie nicht mit ihnen gesprochen?

„Wissen Sie die Namen?“

„Von den beiden? Nein. Wieso, ist das wichtig?“

„Vielleicht. Wie haben sie ausgesehen?“

„Es waren zwei Männer, ein Polizist in Uniform und einer in normaler Kleidung mit so einem finsteren Blick, nicht besonders sympathisch.“ Das klang nach Carolins Vater. Aber wieso war sie nicht dabei gewesen? „Von dem Mann, der mich verfolgt hat, habe ich ihnen sofort erzählt. Aber ich hatte nicht den Eindruck, dass sie mich ernst nehmen. Als hätten sie mir nicht geglaubt und angenommen, ich will Julia schützen. Sie wollten nur wissen, ob wir etwas von einem Streit zwischen Julia und Erich mitbekommen haben.“

„Und haben Sie?“

„Nein. Aber es gibt etwas anderes. Ich habe der Polizei gegenüber nichts erwähnt und das werde ich auch nicht, solange ich nicht mehr darüber weiß. Ich habe es Julia versprochen.“

Sie stoppte und Toni presste vor Spannung das Handy fester ans Ohr. Edgar sagte nichts, er schien abzuwarten. Es dauerte, bis Karin Fuchs weitersprach.

„Julia ist eine Seele von einem Menschen. Sie gesteht sich keine Schwäche ein, es muss immer alles perfekt sein. Aber obwohl wir uns schon ein paar Jahre so gut kennen, war sie bei allem, was Erich betraf, sehr verschlossen. Hat ihn und ihre Ehe ständig ... ich würde fast sagen, sie hat dieses Thema beschützt.“

„Wie hat sich das geäußert?“

„Nicht ein einziges Mal hat sie sich über ihn beschwert. Ich habe mich immer wieder über meinen Mann aufgeregt, das ist normal in einer Ehe. Doch Julia niemals. Sie hat mal im Scherz gesagt, sie sei sein Projekt, aber es war schon klar, dass sie damit recht hatte. Ich habe angenommen, es muss ihr gefallen, sonst hätte das alles nicht so gut funktioniert. Anscheinend habe ich mich geirrt. Rückblickend denke ich, sie hat deshalb nie ein Wort über Erich verloren, weil da einiges nicht gestimmt hat.“ Erneut hielt sie inne. Edgar sagte nichts und Toni fragte sich, ob sie wieder weinte?

„Vor ein paar Monaten hat sie sich mir anvertraut. Ich habe ihr schwören müssen, dass ich es niemandem erzähle. Und das habe ich auch nicht getan, nicht mal meinem Mann“, sprach sie endlich weiter. „Schon seit einiger Zeit ist mir aufgefallen, wie Julia sich verändert hat. Diese Traurigkeit kannte ich nicht von ihr. Sie war so niedergeschlagen, hat manchmal abwesend gewirkt.“

„Und hat sie gesagt, warum?“

„Wenn ich sie gefragt habe, hat sie so getan, als wäre sie überarbeitet. Was ja kein Wunder war, also habe ich ihr geraten, mal ein paar Tage alleine wegzufahren. Aber sie hat abgelehnt. Erich hätte es ohnehin niemals zugelassen. Er ist, nein, er war ein Kontrollfreak. Ich hatte so viel mit ihm zu tun, wegen der Verträge, dass ich das weiß, auch ohne dass Julia sich je diesbezüglich geäußert hätte. Natürlich muss alles seine Richtigkeit haben, aber seine Reaktionen waren nicht in Relation zu dem, worum es ging. Vermutlich wäre es tatsächlich gut gewesen, wenn Berta in Zukunft die Verträge mit ihm gemacht hätte. Denn zu ihr war er nie so wie zu mir. Ich glaube, das Hauptproblem war nicht unsere Zusammenarbeit wegen der Verträge – ihn hat meine Freundschaft mit Julia gestört.“

„Wie haben Sie sich eigentlich kennengelernt?“

„Julia und ich? Durch die Agentur.“

„Seit Beginn von Frau Didiers Karriere?“

„Nein. Meine Tante hat vor ein paar Jahren Unterstützung gebraucht, als die Streaminganbieter begonnen haben, vermehrt Filme und Serien zu drehen. Sie hat die Agentur vergrößert und Sebastian und mir die Jobs angeboten.“

„Und wie entstand Ihre Freundschaft mit Julia Didier?“

Toni hörte aus Edgars Frage sein Misstrauen heraus. Glaubte er diese Freundschaft nicht?

„Ich mochte sie sofort. Es war ab dem ersten Moment so, als würden wir uns schon lange kennen. Erich war nie froh darüber, warum auch immer. Es war eines Abends,

Julia und ich waren wie fast jeden Mittwoch beim Yoga. Sie hat es nie versäumt, wenn sie in Wien war, außer sie hatte Vorstellung. Wir waren die Letzten und plötzlich ist sie in der Umkleide in Tränen ausgebrochen. Sie war nicht mehr zu beruhigen, hat nur noch geweint." Sie senkte die Stimme. „Und dann hat sie gesagt, es wäre etwas passiert. Sie hätte sich verliebt, es sei einfach geschehen, sie wollte das nicht und es sei bereits vorbei. Ich war vollkommen überrascht und ehrlich gesagt im ersten Moment schockiert." Sie sprach immer schneller – nein, nicht nur schneller, sondern gehetzter. „Ich habe sie gefragt, ob Erich davon weiß, und sie hat gesagt, natürlich nicht, er dürfe das nie erfahren und es spiele ja auch keine Rolle, sie hätten sich getrennt. Sie hat mir seinen Namen nicht verraten, nur gesagt, außer mir wüsste kein Mensch davon."

„Haben Sie eine Vermutung?"

„Ja. Ich denke, es muss jemand aus dem Burgtheater sein. Denn ein paar Tage vor ihrem Geständnis hatte sie die letzte Vorstellung vor der zweimonatigen Sommerpause von *Cyrano*. Nach diesem Abend hat sie es nicht mehr erwähnt und gleich abgewehrt, wenn ich versucht habe, sie darauf anzusprechen. Und dann, ein paar Wochen später erzählt sie mir, dass Erich mit ihr zur Paartherapie wollte. Niemand hätte überraschter sein können als ich. Er kontrolliert immer genau, was Julia sagt, wer was über ihre Ehe erfährt. Erich hat nie etwas dem Zufall überlassen."

„Was meinen Sie damit?"

„Dass für ihn diese Paartherapie irgendeinen anderen Benefit haben musste. Und dann habe ich es begriffen. Erich ist einer der intelligentesten Menschen, mit denen ich jemals zu tun hatte. Ich denke, er hat diesen Strömer nur vorgeschlagen, um herauszufinden, wer Julias Affäre war."

„Sie glauben, er wusste davon?", fragte Edgar ruhig.

„Das habe ich eine Zeitlang gedacht." Ihre Stimme kiekste. „Zumindest, dass er einen Verdacht hatte. Es macht Sinn, dass es irgendjemand aus dem Theater gewesen sein muss. Weil es dann nicht aufgefallen ist, wegen der Probenzeiten und der Vorstellungen. Erich wusste immer Bescheid, wo Julia sich aufhielt. Bei unserem Abendessen am Samstag waren Julia und ich alleine in der Küche. Sie wollte mir etwas sagen, sie war fröhlich, so gut gelaunt habe ich sie lange nicht erlebt. Ich dachte, es sei wegen der Paartherapie und der Fortschritte, die sie dabei machten. Ich hatte ja keine Ahnung, dass sie nicht mehr hingingen. Aber dann kam Erich herein und sie ist sofort verstummt. Und seitdem hatten wir keine Gelegenheit mehr, uns alleine zu unterhalten ..." Ihre Stimme kippte, ein verhaltenes Schluchzen war zu hören. Toni musste schlucken.

„Haben Sie irgendeine Vermutung, was sie Ihnen sagen wollte?"

„Ich zermartere mir das Hirn, aber ich kann nur raten. Ich denke, es muss mit diesem anderen Mann zu tun haben. Weil sie nach der Sommerpause wieder Vorstellungen im Burgtheater hatte. Da hat sie ihn sicher wiedergesehen. Ich bin nicht gleich draufgekommen, aber rückblickend denke ich, er war es, der mich verfolgt hat. Vielleicht wollte er mit mir reden, weil sie ihm erzählt hat, dass ich Bescheid weiß, und ihm hat der Mut gefehlt."

„Ihre Beschreibung von diesem Mann, passt die auf irgendjemanden aus dem Stück?"

„Das weiß ich nicht, ich habe es nie gesehen. Meine Mutter war Schneiderin am Burgtheater. Sie hat mich oft mitgenommen, als ich ein Kind war und ... meine Mutter war im Gegensatz zu Berta keine liebevolle Frau. Sie fand immer, ein Kind sollte man weder hören noch sehen, und falls ich mich nicht daran hielt, folgte umgehend die Strafe. Ich weiß, es klingt lächerlich, aber als sie starb, hab ich mir geschworen, keinen Fuß mehr in dieses Theater zu setzen. Retraumatisierungsangst nennt man das, glaube ich." Sie lachte. „Und das hat Julia verstanden." Sie zögerte kurz und sagte dann: „Bei dem Essen am Samstag war ein Schauspieler aus dem Stück mit seiner Frau da. Er heißt Max Wilhelm. Wenn ich jetzt so darüber nachdenke: Vom Körperbau könnte er mein Verfolger sein, aber ich bin mir nicht sicher. Vielleicht ist es auch niemand aus dem Ensemble."

„Wäre das nicht ungewöhnlich?"

„Sie meinen, weil Julia so berühmt ist? Nein, wäre es nicht. Sie macht nie einen Unterschied. Tatsächlich kenne ich keinen anderen Menschen in dieser Branche wie sie. Es ist ihr völlig egal, ob sie es mit dem Burgtheaterdirektor oder der Toilettenfrau zu tun hat. Sie ist zu allen gleich freundlich. Auf gewisse Weise distanziert, was verständlich ist, sie muss sich schützen und kann nicht jedem vertrauen."

„Ich verstehe." Edgar atmete tief ein, bevor er sagte: „Frau Fuchs, darf ich ehrlich zu Ihnen sein?"

„Bitte."

„Die ermittelnde Beamtin heißt Carolin Schebesta. Ihr sollten Sie das alles erzählen. Ich kann ihr eine Nachricht zukommen lassen, damit sie sich mit Ihnen in Verbindung setzt."

„Das geht nicht." Sie klang erschrocken.

„Warum?" Toni war irritiert. Edgar erzählte sie das alles so genau, aber vor der Polizei wollte sie nichts dazu sagen. Das ergab keinen Sinn.

„Es geht einfach nicht. Auf keinen Fall."

„Geht es nicht, weil ..." Edgar schien zu zögern. Vielleicht wartete er auch, ob sie den Satz beenden würde. Toni hielt vor Anspannung den Atem an.

„Erich Didier hat Sie bei der Therapie gegenüber Herrn Strömer erwähnt, als er mit ihm alleine war", sagte Edgar schließlich. „Sonst niemanden, nur Sie. Ich verspreche

Ihnen, Ihre Antwort bleibt unter uns. Aber können Sie es nicht der Polizei sagen, weil Sie eine Affäre mit Erich Didier hatten?“, hörte Toni noch, da berührte sie jemand an der Schulter.

Sie erschrak so sehr, dass sie aufschrie und ihr Handy ihr fast aus der Hand rutschte. Im letzten Moment fing sie es auf. Sie sah hoch. Berta Fuchs stand ein paar Stufen über ihr und sie wirkte alles andere als erfreut.

11.

Edgar drehte sich zu Toni, sie saß zusammengekauert am Beifahrersitz und war noch immer auffallend blass.

„Ist alles okay?"

Sie nickte: „Ich dachte, ich mach mir vor Schreck in die Hose, als plötzlich Berta Fuchs vor mir gestanden ist."

Ihr Schrei vorhin war so laut gewesen, dass er nicht nur aus seinem Handy in der Innentasche seines Sakkos tönte. Er war auch durch die geschlossene Tür der Abstellkammer gedrungen, in die Karin Fuchs ihn geführt hatte. Auf so engem Raum zwischen Putzmitteln, Besen und Eimern war ihm schwindlig von ihrem Parfüm geworden.

„Was hat sie gesagt, als sie dich entdeckt hat?"

„Sie wollte nur wissen, was ich da mache. Ich hab ihr die Wahrheit gesagt: Dass ich versucht hab zu telefonieren, und es war unten kein Netz. Da waren Kameras, die mir erst gar nicht aufgefallen sind, und sie hat mich darüber wohl gesehen."

„Geht es dir wieder gut?", fragte Edgar.

„Alles ok. Ist nur eine Zyklussache gewesen." Sie hatte den Blick abgewendet und ihre Stimme war ein wenig hochgerutscht. Edgar kannte Toni genug, um zu wissen, dass das nicht die Wahrheit war. So gut sie anderen etwas vorspielen konnte, so schlecht war sie darin, ihm etwas vorzumachen. Er sah in den Rückspiegel.

„Wir sollten hier erst mal wegfahren."

Er wollte mit ihr nochmal über diese Sache von gestern im Café Gerstner reden. Es war ja keineswegs ausgeschlossen, dass es Toni deshalb heute so schlecht gegangen war, dass es gar kein Kreislaufkollaps gewesen war. In den letzten 24 Stunden war ja doch sehr viel passiert, was Toni durcheinanderbringen konnte: der Angriff durch ihren Auftraggeber, die Nacht mit Tim Ravinger, die Verfolgung durch den Vespafahrer ...

Außerdem ging ihm diese junge Frau von gestern nicht aus dem Kopf. Sie hatte sich nicht mehr gemeldet, was er als gutes Zeichen deutete. Edgar hatte in seiner Laufbahn als Detektiv so viel erlebt, von den dramatischsten Situationen bis zu den absurdesten. Und ihr Auftraggeber war auch nicht der erste Psychopath, der seine Dienste in Anspruch nahm. Es hatte alles so harmlos geklungen, rational wusste er, dass er sich selbst keine Vorwürfe zu machen brauchte. Doch sein Gewissen sagte etwas anderes. Hätte er was merken müssen? Gab es Hinweise, die er übersehen hatte? Der Gedanke, dass ihr Vater erneut ungeschoren davonkommen sollte, ließ ihm keine Ruhe. Vielleicht hatte es Toni doch mehr erschüttert und sie war deshalb vorhin zusammengeklappt?

„Musst du schon ins Konservatorium? Oder geht sich noch ein Frühstück aus?"

Toni sah aus dem Seitenfenster, sie schien nachzudenken. Dann drehte sie sich zu ihm und nickte: „Was zu essen wäre perfekt."

Er startete den Motor.

„Was hat Karin Fuchs gesagt, als du sie nach der Affäre mit Erich Didier gefragt hast?"

„Gar nichts."

„Gar nichts?"

„Nein. Da war dein Schrei, den wir beide gehört haben."

„Ach, Mist. Sorry."

„Kein Problem. Ich dachte, eine Affäre zwischen den beiden könnte eine Erklärung sein, warum Erich Didier die Freundschaft zwischen Karin Fuchs und seiner Frau so gestört hat." Edgar holte aus der Innentasche seines Sakkos die Visitenkarte von Julia Didiers Vater. „Kannst du seine Nummer für mich wählen?", bat er und reichte ihr sein Handy.

Nach dem dritten Läuten hob Egon Kratochvil ab.

„Ja, bitte?" Seine Stimme erfüllte das Innere des Autos.

„Hier spricht Edgar Brehm."

„Herr Brehm, haben Sie Neuigkeiten?" Er klang brüchig und erstickt. Als hätte er Angst.

„Hat Ihre Tochter einen Kollegen oder sonst jemanden öfter erwähnt?"

„Mein Gedächtnis ist nicht mehr das beste, Herr Brehm. Aber ich glaube nicht. Bei ihrem letzten Besuch hat sie erzählt, wie gerne sie die Vorstellungen von *Cyrano* spielt."

„Sagt Ihnen der Name Max Wilhelm etwas?"

„Der Name kommt mir nicht bekannt vor. Wer ist das?"

„Ein Schauspieler am Burgtheater. Sie hat also nie von ihm gesprochen?"

„Ich werde darüber nachdenken, aber ich glaube nicht."

„Wann haben Sie Ihre Tochter das letzte Mal gesehen, Herr Kratochvil?"

„Das war am Sonntag. Erich und sie haben mich am Nachmittag besucht und sind dann ins Burgtheater gefahren."

„War er bei den Besuchen immer dabei?"

„Ja."

„Und am Sonntag hat er sich die Vorstellung angesehen?"

„Nein. Julia wollte das nicht. Sie hat gesagt, es macht sie nervös, wenn er im Publikum sitzt. Ich hatte aber den Eindruck, er hat es trotzdem getan."

„Wieso glauben Sie das?"

Er zögerte kurz. „Weil er immer getan hat, was er wollte."

„Danke. Ich melde mich, wenn es Neuigkeiten gibt." Edgar legte auf, in ihm regte sich ein schlechtes Gefühl, aber er konnte nicht sagen, woher es kam.

„Kann ich mal die Liste mit den anderen Gästen des Abendessens bei den Didiers haben, die Weber dir gegeben hat?", fragte Toni.

Er reichte sie ihr. Während sie las, vergewisserte sich Edgar, dass der Vespafahrer ihnen nicht folgte.

„Einige Namen kenne ich“, sagte sie schließlich. „Auch Max Wilhelm steht drauf. Und seine Frau Birgit Wilhelm. Die beiden sind die Zweitbesetzungen der Hauptrollen.“

Normalerweise mied Edgar die Innenstadt mit dem Auto, der dichte Verkehr nervte ihn. Toni schlug das Café Frauenhuber in einer Seitengasse der Kärntnerstraße vor. Es war nicht mal drei Minuten von der Schauspielschule entfernt. Darum ersparte er sich die Parkplatzsuche und fuhr gleich in eine der Tiefgaragen.

Es war ein gemütliches, altes Kaffeehaus mit Nischen und Sitzbänken aus rotem Samt. Toni blieb vor dem Tisch beim Eingang stehen: „Schau dir das an, Edgar.“

Jede Menge Tageszeitungen lagen aufgefächert, einige in den typischen Zeitungshaltern aus Holz eingespannt. Alle Titelseiten hatten dasselbe Thema: Julia Didier. Es gab Fotos vom abgesperrten Eingang des Wohnhauses, Schnappschüsse des Ehepaares von diversen roten Teppichen, dazu die Schlagzeilen. Von „Alles Lüge?“ über „Die große Schauspielerin – eine Mörderin mit vielen Gesichtern“. Und sogar „Julia Didier im Koma – Unfall oder Strafe Gottes?“. Edgar musste sich zusammenreißen, diese Zeitung nicht gleich in den Schirmständer zu werfen.

Sie wählten eine der Nischen, die gerade frei wurde, und bestellten zwei ausgiebige Frühstücke. Von den Nebentischen schwappten alle möglichen Fremdsprachen zu ihnen, das Café war bei Touristen beliebt.

„Erinnerst du dich an jemanden aus *Cyrano*, der zu Karin Fuchs’ Beschreibung ihres Verfolgers passt?“, fragte Edgar, als das Essen vor ihnen stand.

Toni tauchte ein Stückchen gebutterte Semmel in die weichen Eier und zuckte mit den Schultern: „So richtig aufgefallen ist mir niemand, aber es ist ja auch schon ein paar Monate her. Außerdem war ich hinten am Stehplatz. Auf jeden Fall hat Karin Fuchs recht, es ist ein großes Ensemble. Aber es haben nicht so viele Männer mitgespielt.“

„Ach so?“

„Ja, in der Inszenierung wurden alle Männerrollen umgeschrieben und waren dann Frauenrollen. Und umgekehrt genauso. Meinst du, dieser Mann, mit dem die Didier was hatte, hat bei Strömer eingebrochen? Oder war das eher eine von Erich Didiers Affären, ich meine, wenn er welche hatte?“

Edgar nahm einen Schluck Kaffee und überlegte einen Augenblick: „Das lässt sich nicht so leicht beantworten. Aber es hat den Anschein, dass Julia Didiers Affäre eine ernstere Sache war. Darum werde ich erst mal dort ansetzen.“

„Im Burgtheater?“

Er nickte. Toni ließ die Semmel sinken. Sie sah ihn an, als würde sie überlegen.

„Edgar, ich ...“

„Ja?“

„Ich ...“, sie senkte den Blick, „ich ... ich denke, das bedeutet, es sind zwei Aufträge mit demselben Ziel – diesen Typen von Julia Didier zu finden?“

Edgar war sich nicht sicher, ob es wirklich das war, was Toni hatte sagen wollen. Er dachte an den Vespafahrer, die Presse, die sich für diesen Fall interessierte, als Krönung noch Schebesta – den Vater, nicht die Tochter – und das Burgtheater als einzigen Anhaltspunkt.

Dagegen warteten drei Aufträge auf seinem Schreibtisch, die er stattdessen annehmen könnte. Die Observation eines Friseurbedarfslagers, aus dem regelmäßig neu eingetroffene Lieferungen gestohlen wurden, mit Sicherheit von einem der Mitarbeiter. Die Observation einer jungen Mutter, die ihren Ehemann mit dem Kindergärtner betrog. Und die Observation einer Sachbearbeiterin, die laut Arbeitgeber Krankenstände vortäuschte. All diese Fälle hatten einen gemeinsamen, relativ leicht zu erfüllenden Nenner: stundenlang im Auto zu sitzen, die Zielobjekte zu beobachten und den Auftraggebern Fotobeweise zu liefern. Außerdem brauchte er weder Toni noch sonstige Unterstützung dabei.

„Wahrscheinlich ist Erich Didier draufgekommen, dass sie ihn betrügt“, dachte Toni laut nach. „Es kam zum Streit und es war Notwehr von ihr.“

Edgar wollte antworten, dass man so etwas nie pauschal beurteilen konnte. Doch er kam nicht dazu, sein Handy vibrierte. Er warf einen Blick auf das Display. Ralph. Es fühlte sich an wie ein Nadelstich ins Herz. Was wollte er denn noch, warum hörte er einfach nicht auf, ihn anzurufen? Vielleicht sollte er seine Nummer tatsächlich sperren. Rasch ließ er das Telefon in die Tasche gleiten. Wieder eine Vibration, aber dieses Mal nur kurz – Ralph hatte eine Nachricht auf der Mobilbox hinterlassen.

Toni hatte nichts davon bemerkt, sie ließ ihren Überlegungen freien Lauf, während sie damit beschäftigt war, eine Semmelhälfte mit Butter zu bestreichen: „Es ist eigentlich alles ganz logisch. Dieser Mann liebt Julia Didier, er will, dass sie ihren anscheinend furchtbaren Mann verlässt. Deshalb versucht er, mit Karin Fuchs zu reden, weil sie die beste Freundin ist. Doch dann läuft alles aus dem Ruder, die Didier bringt ihren Mann um, hat diesen Unfall, der Liebhaber bekommt Panik und bricht bei Strömer ein. Wahrscheinlich wurde der USB-Stick mit den Patientenakten gestohlen als Rückversicherung – für den Fall, dass Strömer doch etwas ausplaudern will.“

Edgar spürte eine ungeahnte Erleichterung, als er Toni bei ihren Überlegungen zuhörte. Dieser Auftrag war viel komplexer als irgendwelche Observationen. Er musste nicht herumsitzen und sich mit seinen Gedanken befassen, er war gefordert. Die Wahrheit überkam ihn so überraschend, dass er ein Seufzen ausstieß. Dieser Fall war das Beste, was ihm momentan passieren konnte. Er brauchte keine ruhigen Aufträge, sondern welche, die ihn beschäftigten – und ablenkten.

„Hab ich den Fall gelöst?“, fragte Toni aufgeregt.

Er musste grinsen: „Tut mir leid, Frau Holmes, die Sache hat einen Haken.“

„Und welchen?“

„Wieso sollte dieser Liebhaber bei Strömer einbrechen, wenn er weiß, dass Julia Didier nichts über die Affäre erwähnt hat?“

„Wie soll er das wissen, vielleicht hat sie ihm nichts erzählt, so wie Karin Fuchs?“

„Er hat den Therapeuten doch abgehört. Oder es zumindest veranlasst.“

Toni lehnte sich zurück und ließ die Semmel sinken: „Stimmt, wer sollte das sonst tun? Wahrscheinlich hat einer der beiden doch irgendwas gesagt, ich meine, etwas anderes. Aber was bloß? Auf jeden Fall erklärt es sich von selbst, warum er Strömer erpresst hat, mit der Therapie aufzuhören.“

„Ach so?“

Sie sah zu Edgar. „Ja, weil er Angst gehabt hat, sein Name würde irgendwann doch rauskommen. Und das wollte er unbedingt verhindern. Was schon eher dafür spricht, dass er jemand ist, den man in der Öffentlichkeit kennt.“

„Das klingt schlüssig.“

„Weißt du, was mir nicht aus dem Kopf geht? Es ist doch total schräg, dass Strömer den Stick nicht vernichtet hat, oder?“

„Vielleicht weil ihm die Aufnahme etwas bedeutet?“

„Dann ist er aber echt selber schuld, dass sie gestohlen wurde.“ Sie klang dabei so gekränkt, Edgar entkam ein kurzes Lachen, worauf Toni ihn überrascht ansah. „Ist doch wahr! Lässt sich in der Presse hochjubeln, dass er ein ach so toller Paartherapeut ist, und in Wahrheit betrügt er seine Frau und vernichtet nicht mal den einzigen Beweis. Das ist vollkommen idiotisch.“

Edgar hatte schon früh in seinem Leben erfahren, dass nicht jeder Mensch, der wusste, was richtig war, auch danach handelte. Sein Vater war so ein Exemplar gewesen.

„Und mir ist noch was anderes eingefallen." Toni nahm sich die dritte Semmel und bestrich sie großzügig mit Butter und Marmelade. Was sie auch beschäftigte, es hatte keinen Einfluss auf ihren Appetit. „Du hast doch gesagt, es kann sein, dass schon vorher jemand in Strömers Praxis eingebrochen ist. Aber ihr habt gestern nichts gefunden."

Edgar nickte. Er hatte Strömers Behandlungsraum abgesucht, alle Ecken und Nischen ausgeleuchtet, an denen er eine Abhörwanze verstecken würde. Doch da war nichts, auch mit seinem Wanzendetektor hatte er nichts finden können. Was ihn nicht überraschte. Wäre er dieser Einbrecher gewesen, hätte er die Wanze mit dem USB-Stick und der Patientenakte mitgenommen, um alle Spuren zu verwischen.

„Vielleicht war gar keine Wanze nötig, um Strömer abzuhören", sagte Toni und legte den Kopf in den Nacken. „So etwas geht doch über jedes Smartphone."

„Du meinst, mit Spyware oder einer stillen SMS?"

„Bei der stillen SMS geht es eher darum, das Handy zu orten und Bewegungsprofile zu erstellen. Außerdem klappt es nicht ohne Wissen des Mobilfunkanbieters."

Edgar sah Toni überrascht an: „Wieso kennst du dich so gut damit aus?"

„Ich bin ziemlich gut, was Recherche betrifft." Sie grinste ihn an. „Mit den legalen Apps bekommt man nur die Anrufprotokolle, den Standort und höchstens die SMS. Aber dann hab ich mich heute Morgen im Darknet umgesehen. Da gibt es andere Möglichkeiten. Am plausibelsten sind Handy-Hacker. Ich hab mit einem gechattet, er hat massiv gute Bewertungen. Er ist nicht billig und er hat geschrieben, die Voraussetzung ist, dass der Hacker an das Telefon rankommt. Dann dauert es nur ein paar Minuten.

So eine Art Superspyware wird installiert, mit der kann man alles mithören. Das Handymikro aus der Ferne damit einschalten ist kein Problem. Sogar, wenn das Telefon ausgeschaltet ist."

„Und wie lässt sich rausfinden, ob so etwas auf einem Smartphone installiert wurde?"

„Das ist ja das Gemeine an der Sache. Nur richtig gute Hacker können das. Alle normalen Virenprogramme und Antispionageapps erkennen diese Superspyware nicht. Ich hab dann weitergesucht und einen Handyshop gefunden, der sich darauf spezialisiert hat. Auf der Simmeringer Hauptstraße, man soll nach Ali fragen, der macht das. Ich schicke dir gleich den Link."

Edgar fischte das Smartphone aus seiner Innentasche und legte es auf den Tisch. Er kam nicht zu der Frage, ob sie mit diesem Ali gesprochen hatte, denn in dem Moment bekam er wieder einen Anruf. Sein Puls beschleunigte sich, das sichere Zeichen, dass er Ralphs Nummer wirklich blockieren sollte. Zumindest vorerst.

„Gehst du nicht ran?", fragte Toni.

Er kniff die Augen zusammen, um das Display zu lesen. Das war nicht Ralph. Sondern eine Handynummer, die er nicht kannte.

„Brehm."

„Hier ist Karin Fuchs." Sie sprach leise, verhalten und gehetzt.

„Ich kann nicht lange reden. Mir ist etwas eingefallen, ich habe gar nicht daran gedacht, das müssen Sie unbedingt wissen. Aber nicht am Telefon", keuchte sie.

„In Ordnung, ich kann in die Agentur ..."

„Nein. Auf keinen Fall. Er ist wieder hinter mir her."

„Der Mann, der Sie verfolgt?"

„Ja."

„Wo sind Sie? Ich komme zu Ihnen."

„Das geht nicht, ich bin gerade unterwegs zu einem Vertragsabschluss mit einer Produktionsfirma. Ich komme gleich danach. Wir treffen uns in eineinhalb Stunden in Ihrer Detektei. Ich denke, er wird mir folgen."

„In Ordnung. Die Detektei ist durch den Innenhof, da steht ein kleines Gebäude, sie befindet sich im ersten Stock. Ich werde auf der Straße im Auto warten und ein Foto von ihm ... hallo?"

Sie hatte aufgelegt.

„Du solltest den Lautsprecher leiser stellen, Edgar", sagte Toni. „Ich hab jedes Wort hören können. Hoffentlich folgt ihr der Typ." Sie sah ihn einen Moment an, dann fing sie an zu lachen.

„Was?", fragte Edgar.

„Nichts. Ich hab nur gerade daran denken müssen, dass in Filmen und Serien nie gezeigt wird, wie oft man als Detektiv am Handy hängt und herumtelefoniert."

Das Signal einer ankommenden SMS ertönte genau in dem Moment auf Tonis Handy. Sie grinsten einander an. Edgar konnte den Namen „TIM" als Absender lesen. Sie öffnete die Nachricht, das Grinsen wich einem Schatten, der über ihr Gesicht huschte. Die Nachricht hatte sie erschreckt.

„Alles in Ordnung?"

„Was?" Sie sah hoch.

„Ob alles ok ist?"

„Ja, es ist nur ...", sie steckte rasch ihr Handy ein. „Ach, nichts. Ich muss los zum Unterricht, sonst komme ich zu spät", sagte sie eilig, stand auf und gab ihm einen Kuss auf die Wange. Das hatte sie noch nie gemacht. Sie sah ihn an, als wäre sie selbst überrascht. „Danke fürs Frühstück, ich ruf dich nachher an", sagte sie, dann war sie verschwunden.

Edgar winkte dem Kellner, um sich einen zweiten Kaffee zu bestellen. Während er Tonis übriggelassene Buttersemmel aufaß, fragte er sich, warum sie so nervös war? Ob es bereits Fotos von ihr und Ravinger im Netz gab?

Er zahlte, vor dem Café ignorierte er die Anzeige auf seinem Display, dass Ralphs Nachricht auf der Mobilbox auf ihn wartete. Die würde er nachher löschen. Zuerst rief er Julia Didiers Assistentin an, doch sie ging nicht ran. Nachdem er ihr seine Bitte um Rückruf hinterlassen hatte, versuchte er Strömer zu erreichen. Sofort sprang die Mobilbox an, mit der Ansage, er hätte Patienten, würde sich aber bei Gelegenheit melden. Edgar war genervt. Als Nächstes wählte er die Nummer von Tonis Handyshop und fragte nach Ali. Der Mann schien ein Experte in Sachen Spyware zu sein, denn laut eigener Aussage kam sogar in schwierigen Fällen die Polizei auf ihn zurück. Als Edgar sagte, er sei Privatdetektiv, wollte Ali ihm gleich alle Lizenzen mailen, um seine Vertrauenswürdigkeit zu bestätigen. Edgar gab ihm seine E-Mail, kündigte Strömer an und bat Ali, ihn zurückzurufen, wenn er dessen Handy untersucht hatte.

Er legte auf und sah auf die Uhr. Da Strömer seine Patienten jede volle Stunde einteilte, müsste es in 15 Minuten einen Wechsel geben. Das bedeutete, es blieb Edgar genug Zeit, sich zur vollen Stunde in Strömers Praxis einzufinden, um selbst einen Blick auf Strömers Handy zu werfen, bevor er ihn damit zu Ali in die Simmeringer Hauptstraße schickte. Außerdem hatte er den Vertrag bei sich, den Strömer unterzeichnen musste, sowie eine Vertraulichkeitsvereinbarung. Danach würde er in die Detektei fahren, um Karin Fuchs zu treffen.

Auf der Kärntnerstraße schoben sich an diesem späten Vormittag schon Touristenströme durch die Fußgängerzone. Wie sich das in den letzten Jahren verändert hatte. Er konnte sich gut an seine Zeit als junger Polizist erinnern, wie sie wochentags um diese Uhrzeit in einer ausgestorbenen Innenstadt unterwegs gewesen waren.

Als Edgar aus der Schulerstraße kam und rechts in die Riemergasse einbiegen wollte, sah er in der Entfernung gegenüber dem Haus, in dem sich Strömers Praxis befand, die Fotografen, Übertragungswagen und Kamerateams von privaten und ausländischen Sendern. Anscheinend waren die Patientenakten des Therapeuten nicht so geheim, wie er annahm. Es war offensichtlich an die Medien durchgedrungen, dass die Didiers seine Patienten waren. Edgar beobachtete den Hauseingang mit reichlich Abstand. Durch die vielen Büros herrschte ein Kommen und Gehen, dem die Journalisten wenig Aufmerksamkeit schenkten. Wahrscheinlich warteten sie auf Strömer. Doch Edgar konnte nicht darauf vertrauen, dass ihm ebenfalls niemand Beachtung schenken würde, wenn er das Haus betrat. Einen kurzen Moment überlegte er, Strömer keinen Besuch abzustatten. Stattdessen ging er in die entgegengesetzte Richtung zur Wollzeile. In der Konditorei Aida ließ er sich zwei Cremeschnitten einpacken und bestellte zwei Café Latte zum Mitnehmen. Als er zurück in die Riemergasse ging, balancierte er die beiden Becher im Getränkehalter und das rosa Päckchen in seiner linken Hand, in der rechten hielt er sein Handy und tat so, als würde er telefonieren. Er wirkte wie ein Mann, der jemandem Kuchen und Kaffee brachte. Von der gegenüberliegenden Straßenseite war nichts zu bemerken, als er das Haus betrat.

Statt Strömer öffnete eine Frau die Tür der Praxis. Sie war fast so groß wie Edgar, hager, mit akkurat geschnittenen Stirnfransen. Ihre Augen hinter der Brille machten den Eindruck, als würde sie durch Edgar hindurchsehen. Sie hatte ihr Smartphone in der Hand.

„Kein Kommentar", sagte sie zu Edgar und wollte die Tür schließen. Edgar hielt dagegen.

„Ich bin nicht von der Presse. Ich muss Herrn Strömer in einer privaten Angelegenheit sprechen", sagte er durch den Türspalt.

Sie lugte dazwischen hervor, ihr Blick fiel auf das rosa Päckchen und die Kaffeebecher.

„Sind Sie ein Patient?"

„Nein. Können Sie ihm bitte sagen“, er senkte seine Stimme, „Edgar Brehm ist hier.“

„Brehm. Haben Sie einen Ausweis?“

Er nahm mit einer Hand umständlich seine Brieftasche aus der Innentasche seines Sakkos und hielt ihn ihr auf Augenhöhe entgegen.

„Sie sind der Detektiv, den er engagiert hat.“ Sie sprach laut, es klang nicht wie eine Frage. Entweder war es ihr egal, falls jemand zuhörte. Oder sie wollte es sogar. Spätestens jetzt war sich Edgar sicher, dass es sich um Strömers Frau handeln musste. Sie trat von der Tür zurück. „Kommen Sie rein.“

Von der Unordnung gestern war nichts mehr zu sehen. Alle Möbel und Zeitschriften waren wieder an ihrem Platz, es war sauber, der Parkettboden glänzte und verströmte einen zarten Duft nach Honig und Flieder.

Edgar schloss die Tür hinter sich, da die Frau es nicht tat. Sie blieb im Flur stehen und sah ihn von oben bis unten an, als würde sie versuchen, etwas an ihm zu entdecken. Dann führte sie ihn in die Praxis. Der Schrank war verschlossen, die Akten weggeräumt und die Löcher im Holz notdürftig mit Zeitungspapier verklebt. Aber Strömer war nicht zu sehen.

„Ihr Mann?“, fragte Edgar nach.

„Ist nicht da.“ Sie hob die Hände und verstellte ihre Stimme eine Oktave tiefer. „Seinen Patienten ist die Presse vor dem Haus nicht zumutbar.“

„Wo ist er? Ich muss dringend mit ihm sprechen.“ Sie zog die Augenbrauen zusammen und nickte langsam, ohne ihm zu antworten. „Können Sie ihn anrufen?“, fragte Edgar.

„Nein. Aber ich richte es ihm aus. Haben Sie schon eine Spur, wer hier eingebrochen hat? Oder wollten Sie mit ihm einen Kaffeeplausch halten?“ Sie deutete auf die Kaffeebecher.

„Das ist Tarnung.“ Edgar stellte das Päckchen und die Becher auf dem Schreibtisch ab.

„Und eine Spur?"

„Leider nicht."

„Warum wollen Sie dann mit meinem Mann reden?"

„Es gibt offene Fragen", sagte er ausweichend.

„Natürlich gibt es die." Ohne zu blinzeln, fixierte sie Edgar. „Wenn Sie mir sagen, worum es geht, helfe ich Ihnen weiter."

Das war eine Situation, die Edgar sehr gut kannte und die ihm – trotz aller Professionalität – ein unangenehmes Gefühl verursachte. Diese Frau wusste weder von dem Betrug ihres Ehemanns noch von der Erpressung. Aber Strömer hatte sie in Kenntnis gesetzt, dass er einen Detektiv engagiert hatte. Womit Edgar in ein Lügengespinst hineingezogen worden war, ohne alle Details zu kennen.

Deshalb wollte er sich auf keine weitere Diskussion einlassen: „Hat Ihr Mann während der Sitzungen sein Telefon bei sich?", fragte er.

„Wieso wollen Sie das wissen?"

„Ich habe schon ein paar Mal versucht, ihn zu erreichen", log Edgar.

„Das hat keinen Sinn, er hat es auf leise gestellt." Das bedeutete, ja, er hatte es bei sich.

„Verstehe."

Edgar bat sie um Zettel und Stift, er setzte seine Brille auf und schrieb von Tonis Nachricht die Adresse des Handyshops und Alis Namen ab: „Es wäre am besten, Ihr Mann bringt dort sein Handy vorbei. So schnell wie möglich, ich gebe im Geschäft Bescheid, dass er kommt. Und es wäre gut, wenn er es bis dahin nicht mehr benutzt."

„Wieso, was ist damit?"

„Reine Sicherheitsmaßnahme."

„Ich sage es ihm", sagte sie steif. „Aber die Presse weiß ohnehin schon Bescheid. Über alles."

„Bitte?"

Sie deutete auf den Schrank mit den Patientenakten.

„Dass hier eingebrochen wurde und die Unterlagen der Sitzungsaufzeichnungen gestohlen wurden." Ihre Augen blitzten kurz auf, doch im nächsten Augenblick war ihre Miene wieder ausdruckslos.

„Das tut mir leid", sagte Edgar. Vorschnelle Mutmaßungen anzustellen gehörte nicht zu seiner Vorgehensweise, aber es sah nicht so aus, als wäre Strömers Ehefrau deswegen besorgt.

„Auf Wiedersehen, Herr Brehm", sagte sie rasch.

„Auf Wiedersehen." Edgar nickte ihr zu und verließ das Behandlungszimmer.

Er war froh, dass sie ihn nicht zur Tür brachte, er wollte rasch weg von hier. Schon fast bei der Eingangstür fiel ihm ein, dass er nicht nur die Kaffeebecher und das Päckchen mit den Cremeschnitten am Tisch vergessen hatte, auch der Vertrag und die Vertraulichkeitsvereinbarung steckten noch in der Innentasche seines Sakkos. Deshalb ging er zurück, doch Strömers Frau bemerkte ihn nicht. Sie stand vor dem aufgebrochenen Schrank. Ihr Kopf war leicht zur Seite geneigt, sie starrte auf das herausgebrochene Schloss und hielt ihr Smartphone fest umklammert.

„Frau Strömer?"

Sie sah zu ihm. Ihr Gesicht hatte einen vollkommen anderen Ausdruck. Die Beherrschung war daraus gewichen. Er kannte diesen Blick, mit dem sie ihn ansah. Unzählige Male hatte er ihn in seiner Detektei gesehen. Trotz der vielen unterschiedlichen Klienten aus allen Milieus und in jeder Bildungsschicht fanden ihre Reaktionen immer in drei Kategorien statt, wenn er ihnen etwas mitteilen musste, das ihr Leben aus den Fugen geraten ließ. Es gab die „Das kann nicht wahr sein"-Reaktion, die in Weinkrämpfe überging. Dann gab es diejenigen, die Edgar beschuldigten, er hätte seine Arbeit schlecht gemacht oder er wäre in irgendeiner Weise für das Ergebnis verantwortlich. Und dann gab es die dritte Kategorie von Auftraggebern.

Sie reagierten stoisch, fast schon gelassen und verloren ihre Haltung keine Sekunde. In winzigen Momenten, in denen sie sich unbeobachtet fühlten, verriet ihr Blick, dass sie von Wut und Demütigung gerade verschlungen wurden. Es war genau dieser Blick, mit dem die Ehefrau des Therapeuten ihn jetzt ansah.

VI.

Ein Monat vor dem Mord

Y: Hallo.

X: Hallo.

Y: Danke, dass du für mich Zeit hast.

X: Ich war überrascht über deine Nachricht.

Y: Ja, ich weiß.

X: Was ist los?

Y: Ich … ich wollte nur wissen, wie es dir geht?

X: Das hast du mich schon vor einer Stunde gefragt.

Y: Da waren wir nicht alleine.

X: Du lebst dein Leben, ich lebe meines. Das ist doch, was du willst.

Y: Nein, ist es nicht.

X: Was willst du dann?

Y: Ich wollte mich entschuldigen. Für alles.

X: Ach, ich verstehe. Du hast ein schlechtes Gewissen, dann sagst du, es tut dir leid, und damit ist alles vergessen.

Y: Bitte. Können wir uns wiedersehen? Alleine.

X: Was soll es bringen, wenn wir uns sehen? Wir wiederholen das wieder und wieder und irgendwann endet es doch so wie vor vier Monaten. Im Gegensatz zu dir kann ich das nicht noch einmal.

Y: Glaub nicht, dass es mir leichtgefallen ist.

X: Ja, klar.

Y: Ich habe nur versucht, weiterzumachen.

X: Das ist dir gut gelungen.

Y: Rein äußerlich, ja. Aber ich dachte nicht, dass es so schwer sein würde. Es ist, als ob ein Teil von mir fehlt.

X: Wieso sagst du das?

Y: Ich wollte nur, dass du es weißt.

X: Was erwartest du von mir?

Y: Nichts. Wirklich. Ich will nur, dass du glücklich bist. Ich würde alles für dich tun.

X: Das ist doch nur eine leere Phrase.

Y: Nein, ist es nicht. Es ist wahr. Dieses Theater vorzuspielen, jedes Mal, wenn du dabei warst. Es war die Hölle.

X: Ich kann dir das nicht glauben.

Y: Das ist dein gutes Recht. Ich verstehe es. Wirklich. Und es tut mir mehr leid, als

du dir vorstellen kannst. ...
Ich will nicht, dass wir so
auseinandergehen.

X: Es geht immer nur darum, was du willst.

Y: Bitte. Ein allerletztes Treffen. Nur, um Abschied zu nehmen.

X: Das ist Wahnsinn. Du hast keine Ahnung, wie es mir die letzten Monate gegangen ist.

Y: Bitte! Nur noch dieses eine Mal.

X: Warum sollte ich das tun?

Y: Weil manchmal Wahnsinn das Einzige ist, was Sinn macht.

X: ...

Y: Also?

X: Morgen Abend. Unser Treffpunkt.

Y: Danke! Ich werde da sein und ...

X hat die Unterhaltung gelöscht und den Chat verlassen.

12.

„Bist du ein sehr altes Kapuzineräffchen?"

„Ja, es stirbt sicher gleich an Altersschwäche."

„Blödsinn, sie ist ein depressiver Schimpanse in Gefangenschaft."

„Nein, ich weiß es. Sie ist ein ehemaliger Alkoholiker in einem Affenkostüm in der Geisterbahn, kurz vor der Pension."

Toni stand mit gebückten Knien in der Mitte der Bühne, hielt ihre Oberarme an die Seiten gepresst. Ihre Unterarme standen im 90-Grad-Winkel, ihre Hände schlackerten. Sie reckte den Kopf mit weit geöffneten Augen nach rechts und links, während sie den Mutmaßungen darüber, welches Tier sie darzustellen versuchte, zuhörte. Dabei kam sie sich unheimlich blöd vor, aber das war nun einmal etwas, das zur Schauspielausbildung gehörte. Die jungen Frauen und Männer ihres Jahrgangs saßen am Boden auf Gummimatten. Nicht einer von ihnen erkannte, welches Tier Toni gewählt hatte. Sie konnte ihnen keinen Vorwurf machen. Normalerweise machte ihr das Spaß, aber heute war sie nicht bei der Sache.

Nicht wegen des Vormittags in der Agentur, auch nicht, weil sie vor Berta Fuchs umgekippt war. Sondern wegen der Antwort von Tim. Auf die Nachricht, die sie ihm im Untergeschoß der Agentur schicken wollte, bevor Edgar sie angerufen hatte. Es war dieselbe Nachricht, von der sie später im Auto dachte, sie sei nicht rausgegangen, und darüber froh war.

Hey, sorry, hab deine Nachricht gerade erst gesehen, schrieb Tim. *Ich sehe mir gleich eine Airbnb-Wohnung an. Sollen wir uns dann treffen?*

Sie hatte ihm zurückgeschrieben, dass sie in den Unterricht musste und sich nachher melden würde. Aber Tims Botschaft war eindeutig, auch wenn es zwischen den Zeilen stand. Wahrscheinlich hatte er ebenfalls gemerkt, dass Toni genauso wenig in sein Leben passte wie er in ihres. Deshalb suchte er eine eigene Bleibe für seine Zeit in Wien. Merkwürdigerweise fühlte sich Toni nicht im Mindesten erleichtert. Oder war das nur ihr gekränktes Ego?

Der Leiter des Improvisationsunterrichts, ein weißhaariger Mann mit jungenhaftem Gesicht, gab ihr das erlösende Zeichen, sich endlich aufzurichten.

„Was für ein Affe warst du, Toni?“, fragte er.

„Ich war kein Affe. Ich war ein Erdmännchen.“

Lachen und scherzhaft gequälte Ausrufe tönten durch den Raum.

„Ich glaube, wir schicken dich in den Zoo, du bist ein besonders seltenes Exemplar einer unentdeckten Art“, lachte der Improvisationslehrer und deutete ihr, sich zu setzen. Sie nahm am Boden neben Lena Platz, die den Arm um sie legte.

„Das war ein waschechtes Erdmännchen, ich hab das sofort erkannt“, flüsterte sie mit einem leichten Grinsen. „Du kannst 1A jedes Tier imitieren, lass dir nichts anderes einreden.“

Toni griff sich ans Herz, wischte sich eine imaginäre Rührungsträne von der Wange und tat so, als wäre sie tief ergriffen. Lena klatschte leise mit den Fingerspitzen und flüsterte: „Yay“, woraufhin sie beide lachten.

Dann wechselte sie das Thema: „Lena, sag mal, weißt du, irgendwer aus den oberen Jahrgängen spielt doch gerade am Burgtheater, oder? Aber ich habe mir nicht gemerkt, wer das ist ...“

„Hm, keine Ahnung.“ Sie legte den Kopf in den Nacken. „Oder doch, natürlich. Wie konntest du das vergessen?“

Sie hob zwei Mal die Augenbrauen und grinste.

„Wer?“

„Unser allseits beliebtes Model, die schöne Janina.“ Lena verdrehte die Augen, tat so, als würde sie wie Janina ihre langen Haare über die Schulter werfen, und legte eine

Hand aufs Dekolletee. „Sie liegt in Schnitzlers *Professor Bernhardi* als Kranke im Bett und hat gerade mal zwei Sätze zu sprechen. Aber unser sterbender Schwan tut so, als wäre es die Hauptrolle. Es wird gemunkelt, die Schmitz hat ihr das Vorsprechen verschafft. Was ich nicht verstehe, wenn es wahr sein sollte. Das muss mit ihrem Aussehen zu tun haben, was ich ehrlich deprimierend finde. Oder ist es der Neid, der aus mir spricht? Hm. Nein, ich glaube nicht. Moment – hast du auch ein Vorsprechen an der Burg oder warum fragst du?"

„Nein. Ist was für ..." Sie formte stumm Edgars Namen und Lena legte sofort den Finger auf ihre Lippen.

„Oh, der, dessen Name nicht genannt werden darf." Toni nickte. Es war mehr als fraglich, ob Janina ihr weiterhelfen würde. Der Grund dafür war Tim, der Janinas Flirtversuche im Sommer zuerst nicht registriert und dann ignoriert hatte. Janina war nicht entgangen, dass er und Toni sich außerhalb des Unterrichts trafen, was sie der Schmitz mitgeteilt hatte. Seither hatten sie nicht mehr miteinander gesprochen. Doch Janinas frostige Blicke, die sie Toni zuwarf, wann immer sie einander seither begegnet waren, sagten genug. Toni hatte sich bemüht, Mitgefühl für Janina zu empfinden. Aber es fiel ihr schwer.

„Ist sonst irgendwas?", fragte Lena. „Dich beschäftigt doch was."

Toni hatte Lena weder etwas von Strömer noch von ihrem Besuch in der Agentur Fuchs erzählt. Sie wusste, sie durfte nicht über Strömers Ehebruch reden. Ihre Begeisterung für den Therapeuten hatte sich quasi in Luft aufgelöst, darum sah sie keinen Anlass mehr, ihn zu erwähnen.

„Tim ist da", flüsterte Toni zurück.

Auf der Bühne war nun einer ihrer Mitschüler, ein schmächtiger junger Mann mit einem platten Gesicht, das an eine Eule erinnerte. Er flitzte von einer Ecke in die andere und brüllte. Eindeutig ein Löwe.

„Was?“ Lena kreischte, doch in dem Lärm ging es glücklicherweise unter.

„Psst! Ja. Er ist gestern angekommen.“

„Das ist ja großartig. Endlich. Wie lange bleibt er?“

„Weiß ich nicht.“

„Warte ...“ Sie machte große Augen und strahlte sie an. „Hat er bei dir übernachtet?“

Toni nickte und stoppte Lenas Begeisterung gleichzeitig mit einem Zeichen, um ihr zu verstehen zu geben, dass sie keinen Sex gehabt hatten.

Mit einem „Ja, klar“ boxte Lena ihr leicht in die Seite. Das Gebrüll wurde lauter, der Improlehrer hatte zwei weitere Löwen auf die Bühne geschickt. Sie fauchten einander an, die Szene entwickelte sich zu einem ziemlichen Spektakel, wobei nicht klar war, ob die drei einander besteigen oder sich gegenseitig verletzen wollten. Vielleicht auch beides.

Lena lehnte sich ein wenig zurück und sah Toni mit prüfendem Blick in die Augen: „Siehst du deshalb so unglücklich aus?“

Toni zuckte mit den Achseln: „Ich weiß es nicht. Ich dachte ...“

„Was denn? Hast du wilden Sex erwartet? Dass er dich mindestens an den Kronleuchter hängt?“

Toni musste lachen: „Ich hab gar keinen Kronleuchter.“

„Stimmt. Dann ist es nicht seine Schuld. Aber ehrlich, was ist los?“

„In der Früh war jemand vor dem Haus. Er hat Fotos gemacht. Wahrscheinlich ein Paparazzo.“

Lena verzog den Mund und murmelte: „Na, der war ja schnell. Ich wusste gar nicht, dass es die noch gibt.“

„Ich ... ich weiß nicht, ob ich das alles will, Lena.“

„Meinst du Tim? Oder die Öffentlichkeit, in der du durch ihn stehst? Beziehungsweise stehen wirst, falls es mit euch ...“

„Ich weiß nicht, was ich will. Ich kenn mich gar nicht mehr aus", sagte sie leise. „Heute hatte ich eine Panikattacke. So was hab ich bis jetzt gar nicht gekannt."

Lena kniff die Augen zusammen, sie wollte etwas sagen, aber von der Bühne klang ohrenbetäubend klagendes Gebrüll. Einer der drei Löwen war von den beiden anderen verwundet worden.

„Ein Dreiecksdrama", schlussfolgerte Lena. „Komm, lass uns rausgehen. Hier hört man ja sein eigenes Wort nicht. Ich tu so, als wäre mir übel, und du musst mich begleiten."

Aber noch bevor Lena aufstehen konnte, schickte der Improlehrer sie auf die Bühne. Anscheinend hatte er etwas von ihrem Plan mitbekommen, denn er ließ sie nicht mehr aus den Augen.

Die Doppelstunde zog sich ewig. Es folgte eine Gruppenimprovisation, in der sie sich rasch wechselnde Gefühle darstellten – Angst, Freude, Trauer, Leidenschaft, Überraschung. Und schließlich eine sensorische Übung, bei der sie imaginär verschiedene Geschmacksrichtungen probierten und nachspürten, welche Reaktionen das in ihren Körpern auslöste.

Lena musste sich nach dem Unterricht beeilen, sie hatte eine Gesangsstunde.

„Ich ruf dich an", rief sie und lief los. Toni blieb noch eine halbe Stunde Zeit bis zu ihrer Dramatikstunde bei der Schmitz. Sie setzte sich auf den Gang, holte ihr Handy heraus und öffnete Janinas Instagram-Seite. Über zehntausend Follower, was Toni nicht überraschte. Janina wusste, wie man sich in Szene setzte. Jedes Mal, wenn Toni diese Schönheit sah, konnte sie nur staunen. Toni scrollte durch die Fotos. Etliche waren aus dem Burgtheater. Lena hatte recht: Wenn man ihrer Selbstinszenierung Glauben schenken wollte, war Janina in dem Stück trotz ihrer kleinen Rolle der Star. Janina in der Maske, Janinas Kostümprobe,

Janina bei der Probe, Janina bei diversen Premierenfeiern, Janina in der Kantine. #Burgtheater.

Toni überflog die Fotos, bis ein Selfie ihre Aufmerksamkeit erregte. Es war aus einer Bar, Janina stand alleine unter einem Neon-Schriftzug, auf dem groß „CYRANO" prangte. Im Hintergrund sah man verschwommen Leute, die tanzten. Und einen roten, lockigen Haarschopf von hinten. War das Julia Didier? Toni las den Text unter dem Foto.

Party nach Cyrano – Premiere 3 #premierenfeier #burgtheater

Dann öffnete Toni die Webseite des Burgtheaters. Auf der ersten Seite stand:

„BREAKING NEWS – alle Karten für die kommenden *Cyrano*-Vorstellungen behalten ihre Gültigkeit. Die Rolle der Cyrano übernimmt Birgit Wilhelm."

Toni hatte Janinas Nummer nicht gespeichert, doch für den Sommerkurs bei Tim waren sie in einer gemeinsamen Whatsapp-Gruppe gewesen. Darüber fand sie ihren Kontakt. Das Profilfoto zeigte sie mit auftoupierten Haaren und verlaufenem Make-up, wie sie in die Kamera schrie.

„Jaaaa", meldete sich Janina. Im Hintergrund war Lachen zu hören.

„Hi, hier ist Toni. Lorenz. Vom Sommerkurs?"

Kurzes Schweigen.

„Was gibt's?" Das klang nicht gerade freundlich. Aber damit hatte Toni auch nicht gerechnet.

„Du spielst doch gerade am Burgtheater ..."

„Ja, und?" Wieder lautes Lachen im Hintergrund. War das nicht vor einer Sekunde durch den Gang gehallt?

„Janina, bist du im Kons?"

Ihr Zögern war sogar durch das Handy zu spüren.

„Dritter Stock."

Eine Minute später stand Toni ein wenig außer Atem vor dem ehemaligen Model.

„Was willst du?", fragte sie über Tonis Kopf hinweg. Ein paar Studenten aus Janinas Jahrgang saßen auf zwei Bänken vor dem großen Saal, in dem alle Kurse, die etwas mit Körpertraining zu tun hatten, stattfanden. Toni bemühte sich, ihre Blicke zu ignorieren.

„Können wir kurz alleine reden?"

Erst jetzt sah Janina zu Toni herunter. Ihr Blick war schwer zu deuten, aber zumindest wirkte er nicht unfreundlich. Eher gelangweilt.

„In ein paar Minuten fängt mein Unterricht an. Was gibt's?", sagte sie steif.

„Ich hab auf Insta gesehen, du warst auf der Premierenfeier von *Cyrano*."

„Ja, und?"

Toni wusste nicht, wie sie es geschickt anstellen sollte, Janina zu fragen, ob ihr etwas aufgefallen war. Deshalb nahm sie den direkten Weg: „Hast du Julia Didier kennengelernt?"

„Wieso willst du das wissen?", fragte Janina bemüht abschätzig.

„Nur so."

„Ich hab keine Zeit, ich muss mich auf den Unterricht vorbereiten."

Janina drehte sich um und ließ Toni stehen. Danke für rein gar nichts, dachte Toni augenrollend. Die Schulglocke läutete. Es hatte keinen Sinn, jetzt nachzuhaken, Toni musste sich beeilen.

Im Erdgeschoss wartete die Schmitz im großen Theatersaal. Hier würde der Szenenabend nächste Woche stattfinden. Toni bekam immer ein leicht mulmiges Gefühl im Bauch, wenn sie diesen Raum mit den unzähligen Sitzreihen und der großen Bühne betrat. Sie hatte noch nie vor so viel Publikum gespielt. Ihre Oma und der Kapitän würden kommen. Und Tim? Schon der Gedanke daran ließ ihr Herz schneller schlagen. Es war absurd.

Sie hatte erst vor ein paar Monaten mit ihm die Szene von Brick und Maggie aus *Die Katze auf dem heißen Blechdach* erarbeitet. Aber dass er sie alleine bei einem Monolog auf der Bühne vor allen Zuschauern sehen würde, war etwas ganz anderes.

Die Schulleiterin befand sich wie üblich in der fußfreien Sitzreihe. Davor war ein kleiner Tisch mit Schreibtischlampe aufgebaut. Der Zuschauerraum war bis auf diese schwache Lichtquelle dunkel, nur die Bühne war hell erleuchtet. Sie telefonierte und bemerkte Toni deshalb nicht. Es musste jemand Wichtiges sein, so freundlich, wie sie klang. Sie drehte Toni den Rücken zu, lehnte sich an die Sitzreihe und lachte glockenhell in ihr Handy. Gerade als sie an ihr vorbei zur Bühne gehen wollte, hörte sie die Schulleiterin sagen: „Ich weiß, es ist erst der zweite Jahrgang, aber es sind einige dabei, die dich interessieren könnten. Besonders eine meiner Schülerinnen, ich hab dir von ihr erzählt … ja, ein Ausnahmetalent …“ Toni wollte sich umdrehen und wieder gehen, weil die Schmitz sie noch nicht bemerkt hatte und sie nicht den Eindruck erwecken wollte, sie zu belauschen. Doch dann murmelte sie etwas, das Toni nicht genau verstehen konnte. Aber am Ende des Satzes hörte es sich an wie ihr Name.

Im nächsten Moment sagte die Stimme aus dem Telefon laut und deutlich: „Antonia Lorenz, warte, ich schreibe mir den Namen auf. Die Johanna von Shaw, schwierige Rolle. Du wirst überrascht sein.“

Toni wusste nicht, ob sie sich freuen oder geschockt sein sollte. Hatte sie sich verhört?

„Gut, wir sehen uns nächste Woche beim Szenenabend“, sagte die Schmitz, „Und was ich noch sagen wollte … es tut mir so unglaublich leid … die ganze Sache mit Julia. Das ist furchtbar, ich kann es gar nicht glauben. Ach so?“

Toni vergaß zu atmen. Mit wem sprach die Schmitz da?

„... Ja, natürlich. Ich reserviere dir und deiner Nichte zwei Plätze in der ersten Reihe. ... Sicher, gerne, dann drei Plätze. Wir sehen uns, Berta. Ich drück dich."

Berta. Szenenabend. Nichte. Das war die Fuchs! Toni wurde schwindlig. Nein! Einfach nur nein! Gestern Abend hatte Toni kaum gezögert bei dem Gedanken, Edgar in die Agentur Fuchs zu begleiten. Aber jetzt wusste sie, es war das Dümmste, was sie hatte tun können. Die Fuchs würde Toni erkennen, die Schmitz erfahren, dass sie weiter für Edgar arbeitete, und damit war alles aus. Wie sagte Lena immer? Das war Murphys Gesetz: Was schiefgehen kann, geht schief.

Die Schmitz hatte sie glücklicherweise nicht bemerkt, sie steckte ihr Handy zurück in die Tasche. Toni lief vor zur Bühne, sie sprang hinauf.

„Los, los, worauf wartest du", herrschte die Schmitz sie an, als hätte es das Telefonat nicht gegeben und Toni wäre für die Verzögerung verantwortlich.

Die Schmitz klatschte in die Hände.

„Konzentration, Antonia. Alle Zuschauer sitzen. Das Saallicht fährt runter. Du gehst im Dunklen in die Mitte der Bühne. Scheinwerfer fahren hoch. Du wartest zwei Sekunden. Und bitte."

Toni konnte gar nicht klar denken. Sie hatte zwei Möglichkeiten. Der Schmitz die Wahrheit zu sagen. Oder den Szenenabend mit einer Ausrede ausfallen zu lassen. Weil sie zum Beispiel krank sei. Nein, das wäre völlig sinnlos. Die Schmitz brauchte der Fuchs doch nur ein Foto von Toni zu zeigen.

„Was ist los? Wieso fängst du nicht an?"

„Immerwährende Gefangenschaft? Ihr lasst mich also nicht frei?", begann Toni. Ihre Stimme zitterte.

„Lauter."

Toni atmete tief ein. „Immerwährende Gefangenschaft? Ihr lasst mich also nicht frei?" Das Zittern wurde stärker.

„LAUTER."

„Immerwährende Gefangenschaft? Ihr lasst mich also nicht frei?“

„ICH KANN DICH KAUM HÖREN. WAS IST LOS MIT DIR?“

Toni schloss die Augen. Das war zu viel. Ihre verwirrenden Gefühle für Tim, Janina gerade eben, der Paparazzo, der ihnen gefolgt war, jetzt auch noch die Fuchs, die zum Szenenabend kommen und Tonis Lüge über ihren Job bei Edgar aufdecken würde. Sie musste das alles von sich wegschieben und jetzt diesen verdammten Monolog spielen. Aber wie?

Und da fiel ihr ein, was die Schmitz mal ziemlich genervt in einer Stunde erwähnt hatte. Tonis Hals war damals mit einem Ausschlag übersät gewesen. Unzählige rote Pusteln, die wie verrückt gejuckt hatten. Es war eine allergische Reaktion auf einen grünen Smoothie.

„Wenn etwas wie dieses Jucken nicht ignoriert werden kann, hast du zwei Möglichkeiten beim Spielen der Rolle. Entweder es lenkt dich ab, du bist unkonzentriert und spielst grottenschlecht. Oder du benutzt es und nimmst es mit in die Rolle. Das ist der Unterschied zwischen guten und schlechten Schauspielern, Antonia. Jede Widrigkeit als Vorteil zu nutzen.“

Toni öffnete die Augen.

Du benutzt es.

Und dann ließ sie der Johanna freien Lauf.

Als sie mit dem Monolog fertig war, sagte die Schmitz kein Wort. Toni konnte ihr Gesicht im Licht der Schreibtischlampe nicht sehen. Sie war vollkommen durchgeschwitzt, ihr Kinn bebte. Eine Minute verging, sie schirmte ihre Augen vor dem blendenden Scheinwerferlicht ab.

„Frau Professor? Sind Sie da?“

Im Dunklen des Zuschauerraums hörte sie eine Bewegung, gefolgt von Schritten. Sie kamen in ihre Richtung. Die Schmitz stellte sich zur Bühnenkante. Sie sah

Toni mit einem durchdringenden Blick an und zeigte mit dem Finger auf sie.

„Genau so …", donnerte die Schmitz mit bebender Stimme. Sie rang nach Luft. Das kannte Toni schon von ihr, sie machte sich darauf gefasst, gleich angebrüllt zu werden. Doch die Schmitz sprach nicht weiter. So angestarrt zu werden war Toni unangenehm.

„Genau so?", wiederholte sie. Ihre Stimme war ihr hochgerutscht, so angsteinflößend war die Schmitz.

Die Schulleiterin nickte in Zeitlupe und verzog den Mund, ohne etwas zu sagen. Vielleicht ging es ihr nicht gut?

„Was hast du dir dabei gedacht?", fragte die Schmitz mit zitternder Stimme. Sie legte eine Hand auf ihr Herz und atmete stockend ein. Meine Güte, die Schmitz weinte!

„Ich hab versucht, gar nicht mehr zu denken." Toni hob entschuldigend die Schultern und die Schmitz verzog erneut den Mund zu etwas, das wahrscheinlich als Lächeln durchgehen könnte. Toni konnte sich gar nicht erinnern, dass die Schmitz sie jemals angelächelt hatte.

„Genau so spielst du die Johanna am Szenenabend", sagte die Schmitz.

„War es denn okay?", fragte Toni hoffnungsvoll.

Die Schmitz schüttelte den Kopf: „Nein, es war nicht okay, Antonia."

Sie hatte es versemmelt. Das war ja klar. Der Schmitz konnte sie nie gut genug sein, daran hatte sich Toni bereits gewöhnt. Oder sie redete sich das zumindest ein.

„Verstehe", sagte Toni und bemühte sich, die Enttäuschung in ihrer Stimme nicht durchklingen zu lassen. Wenigstens hatte sie es versucht, tröstete sie sich.

Die Schmitz lächelte noch mehr. Das war jetzt sogar für die Begriffe der Schulleiterin richtig gemein.

„Es war nicht okay", wiederholte die Schmitz und bedeutete Toni, zur Bühnenkante zu kommen. Sie fasste nach Tonis Hand. Das hatte sie noch nie gemacht. Jetzt würde sie gleich losbrüllen. Oder ihr mitteilen, dass sie von der Schule fliegen würde. Wenigstens brauchte sie sich dann keine Gedanken mehr wegen der Fuchs machen.

„Es war brillant“, sagte die Schmitz. „Absolut brillant!“

13.

Edgar wartete schon fast eine Stunde im Auto vor dem Hauseingang der Detektei auf Karin Fuchs. Seine Füße waren eingeschlafen, während er sich bemühte, die Augen offenzuhalten. Weit und breit waren weder sie noch ihr Verfolger zu sehen.

Sein Smartphone lag griffbereit auf dem Beifahrersitz. Von Ali war bis auf eine Unmenge an Lizenzen per Mail kein Anruf gekommen. Dafür hatte Fernanda überraschende Neuigkeiten für ihn.

„Der Didier hätte an diesem Abend gar nicht in Wien sein sollen."

„Sondern?"

„Er sollte am Nachmittag nach Berlin fliegen wegen irgendwelcher Verhandlungen. Am nächsten Tag gab es einen gebuchten Flug nach Hamburg, wo er sich mit seiner Frau treffen wollte. Er war in Schwechat am Flughafen, aber warum er dann nicht geflogen ist, weiß man nicht. Fakt ist, er hat ein Taxi genommen und ist zurück in die Wohnung. Die Didier hatte an dem Nachmittag einen Termin in einem Gesundheitszentrum. Da steht, sie hat eine Shiatsubehandlung bekommen und wurde anschließend akupunktiert." Fernanda atmete scharf ein. „Um Gottes willen."

„Was ist los?"

„Hier steht der Preis für die Behandlungen von der Didier. 500 Euro für ein paar Nadeln im Körper und diese Shiatsu-Drückerei. Ist das nicht verrückt? Nicht mal wenn das goldene Nadeln wären, die ich mit nach Hause nehmen kann, würde ich dafür so viel Geld ausgeben."

Edgar lachte.

„Sie ist erst um kurz nach 18 Uhr von diesem Gesundheitszentrum weg. Der Gerichtsmediziner hat den Todeszeitpunkt von Erich Didier zwischen 19:30 und 20:30 Uhr festgelegt. Um 21 Uhr kam der Fahrer, der Julia Didier abgeholt und zum ORF gebracht hat. Also genug Zeit, um nach Hause zu fahren, ihren Mann umzubringen und dann abgeholt zu werden."

„Sie hat nicht gewusst, dass ihr Mann zu Hause ist?"

„Ihr Handy wurde überprüft, da gab es keine Anrufe oder Nachrichten, also nein. Sieht so aus, als hätte er sie überrascht. Aber von Notwehr ist nicht die Rede. Und Totschlag kommt auch nicht infrage."

„Wieso nicht?"

„Laut erstem Ergebnis aus der Gerichtsmedizin war Erich Didier durch den Sturz auf den Glastisch bewusstlos, als ihm die Kehle aufgeschlitzt wurde. Es ging keine Gefahr mehr von ihm aus. Und es gibt auch keine Spuren eines Kampfes."

„Auch nicht bei Julia Didier?"

„Da gibt es reichlich Hämatome, die scheinen vor längerer Zeit entstanden zu sein. Woher, wird noch geklärt. Aber Schebesta hat ein Video aus dem Stück, das sie im Burgtheater gespielt hat, gesehen. Und da rauft sie mit einem der Schauspieler. Es ist eine Choreografie während eines Raps, sie fällt schon ganz schön oft hin. Kann also daher kommen."

„Gibt es Informationen über mögliche Affären?"

„Davon steht nix in den Unterlagen. Laut irgendeiner Kapazität aus dem AKH, dem allgemeinen Krankenhaus, soll man nicht damit rechnen, dass die Didier wieder aufwacht. Schweres Schädelhirntrauma. Übrigens, dass ich das weiß, hast du Carolin Schebesta zu verdanken. Die Unterlagen hab ich von ihr."

„Sie hat sie dir freiwillig gegeben?"

„Ja, sie wurde plötzlich abgezogen. Ich glaub, das war eine kleine Rache an ihrem Vater."

„Wieso?"

„Es war ja ohnehin klar, dass irgendwann was zwischen den beiden vorfällt. Wie es aussieht, hab ich meine Wette verloren. Jedenfalls hat er jetzt das Sagen und sie ist draußen." Sie senkte ihre Stimme. „Dieser Trottel tut so, als hätte er den Fall gelöst. Dabei ist das nur Glück, dass die Beweise so eindeutig sind und die Didier gestanden hat", sie kicherte.

Edgars Laune hatte sich schlagartig verschlechtert. Dass ihn Fernanda nun auch noch nach Ralph fragte, half nicht unbedingt dagegen: „Hast du noch mal mit Ralph gesprochen?"

„Nein."

„Oh. Und wirst du?"

„Sieht nicht so aus."

Kurz war Stille am anderen Ende.

„Er macht mit mir diesen Tanzkurs. Heute Abend ist die erste Stunde. Soll ich ihm etwas von dir ausrichten?"

„Nein", sagte er zu laut. „Danke. Und viel Spaß."

Er hatte die Nachricht von Ralph noch immer nicht abgehört. Und das hatte er auch nicht vor. Sie verabschiedeten sich und Fernanda versprach, sich zu melden, sobald es Neuigkeiten gab. Je länger er hier alleine saß, desto mehr kämpften Herz und Verstand in ihm. Das Herz wollte wissen, was Ralph gesagt hatte. Der Verstand war dagegen. Doch langsam gingen ihm die Gründe dafür aus. Tatsache war, irgendwann müsste er die Nachricht abhören. Und jetzt hatte er nichts zu tun, als zu warten. Aber alles in ihm sträubte sich dagegen.

Edgar rutschte tiefer in den Sitz und sah auf die Uhr. Vor einer halben Stunde hatte er mehrfach versucht, Karin Fuchs auf dem Handy zu erreichen, aber es meldete sich sofort die Mobilbox. Er probierte es erneut, mit demselben Ergebnis. Wahrscheinlich dauerten ihre Vertragsverhandlungen länger, aber trotzdem hatte Edgar ein mulmiges Gefühl.

Sein Rücken fing an zu ziehen. Er sollte aussteigen und ein paar Schritte gehen. Ein Ultimatum von zehn Minuten gab er Karin Fuchs noch, sich zu melden. Dann nahm er sein Telefon, ignorierte die Beklemmung, die er fühlte, und drückte auf die Kurzwahl für die Mobilbox. Als Ralphs Stimme ertönte, wünschte sich Edgar, er hätte das nicht getan.

„Ich verstehe, dass du verärgert bist. Und du hast jedes Recht dazu. Aber wirf nicht weg, dass wir uns wiedergefunden haben. Auch wenn das alles nicht so ist, wie wir dachten.“ Wir dachten? Das war ja wohl ein Witz. „Ich kann dich förmlich hören, wie du jetzt innerlich protestierst. Und ich weiß, es ist sehr viel verlangt. Bitte glaub mir, es tut mir unendlich leid, Edgar! Aber es ... es gibt einen guten Grund für meine Entscheidung, Priester zu bleiben. Ich wollte ihn dir sagen, doch du warst zu schnell weg. Lass es mich dir erklären. Bitte! Das geht aber nicht am Telefon, ich möchte dich noch einmal sehen.“

Edgar konnte sich das nicht weiter anhören. Er löschte die Nachricht. Was dachte Ralph sich nur dabei? Edgar ließ das Telefon sinken. Er wünschte sich, er wäre wütend auf Ralph. Aber die Wahrheit war, er fühlte sich viel zu alt und zu müde für solche Gefühlsausbrüche. Die zehn Minuten waren zwar noch nicht vergangen, aber er brauchte frische Luft.

Gerade, als er aus dem Auto steigen wollte, läutete sein Handy. Er zog die Tür wieder zu, es war Toni, ihr Unterricht war zu Ende. Als er ihren Namen las, wurde seine Laune wieder besser. Er hatte nicht damit gerechnet, dass sie sich heute noch melden würde.

„Ich komm zu dir, Edgar. Ich bin schon in der U-Bahn“, sagte sie. Normalerweise fragte sie ihn, ob er sie brauchte. Er wollte ihr sagen, dass es nicht nötig sei, da klopfte es in der Leitung. Eine unterdrückte Nummer. Wie sich herausstellte, war es Marie Herder, Julia Didiers Assistentin, die nach längerem Zögern, das Edgar als Angst deutete – immerhin hatte sie Erich Didiers Leiche gefunden –, einwilligte, ihn zu treffen. Während des Telefonats beobachtete Edgar ein Taxi, das auf der anderen Straßenseite parkte. Zuerst dachte er, Karin Fuchs würde aus dem Taxi steigen, doch es war der Fahrer selbst, der ein Kuvert in seine Detektei brachte. Er würde Marie Herder im AKH treffen, wo sie immer noch darauf wartete, zu Julia Didier gelassen zu werden. Doch zuerst musste er wissen, was in dem Kuvert steckte. Vielleicht war es eine Nachricht von Karin Fuchs?

Vor der Tür saß der Kater, als hätte er auf Edgar gewartet. Er war ein Streuner, den er früher gelegentlich gefüttert hatte. Seit Toni für ihn arbeitete, bestand sie darauf, ihn regelmäßig mit Futter zu versorgen. Sein Miauen war vorwurfsvoll. Schnell schrieb er Karin Fuchs eine Nachricht, dass er zu einem Treffen müsse. Das Kuvert des Taxifahrers klemmte zwischen Tür und Türrahmen. Er nahm es heraus, sperrte eilig die Tür auf. Kein Absender auf dem Kuvert, stellte er fest, während er mit einer Hand rasch etwas von dem Sack Trockenfutter in einen Napf gab. Toni und er waren dafür extra in ein Tierbedarfsgeschäft gefahren, weil sie immer vergaßen, Katzenfutter zu kaufen. Der Kater stürzte sich darauf und verschlang gierig die Knusperstückchen, während Edgar das Kuvert aufriss. Beim ersten Blick auf die Schrift wusste er, wer der Absender war.

Lieber Edgar!

Ralph hatte ihm einen Brief geschickt. Ärger und Hoffnung machten sich in seiner Brust breit. Ohne es zu wollen, hatte er auch gleich die nächsten Zeilen gelesen:

Bitte verzeih, dass ich diesen Weg nehme, aber mir ist nichts anderes eingefallen. Ich verstehe deine Enttäuschung, ich kann dir gar nicht sagen, wie leid es mir tut. Das Letzte, was ich will, ist, dir weh zu tun. Aber ich kann nicht anders. Und ich hoffe, wenn du meine Gründe kennst, wirst du mich verstehen.

Bitte halte mich nicht für verrückt, doch ich glaube, dass alles im Leben seinen Sinn hat, auch – oder ganz besonders dann – wenn wir ihn nicht erkennen. So hätte ich früher nie gedacht. Wer wüsste das besser als du?

Gott ist in meinem Leben …

Edgars Hand, in der er den Brief hielt, verkrampfte sich. Das war es, worum es in dem Schreiben ging? Seinen Gott?

Während er las, hörte er Tonis flotte Schritte die Treppe hinaufsteigen. Sie schien von der U-Bahn hergelaufen zu sein. Rasch zerriss er den Brief ein paar Mal, warf ihn in den Papierkorb und drehte sich zur Tür. Tonis Haare waren zerzaust, sie schwitzte.

„Gut, dass du da bist. Hast du Zeit, mich zu begleiten? Ich treffe gleich Didiers Assistentin."

Toni öffnete den Mund, als wollte sie etwas sagen, doch sie zögerte. Hatte sie eine Verabredung? Aber warum war sie dann hergekommen?

„Oh, du hast ihn gefüttert", sagte sie ausweichend. Sie deutete lächelnd auf den Kater, der sich noch immer über das Trockenfutter hermachte. Und da begriff Edgar. Sie wollte mit ihm reden.

Bevor er sie darauf anreden konnte, sagte sie: „Ich komm mit."

Die Fahrt zum AKH ging zügig voran, sie sahen sich immer wieder um, doch der Vespafahrer schien sie nicht zu verfolgen. Er fuhr in die Tiefgarage und nahm den erstbesten Parkplatz.

„Heute Abend ist die nächste Vorstellung von *Cyrano*", sagte Toni. „Da spielt Max Wilhelm mit. Soll ich versuchen, Karten für uns zu bekommen?"

„Ich dachte, die Vorstellungen sind alle ausverkauft?"

„Nur die mit Julia Didier. Aber da nun ihre Zweitbesetzung spielt, gibt es sicher Plätze."

Edgar war seit Jahren nicht im Theater gewesen. Das letzte Mal mit Ralph, als sie noch ein Paar waren. Er verdrängte den Gedanken sofort wieder und sah Toni an. Wollte sie nicht den Abend mit Tim verbringen? Vielleicht hatte er etwas vor.

„Das ist eine gute Idee", sagte er.

Sie stellte ihr Handy laut, nach drei Anrufen bei der Tickethotline im Burgtheater kam sie endlich durch.

„Kommen Sie eine halbe Stunde vor der Vorstellung", sagte die Frau am anderen Ende der Leitung. „Es werden immer viele Karten zurückgegeben, wenn die Zweitbesetzung spielt. Zur Not gibt es was am Stehplatz."

Das Kaffeehaus war voll besetzt mit Besuchern und Patienten in Bademänteln oder Jogginganzügen. Wie selbstverständlich parkten neben den Tischen Sauerstoffflaschen und Infusionsständer. Edgar wurde ein wenig mulmig zumute. Krankenhäuser und Friedhöfe versuchte er zu meiden, so gut es ging. Er sah sich um. Sie hatten sich kein Erkennungszeichen ausgemacht.

Eine junge Frau mit brünettem Pagenkopf saß alleine in Jeans und Sweatshirt an einem Tisch. Sie hatte die Arme verschränkt und starrte in ihre Tasse. Edgar trat durch das Café zu ihr, Toni folgte ihm.

„Frau Herder?"

Sie hob nur kurz ihren Blick, registrierte irritiert, dass er nicht alleine war, und nickte, ohne ihre Haltung zu verändern.

Ein kaum hörbares „Hallo" kam über ihre Lippen.

„Das ist meine Assistentin, Ant..." Bevor Edgar Tonis Namen sagen konnte, sagte sie laut: „Hallo."

Edgar sah Toni fragend an, doch sie reagierte nicht, sondern setzte sich sofort und sah sich um. Anscheinend bereitete ihr dieser Paparazzo mehr Stress, als er angenommen hatte. Was weniger mit ihm und mehr mit Tim Ravinger zu tun hatte. Er nahm neben Marie Herder Platz, die an ihrem Daumennagel kaute.

„Frau Herder", begann Edgar. „Wir sind hier, um Sie ..."

Bevor er weitersprechen konnte, sprang sie auf.

„Entschuldigung. Tut mir leid. Ich möchte das doch nicht." Sie schüttelte in einem Anflug von Panik heftig den Kopf, die Besucher an den Nachbartischen sahen herüber.

„Was möchten Sie nicht?“, fragte Edgar.

„Das geht nicht“, sagte sie weinerlich. „Sie haben nicht gesagt, dass Sie nicht allein kommen.“

Edgar hatte angenommen, es wäre hilfreich, wenn Toni ihn zu dem Gespräch begleitete. Beide waren ungefähr im selben Alter.

„Das ist kein Problem“, sagte Toni und wirkte dabei fast erleichtert. „Ich warte im Auto, Edgar. Gibst du mir den Schlüssel?“ Sie rannte fast aus dem Café.

Marie Herder murmelte „Sorry“ und nahm wieder Platz. Die Ärmel ihres Sweatshirts zog sie über ihre Hände.

„Mir tut es leid. Ich dachte, ich bekomme einen Vertrauensvorschuss, wenn meine Assistentin mich begleitet.“

Sie zog einen Mundwinkel hoch und sah ihn einen Moment zu lange an. Als würde sie überprüfen, ob er vertrauenswürdig war.

„Ist okay“, sagte sie leise und nickte. Anscheinend hatte er die Überprüfung bestanden. Ein unterdrücktes Gähnen trieb ihr Tränen in die Augen. „Entschuldigung“, murmelte sie, „ich bin so müde.“

„Seit wann sind Sie schon hier?“, fragte Edgar.

„Ich bin gestern in der Früh gekommen. Sie haben mich am Montag die ganze Nacht verhört ...“ Sie schluckte, ein leichtes Zittern ging durch ihren Brustkorb, „ ... und es hat gedauert, bis ich rausgefunden habe, in welches Krankenhaus man Julia gebracht hat.“

Das bedeutete, sie war schon 24 Stunden lang hier.

„Und wie lange haben Sie vor zu bleiben?“, fragte Edgar.

„Bis man mich zu ihr lässt.“

„Wie geht es ihr?“

„Unverändert.“

Edgar musste sich zurückhalten, ihr nicht seine Hand auf den Arm zu legen. Sie tat ihm leid. Vielleicht hatte es etwas damit zu tun, dass er neuerdings väterliche Gefühle entwickelte, seit Toni in sein Leben getreten war.

„Seit wann arbeiten Sie für die Didier?"

„Seit einem Jahr."

Sie zitterte wieder.

„Wie sind Sie zu dem Job gekommen?"

„Ich studiere Theater, Film und Medienwissenschaften und habe damals Julia über ihre Agentur angeschrieben, dass sie mein Thema für eine Semester-Abschlussarbeit ist. Und ob ich sie interviewen darf. Sie hat gleich zugesagt. Wir haben uns getroffen. Als sie erfahren hat, dass ich einen Job suche, hat sie mir angeboten, ein paar Erledigungen für sie zu machen. Die wurden immer mehr und so hat es sich dann ergeben."

„Was waren das für Erledigungen?"

„Meistens hab ich Sachen abgeholt und zu ihr gebracht. Sie hat so spezielle Nahrungsergänzungen genommen, die wurden drei Mal die Woche frisch für sie zusammengerührt, irgendwas mit Collagen und Fasern. Vorher hat das ein Botendienst gebracht, aber Erich wollte nicht, dass alle Fahrer wissen, wo sie wohnen."

„Wollte Erich Didier, dass Sie diese Botengänge machen?"

Sie spannte sofort ihren Oberkörper an, presste ihre Lippen zusammen und nickte.

„Am Anfang."

„Später nicht mehr?"

„Doch, eigentlich ..." Sie stockte. „Ich wurde ihre Assistentin."

„Wie hat Ihr Job da ausgesehen?", fragte Edgar behutsam.

„Ganz unterschiedlich. Manchmal hab ich Termine für sie ausgemacht. Oder einen bestimmten Tisch in einem Restaurant reserviert. Manchmal hat sie mir Drehbücher gemailt, die hab ich für sie ausdrucken und binden lassen. Ich hab ihnen den Fahrer fürs Flughafentaxi bestellt, den sie mochten. Falls sie mal alleine geflogen ist, hab ich das Gepäck für sie eingecheckt, doch das war eher selten. Oder ich habe Geschenke für irgendwelche Leute besorgt und verschicken lassen. Nichts Besonderes eigentlich, aber es hat Spaß gemacht."

„Das klingt nach einem Vollzeitjob."

„Nein, gar nicht. Das waren höchstens ein paar Stunden die Woche und auch nur dann, wenn sie nicht in Deutschland oder sonst wo gedreht hat. Bezahlt hat sie mich trotzdem immer gleich. Manchmal hatte ich den Eindruck ..." Ihre Augen wurden glasig, sie schniefte. „ ... ich hab nur deshalb durchgehend das Geld bekommen, damit ich in Ruhe studieren kann und nicht zusätzlich kellnern muss. Außerdem hat sie mich viel zu gut bezahlt. Aber ich glaube, das war eher, damit ich unbestechlich bin."

„Unbestechlich?"

„Na, für die Medien und so." Sie gähnte wieder, ihre Augen waren winzig klein. Sie hörte gar nicht mehr auf zu frösteln und drückte die Arme an ihren Körper.

Jetzt konnte Edgar sich doch nicht zurückhalten.

„Vielleicht wäre es gut, Sie gehen für ein paar Stunden nach Hause und legen sich hin."

Sie straffte sich, riss die Augen auf und schüttelte energisch den Kopf.

„Das geht nicht. Es ist ..."

Edgars Handy vibrierte in seiner Brusttasche. Normalerweise hätte er in so einem Moment nicht nachgesehen, aber es war vielleicht Toni.

„Entschuldigen Sie bitte", sagte er und nahm das Telefon heraus. Karin Fuchs' Nummer blinkte am Display. Endlich. „Da muss ich ran, dauert nicht lange."

Marie Herder nickte und gähnte wieder.

„Brehm", meldete sich Edgar.

„Herr Brehm, bitte verzeihen Sie", sagte Karin Fuchs gehetzt. „Danke für Ihre SMS. Ich musste gleich nach der Vertragsunterzeichnung meinen Sohn von der Schule abholen, er ist krank. Darum melde ich mich erst jetzt. Ich hoffe, ich habe Ihnen keine Umstände gemacht. Ich bringe

Emil gerade zum Arzt und muss dann kurz in die Agentur. Können wir uns danach sehen?“

„Natürlich. Melden Sie sich, wenn Sie fertig sind. Alles Gute“, sagte Edgar und legte auf. Marie Herder sah ihn irritiert an.

„Das war Karin Fuchs“, sagte sie perplex. Toni hatte es ihm heute im Kaffeehaus schon gesagt, er musste die Lautstärke bei den Gesprächen leiser drehen.

Edgar nickte. Natürlich würde Didiers Assistentin die beste Freundin kennen. Ob sie auch etwas über Didiers Affäre wusste?

„Sie hat mir Ihre Telefonnummer gegeben.“

„Nein, das meine ich nicht. Sie hat ...“ Marie Herder sah ihm tief in die Augen und schien zu überlegen. Dann sah sie sich um, als wollte sie sichergehen, dass niemand ihnen zuhörte. Mit ihrem Zeigefinger bedeutete sie ihm, sich zu ihr zu beugen. „Sie hat keinen Sohn, der Emil heißt“, flüsterte sie.

„Wie heißt er dann?“

Sie schüttelte energisch den Kopf.

„Es gibt kein Kind.“

Edgar war sich nicht sicher, was er von dieser Behauptung halten sollte. Diese junge Frau hatte etwas so Schreckliches erlebt, dazu der Schlafentzug – vielleicht brachte sie einiges durcheinander?

„Ich verstehe“, sagte er sanft. Er war sich nicht sicher, wie zielführend dieses Gespräch war.

„Nein, hören Sie zu. Ich habe sehr viel Zeit mit Julia verbracht und deshalb natürlich auch mit Karin Fuchs. Sie hat kein Kind. Und sie hat auch nie eines gehabt.“

Sie klang aufgeregt und wirkte nicht im Mindesten so müde wie vor ein paar Minuten. Edgar lehnte sich zurück und starrte verwundert vor sich hin.

„Warum hat sie es mir dann gesagt?“

Sie zuckte mit den Achseln. „Ich habe nicht die leiseste Ahnung.“

VII.

Drei Wochen vor dem Mord

Y: Sehen wir uns morgen, mein Liebling?

X: Ist das nicht die reinste Ironie? Vor ein paar Monaten habe ich dir noch diese Frage gestellt.

Y: Du machst dich über mich lustig.

X: Du kannst dich morgen bei mir dafür rächen.

Y: Heißt das Ja?

X: Ja. Ich habe ein Geschenk für dich.

Y: Du bist wunderbar.

X: Du auch.

Y: Denkst du, wir werden bestraft wegen dem, was wir tun? Hast du kein schlechtes Gewissen?

X: Doch. Natürlich. Aber ... trotz allem versuchen wir noch immer das Richtige zu tun.

Y: Das Richtige?

X: Wir lieben uns, doch niemand soll verletzt werden.

Y: Das klingt schön, aber ich weiß nicht, ob es die Wahrheit ist.

X: Es ist unsere Wahrheit.

Y: Jetzt sag mir, was für ein Geschenk ich bekomme, sonst kann ich mich den Rest des Tages nicht konzentrieren.

X: Es wird dir gefallen. Und du wirst sehr viel Spaß damit haben, wenn ich nicht bei dir sein kann.

Y: Ach, du meine Güte.

X: Es wird dir gefallen.

Y: Ich glaube, ich werde rot.

TTTTTTTTTTTTTTTTTTTTTTTTTTTTTTTTTTTTTTTTTTTTTTTTTTTTTTTTTT

X: Was bedeutet das?

Y: Ich habe das nicht geschrieben. Ich dachte, das warst du?

X: Nein.

Y: Liest jemand mit?

X: Hier kann niemand mitlesen. Ist wahrscheinlich ein Fehler im Programm.

Y: Bist du sicher?

X: Tausendprozentig. Es ist vollkommen sicher. Wir sehen uns morgen. Ich werde von dir träumen.

Y: Und ich von dir. Ich liebe dich. Kuss.

X: Ich dich auch. Kuss.

X und Y haben den Chat verlassen.

Fehlermeldung: Löschbefehl wurde nicht ausgeführt.

Z hat den Text kopiert und den Chat verlassen.

14.

„Jetzt bin ich mal gespannt, wie du aus diesem Schlamassel rauskommen willst“, murmelte Toni ihr Spiegelbild an, als sie sich auf der Toilette neben dem Eingang zum Kaffeehaus die Hände wusch. Auf dem Weg Richtung Tiefgarage hatte sie sich erst daran erinnert, dass sie schon, seit sie das Kons verlassen hatte, aufs Klo musste. Vor lauter Anspannung hatte sie es verdrängt. Ihr war elend zumute.

Sie hatte sich nicht bei Tim gemeldet und er hatte ihr auch nicht geschrieben. Wahrscheinlich holte er gerade den versäumten Schlaf der vergangenen Nacht nach. Zumindest redete sich Toni das als Begründung dafür ein, warum sie ihn nicht anrief. Den Gedanken, es könnte eine Ausrede sein, schob sie weg. Eines nach dem anderen, wie ihre Oma immer sagte. Dringender war, dieses Schlamassel zu klären, in das sie sich selbst manövriert hatte.

Während der Autofahrt hätte sie Edgar so gerne alles erzählt. Aber kein Wort war ihr über die Lippen gekommen. Sie war auf dem Beifahrersitz herumgerutscht und ihr Herz hatte sich angefühlt wie ein schwerer Klumpen.

Sie brauchte dringend eine Lösung für ihr Problem mit dem Besuch der Fuchs. Der Szenenabend war bereits in einer Woche. Die Fuchs würde sie erkennen und die Schmitz erfahren, dass sie gelogen hatte. Sie könnte versuchen, mit der Fuchs zu reden. Aber wenn das nicht klappte und die Schmitz davon Wind bekam, war Toni ihr Rauswurf gewiss.

Ihr Spiegelbild sah so unglücklich aus, wie sie sich fühlte. Es gab nur eine Person, deren Stimme sie jetzt hören wollte. Nach dem dritten Klingeln hob ihre Oma ab.

„Toni, mein Schatz. Wie schön, dass du anrufst.“

„Hallo, Oma. Wie geht es euch?“

„Alles wieder gut, mein Herz. Wir sind fast schon wieder die Alten. Bist du heute Abend zu Hause? Wir besuchen eine Vernissage. Danach brauchen wir Aufmunterung, ein furchtbarer Maler, seine Bilder sind grauenhaft."

„Warum geht ihr dann hin?"

„Weil er hier unser bester Physiotherapeut ist. Nebenbei schwingt er den Pinsel und denkt, er kann sich ein zweites Standbein aufbauen. Keiner traut sich, es laut zu sagen, aber jeder Schimpanse malt schöner. Mit alten Knochen kennt er sich dafür hervorragend aus, er renkt uns auf 20 Jahre jünger ein. Darum fühlen wir uns verpflichtet hinzugehen. Nachher könnten wir dir die Geschenke aus Venedig vorbeibringen."

Toni lächelte ihr Spiegelbild an. Und für einen Moment fühlte sich die ganze Last nicht mehr so schwer an.

„Das klingt wunderbar, Oma. Ich gehe heute Abend vermutlich mit Edgar ins Burgtheater. Wird euch das nicht zu spät? Sonst kann ich euch morgen besuchen kommen?"

„Das wäre auch eine schöne Idee. Wir könnten deinen Geburtstag am Freitag vorfeiern."

Ihr Geburtstag – den hatte Toni völlig vergessen. In zwei Tagen wurde sie 23.

„Aber du müsstest alles reinschmuggeln, wir sind von der Ärztin hier auf eine Zwieback- und Kamillentee-Diät gesetzt worden."

„Das tut mir leid."

„Es ist nicht schlimm." Sie senkte ihre Stimme. „Wir sagen ihr nicht, dass wir den Zwieback mit herrlichem Prosciutto und Parmesan aus Italien belegen. Ich melde mich nach der Vernissage und dann entscheiden wir, ob wir uns schon heute oder erst morgen sehen, in Ordnung?"

„Ja, das ist perfekt."

Kaum hatte Toni aufgelegt, fiel ihr ein, dass sie gar nicht an Tim gedacht hatte. Wahrscheinlich war das aber auch nicht nötig, jetzt, da er seine Airbnb-Wohnung hatte. Wieso dieser Gedanke sie mehr betrübte als erleichterte, war ihr noch immer nicht klar. Vielleicht gekränkter Stolz? Oder hatte es etwas damit zu tun, dass er sie nicht gefragt und das selbst entschieden hatte? Warum machte sie sich darüber Gedanken? Vor ein paar Stunden hatte sie vorgehabt ihn anzurufen und die ganze Sache zu beenden. Sie schüttelte ihrem Spiegelbild den Kopf zu, trat aus der Toilette und sah sich nach dem richtigen Abgang zur Tiefgarage um. Hatten sie in Abschnitt A, B oder C geparkt? Sie versuchte, sich zu erinnern, da blieb ihr Blick an einem jungen Mann hängen. Er stand gegenüber der Glastüre, die zum Café führte, und trug einen schwarzen Parka, Jeans und weiße Sneaker.

War das der Vespafahrer?

Ohne seinen Helm war sich Toni nicht sicher. Sie trat zurück in den Waschraum, ließ die Tür einen Spalt geöffnet und spähte hinaus. Er stand da, reckte den Kopf Richtung Kaffeehaus. Als würde er jemanden suchen. Ob man von dort aus Edgar sehen konnte? Plötzlich straffte er sich, nahm eilig sein Handy heraus und hielt es vor sich. Er machte Fotos.

Schlagartig wurde Toni heiß vor Wut. Sie riss die Tür auf.

„HEY“, rief sie, so laut sie konnte. Er sah in ihre Richtung und zuckte zurück. Im nächsten Moment rannte er los und nahm den Abgang in die Tiefgarage. Toni flitzte ihm hinterher. Er war schnell, sprang die Stufen hinunter, sie kam kaum nach.

„BLEIB STEHEN“, brüllte sie.

Sie verlor ihn aus den Augen, das Scharnier einer Tür war zu hören. Er musste in den Parkbereich gelaufen sein. Toni wollte zwei Stufen auf einmal nehmen, sie schlingerte und hielt sich gerade noch am Geländer fest. Sie beeilte sich die Treppen hinunter, nahm die erste Tür zum Parkabschnitt A.

Bis auf eine Familie mit Kind und Kinderwagen war niemand zu sehen.

„Ist hier ein Typ in schwarzem Parka rausgekommen?"

Die Frau schüttelte den Kopf, das Baby im Kinderwagen fing an, laut zu weinen.

Zurück ins Treppenhaus, weiter runter.

Parkbereich B. Hier war kein Mensch. Die Autos standen in Reih und Glied, ein Neonlicht flackerte. Alles war still. Das musste das falsche Stockwerk sein. So ein Mist! Wenn er einen Stock tiefer war, hatte sie ihn sicher schon verloren. Sie wollte wieder zurück, da hallte ein leises schabendes Geräusch durch das Parkhaus. Als würde etwas geschoben werden. Sie trat aus dem flackernden Neonlicht. Es war nichts mehr zu hören. Mit lauten Schritten ging sie zurück zum Eingang ins Treppenhaus, öffnete die Tür und ließ sie ins Schloss fallen. Sie drückte sich an die Wand und wartete, ohne sich zu bewegen. Da war das Geräusch wieder. Im nächsten Moment hörte sie das Starten eines Motors.

In gebückter Haltung schlich sie hinter einem der parkenden Autos vor. Am anderen Ende der Parkreihe war ein heller Lichtstrahl zu sehen. War das sein Rücklicht? Toni befand sich gut 50 Meter davon entfernt.

In gebückter Haltung schob sie sich zwischen den Autos so leise wie möglich in die Richtung und nahm ihr Handy heraus. Die Vespa rollte im Rückwärtsgang aus der Parklücke. Das war er und er schien Toni nicht zu bemerken. Sie stand auf und fing an zu laufen. Gleich war sie bei ihm. Die Vespa stand in Fahrtrichtung, der Kopf des Fahrers schwenkte nach links. Auch wenn Toni seine Augen nicht sehen konnte, wusste sie, er bemerkte sie im Seitenspiegel.

„WARTE", schrie sie, doch der Motor heulte schon auf und er schoss davon. Im nächsten Moment war die Vespa in der Rampenspirale, die die Stockwerke verband, verschwunden.

Sie hatte ihn verloren. Doch immerhin hatte sie ein Video von ihm gemacht. Als sie es sich ansah, musste sie jedoch enttäuscht feststellen, dass darauf das Kennzeichen nicht zu erkennen war.

Es war klar, er hatte Edgar fotografiert. Aber wieso? Waren denn die Fotos von ihm etwas wert? Das ergab überhaupt keinen Sinn, den Detektiv zu fotografieren. Oder war einfach alles interessant, was mit dem Fall Didier in Verbindung stand?

Vor allem jetzt, da er die Fotos von Tim gemacht hatte? Sie ging zurück in das Treppenhaus und überlegte, ob sie Edgar Bescheid geben sollte. Aber wozu, der Typ war fort und es war nicht anzunehmen, dass er zurückkehrte. Sie konnte genauso gut im Auto warten.

Toni konnte sich innerhalb kürzester Zeit den Text eines ganzen Monologs merken, aber sie hatte nicht den blassesten Schimmer, wo sie vor den paar Minuten geparkt hatte. Das Schild auf der Rückseite der eisernen Tür fragte: TICKET – ENTWERTEN NICHT VERGESSEN. KEINE ZAHLUNG BEI DER AUSFAHRT MÖGLICH.

Die Ausfahrtsschranke. Es war alles schnell gegangen. Wenn es für den Vespafahrer kein Durchkommen bei der Schranke gab, musste er sein Ticket zwangsläufig bezahlen, um rauszufahren. Das war ihre Chance.

Sie stürmte die Stufen wieder hinauf ins Erdgeschoss. Eine Tür führte ins Krankenhaus, auf der anderen stand „Zur Ausfahrt – Ticketautomat bei Ausgang AKH Erdgeschoss".

Toni wollte schon die Tür zum Krankenhaus nehmen, doch sie hielt inne. Wäre er dort, hätte er zu viele Fluchtmöglichkeiten. Sie riss die Tür zur Ausfahrt auf und sah sofort die Vespa, die ein paar Meter neben der Schranke abgestellt war. Vom Fahrer keine Spur. Toni huschte zwischen zwei parkende Autos, die sich unweit entfernt befanden.

Sie überlegte, ob sie rasch ein Foto des Kennzeichens machen sollte, da wurde die Tür des Treppenhauses geöffnet. Sie hob den Kopf, das war er. Seinen Helm hatte er nicht abgesetzt, sie sah das Ticket in seiner Hand. Er beeilte sich, doch mit einem Satz sprang Toni aus ihrem Versteck. Sie stand zwischen ihm und seinem Motorrad. Ihr Herzschlag hämmerte in ihren Ohren.

Er blieb stehen und rührte sich nicht. Unweit von ihnen fuhr ein Auto zur Schranke.

„Wieso machst du Fotos von uns?“

Keine Antwort. Die Schranke hob sich, das Auto fuhr durch.

„Wer bist du?“

Er rührte sich nicht. Toni umklammerte ihr Handy fester. Sie sah ihre spiegelnde Silhouette in seinem Visier. Ihr wurde unheimlich zumute. Er kam auf sie zu. Nur das Surren der Lüftung war zu hören. Es trennten sie vielleicht zwei Meter. Langsam hob er seine Hände. Toni zuckte zusammen. Doch er setzte nur den Helm ab. Sie wich einen Schritt zurück. Ohne Helm war er auf jeden Fall weniger furchteinflößend. Er nickte ihr zu, aber sagte noch immer nichts. Sein Gesicht kam ihr irgendwie bekannt vor, die scharf geschnittenen Gesichtszüge, die großen blassblauen Augen. Toni schätzte ihn auf Ende 20, vielleicht auch schon 30. Er musterte Toni mit tiefem Blick. Als versuchte er, etwas in ihrem Gesicht zu entdecken. Das war trotz allem unheimlich. Wieso kam denn kein Auto mehr zur Schranke?

„Bist du von der Presse?“ Ihre Stimme klang zittrig.

Er schüttelte den Kopf.

„Was soll das alles? Wieso verfolgst du uns dann?“

Seine Gesichtszüge wurden angespannt.

„Ist das dein Vater? Der Mann im Café?“

Toni wollte schon antworten, doch sie hielt inne. Das konnte eine Falle sein. Vielleicht sammelte er Informationen, weil dadurch die Fotos mehr wert wurden. Oder – der Gedanke kam ihr so plötzlich, dass sie automatisch einen Schritt zurückwich – Edgars gewalttätiger Auftraggeber könnte ihn angeheuert haben. Das ergab Sinn, er hatte Toni im Café Gerstner gesehen und versuchte nun herauszufinden, wer sie war.

„Warum willst du das wissen?" Ihre Stimme zitterte mehr.

„Ist er dein Vater?", fragte er statt einer Antwort und trat näher an sie heran.

Jetzt bekam sie richtig Angst. Wieso kam denn noch immer kein Auto? Ob Kameras die Garage überwachten?

„Wenn du mir nicht sagst, was das soll, bekommst du keine Antwort. Hat dich ihr Vater geschickt?", fragte sie.

„Wen meinst du mit ‚ihr Vater'?"

Toni wusste den Namen von Edgars Auftraggeber nicht, aber sie hatte den Eindruck, sie hatte zu viel gesagt. Das alles fühlte sich nicht richtig an. Sie wollte hier weg, und zwar sofort.

„Vergiss es", sagte sie, drehte sich um und ging zurück Richtung Eingang ins Treppenhaus. Sie hörte seine Schritte, er folgte ihr.

„Warte."

Sie reagierte nicht, sondern legte Tempo zu und griff nach der Klinke der Eisentür.

„Geh nicht, bitte. Ich ...", sagte er.

Im nächsten Moment spürte Toni, wie er sie am Oberarm fasste. Sie wirbelte herum, schüttelte ihn ab.

„Spinnst du? Lass mich los!"

Er löste sofort den Griff und hob die Hand.

„Sorry. Echt. Du musst keine Angst haben. Ich tu dir nix. Wirklich. Ich ..." Eine Ader trat auf seiner Stirn hervor und seine Augen bekamen einen befremdlichen Ausdruck. Als wäre er traurig.

„Wer bist du?", fragte Toni.

„Ich bin Leonard. Und ich will nur wissen, ob er dein Vater ist ... weil ... er ist meiner."

15.

Edgar war sich nicht sicher, was diese Neuigkeit zu bedeuten hatte. Marie Herder sah ihn nicht an, sie starrte in ihre leere Tasse und schien fieberhaft nachzudenken. Warum sollte Karin Fuchs einen Sohn erfinden? Vorausgesetzt, es entsprach überhaupt der Wahrheit, woran er nicht glauben konnte. Die wahrscheinlichere Variante erschien ihm, dass Marie Herder so traumatisiert davon war, dass sie Erich Didiers Leiche gefunden hatte, dass sie simple Tatsachen durcheinanderbrachte. Er lehnte sich zurück und wartete ab.

Aus seiner Zeit als Polizist wusste er, wie überfordernd es für Augenzeugen eines Gewaltverbrechens war, das Geschehene zu verarbeiten. Sie strich sich eine Haarsträhne hinter das Ohr, lächelte ihm kurz zu, als wäre sie überrascht, dass er noch da war, und sah dann wieder in ihre Tasse. Es wirkte auf Edgar wie eine Choreografie, die sie sich in Gedanken zurechtgelegt hatte.

Machte sie nicht trotz allem einen zu normalen und gefassten Eindruck? Vielleicht wollte sie genau diesen verwirrten Eindruck erwecken und hatte deshalb diese Behauptung über Karin Fuchs aufgestellt?

Sie begann erneut, an ihrem Daumennagel zu kauen. Der Ärmel ihres Sweatshirts rutschte und legte das Krankenhausbändchen an ihrem Handgelenk frei. Sofort sah sie hoch und fing seinen Blick auf.

„Das haben sie mir gegeben, damit ich mich oben aufhalten kann." Sie konnte ihm dabei nicht in die Augen sehen, was Edgar zur Frage veranlasste, ob es der Wahrheit entsprach. „Ich hab auch was zur Beruhigung bekommen", schob sie nach. „Es ist mir nicht so gut gegangen."

Edgar nickte. Das konnte eine Erklärung sein, warum sie Karin Fuchs ihren Sohn absprach. So oder so, er würde hier weniger weiterkommen, als er gehofft hatte.

„Ich sollte jetzt gehen", sagte sie und wollte aufstehen. Als wäre ihr aufgefallen, dass er Zweifel an ihr hatte. Das fand Edgar interessant – wenn sie ihm etwas vorspielte, dann wollte er wissen, warum. Und dazu müsste er mitspielen.

„Ja, natürlich. Nur noch ein paar Fragen. Dass die Didiers eine Paartherapie bei Herrn Strömer machen wollten, wer wusste davon? Ich meine, außer Ihnen?"

Sie zuckte mit den Achseln: „Keine Ahnung. Warum?"

„Weil es wichtig ist, zu erfahren, ob es in deren Ehe Unstimmigkeiten gab und jemand davon Kenntnis hatte."

„Was für Unstimmigkeiten meinen Sie?" Sie wirkte nervös, sah sich nach der Kellnerin um.

„Ehebruch zum Beispiel."

„Das weiß ich wirklich nicht."

„Verstehe. Warum waren Sie am Montag so spät nochmal in der Wohnung?"

Eilig holte sie einen Zehn-Euro-Schein aus ihrer Gesäßtasche. „Ich hab dort was vergessen, das hab ich schon der Polizei gesagt", sagte sie scharf. „Ich muss jetzt gehen."

„Würden Sie mich anrufen, wenn Ihnen noch etwas einfällt? Meine Nummer haben Sie ja."

„Klar. Mach ich", sagte sie, doch Edgar wusste, sie meinte es nicht so. Sie winkte der Kellnerin, die gerade an einem der Tische die Bestellung aufnahm und ihr ein Zeichen gab, dass sie gleich kommen würde.

„Ich zahle Ihren Tee", sagte Edgar.

Marie Herder sah ihn ängstlich an und murmelte: „Danke, aber das müssen Sie nicht."

Und erst da erkannte Edgar etwas an ihr, das ihm entgangen war. Sie war nicht nur müde und hatte Angst, nein, das war Todesangst. Was rational keinen Sinn ergab, wenn man bedachte, dass die Mörderin von Erich Didier ein paar Stockwerke über ihnen im Koma lag. Es sei denn, sie fürchtete sich nicht deswegen. Sondern weil sie etwas wusste und er, ohne es zu bemerken, darauf gestoßen war. Aber was? Es war ein Fehler gewesen, Toni im Auto warten zu lassen.

„Eine letzte Frage, bitte."

„Was denn noch?"

„Ist Ihnen irgendwann ein Mann mit einer Baseballkappe und einer hellen Sonnenbrille mit gelben oder orangefarbenen Gläsern aufgefallen?"

Sie zuckte zurück, ihre Augen weiteten sich. Das war auf jeden Fall keine gespielte Reaktion.

„Woher wissen Sie das?"

„Karin Fuchs hat ihn erwähnt."

„Sie hat ihn auch gesehen? Wo? Und wer ist er?"

„Das weiß sie nicht. Aber es hat so ausgesehen, als wäre er ihr die letzten Tage gefolgt."

Sie schlug die Hände vor den Mund. „Ach du Scheiße."

„Was?"

„Ich hab das schon der Polizei erzählt. Mir ist er auch gefolgt." Sie schluckte schwer, schien abzuwägen, ob sie gehen oder bleiben sollte.

„Wann haben Sie ihn gesehen?"

Sie zögerte, nahm dann doch zaghaft am Rand ihres Stuhls Platz: „Das erste Mal war letzte Woche, am Mittwochabend. Und dann wieder gestern."

Er sah auf: „Wo?"

„Hier. Im Krankenhaus. Zuerst stand er bei den Aufzügen, als ich runtergekommen bin, um mir was zu essen zu kaufen. Kaum hat er mich gesehen, ist er weggelaufen. Später war er nochmal da, oben, in der Nähe von Julias Krankenstation. Ich war mir nicht sicher, ob er gefährlich ist, also bin ich zu einem von den Polizisten und hab es ihm gesagt. Der wollte, dass ich ihm den Typ zeige, aber da war er wieder weg."

„Frau Fuchs meinte, es könnte jemand aus dem Burgtheater sein. Hat Frau Didier irgendwann mal Ihnen gegenüber einen Namen von dort erwähnt?"

Sie schüttelte den Kopf: „Darüber hat Julia nicht mit mir gesprochen.“

„Gibt es aufdringliche Fans, die ihr nachgestellt haben?“

„Sie meinen so Richtung Stalker? Die nach der Vorstellung auf sie gewartet haben?“

„Ja, in der Art.“

„Ich hab keine Ahnung. Aber Erich hat sie nach jeder Vorstellung abgeholt. Falls es aufdringlichere Fans gab, dann hat er sie sicher davor geschützt. Ich glaub nicht, dass dieser Typ ein Fan war.“

„Wieso nicht?“

„Weil er dann doch schon früher da gewesen wäre. Nicht erst jetzt, ein paar Tage, bevor ...“ Sie schluckte. „Kann es sein, dass Karin was mit diesem Mann zu tun hat?“

„Was meinen Sie damit?“

„Ich weiß nicht. Aber sie erzählt Ihnen von einem Sohn, den es nicht gibt, und ... na ja, ich fand, die Freundschaft zwischen Julia und Karin hatte immer etwas Schräges.“ Die junge Frau setzte gedankenverloren die Tasse an den Mund und bemerkte erst in dem Moment, dass sie leer war. Sie stellte die Tasse wieder ab.

„Wie meinen Sie das?“

„Julia war so anders zu Karin als zu allen anderen.“ Sie legte ihre Finger auf die Tasse und spielte damit herum. Edgar hätte ihr gerne einen neuen Tee bestellt, aber er war froh, dass die Kellnerin ihren Zahlwunsch vergessen hatte, und wollte die Unterhaltung nicht unterbrechen. „Es war zwischen den beiden irgendwie nicht auf einer Ebene. Zu Berta Fuchs war Julia ganz anders.“

„Was meinen Sie damit?“

„Julia hat mir mal gesagt, dass sie Berta bewundert, und das nicht, weil sie so erfolgreich die Agentur leitet. Sondern wegen der Hilfsprojekte und vielen Wohltätigkeitsvereine, Berta Fuchs hat sogar ein eigenes Projekt, eine Schule für Mädchen in Südafrika, sie sei eine Humanistin, bei ihr zählen die Menschen mehr als die ..."

„Verstehe", unterbrach Edgar etwas ungeduldig. „Ja, das ist toll. Aber wie war Julia zu Karin?"

„Ein bisschen so ... ja, ein bisschen so, als wäre Karin Julias kleine Schwester. Oder ihr Kind. Julia hatte so was Fürsorgliches im Umgang mit ihr. Als hätte sie sich um sie gekümmert. So oft hab ich sie nicht gesehen, nur dann, wenn Karin bei Julia zu Hause war. Und das war eher selten."

„Waren Sie denn oft in der Wohnung der Didiers?"

„Das war total unterschiedlich. Manchmal nur einmal pro Woche, manchmal öfter."

Der Geräuschpegel im Café nahm zu. Oder kam das aus dem Krankenhaus? Ein Pfleger stand am Tresen, er schien es zu bemerken. Er deutete Richtung Ausgang und fragte die Kellnerin etwas, das Edgar nicht hören konnte. Er hätte sich gerne nach rechts zur Glastür gedreht, doch er wollte seine Aufmerksamkeit nicht von Marie Herder weglenken.

„Sie haben gesagt, es gibt etwas, das Sie nicht erzählen können, ohne Julia zu schaden. Was ist das?"

Sie sah Edgar so erschrocken an, als hätte sie plötzlich wieder große Angst, und schüttelte den Kopf.

Edgar war hin und her gerissen. Ihm war bewusst, dass Karin Fuchs ihm im Vertrauen von dem Geständnis erzählt hatte. Aber sein Instinkt sagte ihm, dass Marie Herder mehr wusste. Hatte sie etwas mitbekommen?

„Kann es sein, dass sich Julia Didier mit einem anderen Mann getroffen hat?", fragte er vorsichtig.

Sie antwortete so leise, Edgar konnte kein Wort verstehen.

„Wie bitte?"

Sie sah hoch, ihre Augen glitzerten. „Ich hoffe es, hab ich gesagt. Ich hoffe wirklich, da gab es wen außer Erich."

„Wieso?“

Sie schluckte, senkte den Blick.

„Sie können mir vertrauen“, schob er nach. Er hielt es aus, dass sie sich mit der Antwort Zeit ließ.

„Sie erzählen es nicht, dass Sie es von mir haben, okay?“

„Werde ich nicht.“

Sie kaute auf ihrer Unterlippe. Es dauerte eine Weile, bis sie sich zu ihm beugte und zu reden anfing: „Am Anfang dachte ich, sie sind ein Traumpaar. Julia und Erich. Beide waren so nett. Und Erich hat immer Scherze mit mir gemacht. Es ist peinlich, aber ich war ein bisschen verknallt in ihn. Später dann nicht mehr.“

„Warum? Ist etwas passiert?“

Sie nickte, eine Träne löste sich und lief über ihre Wange. Edgar nahm eine Serviette und reichte sie ihr.

Sie schniefte leise, ihre Wangen zogen rote Farbe auf: „Ich hab ungefähr ein halbes Jahr für Julia gearbeitet. Sie sind nach Wien zurückgekommen und ich hab gerade viel zu tun gehabt mit dem Studium und war nur noch im Stress. Ich hätte Kleider für Julia aus der Putzerei holen sollen, aber ich hab es voll verschwitzt. Doch ich hatte ein schlechtes Gewissen, also bin ich gleich in der Früh in die Putzerei, es war alles noch da. Ich bin mit den Kleidern in ihre Wohnung und hab geläutet, aber keiner war zu Hause. Darum hab ich den Schlüssel aus dem Safe genommen und bin hinein.“

„Was für ein Safe?“

„Ich hab keinen Schlüssel für die Wohnung. Wenn ich was holen oder abgeben musste, war der Schlüssel in einem kleinen Schlüsselsafe hinterlegt, versteckt im Sicherungskasten links von der Wohnungstür. Da ist so ein Sensor, auf den muss man den Zeigefinger drücken, dann geht er auf. Der hat nur bei Erichs, Julias und meinem Fingerabdruck funktioniert. Ich hab Erich unterschreiben müssen, dass ich eine horrende Strafe zahle, wenn ich irgendwen in die Wohnung lasse oder selber reingehe, ohne Bescheid zu geben. Ich hab mir damals nichts dabei gedacht, ich meine, natürlich wollen sie ihre Privatsphäre." Sie verzog den Mund, als würde sie gleich wieder zu weinen beginnen. Etwas hinter Edgar schien sie kurz abzulenken.

„Was ist dann passiert? Nachdem Sie die Kleidung abgegeben haben?", fragte er. Sie sah ihn wieder an.

„Ich wollte gehen und da hab ich plötzlich so ein komisches Pfeifen gehört. Es ist aus dem Zimmer neben der Küche gekommen. Das hat sich angehört wie ein Rauchmelder."

„Was war das für ein Zimmer?"

„Ich war noch nie drin, ich hab angenommen, es ist eine Speisekammer oder ein Abstellraum. Ich hab geklopft und gerufen, ob alles ok ist. Aber da kam keine Antwort. Also hab ich die Tür aufgemacht. Das war aber gar kein Zimmer, es war ein Durchgang, ganz schmal. Am Ende war eine silberne Metalltür, von dort kam das Pfeifen. Im ersten Moment dachte ich, das ist ein Safe. So hat es ausgesehen. Aber dann hab ich an der Wand einen Schlüssel entdeckt, der ist an einem Haken gehangen. Das Geräusch war kein Brandmelder, sondern es kam von den Lüftungsklappen über der Tür. Ich hab geklopft. Niemand hat sich gemeldet. Ich hab echt gedacht, vielleicht ist das eine Räucherkammer oder Erich macht da drinnen Whiskey. So was Bobo-mäßiges halt. Als ich wieder raus bin ..." Ihre Unterlippe begann zu zittern. „Da war so ein Kratzen von drinnen. Als wäre es ein Tier, das rauswill. Also bin ich wieder zurück. Ich hab gelauscht und ... es hat wieder gekratzt. Das war komisch. Das Pfeifen wurde immer lauter. Ich hab nicht gewusst, was ich machen soll, und hab Julia angerufen. Aus dem Wohnzimmer kam das Klingeln. Aber Julia geht nie ohne ihr Smartphone weg. Also hab ich die Tür aufgesperrt. Da war aber kein Tier drinnen. Es war ..." Sie brach ab, ihr Brustkorb hob und senkte sich rasend schnell. „Es war Julia", sagte sie leise. „Sie war da drin, ist am Boden vor der Tür gelegen und hat gehustet und gekeucht. Die Lüftungsanlage war blockiert, sie wäre dort drinnen fast erstickt. Ich hab gar nicht kapiert, was los ist. Zuerst hab ich gedacht, das ist irgend so eine Schönheitskammer, sie hat ja immer wieder schräge Beautybehandlungen gemacht. Es war ziemlich dunkel da drin, nur ein Nachtlicht gab es. Der Raum war leer. Kein Bett oder so. Gar nix. Bis auf eine Rolle Klopapier und einen Kübel in der Ecke. Als sie wieder atmen konnte, ist sie total panisch geworden. Und erst da hab ich begriffen, dass wirklich was nicht stimmt. Sie hat gesagt, ich muss sofort weg. Er darf das nicht sehen, dass ich hier war, ich soll die Sachen aus der Putzerei mitnehmen und verschwinden. Und sie ... sie hat nur T-Shirt und Unterhose angehabt."

„Sie hat ihren Mann gemeint?"

Sie nickte.

„Ich glaube, Erich hat sie da drinnen eingesperrt."

„Warum?"

Sie hob die Schultern, als würde es sie große Kraft kosten.

„Haben Sie jemals mit ihr darüber gesprochen?"

„Nein."

„Und mit jemand anderem?"

Sie schüttelte den Kopf, die Tränen stiegen ihr wieder in die Augen.

„Was ist dann passiert?"

„Nach der Sache hat Julia mir eine Nachricht geschickt, sie braucht mich die ganze Woche nicht. Und als wir uns wiedergesehen haben, hab ich mich nicht getraut, sie darauf anzusprechen. Sie hat es nicht mehr erwähnt. Aber sie hat mir Geld überwiesen. 3000 Euro. Einfach so. Sie hat gesagt, es sei ein Bonus. Aber ich hab eh gewusst, es war, damit ich nix sage." Sie senkte den Kopf. „Danach ist es mir manchmal aufgefallen. Ich weiß nicht, wahrscheinlich war das vorher schon so, aber da hab ich es einfach nicht registriert."

„Was meinen Sie?"

„Wie Erich sie manchmal angesehen hat. So ganz komisch."

„Komisch?"

„Na ja, irgendwie ..." Sie schloss kurz die Augen, als würde sie sich das Bild ins Gedächtnis rufen. „Irgendwie böse."

„Ich muss Sie um einen Gefallen bitten, Frau Herder", begann Edgar. Weiter kam er nicht.

Hinter ihm sagte eine Frau seinen Namen mit einem leichten Vorwurf in ihrer Stimme.

Er drehte sich um und sah in das genervte Gesicht von Carolin Schebesta. In einiger Entfernung standen zwei Polizeibeamte in Uniform. Wenigstens war ihr Vater nicht da, dachte Edgar. Doch im nächsten Moment hörte er leise Georg Schebestas „Na, Edgar" in seinem linken Ohr. „Immer da, wo du nicht sein sollst."

„Das kann man auch von dir sagen", murrte Edgar und drehte sich um.

Die Funkgeräte der beiden Polizisten rauschten, doch die Durchsage war nicht zu verstehen.

„Herr Brehm, darf ich fragen, was Sie hier zu suchen ...", begann Carolin Schebesta. Anscheinend hatte sie den Fall doch wieder übernommen. Wahrscheinlich war den Verantwortlichen aufgefallen, was für ein Hornochse ihr Vater war. Es war klar, dass Schebesta irgendwelche mächtigen Freunde haben musste, um sich so lange als kompletter Trottel bei der Polizei behaupten zu können.

Seine Tochter wurde von einem der Polizisten unterbrochen, der zu ihr gelaufen kam. Er nahm sie hektisch zur Seite, sprach leise.

„Was, Julia Didier?", wiederholte Schebesta laut.

Marie Herder heulte auf: „Ist sie tot? Ist Julia tot?"

Schlagartig verstummten alle Gespräche an den anderen Tischen. Eine Stille legte sich über das Café, doch sie wurde im nächsten Moment von hektischen Rufen aus dem Krankenhaus übertönt. Das klang, als wäre in der Eingangshalle eine Herde Elefanten unterwegs.

Marie Herder weinte laut und rang nach Luft. Sie rutschte vom Stuhl, Edgar konnte sie gerade noch festhalten. Sie schluchzte, klammerte sich an seinem Sakko fest. Er legte den Arm um sie und fühlte sich gleichzeitig tief betroffen von ihrer Reaktion und emotional komplett überfordert.

„Sie ist nicht ...“, sagte Carolin Schebesta. Edgar hatte gar nicht bemerkt, dass sie wieder neben ihm stand. Er sah sie an, ihr Blick wirkte perplex.

„Was ist sie nicht?“, fragte Edgar.

Carolin Schebesta sah zu ihm hoch und legte sanft ihre Hand auf Marie Herders Schulter.

„Sie ist nicht tot“, sagte sie. „Sie ist aufgewacht.“

16.

Die Klingel läutete zum dritten Mal, das Licht im Zuschauerraum wurde langsam dunkler, bis es schließlich ganz erlosch. Toni und Edgar saßen im Burgtheater, zweite Reihe, am Rand. Der Platz neben Toni war frei. So nah bei der Bühne hatte sie noch nie gesessen. Sie schloss kurz die Augen und atmete tief ein – sie liebte den Geruch des Theaters. Diese Mischung aus Polstermöbeln, den verschiedenen Parfums der Besucher und altem Holz.

Die Vorstellung war doch bis auf den letzten Sitz ausverkauft. Nicht einmal ein Stehplatz war übrig gewesen. Vielleicht weil allen Besuchern klar war, dass sie Julia Didier für eine lange Zeit nicht mehr als Schauspielerin im Theater sehen würden. Wollten sie sich wenigstens eine Meinung über das Stück, in dem sie brilliert hatte, bilden? Oder hatte es mit der Neuigkeit zu tun, dass Julia Didier aufgewacht war? Was laut einem Neurologen, den sie im Radio auf der Fahrt zum Burgtheater gehört hatten, gar nicht so unwahrscheinlich war, wie es von seinem Kollegen vor einem Tag noch behauptet worden war. Sie hatten den Sender gewechselt und einem weiteren Spezialisten zugehört, der wiederum von einem „Wunder“ gesprochen, nicht so zuversichtlich geklungen hatte, was Didiers Zustand betraf, und neurologische Folgeschäden erwähnt hatte. Anscheinend gab es bei Verletzungen, wie Julia Didier sie erlitten hatte, keine letztgültigen Diagnosen. Auf jeden Fall schienen viele Theaterbesucher bereits davon zu wissen. Bei etlichen Gesprächen konnte man sie im Vorbeigehen darüber sprechen hören.

Toni und Edgar hatten in einer Schlange vor der Abendkasse gewartet, ob Karten zurückgegeben wurden, doch selbst wenn, war es unwahrscheinlich, dass sie das Stück sehen konnten. Es standen zehn Leute vor ihnen an, die wie sie auf Restkarten warteten. Toni dachte schon, sie müssten ihr Vorhaben, die Vorstellung von *Cyrano* zu sehen, aufgeben. Doch dann hatte Edgar vorgeschlagen, Tim zu bitten, in der Direktion nach Karten zu fragen. Edgar wollte das Stück unbedingt sehen. Toni verstand gar nicht, warum. Wieso klammerte sich Edgar so an diesen Fall? Erst hatte er Strömer abgesagt und nun schien es für ihn nichts Wichtigeres zu geben, als weiterzumachen. Das ergab keinen Sinn. Sie wusste, er hatte genug Aufträge, denen er stattdessen nachgehen könnte. Sie betrachtete ihn heimlich von der Seite, während sie ihr Handy herausholte. Toni war so mit sich beschäftigt gewesen, dass sie erst jetzt merkte, wie unglücklich Edgar wirkte. Die tiefe Falte zwischen seinen Augenbrauen ging gar nicht mehr weg. In jenen Momenten, in denen er sich unbeobachtet fühlte, so wie jetzt, verlor sich sein Blick. Ihr war nicht klar gewesen, wie sehr ihn Ralphs Entscheidung getroffen haben musste.

Also hatte sie sich einen Ruck gegeben und Tim eine Nachricht geschickt. Sie hatte sich nicht getraut, ihn anzurufen, was gar nicht zu ihr passte. Aber im Moment schien es, dass Tonis Mutkonto aufgebraucht war.

Sofort als Toni von der Tiefgarage zurück ins Krankenhaus gegangen war, wusste sie, dass etwas passiert sein musste. In der Empfangshalle war ein Tumult ausgebrochen. Reporter liefen mit Kameras herum, Polizeibeamte in Uniform rannten an ihnen vorbei, Securitypersonal stellte sich schützend vor Patienten, die sich ängstlich an ihre Infusionsständer, Krücken oder Rollstühle klammerten. Es dauerte einen Moment, bis Toni registrierte: Sie liefen nicht aus dem Krankenhaus hinaus, sondern hinein.

Edgar war im Café, es sah so aus, als tröstete er Marie Herder, neben ihnen stand Carolin Schebesta und etwas entfernt ihr Vater. Toni ging zu Edgar und hörte gerade Schebestas „Sie ist aufgewacht".

Dann ging alles sehr schnell. Marie Herder war außer sich, weinte, zitterte und japste. Zwei Pfleger kamen, um sie zu holen, anscheinend hatte die Kellnerin nach ihnen gerufen. Schebesta eilte mit ihrem Vater und den Kollegen davon. Wahrscheinlich, um sofort nach Didier zu sehen, ob sie vernehmungsfähig war. Damit wäre der Fall so gut wie erledigt. Schebesta – die Tochter, nicht der Vater – könnte die Didier befragen, um wen es sich bei ihrem Liebhaber handelte. Und sollten sie richtigliegen, hätten sie damit Strömers Erpresser und Fuchs' Verfolger. Dieser Gedanke fühlte sich befreiend an, als sei ein enger Gurt um Tonis Brust gelöst worden.

Doch Edgar reagierte ganz anders auf diese Neuigkeit. Das fiel ihr erst jetzt auf, wenn sie daran zurückdachte. Er stand in dem Café, ließ die Schultern hängen und sein Blick wurde ernst. Fast so, als wäre er enttäuscht.

Auf der Fahrt zum Burgtheater hatte Toni sich vorgenommen, Edgar von Leonard zu berichten. Währenddessen war keine Zeit gewesen, da Edgar ihr die neuesten Infos, die er von Marie Herder erhalten hatte, mitteilte. Von Karin Fuchs' ominösem Sohn ebenso wie von der offenbaren Horror-Ehe der Didiers. Toni hatte einige Zeit gebraucht, das zu verarbeiten, und deshalb keine Gelegenheit gefunden, Edgar ihre Neuigkeiten zu sagen.

Toni wusste nicht einmal, ob es die richtige Entscheidung war, wenn sie ihm von Leonard erzählen würde. In der Tiefgarage hatte Toni Leonard vorgeschlagen, ihn das selbst erledigen zu lassen – nachdem sie Edgar behutsam darauf vorbereitet hatte. Schließlich machte sie sich Sorgen um seine Gesundheit, und die Nachricht, einen erwachsenen Sohn zu haben, konnte einen Schock auslösen. Doch Leonard hatte sofort abwehrend den Kopf geschüttelt. Er könne das nicht, er habe zu viel Angst vor Edgars Reaktion. Seine Mutter, ihr Name war offenbar Ingrid, hatte ihm erst vor ein paar Tagen offenbart, dass sie ihn sein ganzes Leben lang belogen hatte und sein Vater nicht kurz nach der Zeugung verstorben war. Warum sie ausgerechnet jetzt entschieden hatte, mit der Wahrheit herauszurücken, wusste Toni nicht. Sie hatte ja noch nicht mal geahnt, dass es in Edgars Leben jemals eine Frau gegeben hatte. Laut Leonard waren er und seine Mutter vor 30 Jahren nur einen Monat „eine Art Paar" gewesen. Es war laut seiner Mutter keine harmonische Beziehung, und als er erfahren hatte, dass sie schwanger war, hatte er so schockiert reagiert, dass sie behauptet hatte, sie würde das Kind abtreiben. Was sie nicht getan hatte, doch davon hatte Edgar keine Ahnung. Als der kleine Leonard auf die Welt kam, hatten sie schon längst den Kontakt abgebrochen und Ingrid wollte nie wieder etwas mit Edgar zu tun haben.

Falls sie keine Karten bekommen sollte, hatte Toni sich vorgenommen, mit Edgar ins Café Landtmann gleich nebenan zu gehen und ihm alles zu sagen. Sie wollte langsam beginnen, ihm endlich vom Verbot der Schmitz berichten, dann vom Szenenabend und dem Problem mit Berta Fuchs. Und dann sanft zu der für ihn viel wichtigeren Neuigkeit überleiten. Oder umgekehrt? Oder ihm nur von Leonard erzählen und sich selbst um ihre eigenen Schwierigkeiten kümmern? Oder war es besser, in einem Aufwasch reinen Tisch zu machen? Das wollte sie im Landtmann entscheiden, doch genau in dem Moment kam Tims Antwort. In seiner Nachricht stand, die Karten sollten in fünf Minuten an der Abendkasse unter seinem Namen bereit liegen. Anscheinend waren es zwei Plätze, die nicht in den freien Verkauf gekommen waren und für genau solche Fälle reserviert wurden. Wenn eine Berühmtheit wie Tim Ravinger kurzfristig entschied, ins Burgtheater gehen zu wollen.

Toni bedankte sich bei ihm mit einer kurzen Nachricht und fühlte sich überraschend traurig. Tim hatte weder erstaunt reagiert noch nachgefragt, ob sie sich später sehen konnten. Als es im Zuschauerraum stockdunkel wurde und nur die Notleuchten über den Ausgängen zu sehen waren, bereute es Toni, dass sie nicht im Landtmann saßen. Sie hätte sich jetzt lieber ein Glas Wein gegönnt.

Ein Scheinwerfer tauchte die Bühne in zartes Licht, wie ein Sonnenaufgang. Die lieblichen Klavierklänge von Claude Debussys *Clair de Lune* setzten ein. Die Musik machte sie gleich noch ein bisschen trauriger. Edgar atmete hörbar ein. Sie linste zu ihm. Irrte sie sich, oder glänzten seine Augen? Er blinzelte ein paar Mal, bemerkte ihren Blick und nickte ihr lächelnd zu. Langsam hob sich der Vorhang. Obwohl dazu gar kein Anlass bestand, wurde Toni nervös. „Geteiltes Lampenfieber" hatte Lena das mal genannt, denn ihr ging es nicht anders, wenn sie eine Aufführung sah.

Das Bühnenbild war minimalistisch, es bestand aus einem weißen Guckkasten und schwarzen Stühlen. Die Schauspielerinnen und Schauspieler kamen nach und nach auf die Bühne. Die Frauen waren in schwarze Kostüme gekleidet, darunter trugen sie dunkelblaue Blusen. Die meisten Männer hingegen hatten enganliegende bunte Hemden mit hohem Kragen und flatternde, weite Hosen an. Es sollte irgendeine Parallele mit dem Tierreich darstellen, aber Toni konnte sich nicht erinnern, welche. Waren es Vögel? Sie wusste es nicht mehr. Das Stück war voll von Metaphern. Und es war in die Gegenwart verlegt worden, was im Gegensatz zum Text stand.

Sie hatten sich ein Programmheft gekauft und Toni hielt den Besetzungszettel in der Hand. Als Birgit Wilhelm, die statt Julia Didier die Cyrano spielte, auf die Bühne kam, ging ein Raunen durch den Zuschauerraum. Toni hatte den Eindruck, es entging ihr nicht, doch da sie sich gleich mit dem Rücken zum Publikum breitbeinig auf einen Stuhl setzte, war das vielleicht nur Einbildung. Wie Julia Didier trug sie kein Make-up, im Gegensatz zu den anderen Schauspielerinnen.

Edgar deutete auf den Besetzungszettel, sie wollte ihn ihm gerade reichen, da spürte sie, wie jemand auf dem leeren Sitz links neben ihr Platz nahm. Edgar hob überrascht eine Augenbraue und sie drehte sich zur Seite. Tim lächelte sie an, beugte sich zu ihr und gab ihr ein Bussi auf die Wange, dann streckte er Edgar die Hand entgegen und schüttelte sie. Irgendwer in der Reihe hinter ihnen flüsterte: „Ist das dieser Schauspieler, der Ravender?" „Ravinger", sagte eine andere Stimme. Tim musste es auch gehört haben, aber er ignorierte es.

„Ich hoffe, es ist okay, dass ich gekommen bin", flüsterte er Toni ins Ohr.

Sie sah in seine Augen und ihr wurde so warm ums Herz, dass sie sich fragte, wie sie vor ein paar Stunden nur auf die Idee gekommen war, ihm diese Nachricht zu schreiben?

Sie nickte und formte „Sehr okay" mit ihren Lippen. Er lehnte sich zu ihr, sie konnte seinen Atem an ihrem Ohr spüren.

„Du hast mir gefehlt", flüsterte er und fasste nach ihrer Hand. Ein breites Grinsen legte sich über ihr Gesicht, gegen das sie chancenlos war. Er sah sie mit einem tiefen Blick an und gab ihr einen Kuss auf den Mund. Dann lehnte er sich in seinen Sitz, ohne ihre Hand loszulassen. Tonis Wangen glühten, sie versuchte, sich auf das Treiben auf der Bühne zu konzentrieren, aber ihre Gedanken wollten sich nicht beruhigen.

Tim war gekommen. Ins Burgtheater. Wo jeder ihn und sie sehen konnte. Er hielt ihre Hand, hatte sie soeben in der Öffentlichkeit geküsst. Dann war es also offiziell. Sie war verliebt in Tim, und allem Anschein nach er auch in sie. Das machte sie in gleichem Ausmaß glücklich wie panisch.

Edgar berührte sie leicht am Oberarm und deutete nach vorne. Ein Mann war auf die Bühne gekommen. So groß, dass er alle anderen überragte. Und muskulös. Er trug einen Mantel aus dunkelblauer Seide, darunter ein weißes Rippenshirt. Toni erinnerte sich, er trug das Kostüm des Roxan, in den Cyrano verliebt war. Aber in den beiden Vorstellungen, die sie vor ein paar Monaten gesehen hatte, war die Rolle von einem anderen Schauspieler gespielt worden. Den Namen wusste sie nicht mehr, aber er war jung gewesen, nicht viel größer als die Didier und hatte eine androgyne Ausstrahlung gehabt. Sie nahm Edgar mit ihrer freien Hand den Besetzungszettel ab und bemerkte, dass er ihr Händchenhalten mit Tim registrierte. Sofort sah er wieder zur Bühne.

Der Schauspieler des Roxan war Max Wilhelm.

Toni drehte sich zu Tim und deutete auf den Namen: „Kennst du den?"

Er schüttelte den Kopf und spannte scherzhaft seinen linken Oberarm an: „Sieht aus wie Meister Proper mit Haaren", flüsterte er. Toni nickte kichernd.

Angenommen, Max Wilhelm war doch der gesuchte Mann? Edgar hatte gesagt, die Didier wusste nicht, dass ihr Mann vom Flughafen zurückgekehrt war. Vielleicht hatte sie eine Verabredung mit diesem Max Wilhelm, und wo könnte sich so eine berühmte Frau wie sie sonst mit ihm treffen als in der eigenen Wohnung? Wenn Erich Didier die beiden in flagranti erwischt hatte, wäre das eine Erklärung für den Mord. Weswegen er allerdings die Tage zuvor sowohl Karin Fuchs als auch Didiers Assistentin aufgelauert hatte, konnte sie sich nicht erklären. Und hätte ihn Karin Fuchs denn nicht erkannt?

Das Stück war auf eineinhalb Stunden gekürzt und wurde ohne Pause gespielt. Birgit Wilhelm gab ihr Bestes, das konnte man sehen, aber sie besaß einfach nicht das Charisma, die Hingabe und das Talent von Julia Didier. Die Aufführung war nett, doch es wollte sich keine richtige emotionale Stimmung einstellen. Und als die Cyrano am Ende starb, war nicht ein einziges Schluchzen oder Schnäuzen im Publikum zu hören.

Der Applaus war freundlich, kein Jubel, und er endete rasch. Sie strömten mit dem Publikum nach draußen, Tim ließ ihre Hand nicht los. Toni merkte die Blicke und das Wispern rings um sich. Tim schien es nicht zu bemerken, oder es war ihm egal. Vielleicht war er es auch einfach schon gewöhnt.

Vor dem Burgtheater fragte Tim, ob sie zu dritt ins Café Landtmann gehen wollten, er sei am Verhungern. Edgar lehnte dankend ab und verabschiedete sich rasch. Toni hatte den Eindruck, die Aufmerksamkeit, die Tim auf sich zog, war ihm nicht recht.

„Fährst du nach Hause?", fragte sie Edgar. Vielleicht wäre es das Beste, morgen Früh bei ihm vorbeizufahren und ihm dann alles zu sagen.

Mit einem Blick Richtung Bühneneingang und einem schnellen Kopfschütteln gab er ihr zu verstehen, dass er dort warten würde.

„Auf Max Wilhelm?", fragte sie leise.

Er nickte ihr zu und sie reichte ihm das Programmheft.

Im Café Landtmann war, wie nach einer Vorstellung im Burgtheater nicht anders zu erwarten, viel los. Sie bekamen einen der letzten freien Tische im Wintergarten, gleich neben dem Eingang.

„Ist es in Ordnung, wenn ich diesen Platz nehme?", fragte Tim und deutete zu dem Stuhl, auf dem ihn nicht jeder, der das Lokal betrat, sofort sehen konnte. Er bemerkt es also doch, dachte Toni.

Sie nahmen Platz, bestellten Wein, Schnitzel und Kaiserschmarrn. Als wäre das ein richtiges erstes Date.

„Toni", begann Tim, nachdem die Getränke serviert worden waren, „ich wollte etwas mit dir besprechen. Ich hab nachgedacht, wegen der Sache heute Morgen ..." Er fuhr sich durch die Haare. „... also ich meine, wegen dem Typen vor deinem Haus, der die Fotos gemacht hat."

Sie wollte etwas sagen, doch er sprach rasch weiter.

„Falls du dich gefragt hast, warum ich mir eine Airbnb-Wohnung gesucht habe, der Grund ist nicht, dass ich nicht mit dir zusammen sein will. Sondern dass ich nicht will, dass die Presse die ganze Zeit vor deiner Haustür steht.

Ich kenne das schon, zuerst ist es nur einer. Aber dann, ab den ersten veröffentlichten Bildern, werden es viele. Es ist nur eine Frage der Zeit. Also dachte ich, es ist besser, ich nehme mir eine Airbnb-Wohnung ...“ Er zog einen Mundwinkel hoch. „Sie ist nicht annähernd so schön wie deine Wohnung. Eigentlich ist sie ein richtiges Loch. Winzig klein, ich muss sie mir mit einer Ratte teilen. Statt einer Küche gibt es einen Wasserkocher und der Kühlschrank stammt aus den 50er Jahren. Ich glaube, er wurde auch seit damals nicht mehr geputzt.“

„Das klingt doch gut“, sagte Toni, ohne eine Miene zu verziehen. „Küchen werden ohnehin überschätzt und mit der Ratte als Mitbewohner hast du nette Gesellschaft.“

„Damit hast du natürlich recht. Ich denke nur, ich hätte lieber eine andere Mitbewohnerin.“ Er räusperte sich, senkte den Blick. „Was ich hier versuche zu sagen, ist, dass ich diese Wohnung für den Notfall gemietet habe. Aber nicht, weil ich wirklich dortbleiben möchte.“

„Ach so?“

Er nickte und sie musste sich zurückhalten, um nicht zu grinsen, doch es wollte ihr nicht gelingen.

„Es ist die Paparazzi-Wohnung. Für den Fall, dass viele von ihnen auftauchen. Denn sonst, wenn das für dich okay ist ...“ Er rieb Zuckerkörner mit dem Finger von der Tischdecke. „ ... würde ich lieber wieder bei dir übernachten.“

„Und was sagt die Ratte dazu?“

„Ich hab ihr Okay, sie wohnt schon lange allein.“

„Es war kein Paparazzo heute Morgen.“

„Woher weißt du das?“

Toni erzählte Tim von Leonard, er war genauso erstaunt wie sie.

„Und was sagt Edgar dazu, dass er einen Sohn hat?“

Toni zuckte mit den Schultern. Das schlechte Gewissen, dass sie es ihm nicht gesagt hatte, fühlte sich plötzlich erdrückend an.

„Ich wollte es ihm nach der Aufführung sagen."

„Und das hättest du, wenn ich nicht aufgetaucht wäre." Tim lehnte sich über den Tisch und fasste nach ihrer Hand. „Willst du zu ihm fahren?"

„Aber ..."

„Es macht mir nichts aus. Ich lasse uns das Essen einpacken, und wir treffen uns später in deiner Wohnung. Ich meine, wenn das für dich okay ist."

„Ich müsste gar nicht zu ihm fahren. Er wollte beim Bühneneingang warten."

„Wirklich, warum?"

„Es hat was mit einem Auftrag zu tun."

„Wenn du zu ihm willst, dann geh hin. Ich bleibe hier." Er nickte ihr zu.

Toni hatte auf den richtigen Moment warten wollen, aber Tim hatte recht. Das war eine Neuigkeit, die keinen Aufschub duldete. Sie hätte es Edgar längst mitteilen sollen.

„Danke. Ich mach schnell", sagte sie und stand auf.

Vor dem Bühneneingang wartete kein einziger Fan. Toni dachte, Edgar sei schon gegangen, da hörte sie sein leises Pfeifen von der gegenüberliegenden Straßenseite. Sie entdeckte ihn hinter einem Auto, in der Dunkelheit unweit des verschlossenen Tors zum Rosengarten des Volksgartens.

„Was ist los?", fragte er, als sie vor ihm stand.

„Wartest du auf diesen Wilhelm?"

„Ja."

„Denkst du, er ist doch der, den wir suchen?"

„Kann schon sein. Wo ist Ravinger?"

„Tim wartet auf mich im Café Landtmann." Sie stellte sich neben ihn, so dass sie ihn nicht ansah. „Edgar, ich muss dir etwas sagen. Ich hätte das schon auf der Fahrt tun sollen. Vorhin im AKH, da war wieder der Vespafahrer. Er hat Fotos von dir gemacht."

Er stöhnte auf: „Das ist nicht gut."

„Doch, ich meine, es macht nichts. Die Bilder sind nicht für die Presse oder so. Er hat sie für sich gemacht."

„Was meinst du damit, für sich?"

Toni spürte Edgars Blick. Sie drehte sich zu ihm.

„Ich hab mit ihm geredet. Es kann sein ... er hat gesagt, sein Name ist Leonard und er ist dein Sohn."

Edgar lachte auf, als hätte sie einen Witz gemacht. Doch das Lachen entglitt ihm immer mehr, als Toni alles erzählte, was Leonard ihr gesagt hatte. Mit jeder Sekunde veränderte sich Edgars Miene. Zuerst runzelte er nur die Stirn, dann merkte sie, wie sein Blick immer finsterer wurde. Sein Brustkorb bewegte sich immer rascher. Schließlich musste er sich an den Zaun des Volksgartens lehnen.

„Ist alles ok, Edgar?"

Er sagte nichts. Toni fasste nach seiner Hand. Sein Handy vibrierte in seiner Sakkotasche. Er ließ es läuten. Aus dem Bühneneingang trat eine Gruppe von Schauspielern, sie unterhielten sich laut. Toni sah, dass unter ihnen Max und Birgit Wilhelm waren. Einige von ihnen umarmten und verabschiedeten sich, dann löste sich die Gruppe auf und sie gingen in verschiedene Richtungen. Max zog Birgit Wilhelm an sich und gab ihr einen hollywoodreifen Kuss. Sie gingen Arm in Arm davon. Toni sah wieder zu Edgar. Er hatte es auch mitbekommen, aber es schien ihn nicht mehr zu interessieren.

„Hast du eine Telefonnummer von diesem Leonard?"

„Ja, ich schick sie dir. Geht es dir gut?"

Er versuchte ein Lächeln, das ihm nicht gelang. Erneut vibrierte sein Handy.

„Willst du nicht rangehen?"

Er nahm es aus der Sakkotasche und hob ab.

„Fernanda, kann ich dich später ...", begann er, doch stoppte sofort. „Was ist passiert? Bitte, sprich langsamer." Er hielt sich sein freies Ohr zu. „Oh Gott, wie geht es ihm?"

Im ersten Moment wirkte er besorgt, dann erstaunt und schließlich rollte er mit den Augen. „Nein, es ist nicht deine Schuld. Wo genau seid ihr? ... Und wieso geht das nicht? ... Ja, ist gut." Er legte auf.

„Was ist los?", fragte Toni.

Edgar steckte das Handy ein und schüttelte den Kopf: „Fernanda war mit Ralph in einem Tanzkurs. Er ist gestürzt, auf den Kopf gefallen, hat sich ein paar Bänder gerissen und eine Rippe geprellt."

„Oh nein. Wie geht es ihm?"

„Er hat eine leichte Gehirnerschütterung und kann wegen der geprellten Rippe nicht mit den Krücken gehen, seinen Fuß darf er aber auch nicht belasten."

„Und ... was hast du jetzt vor?", fragte Toni vorsichtig.

Er sah sie an.

„Fernanda hat gesagt, er kann nicht dortbleiben und sie braucht meine Hilfe. Sie warten im Meidlinger Unfallkrankenhaus auf mich."

Sie verabschiedeten sich rasch, Edgar ging zum Auto. Toni wollte gerade zurück zum Café Landtmann, da bemerkte sie eine Frau auf der anderen Straßenseite. Bis eben war sie Toni gar nicht aufgefallen. Als wäre sie hinter einer der Säulen gestanden. Sie war groß, hatte kurze blonde Haare und sie sah Edgar nach. Als sie Tonis Blick bemerkte, drehte sie sich sofort um und verschwand um die Ecke.

17.

Während der gesamten Fahrt über den stark befahrenen Gürtel Richtung zwölftem Bezirk war Edgar so verärgert, dass er das Lenkrad fast würgte. Als wäre Ralph absichtlich gestürzt, was natürlich kompletter Unsinn war. Aber warum musste es ausgerechnet jetzt sein?

Edgar hatte nie eine Beziehung mit einer Frau gehabt. Er kannte keine Ingrid und dieser Junge war nicht sein Sohn. Aber ihm war keine Zeit geblieben, Toni die offensichtliche Verwechslung zu erklären. Toni hatte zwar angeboten, ihn zu begleiten, aber das konnte Edgar nicht von ihr verlangen, wenn ein paar Meter weiter Tim Ravinger saß und auf sie wartete. Die schwer verliebten Blicke, mit denen der junge Schauspieler Toni angesehen hatte, waren Edgar nicht entgangen. Edgar konnte nur hoffen, dass Ravinger es ernst mit Toni meinte. Zumindest sah es so aus, aber was wusste er schon?

Bereits nach Tonis ersten Sätzen war Edgar bewusst, dieser Leonard meinte nicht ihn. Sondern Ralph. Zwar war ihm unklar, wieso es zu der Verwechslung hatte kommen können, aber das änderte nichts daran, dass er, wenn denn alles stimmte, Ralphs Sohn war.

Vielleicht hatte dieser Leonard gewusst, dass sein Vater am Dienstag in dem italienischen Restaurant zu Abend essen würde? Von dort war er Edgar unbemerkt zu Strömer gefolgt, als er das Lokal verlassen hatte. Und natürlich war er Edgar vorher nicht aufgefallen, erst nachdem er aus der Praxis des Therapeuten gekommen war. Das konnte die einzig logische Erklärung sein.

Aber wie hatte Leonard ihn überhaupt mit Ralph verwechseln können? Sie waren zwar gleich groß, sahen sich aber nicht im Mindesten ähnlich. Ralph war schlank, er gehörte zu den Menschen, denen man Sportlichkeit alleine wegen ihres Körperbaus unterstellte, und obwohl sie im selben Alter waren, wirkte er gute zehn Jahre jünger.

Vielleicht war das der für Edgar wenig schmeichelhafte Grund, warum Leonard ihn und nicht Ralph für seinen Vater hielt? Auf jeden Fall sprach das nicht unbedingt für die Intelligenz von Ralphs Sohn, es gab sicher noch andere Männer an diesem Abend, die in dem Lokal essen waren und auf die diese Beschreibung gepasst hatte.

Edgar war ungerecht, aber es war ihm in diesem Moment herzlich egal. Er fragte sich, ob Ralph von seinem Sohn wusste und ob das der Grund war, warum er das Priesteramt nicht aufgeben wollte? Wieso um alles in der Welt lag ihm überhaupt noch so viel an Ralph? Er trauerte einem Mann hinterher, den es nicht mehr gab. Der Ralph von früher hätte nicht im Traum daran gedacht, Priester zu werden.

Edgar versuchte, sich abzulenken, während er an einer roten Ampel wartete. Die Didier war wach, ihr Liebhaber möglicherweise doch dieser Max Wilhelm, und hätte ihn die Neuigkeit von Ralphs Sohn nicht so aus der Bahn geworfen, wäre er dem Ehepaar nachgegangen. So musste er sich morgen erst die Adresse des Schauspielers besorgen und würde ihm dann einen Besuch abstatten. Vielleicht konnte man alles unter vier Augen klären, und wenn er Edgar den USB-Stick aushändigte, verzichtete Strömer sicher auf eine Anzeige.

Ein Auto hinter Edgar hupte, er hatte das Umschalten der Ampel auf Grün übersehen. Nur noch zwei Querstraßen, dann war er beim Meidlinger Unfallkrankenhaus.

Edgar wusste von der kurzen Romanze zwischen Ralph und einer Frau namens Ingrid. Ralph hatte ihm davon vor vielen Jahren gleich am Beginn ihrer Beziehung erzählt. Edgar erinnerte sich sogar, wo das gewesen war. Während eines Wochenendtrips nach Budapest in einem hübschen kleinen Lokal in der Altstadt. Sie hatten an ihrem ersten Abend Gulasch mit Knödel gegessen und gerade geplant, welche Sehenswürdigkeiten sie am nächsten Tag besuchen wollten. Und dann hatte Ralph ihn aus dem Nichts gefragt, wie er zu Kindern stand.

„Weit weg“, war Edgars Antwort gewesen. Er hatte es als Scherz gemeint, doch der schien bei Ralph nicht gut anzukommen. „Warum fragst du?“

Da hatte Ralph ihm von Ingrid erzählt. Nach einem Monat Zweisamkeit und vielen Momenten der Überwindung war Ralph klar geworden, er war nicht in sie verliebt. An dem Tag, als er sich vornahm, sich von ihr zu trennen, eröffnete sie ihm die Neuigkeit, dass sie schwanger war. Ralph war im ersten Moment geschockt. Er hatte Edgar erzählt, dass er seine Reaktion im Nachhinein immer bereut hatte. Aber damals sah er nur seine Ausweglosigkeit aus dieser Verbindung. Als sie eine Woche später sagte, er müsse sich keine Sorgen machen, sie hätte sich zu einer Abtreibung entschlossen, war er einfach nur erleichtert. Reue und Scham über sein Verhalten setzten erst später ein.

Vielleicht erklärte das Ralphs Kinderwunsch, den Edgar nie verspürt hatte. Und nun hatte er einen Sohn. Jetzt wünschte sich Edgar doch, er hätte diesen Brief von Ralph gelesen und nicht weggeworfen. Vielleicht war sein Sohn der Grund für Ralphs Verhalten?

Fernanda hatte gesagt, sie würde beim Eingang des Krankenhauses auf ihn warten. Edgar sah die beiden, bevor sie seinen Wagen bemerkten. Neben Fernanda saß Ralph in einem Rollstuhl. Ralph diskutierte mit ihr, sie schüttelte den Kopf, er redete weiter auf sie ein. Sein linkes Bein steckte bis zum Knie in etwas, das aussah wie ein Schischuh, die Hose war auf Kniehöhe abgeschnitten. Auch das noch.

Edgar fuhr ein paar Meter weiter, blieb im Halteverbot stehen und stieg aus. Fernanda sah ihn als Erste, sie kam die Straße entlang humpelnd auf ihn zu. Erst jetzt bemerkte er, dass sie an einem Fuß einen Pumps ohne

Absatz und am anderen einen Herrenschuh trug, der ihr viel zu groß war. Gehörte der Ralph? Ihr hübsches gelbes Kleid mit tiefem Ausschnitt hatte schwarze Flecken, der Saum war aufgerissen, Fäden hingen herab. Über einer Augenbraue hatte sie einen Kratzer, der von Wundnahtstreifen zusammengehalten wurde. Sie sah aus, als wäre sie an einer Schlägerei beteiligt gewesen. Was war das für ein Tanzkurs? Sie fiel ihm um den Hals, ihr Gesicht war rot und verschwitzt.

„Danke, Edgar, dass du gekommen bist. Danke!" Sie küsste ihn rechts und links ab, dann sah sie ihn mit zusammengebissenen Zähnen an, anscheinend hatte sie Schmerzen.

„Was ist mit deinen Schuhen?"

„Mein Bein ist gestaucht, die haben mir eine Schmerzmittelinfusion gegeben. Ich kann nicht mit Absatz gehen, darum musste ich mir einen von Ralphs Schuhen leihen."

„Was ist passiert?"

„Bei einer Drehung ist mein Stöckel abgebrochen, Ralph sollte mich hochheben, aber ich habe das Gleichgewicht verloren und bin auf ihn geknallt."

„Bei einem Standardtanz?"

„Nein. Wir waren vor dem Kurs noch auf einen Drink, ich wollte mich ein wenig locker machen. Beim zweiten Gin Tonic haben wir beschlossen, ein Standardkurs wäre doch zu langweilig. Zur selben Zeit gab es einen Swing-Tanzkurs. Für Fortgeschrittene, aber das war uns egal." Edgar zog eine Augenbraue hoch. „Kannst du bitte aufhören, mich mit deinem Blick zu verurteilen? Ich weiß, das war ein Blödsinn. Wir müssen Ralph nach Hause bringen. Als ich auf ihn gefallen bin, ist er mit dem Kopf auf die Heizung geknallt. Ich dachte, ich hab ihn umgebracht. Es war furchtbar. Und ..." Sie sah Edgar mit großen Augen an, ihre Pupille war geweitet. „Wegen der Gehirnerschütterung darf er heute Nacht nicht alleine sein. Die Diözese hat ihn in einem Männerwohnheim in einer Einzimmerwohnung untergebracht.“

„Er ist nicht in seiner Pfarre?“

Sie schüttelte den Kopf: „Wegen des Geständnisses im Beichtstuhl wird er in eine neue Pfarre versetzt. Er hat deswegen Ärger gehabt. Wohin er kommt, wird erst entschieden.“ Sie senkte ihre Stimme. „Es ist nicht so unwahrscheinlich, dass sie ihn ins Ausland schicken. Was er nicht möchte. Soweit ich das rausgehört habe, hat er denen seine endgültige Entscheidung noch nicht mitgeteilt.“ Sie sprach wieder in normaler Lautstärke. „In meiner Wohnung ist kein Platz für ihn, ich lagere seit der Scheidung alles vom Haus ein. Darum dachte ich ...“

„Auf keinen Fall, Fernanda“, zischte Edgar. „Ich nehme ihn sicher nicht mit zu mir. Wieso kann er nicht im Krankenhaus bleiben?“ Edgar warf einen Seitenblick zu Ralph, der demonstrativ wegsah. Erst jetzt bemerkte Edgar Ralphs offenes Hemd, darunter trug er etwas, das aussah wie ein Korsett aus Plastik. Bedürftigkeit war ein Zustand, mit dem Ralph noch nie gut hatte umgehen können. Anscheinend hatte sich das im Laufe der Jahre nicht geändert.

„Weil er wegen der Gehirnerschütterung absolute Ruhe braucht, und es gibt nur ein freies Bett in einem Zimmer mit fünf Patienten“, sagte Fernanda. „Die Ärztin hat gemeint, man kann ihn in ein anderes Krankenhaus bringen, aber es kann Stunden dauern, bis da ein geeigneter Platz für ihn gefunden wird. Wenn es geht, soll er besser nach Hause, und falls sich sein Zustand in den nächsten sechs bis acht Stunden ändert, ihm schlecht wird, er verwirrt ist oder Kopfschmerzen bekommt, muss man sofort die Rettung rufen.“ Sie fasste Edgar am Arm. „Es geht ihm gut, es ist eine reine Vorsichtsmaßnahme. Bitte, Edgar. Ich weiß, es ist viel verlangt. Aber jetzt brauche ich auch mal deine Hilfe.“

Zehn Minuten später war Ralphs Rollstuhl im Kofferraum verstaut und er saß neben Edgar auf dem Beifahrersitz. Fernanda hatte ihn ins Auto verfrachtet, während Edgar sich Zeit gelassen hatte, den Rollstuhl zusammenzulegen. Sie bot an, ebenfalls bei Edgar zu übernachten, doch schon an der Art, wie sie ihn fragte, wusste er, es war eine reine Höflichkeitsfrage. Außerdem hätte er sich sonst die Couch mit ihr teilen müssen, denn es war klar, dass Ralph sein Bett bekam.

Kaum hatte er dankend abgelehnt, war Fernanda ihm erneut um den Hals gefallen: „Du bekommst alle Informationen über die Didier oder wen auch immer, Edgar. Ich besorg dir sämtliche Unterlagen, die du willst. Selbst wenn ich dafür den Schebesta vögeln muss." Edgar nahm an, das war der Medikamentencocktail, gemischt mit Gin-Tonic-Resten, der aus Fernanda sprach.

Er hatte es nicht über sich gebracht, Ralph in die Augen zu sehen. Sie hatten beide kein Wort außer „Hallo" zueinander gesagt.

Wegen der Gehirnerschütterung sollte Ralph die ersten acht Stunden keine Schmerzmittel nehmen, da sie die Symptome überdecken könnten, falls sich sein Zustand verschlechterte. Jetzt musste Edgar auch noch Mitleid mit ihm haben. Der Sicherheitsgurt schien ihm Schmerzen zu bereiten. Bei einer roten Ampel merkte Edgar, wie Ralph versuchte, die Schnalle zu lösen, aber er konnte weder den linken Arm so weit nach hinten bewegen noch mit der rechten Hand zum Verschluss fassen. Mit einem Griff löste Edgar die Schnalle.

„Danke."

„Bitte."

„Es war nicht meine Idee, dass Fernanda dich anruft."

„Aha."

„Ich wollte das nicht."

„Aha."

„Du kannst mich bei einem Taxistandplatz rauslassen."

„Ach so?"

„Ja."

„Wieso steigst du nicht gleich bei der nächsten Gelegenheit aus und schiebst deinen Rollstuhl zu deiner Wohnung?“ Ralph kommentierte Edgars sarkastische Frage nicht. Er musste wirklich Schmerzen haben. Edgar bemühte sich so sanft wie möglich zu fahren. Sie passierten einen Taxistandplatz, Edgar blieb natürlich nicht stehen und Ralph sagte nichts.

Edgar dachte schon, er wäre eingeschlafen, doch dann fragte er plötzlich: „Hast du meinen Brief bekommen?“ Edgar warf einen Seitenblick zu ihm hinüber. Er sah nicht mehr blass, sondern grau aus.

„Bekommen ja, gelesen nicht.“

„Noch nicht oder gar nicht?“

„Ich glaube, wir sollten das auf morgen verschieben“, sagte Edgar rasch.

Als er das nächste Mal zu Ralph sah, war sein Kopf zum Seitenfenster gekippt. Er schnarchte leise.

Edgar seufzte verhalten, seine Wut war verraucht und zurück blieb ein dumpfes Gefühl der Leere. Ralph wachte den gesamten Weg über nicht auf, sie waren schon fast bei Edgars Wohnung, als sein Handy über die Freisprechanlage des Autos läutete. Er hatte die Lautstärke auf die höchste Stufe eingestellt, Ralph schreckte auf und stieß einen Schmerzensschrei aus. Es war eine unterdrückte Nummer.

Edgar drückte rasch auf den Annahmeknopf am Display der Anzeige vor ihm: „Brehm.“

„Hier ist Nadja.“ Kurzes Schweigen. „Aus dem Café Gerstner. Sie wurden von meinem Vater engagiert, mich zu finden.“

„Oh, ja. Hallo.“

„Entschuldigen Sie bitte, dass ich Sie so spät anrufe.“

„Kein Problem. Ist alles in Ordnung?“

„Ja, ich ... ich weiß nicht. Ich bin im Hotel. Vorhin hat mich die Rezeptionistin angerufen, ein Mann hat nach mir gefragt. Das waren nicht Sie, oder?“

„Nein, tut mir leid."

„Ja, das dachte ich mir schon."

„War es Ihr Vater?"

„Nein, so wie sie ihn beschrieben hat, nicht. Er hat einen anderen Detektiv engagiert." Sie sagte es nahezu emotionslos, aber Edgar merkte das leichte Zittern in ihrer Stimme.

„Es geht mich wirklich nichts an, aber wollen Sie nicht doch zur Polizei gehen?"

„Nein", sagte sie laut. „Ich meine, das hab ich schon zu oft durchgemacht."

Edgar war bei seinem Wohnhaus angekommen, er überlegte, ob er in zweiter Spur stehenbleiben und Ralph aussteigen lassen sollte. Da entdeckte er auf der anderen Straßenseite einen freien Platz.

„In welchem Hotel sind Sie?", fragte er, während er einparkte.

„Im Boutiquehotel bei der Stadthalle."

„Und wie lange bleiben Sie in Wien?"

„Mein Rückflug geht in zwei Tagen."

Es klopfte in der Leitung, Karin Fuchs' Nummer erschien am Display.

„Wenn Sie Hilfe brauchen, können Sie mich jederzeit anrufen."

„Danke. Gute Nacht."

„Gute Nacht."

Er nahm Karin Fuchs' Anruf an und löste seinen Gurt. Zuerst sollte er Ralph in die Wohnung bringen.

„Hallo, Frau Fuchs, es tut mir leid, ich bin heute nicht mehr ..."

„Herr Brehm ...", unterbrach ihn eine männliche Stimme über die Lautsprecher. „... hier ist Sebastian Weber, Karins Mann. Ist meine Frau bei Ihnen?" Es klang nicht nach einem Vorwurf. Sondern nach Angst.

„Nein. Gibt es ein Problem?"

„Ja. Sie ist weg."

„Weg?“

„Sie hat vor zwei Stunden die Agentur verlassen, wir wollten uns zu Hause treffen. Aber sie ist nicht aufgetaucht. Ihr Handy hat sie in der Agentur gelassen. Wieso hat sie Sie am Nachmittag zwei Mal angerufen?“

„Sie wollte in der Detektei vorbeikommen.“ Stille am anderen Ende. „Herr Weber, sind Sie noch da?“

„Ja ... ja, ich ... Entschuldigung.“ Er sagte etwas, das Edgar nicht verstehen konnte. Anscheinend war er nicht alleine. „Was genau hat sie gesagt?“, meldete er sich wieder.

„Dass sie Emil von der Schule abholen und zum Arzt bringen muss und sich später meldet.“

„Welchen Emil?“

„Sie hat gesagt, er wäre ihr Sohn.“

„Nein.“ Sebastian Weber klang erschrocken, aber nicht verwundert. Hatte Marie Herder tatsächlich die Wahrheit gesagt? Im Hintergrund war jetzt laut und deutlich eine Frauenstimme zu hören, die sagte: „Gib ihn mir, bitte.“

Edgar hörte Rascheln in der Leitung.

„Hallo, Herr Brehm, hier spricht Berta Fuchs. Warum wollte meine Nichte Sie aufsuchen?“

Edgar zögerte.

„Es ging um einen Auftrag.“

„Was für ein Auftrag?“

„Können Sie mir bitte sagen, was los ist?“

„Meine Nichte ist krank. Sie hat seit Jahren schwere Depressionen mit psychotischen Schüben. Wo sind Sie?“

„Auf dem Heimweg.“

„Und sie wollte zu Ihnen in die Detektei?“

„Das hatte sie vor, aber es ist Stunden her.“

„Ist jemand dort, der überprüfen kann, ob sie da ist? Es ist dringend. Sie hat ihre Medikamente abgesetzt.“

„Ich kann hinfahren und nachsehen. Einen Moment bitte.“ Er sah fragend zu Ralph, der nickte. „Es ist nur ein kurzer Weg. Ich melde mich, wenn ich dort bin.“

„Danke, Herr Brehm. Falls sie da ist, geben Sie ihr recht, egal, was sie sagt. Wenn sie einen Schub hat, bringen Argumentationen nichts. Und rufen Sie mich bitte so schnell wie möglich an."

„Haben Sie von Julia Didier gehört? Vielleicht ist sie zu ihr ins Krankenhaus gefahren?"

„Ja, Sebastian war dort, als sie nicht nach Hause gekommen ist, aber da war sie nicht. Er fährt jetzt nochmal hin. Wenn sie weder da noch bei Ihnen ist, werde ich der Polizei Bescheid geben."

„Ich verstehe. Ich melde mich gleich."

„Herr Brehm, Karin hat während psychotischer Schübe schon mehrmals versucht, sich etwas anzutun. Sie hat gedacht, sie wird verfolgt. Das ist Jahre her, aber trotzdem."

Edgar legte auf und steuerte die Detektei an, die nur ein paar Minuten entfernt lag.

„Du arbeitest noch immer so viel wie früher", stellte Ralph fest. „Hast du nicht gesagt, du willst bald Urlaub machen?"

Edgar brummte statt einer Antwort. Glücklicherweise läutete wieder sein Telefon. Es war Fernanda.

Edgar hob ab: „Ist alles in Ordnung?

„Ja, alles okay. Ich hab nur eben die Dienststelle angerufen, um mich für morgen krankzumelden. Es gibt ziemliche Neuigkeiten über die Didier. Willst du sie hören?"

„Bitte."

„Sie ist zwar wach, aber sie kann sich an nichts erinnern. Retrograde Amnesie. Sie weiß weder, wer sie ist, noch, was sie getan hat. Und sie hat keine Ahnung, dass sie jemals verheiratet war. Was in ihrem Fall ein Segen ist. Und ich meine nicht den Mord."

„Sondern?"

„Er war gewalttätig. Es wurden jede Menge Video-Aufzeichnungen auf seinem MacBook gefunden. In der Wohnung gab es einen Raum, da hat er sie eingesperrt.

Das ist unglaublich. Dieses hübsche Paar. Aber damit ist ihr Motiv klar." Dann hatte Marie Herder auch damit die Wahrheit gesagt.

Sie verabschiedeten sich und Edgar stellte das Auto in der Einfahrt ab.

„Ich bin in fünf Minuten zurück."

„Lass dir Zeit."

Schon als Edgar das Gebäude betrat, sagte ihm sein Gefühl sofort, dass etwas nicht stimmte. Er blieb kurz stehen – es war der scharfe Geruch nach hochprozentigem Alkohol, der in der Luft lag. Der Kater kam auf ihn zugeschossen und schlängelte sich nervös um seine Beine. Er nahm ihn mit einer Hand hoch, drückte auf den Schalter für das Ganglicht und ging die Treppen hinauf zur Detektei. Vor der Tür lagen die Scherben einer zerbrochenen Cognacflasche.

In dem kleinen braunen Cognacsee schwammen schwarze Perlen. Edgar ging in die Knie, ignorierte das laute Knacksen, hob eine auf und drehte sie zwischen seinen Fingern. Sie sahen aus wie die von Karin Fuchs' Kette. Der Kater sprang von seinem Arm und zischte davon.

Mit den Worten „Ist meine Nichte da?" meldete sich Berta Fuchs am Handy.

„Nein, tut mir leid. Aber es sieht so aus, dass sie hier gewesen ist."

Ein Fauchen des Katers war zu hören, gefolgt von einem kurzen hohen Quietschen. Meine Güte, hoffentlich jagte er nicht wieder einer Ratte hinterher. Während Edgar Berta Fuchs von dem Fund berichtete, sperrte er die Tür zur Detektei auf.

„Wir hätten besser auf sie achtgeben müssen. Aber sie ist seit Jahren stabil. Ich verstehe nicht, wieso sie die Medikamente abgesetzt hat. Sebastian hat die Packungen unter dem Bett gefunden. Sie nimmt sie schon seit Monaten nicht mehr. Was hat sie Ihnen gesagt?"

„Unter anderem, dass sie nicht daran glaubt, Julia Didier hätte ihren Mann umgebracht. Es tut mir leid, wenn ich gewusst hätte …"

„Sie können nichts dafür, Herr Brehm. Der Vorwurf gilt uns. Die letzten Jahre ging alles so gut. Sie konnte sogar wieder arbeiten, was wir nie für möglich gehalten hatten. Ich hätte besser auf sie aufpassen müssen."

Während Edgar den Computer am Schreibtisch einschaltete, erfuhr er von Berta Fuchs, dass es nie einen Sohn gegeben hatte. Karin Fuchs kämpfte seit mehr als zehn Jahren mit ihrer Krankheit, die plötzlich ohne erkennbare Ursache aufgetreten war.

Das war der wahre Grund, warum ihre Tante sie und Sebastian Weber in die Agentur geholt hatte. Durch das sichere Umfeld hatte sie sich so erholt, dass die Erkrankung vollkommen in den Hintergrund getreten war. Ein ganz normales Leben war möglich geworden.

Edgar klickte auf die Datei mit den Aufzeichnungen der Überwachungskamera am Gang. Die letzte stammte von vor eineinhalb Stunden. Karin Fuchs klopfte an die Tür der Detektei. Als niemand öffnete, hämmerte sie dagegen. Sie hatte die Cognacflasche in der anderen Hand.

Die Szene ging ein paar Minuten so weiter. Ohne Vorwarnung donnerte sie die Flasche wütend zu Boden. Sie raufte sich bei dem Anblick der Scherben die Haare. Die Frau auf dem Video hatte nichts mit der gemein, der Edgar am Vormittag in der Agentur begegnet war. Mit einem Ruck riss sie sich die Kette vom Hals. Ein letzter Schlag gegen die Tür, dann ging sie aus dem Blickfeld der Kamera.

Während Edgar Berta Fuchs die Szene schilderte, beugte er sich über den Papierkorb, sammelte die zerrissenen Teile von Ralphs Brief auf, steckte sie in seine Sakkotasche und verließ das Büro. Mit seinem Schuh schob er die Glasscherben zur Seite, darum musste er sich morgen kümmern.

„Ihre Nichte hat gesagt, sie wurde verfolgt."

Während er die Tür absperrte und die Treppe hinunterging, hörte er wieder das Quietschen. Der Kater war also erneut auf der Jagd. Edgar machte sich eine Randnotiz in seinem Gedächtnis, ein paar Lebend-Mausefallen zu besorgen.

„Paranoia ist Teil der Krankheit", erklärte Berta Fuchs.

„Kann sein, aber Marie Herder, die Assistentin von Frau Didier, hat mir dasselbe gesagt. Und die Beschreibung des Mannes stimmt mit der Ihrer Nichte überein. Groß und muskulös. Mit getönter Brille und Baseballkappe. Wissen Sie, wer das sein könnte?"

„Was meinen Sie mit getönter Brille?"

„Sie soll gelbe oder orangefarbene Gläser haben." Berta Fuchs atmete scharf ein.

„Und eine blaue Baseballkappe?", fragte sie.

„Ja, genau."

„Warten Sie bitte einen Moment." Edgars Handy vibrierte. „Ich habe Ihnen ein Foto geschickt", sagte Berta Fuchs.

Edgar trat aus dem Haus. Er sah, dass Ralph wieder eingeschlafen war, sein Kopf lehnte erneut am Seitenfenster. Er blieb stehen und öffnete die Nachricht.

„Wann wurde es gemacht?", fragte er.

„Sie hat es mir vor ein paar Wochen geschickt."

Es war ein Selfie, sie streckte die Zunge raus und machte das Victory-Zeichen in die Kamera. Sie trug eine Brille mit orangefarbenen Gläsern und hatte eine blaue Baseballkappe auf dem Kopf. Das Foto zeigte Karin Fuchs.

VIII.

Zwei Wochen vor dem Mord

X: Was ist los? Ist alles ok?

Y: Irgendjemand weiß es.

X: Wer weiß was?

Y: Das von uns.

X: Wie kommst du darauf? Was ist passiert?

Y: Ich habe eben eine E-Mail bekommen.

X: Von wem?

Y: Das weiß ich nicht. Es sah aus wie eine Spam-Adresse. Aber die Mail ging durch. Darum habe ich sie geöffnet. Da steht, ich weiß von eurem Geheimnis.

X: Das ist eine typische Fake-Mail.

Y: Nein. Da stehen unsere beiden Namen. Soll ich sie dir schicken?

X: Besser nicht. Steht da noch etwas?

Y: Ja. Dass wir zahlen müssen, wenn es weiter ein Geheimnis bleiben soll. Aber keine Summe. Doch es gibt einen Anhang.

X: Öffne ihn nicht. Das ist sicher ein Virus. Es hat nichts zu bedeuten. Eine dumme Spam-Mail.

Y: Und wenn nicht?

X: Das gehört in die Kategorie, Sie haben geerbt und ich brauche so und so viel Geld, damit ich die Erbschaft überweisen kann. Bitte lösch die Mail und vergiss es.

Y: Bist du sicher?

X: Ganz sicher, wirklich.

Y: Du hast so etwas nicht bekommen?

X: Nein.

Y: Ich fühle mich schrecklich. Wenn es wirklich jemand wüsste, wäre das eine Katastrophe. Das könnten wir uns nie verzeihen.

X: Bitte beruhig dich. Alles ist gut. Wir sehen uns in zwei Tagen. Es kommt sicher keine neue Nachricht.

Y: Ich hoffe, du hast recht.

X: Das hab ich. Ich liebe dich.

Y: Ich liebe dich auch.

X und Y haben den Chat verlassen.

Fehlermeldung: Löschbefehl wurde nicht ausgeführt.

Z hat den Text kopiert und den Chat verlassen.

18.

Diese große blonde Frau beim Burgtheater, die Edgar neben dem Bühneneingang nachgesehen hatte, ging Toni nicht aus dem Kopf. Obwohl sie gar nicht sagen konnte, warum. Aber da war etwas an ihr. Als hätte sie Edgar beobachtet. Nein, das war es nicht nur. Ihr Blick hatte gewirkt, als wüsste sie, wer Edgar war.

Toni bereute es, dass sie ihr nicht nachgegangen war. Oder wenigstens ein Foto von ihr gemacht hatte. Aber jetzt war es ohnehin zu spät.

Sie saß neben Tim im Taxi zu ihrer Wohnung. Er hatte ihre Hand genommen und hielt sie während der gesamten Fahrt.

Ihr Handy läutete, als sie schon fast da waren. Es war ihre Oma.

„Der Kapitän und ich kommen gerade von der Vernissage. Wir haben die Geschenke aus Venedig dabei. Wir wären in fünf Minuten bei dir."

Toni warf einen Seitenblick zu Tim.

„Wunderbar. Dann in fünf Minuten", sagte sie und legte auf.

Toni musste beinahe über Tims Gesichtsausdruck lachen, als sie ihm sagte, dass er gleich ihre Oma kennenlernen würde. Er fuhr sich durch die Haare und wirkte mit einem Mal nicht mehr so entspannt wie vor ein paar Minuten.

„Ich hoffe, sie mag mich", sagte er, als das Taxi vor ihrem Haus hielt. Dass er sich darüber Sorgen machte, fand Toni absolut hinreißend.

„Das wird sie."

Toni stieg als Erste aus.

Der Kapitän hatte auf der gegenüberliegenden Straßenseite geparkt. Ihm waren die verdorbenen Muscheln mehr anzusehen als ihrer Oma. Sie sah atemberaubend aus in dem sonnengelben Kostüm, strahlte über das ganze Gesicht und drückte Toni fest an sich.

„Ich hab dich vermisst, Oma."

„Ich dich auch, mein Herz."

Der Kapitän begrüßte Toni mit zwei Wangenbussis und drückte ihr einen Korb voller italienischer Delikatessen in die Hand. Toni warf einen Blick zum Taxi, Tim war noch nicht ausgestiegen, er schien sich eine Rechnung geben zu lassen.

„Du bist nicht allein?", fragte ihre Oma.

„Nein. Tim ist ein paar Tage in Wien."

Natürlich hatte ihre Oma im Sommer mitbekommen, dass es jemanden in Tonis Leben gab, der sie ein wenig durcheinanderbrachte. Doch dann waren die Hochzeit und die Reise in den Fokus gerückt und Toni war nicht dazu gekommen, ihrer Oma mehr davon zu erzählen.

„Tim, welcher Tim?", fragte sie erstaunt.

„Tim Ravinger", antwortete Toni und wurde dabei ganz rot.

„Der Schauspieler? Der dich unterrichtet hat?"

Toni nickte und bemühte sich um einen neutralen Gesichtsausdruck.

„Ja, genau der."

Ihre Oma zog die Augenbrauen hoch: „Na das nenne ich eine Überraschung. Geht es dir gut?"

„Danke, Oma, alles gut. Es ist gerade viel los", wich sie aus.

Ihre Oma nickte langsam und fixierte sie mit ihrem wissenden Blick. Toni hatte ihr noch nie was vormachen können. Sie hörte die zuschlagende Autotür und Tims Schritte.

„Guten Abend, Frau Lorenz, freut mich sehr. Toni hat so viel von Ihnen erzählt. Ich bin Tim", sagte er und reichte ihrer Oma die Hand. Seine Wangen hatten rote Farbe aufgezogen. Vielleicht war das vom Wein, aber Toni hatte den Eindruck, Tim war ziemlich aufgeregt.

„Nennen Sie mich Martha, bitte", sagte ihre Oma mit einem Lächeln.

„Wollen wir gemeinsam in der Wohnung einen Tee trinken?“, fragte Toni. „Oder müsst ihr schon fahren?“

„Die Sperrstunde haben wir sowieso lange überzogen“, winkte ihre Oma ab. „Das ist eine großartige Idee.“

Toni wusste es zu schätzen, dass ihre Oma kein Wort über das schmutzige Geschirr in der Küche verlor. Tim wusch einige Tassen, während Toni das Wasser aufsetzte.

Sie plauderten über die Hochzeitsreise, erzählten, wie sie mit einer Gondel fast gekentert wären, und schwärmten von der „wahrscheinlich romantischsten Stadt der Welt“. Tim war unglaublich charmant, er fragte nach, lachte, und Toni hatte bald den Eindruck, es wäre nie anders gewesen.

Das Eis war endgültig gebrochen, als der Kapitän Tim sehr begeistert berichtete, in welchen Filmen und Serien er ihn gesehen hatte, und Tim Witze darüber machte, wie es ihm bei den Dreharbeiten wirklich ergangen war. Danach schwenkte das Gespräch rasch zu Oldtimern um, eine Leidenschaft, die sowohl Tim als auch der Kapitän teilten. Es war genau der richtige Moment für Toni, mit ihrer Oma in die Küche zu gehen, um alle Köstlichkeiten aus dem Korb in den Kühlschrank zu geben.

„Liebes, was bedrückt dich?“, fragte ihre Oma, als sie alleine waren.

„Für dich bin ich immer ein offenes Buch, oder?“, lachte Toni und verstaute drei verschiedene Parmesanblöcke und eine Salami im Kühlschrank.

„Was ist los?“ Ihre Oma setzte sich an den Küchentisch.

„Ich weiß auch nicht. Da ist dieser Fall, mit dem Edgar zu tun hat“, antwortete Toni leise. „Hast du von Julia Didier gehört?“

„Die Schauspielerin, die ihren Mann umgebracht hat?“

Toni nickte und legte die Finger auf die Lippen. Sie hatte von Edgar das Okay, mit ihrer Oma über solche Sachen zu reden. Weil klar war, dass es unter ihnen bleiben würde.

„Es ist gar nicht sicher, ob sie es alleine getan hat. Du kannst dir nicht vorstellen, wie es in der Szene zugeht. Mir scheint, als würden irgendwie alle ausspioniert oder verfolgt und erpresst. Edgar soll rausfinden, von wem. Außerdem scheint es da um mehrfachen Ehebruch und sogar Misshandlung zu gehen. Langsam frage ich mich, ob überhaupt irgendwer eine normale Beziehung führt und treu ist?“ Sie seufzte tief.

„Das ist aber noch nicht alles, oder?“, fragte ihre Oma.

Toni schüttelte den Kopf. Sie schloss die Küchentür und setzte sich.

„Ich mag Tim, ich mag ihn wirklich. Sehr. Aber es macht mir auch Angst. Ich hatte heute echt eine Panikattacke. Darüber bin ich so erschrocken. Danach wollte ich ihn gleich anrufen und ihm sagen, es würde nicht mit uns funktionieren. Getan hab ich es dann doch nicht. Und ich will das ja auch gar nicht. Ich kenn mich selbst nicht aus, Oma. Irgendwas stimmt mit mir nicht.“

„Mein Herz“, sagte ihre Oma, stand auf und gab ihr einen Kuss auf den Kopf. „Das tut mir so leid. Glaub mir, mit dir ist alles in Ordnung. Natürlich macht es dir Angst. Es wäre ein Wunder, wenn nicht. Nach allem, was du erlebt hast.“

Toni seufzte schwer auf.

„Ich will mich aber gar nicht so fühlen.“

„Ach, Liebes“, ihre Oma streichelte ihr über den Kopf, „natürlich willst du das nicht. Wir haben beide nicht die besten Erfahrungen hinter uns, so etwas hinterlässt seine Spuren.“

„Aber bei dir ist es gut ausgegangen.“

Ihre Oma lachte auf. „Weißt du, wie viele schlaflose Nächte ich hatte, als ich bemerkt habe, dass der Kapitän mir Avancen macht? Und das in meinem Alter. Außerdem ist der Kapitän nicht berühmt.“

„Was soll ich denn machen?“

„Hast du mit ihm darüber geredet? Weiß dein Tim, wie es dir geht?"

Sie schüttelte den Kopf.

„Ich glaube, das ist der erste Schritt. Er scheint ein netter junger Mann zu sein. Sag ihm, wie du dich fühlst."

„Und wenn er es nicht versteht?"

„Dinge nur deshalb nicht zu tun, weil man Angst davor hat, wie sie ausgehen, ist manchmal nicht die klügste Wahl. Das ist etwas, das ich erst sehr spät in meinem Leben erkannt habe, Liebes. Wenn er es nicht versteht, dann soll es eben nicht sein. Du darfst niemanden zu deiner Priorität machen, für den du nur eine Option bist. Ich weiß, das klingt in der Theorie einfacher, als es in der Praxis ist. Aber so ist es tatsächlich."

Aus dem Wohnzimmer war zu hören, wie Tim und der Kapitän in Gelächter ausbrachen.

„Es ist Zeit. Wir lassen euch jetzt alleine. Sonst machen die in der Residenz noch eine Verlustanzeige."

Sie verabschiedeten sich, winkten ihrer Oma und dem Kapitän vom Fenster aus zu und dann waren sie alleine.

„Deine Oma ist umwerfend", sagte Tim. „Und auch der Kapitän. Ich wünschte, ich hätte so nette Großeltern."

„Ich glaube, du hast die beiden ganz schön bezaubert."

Er lächelte. „Ist es für dich immer noch okay, wenn ich heute Nacht hierbleibe, Toni?"

„Ja, es ist okay." Sie zögerte.

„Aber?", fragte er nach und setzte sich auf die Couch.

Toni wollte automatisch antworten, dass es kein „Aber" gab. Doch dann hielt sie inne. 20 Sekunden Mut, schoss es ihr durch den Kopf. Ihre Oma hatte recht.

„Tim, es gibt etwas, das ich dir sagen muss."

19.

Obwohl Edgar so müde war, dass er kaum die Augen offenhalten konnte, saß er in seiner kleinen Küche am Tisch. Sein Versuch zu schlafen war kläglich gescheitert. Vielleicht hatte es mit Ralph zu tun, vielleicht auch damit, dass es ihm keine Ruhe ließ, was in dem Brief stand. Edgar war aufgestanden und hatte sich auf Zehenspitzen in die Küche geschlichen. Die Einzelteile von Ralphs Brief lagen vor ihm auf dem Tisch, er hatte sie wie ein Puzzle zusammengesetzt und las ihn mittlerweile zum dritten Mal.

Lieber Edgar!
Bitte verzeih, dass ich diesen Weg nehme, aber mir ist nichts anderes eingefallen. Ich verstehe deine Enttäuschung, ich kann dir gar nicht sagen, wie leid es mir tut. Das Letzte, was ich will, ist, dir weh zu tun.
Aber ich kann nicht anders. Und ich hoffe, wenn du meine Gründe kennst, wirst du mich verstehen.
Bitte halte mich nicht für verrückt, doch ich glaube, dass alles im Leben seinen Sinn hat, auch – oder ganz besonders dann – wenn wir ihn nicht erkennen. So hätte ich früher nie gedacht. Wer wüsste das besser als du?

Schon beim ersten Lesen hatte Edgar hier eine Pause machen müssen. Alles im Leben hätte seinen Sinn. Das war kompletter Unsinn. Sollte Ralph nur mal Edgars Klienten befragen, welchen „Sinn" es für sie machte, hintergangen zu werden? Alles Unglück auf der Welt sollte einen Sinn machen? Das war doch lächerlich. Es klang mehr nach katholischer Gehirnwäsche.

Gott ist in meinem Leben zu einem Licht geworden, als ich dachte, es wird für mich immer nur Dunkelheit geben. Verzeih, wenn das pathetisch klingt, es fällt mir schwer,

die richtigen Worte zu finden, um das zu erklären, was seit Rom in meinem Herzen vorgeht. Ich habe mich dort wieder daran erinnert, warum ich mich ursprünglich diesem Weg verpflichtet habe.
Ich weiß, ich stelle das, was wir sein könnten, dieser Verpflichtung entgegen. Und das ist dir gegenüber nicht fair. Vor allem deshalb nicht, weil ich die Absicht hatte, diese Verpflichtung zurückzulegen. Was ich nicht leichtfertig entschieden hatte – seitdem wir uns wieder gefunden haben, hat sich mein Leben auf eine Weise verändert, die ich nicht für möglich gehalten habe.
Der Gedanke, dass du erneut Teil meines Lebens sein könntest, hat mich so glücklich gemacht, Edgar.

Auch beim dritten Lesen musste Edgar an dieser Stelle heftig blinzeln. Er nahm die Lesebrille ab, wischte sich über die Augen und goss sich Bordeaux nach.

Du weißt, dass ich dich liebe. Und ich sehne mich danach, an deiner Seite zu sein und mit dir mein Leben zu teilen. Aber ich habe gemerkt, dass das nicht in der Weise möglich ist, wie ich gedacht habe. Das Leben geht manchmal seltsame Wege und ich trage eine Verantwortung, die ich nicht ignorieren kann. Ich habe mich seit Marthas Hochzeit immer wieder gefragt, ob es egoistisch ist, mein Glück über diese Verantwortung zu stellen.
Ich glaube fest daran, dass Gott uns auf unseren Wegen führt, dass er uns mit Weisheit und Liebe begleitet. Aber manchmal sind die Wege, die er für uns vorgesehen hat, nicht die, die wir uns erhoffen. Vielleicht ist mein Platz nicht an deiner Seite, obwohl mein Herz es sich so sehr wünscht.

Was sollte das? Das klang nicht nach Ralph. Hatte er das aus der Bibel abgeschrieben oder aus irgendeiner Predigt?

Edgar konnte ihn vor sich sehen. Ralph im Vatikan, umringt von anderen Priestern, die auf ihn einredeten. Das war doch alles nur ein riesengroßer Bluff.

Ich bitte dich um Vergebung für meine Schwäche, für meine Unfähigkeit, der zu sein, den du verdienst. Ich bitte dich, meine Entscheidung zu verstehen und zu akzeptieren, auch wenn es dich so schmerzt wie mich.
Alles, was mir bleibt, ist, dich zu bitten, mich nicht aus deinem Leben zu stoßen.

Und wie stellte Ralph sich das vor? Was meinte er überhaupt damit? Edgar hatte nie den Wunsch gehabt, mit seinen Expartnern befreundet zu bleiben. Schon gar nicht mit demjenigen, der ihm sein Herz gerade zum zweiten Mal brach. Die schmerzhafte Wahrheit, die Edgar über Jahre verdrängt hatte, war, dass es in seinem Leben nur eine große Liebe gab. Und die war Ralph. Wie sollte das gehen, befreundet sein mit der Liebe seines Lebens?

Aber ich kenne dich, Edgar, und ich weiß, dass meine Bitte viel verlangt ist. Falls es dein Wunsch ist, dass sich unsere Wege erneut trennen, dann werde ich ihn akzeptieren.

Sein Wunsch. Das klang nicht nur von oben herab, sondern auch danach, als wäre Ralph ein großzügiger Märtyrer.

Du darfst niemals vergessen, wie sehr ich dich liebe, wie sehr du mein Herz berührt hast und es noch immer tust, wie niemand sonst. Wie sehr ich mich nach dir sehne, selbst wenn unsere Wege sich trennen müssen.

Möge Gott uns helfen und uns Kraft geben für die Aufgaben, die vor uns liegen.
In Liebe, für immer, dein Ralph

Edgar hatte schon gewusst, warum er diesen Brief nicht lesen hatte wollen.

Kein Wort von Ralphs Sohn. Wenn er es überhaupt war … Er schob die Brille auf die Stirn, lehnte sich zurück und nahm einen großen Schluck Bordeaux. Seine Knie waren weich, er fühlte sich zittrig. Normalerweise war seine strikte Regel, nie alleine zu trinken. Aber streng genommen war er ja nicht alleine.

Zwei Zimmer weiter lag Ralph in Edgars Schlafzimmer. Er hatte Ralph sein Bett gegen dessen Protest überlassen. Aber ihn mit seinen Blessuren auf der Couch schlafen zu lassen, war keine Option.

Was waren das für verrückte vergangene Tage. So sehr hatte er sich in diesen Fall hineingekniet, um sich nur ja von Ralph abzulenken. Welche Ironie des Schicksals, dass sich nun gerade der Fall in Luft auflöste und Ralph sich in seiner Wohnung befand. Wahrscheinlich würde er dazu etwas Katholisches sagen, wie „Die Wege des Herrn sind unergründlich“.

Er sah auf die Uhr, es war schon fast zwei Uhr. Das Vernünftigste war, nochmal zu versuchen, wenigstens ein paar Stunden Schlaf zu bekommen.

Edgar prostete Audrey Hepburn zu. Ihr Plakat, als Holly Golightly in *Frühstück bei Tiffany* mit dem Zigarettenspitz zwischen ihren Fingern, hing über seinem Kühlschrank. Er leerte das Glas auf einen Zug, wischte die Briefschnipsel vom Tisch, formte sie zu einem Ball und warf ihn in den Mülleimer unter der Spüle.

Auf dem Weg ins Wohnzimmer blieb er vor seinem Schlafzimmer stehen und lauschte. Es war vollkommen still. Vorhin hatte Ralph leise geschnarcht. Edgar wartete, dann schlich er sich zum Bett und blieb davor stehen. Der schwache Lichtschein aus dem Flur fiel auf Ralphs Gesicht. Er lag auf dem Rücken, der Mund war geschlossen, die Decke bewegte sich nicht. Atmete er überhaupt? Edgar lehnte sich vor und hielt sein Ohr an Ralphs Lippen. Ihm so nah zu sein, tat körperlich weh.

„Du hast Wein getrunken“, murmelte Ralph. Edgar drehte seinen Kopf, er war nur ein paar Zentimeter von Ralphs Gesicht entfernt. Edgar konnte in dem dämmrigen Licht schemenhaft Ralphs geöffnete Augen erkennen.

„Du bist wach“, stellte er fest. Er hatte einen leichten Zungenschlag. „Geht es dir gut?“

„Danke, es geht mir blendend.“

„Das sieht man dir an.“

Ralph lachte und sog geräuschvoll Luft ein. Es war offensichtlich, dass es ihm wehtat.

„Hast du meinen Brief gelesen?“, fragte er leise.

„Wie kommst du darauf?“

„Wahrscheinlich habe ich auch einen kriminalistischen Spürsinn, so wie du. Du hast ihn gelesen, nicht wahr?“

Edgar gab keine Antwort, er verharrte nur mit seinem Gesicht nahe über dem von Ralph. Er war froh, dass es so dunkel war. Einen Moment überlegte er, Ralph zu fragen, ob es etwas gab, das nicht in diesem Brief stand? Doch dann verwarf er die Idee wieder. Es war mitten in der Nacht, Ralph brauchte Ruhe und er war zwar nicht betrunken, aber nüchtern war er auch nicht mehr.

„Findest du mit Gehirnerschütterung, geprellter Rippe und gerissenen Bändern noch immer, dass alles einen Sinn hat?“, kam es von selbst über Edgars Lippen.

Ralph ließ sich mit der Antwort Zeit.

„Zumindest sprichst du wieder mit mir“, sagte er schließlich. „Danke, Edgar.“ Er seufzte leise und schloss die Augen.

Vielleicht war es der Alkohol, doch Edgar hatte dieses dringende Bedürfnis, Ralph zu berühren. Als er ihm über die Wange streichelte, legte sich ein Lächeln auf Ralphs Gesicht.

Edgar musste blinzeln. Er hatte sich Ralph in seinem Bett gewünscht, aber sicher nicht so. Vielleicht war es nicht der richtige Augenblick, es Ralph zu sagen. Doch wann war der schon? Edgar nahm allen Mut zusammen. Dass er Alkohol getrunken hatte, schien zu helfen.

„Ralph, es gibt einen jungen Mann, er sagt, er ist der Sohn von Ingrid und ..."

„Mir", sagte Ralph leise. „Ich weiß."

Edgar zog die Augenbrauen hoch. Er hatte wirklich nicht damit gerechnet, dass Ralph Bescheid wusste: „Seit wann?"

„Sie hat mich letzte Woche angerufen. Woher weißt du es?"

„Du hast dich noch nicht bei ihm gemeldet?", überging Edgar die Frage.

„Ingrid meinte, ich soll mir Zeit damit lassen. Er sei gerade in einer schwierigen Phase."

Edgar spürte, dass Ralph darüber reden wollte. Doch für Erklärungen war Edgar zu erschöpft. Er hatte seine Pflicht getan und es Ralph gesagt. So fühlte es sich zumindest an. Dieser Sohn war Ralphs Angelegenheit, er hatte damit nichts zu tun. Alles, was er wollte, war zu schlafen.

„Verstehe. Gute Nacht", sagte er eilig und verließ das Zimmer.

Sein Körper war müde, doch sein Gehirn dachte gar nicht daran, ihn in Ruhe zu lassen. Während er sich auf der Couch herumwälzte, versuchte er sich mit Gedanken über Karin Fuchs abzulenken. Edgar musste davon ausgehen, dass nichts von dem stimmte, was sie gesagt hatte. Nicht nur der Sohn war erfunden, sondern auch der Verfolger, der sie offensichtlich selbst war. Und Julia Didier hatte vermutlich auch nie eine Affäre gehabt. Der Besuch bei dem Schauspieler Max Wilhelm würde sich erübrigen.

Marie Herder hatte die Person, die sie verfolgt hatte, zwar gesehen. Aber ob es wirklich ein Mann gewesen war, war fraglich. Die Person war groß gewesen – und das war

Karin Fuchs. Es gab keinen Verfolger und keinen Liebhaber aufzuspüren. Edgar ärgerte sich, denn Karin Fuchs hatte ihn auf falsche Fährten gelockt – wenn sie auch nichts dafür konnte –, die ihn von den eigentlichen Fragen abgelenkt hatten:

Julia Didier hatte ausreichend Motive für den Mord an ihrem Mann. Aber hatte sie es wirklich getan? Und wer hatte Strömer abgehört und in seine Praxis eingebrochen? Der Gedanke kam Edgar so plötzlich, dass er sich auf der Couch aufsetzte und in die Dunkelheit starrte. Es lag auf der Hand. Konnte es wirklich so einfach sein?

Karin Fuchs wusste, dass die Didiers bei Strömer in Behandlung waren. Vielleicht steckte sie dahinter? Sie hatte ihre Medikamente schon mehrere Monate abgesetzt. Aber warum sollte sie einen Anlass haben, die Sitzungen der Didiers zu verhindern?

Angenommen, Erich Didier war seiner Frau doch nicht treu, er hatte sie schließlich schon einmal betrogen. Und es wäre Karin Fuchs, mit der er einen Seitensprung gehabt hatte, zu einer Zeit, als sie gesund war? Vielleicht hatte sie sogar seinetwegen die Tabletten abgesetzt. Und wollte nicht, dass er mit Julia Didier eine Therapie machte, weil sie sich eine gemeinsame Zukunft mit ihm wünschte?

Und dass sie sich selbst für ihre eigene Verfolgerin gehalten hatte, von der sie dachte, sie könnte Julia Didiers Liebhaberin sein, passte auf absurde Weise auch in dieses Bild. Es waren nur Spekulationen, befeuert durch zwei Gläser Rotwein. Dennoch fielen die Ereignisse der letzten Tage wie Puzzleteilchen an ihren Platz.

Edgar nahm sich vor, morgen früh gleich zu Strömer zu fahren. Er musste persönlich mit ihm reden und die Gelegenheit nutzen, ihm ein Foto von Karin Fuchs zu zeigen. Vielleicht war sie ihm aufgefallen? Wenn er richtiglag, würde das den Einbruch in die Praxis des Therapeuten erklären, als Karin Fuchs erfahren hatte, dass Erich Didier tot war.

Edgar legte sich wieder zurück, er starrte an die Decke, auf die durch einen Vorhangspalt ein Lichtstrahl der Straße fiel. Seine Gedanken wanderten erneut zu Ralph und dem Abend, als Tonis Oma den Kapitän geheiratet hatte. Mit dieser Erinnerung schlief er ein.

Der Duft von Kaffee weckte ihn. Er blinzelte. Sein Rücken tat ihm weh vom weichen Sofa, sein Kopf dröhnte. Der Wein war keine gute Idee gewesen. Edgar drehte sich zur Seite. Auf seinem Couchtisch stand eine dampfende Tasse Kaffee. Er setzte sich auf und nahm schlaftrunken einen Schluck. Aus der Küche war Geschirrgeklapper zu hören.

Edgar stand auf, er überlegte kurz, ins Bad zu gehen, doch dann entschied er sich für die Küche. Ralph stand hinter dem Herd, er war vollständig angezogen und bewegte sich wegen des Korsetts ein wenig ungelenk.

Er röstete Toastbrot in einer Pfanne. So, wie er es früher an gemeinsamen Sonntagen gemacht hatte, dachte Edgar und versuchte den Stich, den diese Erinnerung auslöste, zu ignorieren. Damals war das Brot höchstens einen Tag alt gewesen, das hier musste Ralph aus dem Tiefkühler geholt haben. Edgar wollte gar nicht daran denken, wie lange es schon dort gelegen war.

Ralph drehte sich um. Sein Gesicht war noch immer grau, er sah nicht so aus, als ob er gut geschlafen hätte.

„Guten Morgen, Edgar." Sein Lächeln wirkte mehr als bemüht.

„Guten Morgen. Wie geht es dir?"

„Es geht."

„Schwindel, Kopfschmerzen, Übelkeit?"

„Nein, aber ich hab mich schon mal besser gefühlt", lachte Ralph. „Joggen werde ich in nächster Zeit sicher nicht gehen. Willst du etwas essen?"

Edgar schüttelte den Kopf. „Danke. Du solltest das Brot aber auch nicht essen. Ich kann mich gar nicht mehr erinnern, wann ich das eingefroren habe.“

„Ich hab sonst nichts gefunden.“

Edgar nickte. Früher hatte er gerne gekocht und es gab immer einen vollen Kühlschrank. Im Laufe der Jahre hatte sich das geändert.

Ralph schaltete den Herd aus und stützte sich an der Küchenzeile ab. Natürlich hatte er Schmerzen, das war ihm anzusehen. Er deutete zu den Stühlen und dem kleinen Tisch in der Küche. „Hast du kurz Zeit? Können wir reden?“

„Ich kann jetzt nicht, ich muss los“, sagte Edgar, obwohl es nicht stimmte. Ralph nickte, er drehte sich wieder zum Herd, nahm die Pfanne herunter und beförderte die Toastscheiben in den Mülleimer. Dabei stockte er kurz. Wahrscheinlich sah er die zusammengeknüllten Fetzen seines Briefs.

„Natürlich“, sagte er, ohne Edgar anzusehen. „Danke, dass ich hier übernachten durfte. Ich rufe mir ein Taxi.“

Edgar wusste, er würde es im nächsten Moment bereuen. Er sagte es trotzdem. „Du kannst hierbleiben, wenn du willst.“

Ohne auf Ralphs Antwort zu warten, holte er sich frische Kleidung aus dem Schlafzimmer und ging dann weiter ins Bad.

Als er geduscht, rasiert und angezogen herauskam, war Ralph nicht mehr da. Dafür lag eine Notiz am Küchentisch, in der Ralph sich noch einmal bedankte. Der Zettel sah zerknüllt aus. Er nahm ihn hoch und drehte ihn um. Es war ein Teil von Ralphs Brief, den er aus dem Müll geholt hatte.

Edgar schob alle Gefühlsregungen beiseite und griff nach seinem Handy.

„Herr Brehm, das ist ein Zufall, ich wollte Sie eben anrufen“, meldete sich Strömer. Er klang aufgesetzt freundlich, Edgar nahm an, er war nicht alleine.

„Können Sie reden?“

„Einen Moment, ich sehe gleich nach“, war Strömers Antwort. Schritte waren zu hören, das Öffnen einer Lade. „Da ist nichts, ich schaue im Auto nach, ob ich es dort gelassen habe. Schatz, ich bin gleich wieder da. Ich rufe Sie sofort zurück.“

Nach zwei Minuten läutete Edgars Handy. Gedämpfter Straßenlärm rauschte im Hintergrund.

„Bitte sagen Sie, dass Sie Neuigkeiten für mich haben, Herr Brehm.“ Er sprach so schnell, Edgar musste sich konzentrieren, ihn zu verstehen. „Der Einbruch und der Diebstahl der Unterlagen sind an die Presse durchgedrungen. Zum Glück sonst nichts, aber meine Nerven sind am Zerreißen. Es kommen reihenweise Absagen der Termine. Ich kapiere das alles nicht.“

„Das tut mir leid. Es kann sein, dass ich eine Spur habe. Was ist mit Ihrem Handy? Haben Sie es überprüfen lassen?“

„Was meinen Sie damit?“

„Ob Sie es zu der Adresse gebracht haben?“ Näher wollte Edgar nicht darauf eingehen, für den Fall, dass Strömers Handy tatsächlich mit Spyware abgehört wurde.

„Welche Adresse?“

„Die ich Ihrer Frau gegeben habe.“

„Sie haben meiner Frau eine Adresse gegeben? Wann?“

„Gestern. Sie hat Ihnen nichts davon erzählt?“

„Nein, kein Wort.“ Er klang so verwundert, dass Edgar sofort hellhörig wurde.

„Herr Strömer, wann wusste das erste Mal jemand von dem Einbruch bei Ihnen?“

„Das war gleich am Dienstag in der Früh, diese Podcasterin, die mir gefolgt ist und mich interviewen wollte. Warum?“

„Woher wusste sie es?“

„Ich habe keine Ahnung.“

„Und wissen Sie, wie die Informationen an die Presse gekommen sind?“

„Nein.“

Edgar überlegte einen Moment. War es möglich, dass die Person, die bei Strömer eingebrochen hatte, auch diejenige war, die wollte, dass die Therapie der Didiers und der Einbruch publik wurden? Aber warum?

Hätte Karin Fuchs dafür einen Grund gehabt? Natürlich war das nicht einfach zu beantworten, sie litt unter Wahnvorstellungen. Aber war nicht genau das der Punkt? Sie erzählte Dinge, die nicht stimmten. Die Person, die bei Strömer eingebrochen hatte, schien noch ein anderes Ziel zu verfolgen? Bis jetzt hatte Edgar angenommen, für die Erpressung und den Einbruch war ein und dieselbe Person verantwortlich. Denn wer eingebrochen hatte, musste ja wohl auch die Spyware installiert und den USB-Stick mit dem belastenden Material erstellt haben, oder etwa nicht? Es sah so aus, als gäbe es zwei unterschiedliche Motive. Der Abbruch der Therapie der Didiers war das eine. Das zweite war, Strömers Ruf zu ruinieren. Was zu funktionieren schien.

Es war eine Person, die den Therapeuten leiden sehen wollte. So, wie er sie leiden ließ. Eine Person, die ihn liebte und die sich rächen wollte, dafür, was er ihr angetan hatte.

„Wo sind Sie, Herr Strömer?“

„Noch zu Hause, aber ich muss gleich …“

„Ist Ihre Frau da?“

„Ja, ist sie. Aber wieso, was ist denn los?“

„Herr Strömer, weiß Ihre Frau von der Aff… ich meine, von dem USB-Stick und dessen Inhalt?“

„Nein, natürlich nicht“, wisperte er entrüstet.

„Können wir uns in Ihrer Praxis treffen? Jetzt gleich? Bringen Sie den Vertrag und die Vertraulichkeitsvereinbarung mit.“

„Aber die brauchen wir doch nicht.“

„Doch. Nicht für mich. Sondern für Sie. Und es wäre gut, wenn Ihre Frau dabei ist.“

„Warum? Was ist denn passiert?“

„Ich habe eine Vermutung, wer bei Ihnen Montagnacht eingebrochen hat.“

20.

„Toni, warte. Bleib stehen. Halt“, rief Lena.

Toni stoppte so abrupt beim Treppenabsatz, dass eine Schülerin aus dem ersten Jahrgang mit ihr zusammenstieß. „Ups, sorry.“ Ihr Gesicht glühte, sie war wie üblich zu spät und von der U-Bahn ins Konservatorium gerannt. Vor einer Minute hatte ihre Stunde mit der Schmitz begonnen.

„Ich kann nicht“, sagte sie und deutete auf ihr Handgelenk, als würde sie eine Uhr tragen.

„Die Schmitz ist noch nicht da.“

„Bist du sicher?“

„100-prozentig.“ Lena kam auf sie zu. „Ich bin an ihr vorbeigegangen, sie steht ums Eck und telefoniert. Hast du sie nicht gesehen?“

„Nein, ich bin so gerannt.“ Toni stieß ein Keuchen aus und griff sich an die Leiste. Studenten strömten an ihnen vorbei ins obere Stockwerk.

Lena sah sie mit prüfendem Blick an, nahm ihr Kinn zwischen Zeigefinger und Daumen und drehte ihren Kopf von links nach rechts.

„Was ist los?“, fragte Toni.

„Ich fasse es nicht.“

„Was?“

„Deine Augen leuchten, dazu dieser Glow. Hat da jemand letzte Nacht leidenschaftlichen Sex gehabt?“

„Ich bin vom Laufen verschwitzt.“

Lena strahlte und zuckte mit den Augenbrauen. „Das kommt nicht vom Laufen. Das sind Sex-Vibes. Also?“ Ein paar Studenten drehten beim Vorbeigehen die Köpfe in ihre Richtung. Toni war froh, dass ihr Gesicht wirklich so erhitzt war und niemand sehen konnte, wie rot sie anlief. Sie legte ihren Zeigefinger auf die Lippen.

„Oh, ich wusste, dass du das gestern nicht ernst gemeint hast“, flüsterte Lena. „Und? Wie war es?“

Toni lächelte, gab sonst aber keine Antwort. Hier waren definitiv zu viele Menschen unterwegs. Ihr Handy läutete, es war Edgar. Sie war froh über die Unterbrechung, auch wenn es nicht gerade der richtige Ort war, um mit ihm zu telefonieren.

„Hallo“, sagte sie leise. Im Hintergrund war Straßenlärm zu hören.

„Ich war eben bei Strömer. Der Einbruch in seine Praxis ist geklärt.“

Toni gab Lena ein Zeichen, sie zu holen, falls die Schmitz kam, und ging zur Garderobe. Wie sie gehofft hatte, war kein Mensch mehr hier.

„Was meinst du, es ist geklärt?“, fragte sie.

Toni blieb vor Staunen der Mund offen, als Edgar ihr von Karin Fuchs' Verschwinden, ihrem Foto mit Baseballkappe und getönter Brille und ihrer Krankengeschichte erzählte. Sie ließ sich auf die Sitzbank fallen.

„Dann ist nichts, was sie gesagt hat, wahr?“

„Es sieht so aus. Wahrscheinlich war sie es, die Marie Herder nachgegangen ist.“

„Hat sie auch bei Strömer eingebrochen?“

„Nein, das war seine Ehefrau.“

„Wie bitte? Sag das nochmal.“

„Strömers Frau ist Montagnacht in die Praxis eingebrochen. Sie hat alles zugegeben. Und sie hat den USB-Stick gefunden und mitgenommen.“

„Was, wieso? Was hat das mit dem Mord an Erich Didier zu tun?“

„Gar nichts. Sie wusste zu dem Zeitpunkt noch nicht mal was davon.“

„Und wieso hat sie es dann getan?“

„Strömer hat doch erzählt, dass sie Montagabend immer gemeinsam in der Praxis Familien betreuen. Ein Matchboxauto war verantwortlich. Dadurch ist sie draufgekommen, dass er sie betrügt. Während der Therapiestunde hat ein Kind damit gespielt und es unter der

Sitzbank verloren. Sie wollte es hervorholen. Du erinnerst dich, dass Strömer gesagt hat, er putzt seine Praxis selbst?"

„Ja, und?"

„Seine Frau hat nicht nur das Matchboxauto gefunden. Sondern auch eine aufgerissene Kondompackung."

„Oh." Toni verzog den Mund. Das musste ein Schock für die Frau gewesen sein. Was für ein Idiot.

„Sie hat nichts gesagt. Montagnacht ist sie zurück in die Praxis, hat den Schrank aufgebrochen und einige Aufzeichnungen mitgenommen von ihrer Meinung nach möglichen Liebhaberinnen. Sie hat vermutet, dass es eine Patientin war. Dabei hat sie den versperrten USB-Stick gefunden und ihn sich sofort angesehen."

„Wenn sie wusste, was drauf war, wieso hat sie ihn dann mitgenommen?"

„Wahrscheinlich als Beweismittel, falls es zur Scheidung kommt."

„Das bedeutet, sie war es nicht, die ihn abgehört und erpresst hat?"

„Nein. Aber gleich am nächsten Morgen hat sie die Nachricht von dem Mord gelesen und als Antwort eines Artikels online unter falschem Namen veröffentlicht, dass die Didiers Patienten von Strömer waren und es gestohlene Aufzeichnungen gibt."

„Warum hat sie das getan?"

„Aus Wut? Rache? So hat es jedenfalls die Podcasterin erfahren, die ihm nachgestellt hat. Und letztendlich auch die Presse."

„Denkst du, es war Karin Fuchs, die Strömer damals erpresst hat?"

„Vielleicht. Aber nach dem, was man mittlerweile weiß, denke ich, es könnte Erich Didier selbst gewesen sein, der die Therapie beenden wollte. Denn das Risiko, seine Frau könnte etwas von dem Missbrauch erzählen, war ihm sicherlich zu groß."

„Aber wieso haben sie denn dann überhaupt eine Paartherapie gemacht?“

„Ich weiß es nicht. Das sind alles nur Spekulationen. Strömer lässt sein Handy jetzt erst mal überprüfen. Dann sehen wir weiter.“

Toni lugte auf den Gang, Lena stand vorne bei der Eingangstür, von der Schmitz war nichts zu sehen. Sie ging wieder zurück in die Garderobe. Kurz überlegte sie, ihn nach Leonard zu fragen. Aber dann ließ sie es doch bleiben.

„Heißt das, du brauchst mich vorerst nicht?“

Edgar schien zu zögern.

„Wieso fragst du?“, fragte er.

Toni schluckte. „Edgar, ich muss dir was sagen. Ich wollte es schon die ganze letzte Woche.“ Edgar hörte zu, als Toni es endlich über sich brachte, ihm alles zu erzählen. Von dem Verbot, weiter für ihn zu arbeiten, was sie mehr als idiotisch und nicht gerechtfertigt fand.

„Darf die Schulleiterin das überhaupt?“, fragte Edgar.

Toni lachte verhalten. „Bei keinem anderen Studium wäre so was möglich, das stimmt schon. Aber hier ist die Schmitz halt allmächtig.“ Toni erzählte von ihrer Lüge und wie sie immer mehr in diesen Strudel hineingeschlittert war. Und ihrem größten Fehler, Edgar zu Berta Fuchs in die Agentur begleitet zu haben. Immer wieder wiederholte sie, wie dumm sie doch gewesen war. Dass sie sich selbst gar nicht verstand, warum sie nicht vorher an die möglichen Konsequenzen gedacht hatte. „Aber das Schlimmste an der Sache ist, Berta Fuchs kommt nächste Woche zum Szenenabend und dann fliegt alles auf. Ich weiß nicht, was ich machen soll.“

„Vielleicht hat die Schmitz ja recht. Nach der Sache im Café Gerstner hab ich mich das auch gefragt. Aber mach dir wegen Berta Fuchs keine Sorgen, ich muss ohnehin mit ihr sprechen. Da werde ich ihr alles erklären.“

„Wirklich?“ Toni kamen vor Erleichterung die Tränen.

„Ja, mach dir keine Sorgen." Irrte Toni sich oder klang Edgar bedrückt?

„Ich werde weiter für dich arbeiten, Edgar", sagte sie rasch. „Aber vielleicht ist es besser, vorerst nur an den Wochenenden. Und online kann man ja ohnehin immer sehr viel rausfinden."

„Wir reden später darüber." Seine Stimme hörte sich gepresst an. Toni schluckte. Das klang genau nach dem, was sie befürchtet hatte. Dass Edgar ihre Zusammenarbeit beenden würde.

„Was machst du jetzt?", fragte sie.

„In der Detektei warten genug Fälle auf mich. Aber vorher gehe ich einkaufen."

„Wie? Du meinst, in einen Supermarkt?"

„Ja. Ein paar Vorräte. Mein Kühlschrank ist leerer als leer." Das war ungewöhnlich für Edgar. Obwohl sie ihm immer in den Ohren lag, er sollte sich besser ernähren, fand Toni es beunruhigend. Edgar ging nicht einkaufen wie jeder normale Mensch. Er tat so etwas nur, wenn er sich ablenken wollte.

„Und was ist mit Karin Fuchs?"

„Von Fernanda weiß ich, es gibt eine Vermisstenmeldung, die Polizei sucht nach ihr."

Edgars Verabschiedung hinterließ bei Toni ein dumpfes Gefühl. Sie würde ihn nach dem Unterricht nochmal anrufen. Und eine Lösung für ihre Zusammenarbeit finden. Ganz sicher. Aber jetzt sollte sie sich auf den Szenenabend konzentrieren.

„Na endlich", sagte Lena, als sie wieder zurückkam.

„Sorry, hat ein bisschen länger gedauert." Toni hatte noch ihr Kostüm geholt und legte es auf einen der Stühle vor der Wand. Lena stellte sich neben sie.

„Also, um uns jetzt den wichtigen Dingen zu widmen. Die Nacht mit Ravinger – sprechen wir hier von lebensveränderndem Sex?"

Toni blickte sich um, bevor sie antwortete, um sicher zu sein, dass sie alleine waren. „Es war so anders, Lena. Ich weiß auch nicht. Alles mit ihm ist schön." Sie schluckte. „Er hat gesagt, er hat sich in mich verliebt." Ihre Oma hatte recht gehabt. Sie hatte Tim von ihrer Angst erzählt, von der Panikattacke, die sie gehabt hatte. Und er hatte es verstanden. Sogar mehr als das. Manchmal machte ihm seine Berühmtheit genauso zu schaffen und vor Toni hatte er noch nie das Gefühl gehabt, jemand würde verstehen, wie er sich damit fühlte.

Lena kniff die Augen zusammen. „Hat er das davor oder danach gesagt?"

„Beides."

Lena grinste und griff sich ans Herz.

„Ist das schön. Tim Ravinger liebt Toni Lorenz. Und liebt Toni Lorenz auch Tim Ravinger?"

Lena lachte, als Toni mit den Augen rollte und nickte. Sie war bis über beide Ohren verliebt.

„Hast du durch Ravinger dein Felixtrauma endlich überwunden?"

„Felix? Welcher Felix?"

„Halleluja. Also los, ich will Details. Was ist passiert? Wie? Und wie oft?"

„Zuerst waren wir im Theater, dann essen. Und danach sind wir zu mir gefahren", sagte sie gespielt unschuldig.

„Auf einer Skala von eins bis zehn, welche Zahl war es mit Ravinger? Eine ..." Lena riss vor Spannung die Augen auf.

Tonis Nacken überzog beim Gedanken an die vergangene Nacht Gänsehaut. Sie versuchte, eine ausdruckslose Miene aufzusetzen, aber es gelang ihr nicht. „Zwölf", sagte sie mit einem breiten Grinsen.

Lena wollte antworten, doch ihr Blick wanderte an Toni vorbei. An ihrem erstarrten Gesichtsausdruck erkannte Toni, dass die Schmitz das Konservatorium betreten hatte.

Sie drehte sich um. Die Schmitz stand regungslos einen Meter hinter ihnen. Hoffentlich noch nicht lange genug, um mitgehört zu haben.

„Guten Morgen", sagte Toni bemüht entspannt.

Die Schulleiterin grüßte nicht zurück, stattdessen gab sie Toni mit einem Kopfnicken zu verstehen, ihr zu folgen. Hatte sie etwas von dem Gespräch mitbekommen? Aber selbst wenn, war es denn schlimm, wenn sie es wusste? Schließlich unterrichtete Tim sie nicht mehr, er war ja nicht einmal Lehrer am Konservatorium.

Die Schmitz ging in den großen Saal und stellte ihre Tasche ab. Toni wollte vor zur Bühne, doch die Schmitz sagte: „Warte, Antonia. Komm her." Beim strengen Blick der Schmitz wurde Toni mulmig. Sie legte ihr Kostüm ab.

„Ja?"

„Was soll das, Antonia?"

„Was meinen Sie, Frau Professor?"

Die Schmitz sagte nichts, starrte sie nur an. Tonis Herz fing an, gegen den Brustkorb zu hämmern.

„Ich meine, dass du gelogen hast", sagte die Schmitz ruhig. Toni wurde kalt. „Ich habe gestern einen Anruf bekommen. Du arbeitest noch immer für diesen Detektiv."

Tonis Herz fing mehr und mehr an, außer Takt zu schlagen.

„Ich kann es erklären." Die Schmitz stand mit verschränkten Armen da und hörte Toni zu, wie sie versicherte, ihr Schauspielstudium sei durch den Nebenjob in keiner Weise beeinträchtigt. Sie würde nicht eine Stunde versäumen. Ab sofort würde sie nur am Wochenende arbeiten. Sie sprach über Edgar, was sie von ihm lernte, erwähnte die Vorzüge, weil sie sich die Zeit einteilen konnte. Sie sagte sogar, dass durch ihren Job ein Stipendiumsplatz für jemand anderen frei war, da sie ihn nicht beanspruchte.

Die Schmitz sagte weder ein Wort, noch zeigte sie sonst eine Reaktion.

„Bist du fertig?“, fragte sie.

„Ja.“

Sie nahm ihre Tasche, holte ihr Handy heraus und sagte beiläufig: „Du hast gelogen. Dir sind die Konsequenzen deines Verhaltens bewusst?“

„Welche Konsequenzen?“

„Du spielst nicht am Szenenabend.“

Toni schluckte. Das war hart, immerhin hatte sie sehr viel Zeit in die Vorbereitungen investiert, aber wenn es das Opfer war, das sie bringen musste, dann sollte es eben so sein. Es würde noch viele Szenenabende geben.

„Okay.“ Sie stand unschlüssig herum. „Darf ich trotzdem an dem Monolog weiterarbeiten?“

Die Schmitz hob den Kopf. „Du kannst tun und lassen, was du willst.“

„Danke.“

Nach drei Schritten Richtung Bühne rief die Schmitz: „Bleib stehen.“

„Ja?“

„Du hast mich falsch verstanden. Ich habe damit gemeint, du kannst gehen und brauchst nicht mehr wiederzukommen.“

Toni riss die Augen auf: „Heißt das, ich bin suspendiert?“

„Nein.“ So ein Glück, dachte Toni. Dann wollte sie nur diese Stunde nicht halten. Sie zwang sich, die Schmitz anzulächeln.

„Das heißt, du bist ab sofort keine Studentin des Konservatoriums“, sagte die Schmitz.

„Bitte?“

„Kannst du dich erinnern, Antonia, letztes Frühjahr, als du so viele Fehlstunden hattest?“ Toni musste sich zurückhalten, um sich nicht zu rechtfertigen. Es war eine der schlimmsten Zeiten ihres Lebens gewesen. Sie war alleine und hatte versucht, Felix zu finden, der mit allen Ersparnissen ihrer Oma abgehauen war. Die Schmitz hatte eine

Konferenz wegen ihr einberufen, die aber nie zustande gekommen war. Wieso, wusste Toni nicht.

„Mit den Kollegen wurde vereinbart, dass du auf Bewährung bist. Solltest du Probleme machen, bist du draußen."

„Was? Aber davon wusste ich nichts. Das ist nicht fair", platzte es aus Toni heraus.

Die Schmitz richtete ihren Zeigefinger auf Toni. „Es spielt keine Rolle, ob du dich unfair behandelt fühlst, Antonia. Du hast gelogen und die Anweisungen missachtet. Das alles hast du dir selbst zuzuschreiben. Was schade ist. Du bist meine talentierteste Schülerin seit Jahren. Vielleicht sogar die talentierteste meiner gesamten Laufbahn als Lehrkraft." Sie kam einen Schritt näher zu Toni. „Aber soll ich dir etwas sagen? Talent alleine bedeutet nichts. Dieser Beruf erfordert absolute Hingabe. Die du eindeutig nicht hast."

„Das stimmt nicht. Ich habe sie. Ich bin nur ... anders."

Es hörte sich dumm an in ihren eigenen Ohren.

„Das Recht, ‚anders' zu sein, muss man sich erst verdienen, Antonia." Die Schmitz schüttelte den Kopf. „Es tut mir leid. Wirklich. Für dich. Für mich. Für das Konservatorium."

Toni konnte nicht glauben, was die Schmitz da sagte. Sie starrte in die Augen der Schulleiterin und wartete auf einen Nachsatz. Etwas wie „denk darüber nach". Oder „du musst diese Lektion lernen". „Komm in zwei Wochen wieder und ich werde in der Zwischenzeit mit den anderen Lehrkörpern sprechen, ob wir eine Lösung für dich finden". Aber die Schmitz deutete nur zur Tür.

„Auf Wiedersehen, Antonia. Alles Gute."

Unschlüssig blieb Toni stehen. Das Blut fing an, in ihren Ohren zu rauschen. Langsam ging sie zum Ausgang. In ihrem Kopf herrschte totale Leere, wie nach einem Sturm. Aber trotzdem sollte sie etwas sagen. Sich rechtfertigen. Verteidigen. Um ihren Studienplatz kämpfen.

„Ach, Antonia", rief die Schmitz ihr hinterher. Toni drehte sich rasch um, die Sohlen ihrer Sneakers quietschten auf dem Boden.

„Ja?"

„Räum deinen Spind aus und gib den Schlüssel im Sekretariat ab. Du bekommst die Abmeldung des Konservatoriums per Post. Damit ist es erledigt."

Eigentlich wollte Toni gar nicht in Edgars Detektei fahren. Aber sie war so geschockt und durcheinander, dass sie automatisch zur U-Bahn gegangen und bei seiner Station ausgestiegen war. Tausend Gedanken schossen ihr durch den Kopf. Durfte die Schmitz sie überhaupt rauswerfen? Ja, sie hatte ihr nicht die Wahrheit gesagt, aber war es tatsächlich gerechtfertigt, ihr den Nebenjob zu verbieten?

Erst als Toni vor dem Haus stand, in dem sich die Detektei befand, fiel ihr ein, dass Edgar wahrscheinlich noch gar nicht hier war. Sie rief Tim an, doch er hatte in der Früh gesagt, er wollte zu seiner Mutter fahren, und ging deshalb nicht an sein Handy. Lena hatte eine Doppelstunde Stimmbildung. Und ihre Oma hatte sie auch nicht erreicht, der Kapitän war rangegangen, sie hätte ihr Handy vergessen.

Toni bedankte sich und beendete rasch das Gespräch, da ihr Tränen die Wangen runterliefen. Sie betrat das Gebäude und ging die Stufen hoch zu Edgars Büro. Mit jedem Schritt wurde ein Geräusch lauter, das sie nicht einordnen konnte. Es klang wie ein quietschendes Wimmern. War das der Kater? Und eine weibliche Stimme, sie sprach leise und melodisch, Toni konnte nichts verstehen. Sie nahm zwei Stufen auf einmal. Bitte nicht der Kater, dachte sie.

Die Stimme wurde lauter, sie klang tadelnd. Mit schnellem Blick registrierte Toni die Scherben vor der Tür, die schwarzen Perlen und die Blutstropfen. Toni wurde schlagartig übel.

„Hallo? Herr Brehm, sind das Sie?", rief eine angespannte Frauenstimme aus der Fensternische am Ende des Ganges. Erneutes Quietschen. Toni konnte von hier aus nicht erkennen, wer es war. Sie ging weiter und machte sich innerlich für den Anblick des verletzten Katers bereit. Wahrscheinlich hatte er sich an den Scherben geschnitten.

Die Sonne schien durch das Fenster und blendete Toni einen Moment. Sie hob die Hand und schirmte ihre Augen ab. Da war kein Kater. Sondern zwei Frauen.

Karin Fuchs saß zusammengekauert am Boden unter der Fensterbank. Sie hielt ihre Hand vor sich, verkrustetes Blut zog eine Bahn von ihrem Daumen herab. Es sah so aus, als hatte sie sich mit einer der Scherben geschnitten. In der anderen Hand hielt sie in der offenen Handfläche ein paar der schwarzen Perlen ihrer Kette. Sie registrierte Toni gar nicht, sondern starrte nur auf die Perlen und quietschte erneut.

Toni brauchte einen Moment, bis sie die junge Frau, die neben Karin Fuchs kniete, einordnen konnte. Das war Marie Herder, die Assistentin von Julia Didier. Sie trug ein blaues Hemd, ihre Haare waren frisch gewaschen und frisiert, außerdem hatte sie sich geschminkt.

„Was ist passiert?“, fragte Toni.

„Ich wollte mich hier mit Herrn Brehm treffen und war zu früh dran. Da habe ich sie entdeckt“, sagte Marie Herder und deutete mit einer Kopfbewegung zu Karin Fuchs. Sie sah blass aus, die Wimperntusche war komplett verlaufen und der rote Lippenstift verschmiert. Aber ihre Kleidung war sauber und kaum zerknittert, die Haare nur wenig zerzaust. Hatte sie hier die Nacht verbracht? Ihre Zähne klapperten und ihr Oberkörper zuckte rhythmisch zusammen, als würde er einem Signal folgen.

Toni nahm ihr Handy, um Edgar anzurufen. Gleichzeitig mit dem Klingelton waren die sich nähernden Schritte aus dem Treppenhaus zu hören. Edgar war bereits im Haus und es hörte sich so an, als wäre er nicht alleine.

„Wir sind hier“, rief Marie Herder.

Toni sah Edgar zuerst. Er verdeckte mit seiner Größe jemanden hinter sich. Im nächsten Moment hörte sie ein ersticktes „Karin“. Sebastian Weber drückte sich im engen Gang an Edgar vorbei. Er stürmte auf seine Frau zu, fiel auf die Knie.

„Was ist mit deiner Hand?“

„Ich weiß nicht, was wahr ist, ich weiß es nicht. Berta ... du ... ich weiß nicht ...“, schluchzte Karin Fuchs. Sie klang wie ein kleines Kind, hilflos und verzweifelt. „Hilf mir, Sebastian. Bitte, hilf mir. Hilf mir.“

Was Sebastian Weber sagte, konnte Toni nicht verstehen. Er umarmte seine Frau so vorsichtig, als würde sie sonst zerbrechen können, und fing herzzerreißend an zu weinen.

21.

„Nochmal von vorne bitte“, bat Edgar und reichte Marie Herder eine Tasse Kaffee. Sie hatte so hektisch gesprochen und sich verhaspelt, kaum die Hälfte von dem, was sie japsend gesagt hatte, war zu verstehen gewesen. Die junge Frau saß im Schneidersitz neben Toni auf der Chaiselongue in seinem Büro. Sie hatte ganz selbstverständlich die Schuhe ausgezogen, als wäre sie bei sich zu Hause und nicht in einer Detektei. Der Kater hatte es sich zwischen ihr und Toni gemütlich gemacht. Es war ein harmonisches Bild, das gar nicht zu dieser Situation passte und Edgar gerade deshalb gefiel.

„Die wollen mit mir reden. Weil sie irgendwas von mir wissen möchten, aber ich weiß nicht, was. Ich glaube, die denken, ich hab mit der Sache, also mit Erichs ... als hätte *ich* was damit zu tun“, wiederholte Marie Herder um einiges langsamer und lauter. Als wäre Edgar schwerhörig und alt. Er ging darüber hinweg. Wenn man so jung war, dann gab es keine definierten Kategorien, alle über 40 waren alt.

„Wer sind die?“

„Die von der Polizei.“ Ein Muskel in ihrem Kiefer zuckte.

Marie Herder hatte ihn angerufen, als Edgar ratlos im Supermarkt in der Obst- und Gemüseabteilung gestanden war. Er hatte sich schon so lange nichts mehr gekocht, dass er nicht wusste, was er einkaufen sollte. Sobald er zu etwas wie einem Fertiggericht, Chips oder Würstel greifen wollte, hatte er Tonis mahnende Stimme im Ohr. Die Ablenkung durch einen herausfordernden Fall war ihm lieber als die Abwägung zwischen Melanzani und Zucchini und die Frage, was er daraus machen sollte. Warum Marie Herder ihn so dringend sprechen wollte, wusste er nicht, aber er war dankbar für ihren Anruf, hatte den leeren Einkaufswagen stehen lassen und sich sofort mit ihr verabredet.

Karin Fuchs war erst vor ein paar Minuten von der Rettung abgeholt worden. Sie wollte nur nach Hause, doch Sebastian Weber hatte unter Tränen mit Berta Fuchs telefoniert und sie hatten gemeinsam beschlossen, dass ein Krankenhausaufenthalt alternativlos war. Tatsächlich hatte sie die ganze Nacht am kalten Steinboden vor der Toilette verbracht.

Es war auf dem Überwachungsvideo zu sehen – hätte Edgar die Aufzeichnung am Vorabend zu Ende geschaut. Doch ab dem Moment, als Karin Fuchs ihre Kette abgerissen hatte und aus dem Bild verschwunden war, hatte er nicht mehr aufgepasst, sondern Ralphs Brief aus dem Papierkorb gefischt. Sonst hätte er gesehen, dass Karin Fuchs wenige Sekunden später zurückgekommen und erneut an seiner Tür vorbeigegangen war. Es war ihr Quietschen, das er gestern Abend fälschlicherweise für das eines Tiers gehalten hatte.

„Danke für den Kaffee“, sagte Marie Herder und nahm einen Schluck. Sie sah vollkommen anders aus als gestern. „Gestylt“, würde Toni sagen.

„Wie kommen Sie darauf, dass jemand glaubt, Sie hätten mit der Sache zu tun?“, fragte Edgar.

„Da war dieser Mann von der Polizei, Scheibenster oder so ähnlich.“

„Schebesta?“

„Kann sein.“ Sie kniff die Augen zusammen. „Ja, so hat er geheißen, stimmt. Gestern ging es mir nicht gut, darum bin ich im Krankenhaus geblieben. Ich meine, nicht bei Julia. Sie lassen mich nicht zu ihr. Und zwar gar nicht. Auch nicht, seit sie aufgewacht ist. Wegen Gefahr der was-weiß-ich. Ich war in einer anderen Abteilung.“ Wahrscheinlich hatte man ihr etwas zur Beruhigung gegeben, vermutete Edgar. Und es schien gewirkt zu haben. „Heute Morgen wurde ich entlassen. Und plötzlich hat mich dieser Polizist aus dem Zimmer gerufen. Er war unangenehm. Er hat gesagt, er hat gehört, was ich Ihnen im Café erzählt habe. Über Erich und diesen Raum ..." Sie schluckte. „Und er hat gesagt, dass Julia jemanden bei sich hatte, der ihr geholfen hat ... mit Erich, ihn zu ..." Sie blinzelte heftig, als wollte sie das Bild, das in ihrer Erinnerung aufgetaucht war, verdrängen.

Das war eine völlig neue Information. Jemand sollte Julia Didier geholfen haben, ihren Mann umzubringen? Edgar sah, wie Toni sofort ihr Handy nahm und anfing, darauf herumzutippen. Erst jetzt fiel ihm auf: Wieso war Toni eigentlich hier? War ihr Unterricht ausgefallen?

„Hat Schebesta Ihnen gesagt, wieso er das weiß?", fragte Edgar.

Marie Herder schüttelte den Kopf. „Nein, hat er nicht. Aber da war eine junge Frau, die ist dazugekommen, die beiden haben sich vor meinem Zimmer gestritten."

Edgar wurde hellhörig: „Worüber?"

„Ich hab nicht alles verstanden. Er hat ihr gesagt, es sei nicht mehr ihr Fall, und sie ihm, er sei manipulativ. Der Mann wollte mich gleich in die Landespolizeidirektion zur Befragung mitnehmen, aber ich hab gesagt, ich muss erst entlassen werden, das wird dauern. Zum Glück hat er mir das geglaubt. Ich hab nicht gewusst, was ich machen soll. Aber dann sind Sie mir eingefallen", sagte sie zu Edgar.

Anscheinend verwechselte sie ihn mit einem Anwalt. Ob sie nur Angst oder doch etwas zu verbergen hatte?

„Hat Schebesta Ihnen gesagt, wann Sie zur Befragung kommen sollen?", fragte Edgar.

Marie Herder nickte, nahm ihr Handy heraus und schaute auf das Display. „Ups, schon so spät. Jetzt."

Edgar stand auf und blickte sich nach seiner Brille um. Er musste sie im Auto gelassen haben. Wieso kaufte er sich nicht endlich ein paar vorgefertigte Lesebrillen? Wartete er noch immer darauf, dass seine Augen wie von Zauberhand plötzlich schärfer sahen? Oder gehörte das zu dem berühmten Bemühen, den Altersprozess zu verleugnen, als könnte man ihn dadurch verzögern?

„Toni, kannst du bitte für Frau Herder die Nummer von der Landespolizeidirektion am Schottenring raussuchen?"

„Natürlich."

Er wandte sich zu Marie Herder. „Sie rufen dort an und sagen, Sie kommen in einer Stunde. Lassen Sie sich nicht verbinden, geben Sie nur bei der Telefonzentrale Bescheid, dass Sie sich zu dem Termin bei Scheibenster verspäten."

„Ich dachte, er heißt Schebesta?"

„So heißt er auch, aber Sie sagen trotzdem Scheibenster. Das verschafft uns ein bisschen Zeit, bis er die Nachricht bekommt. Nach dem Anruf schalten Sie bitte Ihr Handy aus. Ich versuche in der Zwischenzeit, herauszufinden, was das mit den Neuigkeiten auf sich hat. Ich bin gleich wieder da."

Im Hinausgehen nahm Edgar sein Handy heraus. Hoffentlich war Fernanda erreichbar. Er hörte, wie Marie Herder mit Toni sprach, doch er verstand nur das Wort „Verfolger".

„Ach ja", er drehte sich im Türrahmen um. „Die Person, die Sie verfolgt hat, war kein Mann. Das war Karin Fuchs."

„Was?" Marie Herder runzelte die Stirn und lachte ungläubig. „Wer sagt das?"

„Es gibt ein Foto von ihr."

„Was für ein Foto?"

Er ging zurück zur Chaiselongue, entsperrte das Display und zeigte es ihr. „Hier, die Brille, die Kappe. Sie war es, die Sie verfolgt hat. Ihre eigene Verfolgung war nur Teil ihrer Wahnvorstellung."

Sie schüttelte den Kopf. „Nein."

„Doch, es ..."

„Nein, ich meine, das war sie nicht."

„Sehen Sie es sich genauer an."

Marie Herder nahm Edgar das Handy ab und studierte das Bild. „Ich schwöre, das war sie nicht. Der Mann, der mich verfolgt hat, hatte kurze blonde Haare. Sie waren wirklich sehr kurz, man hat es auf den Seiten seines Kopfes gesehen. Die Brillengläser waren oranger als die auf dem Foto und das Gestell war mit Goldrand. Das hab ich mir gemerkt, weil im Selbstverteidigungskurs, den ich an der Uni gemacht hab, hat es geheißen, man soll sich auf ein Detail konzentrieren. Ich hab mich gleich auf ein paar konzentriert. Diese Brille am Foto hat einen schwarzen Rand. Und auch sonst. Ich kenne Karin Fuchs." Sie gab Edgar das Handy zurück. „Der Mann war zwar weiter weg, aber das war sie tausendprozentig nicht. Er war mehr ..." Sie deutete auf Edgar. „So wie Sie."

„Was meinen Sie damit?"

Edgar wappnete sich schon, dass sie „alt" sagen würde, doch sie sagte: „Männlich. Also, der Körperbau."

„Muskulös?", fragte Toni.

„Das weiß ich nicht, eher ... wuchtig?"

Na ja, das war immerhin besser als alt.

„Wuchtig?"

„Ja, groß und wuchtig. Karin ist total dünn. Außerdem hab ich sie noch nie ohne High Heels gesehen und der Mann hatte Sportschuhe an und er hatte so einen Gang ... ein bisschen, als wäre er von einem Pferd gestiegen."

„Breitbeinig?"

„Ja, genau."

„Ich verstehe. Entschuldigen Sie mich bitte, ich muss kurz telefonieren."

Edgar ließ die beiden alleine und ging zur Fensternische vor der Toilette, in der Karin Fuchs gekauert war. Wenn Marie Herder recht hatte, war es dann möglich, dass Karin Fuchs sich ihren Verfolger doch nicht eingebildet hatte? Vielleicht kannte dieser Mann sogar Karin Fuchs' Foto und hatte deshalb diese Aufmachung gewählt? Aber warum? Oder hatte Berta Fuchs ihn absichtlich auf eine falsche Fährte gelockt? Vielleicht war es auch keine Absicht gewesen, sie hatte aufgrund ihrer Erkrankung sicherlich die ein oder andere unerwartete Erfahrung mit ihrer Nichte gemacht ...

Edgar trat auf etwas, er sah, dass am Steinboden eine schwarze Perle herumkullerte. Als er sich bückte, um sie aufzuheben, fiel Karin Fuchs' schwarze Handtasche in sein Blickfeld. Sie lag in der Ecke, er griff danach und hob sie auf.

„Edgar?", meldete sich Fernanda schlaftrunken. Sie war im Krankenstand, das hatte er nicht bedacht. „Ich hab es nicht vergessen, ich mach es gleich."

„Was meinst du?"

„Du wolltest was über diesen Schauspieler wissen. Ich kümmere mich sofort darum. Wie geht es Ralph?"

„Gut, alles okay", sagte er und warf einen Blick in die Tasche. „Wie geht es dir, Fernanda?"

„Ich fühle mich, als hätte mich ein Bulldozer überrollt. Wahrscheinlich sollte ich es besser mit Töpfern oder einem Französischkurs versuchen. Du hast nicht vielleicht ein ..."

„Es tut mir leid, Fernanda, ich hab es eilig", unterbrach Edgar. „Es geht um Julia Didier. Sie soll nicht alleine gehandelt haben. Weißt du was darüber?"

„Nein, ich weiß nix." Sie gähnte.

„Kannst du herausfinden, ob es dazu Neuigkeiten gibt? Es ist dringend."

„Ich versuche, wen zu erreichen. Ich meld mich gleich."

„Danke."

Er legte auf und hörte, wie die Tür seines Büros geöffnet wurde.

„Edgar? Bist du da?", fragte Toni.

„Ja, hier." Sie kam zu ihm, er reichte ihr Karin Fuchs' Tasche. In einem Etui fanden sie die getönte Brille mit dem schwarzen Metallgestell wie auf dem Foto. Außerdem allerlei Krimskrams: Make-up, eine Geldbörse, einen auffällig schönen silbernen Kugelschreiber usw. Aus einem Fach in der Tasche, das mit einem Reißverschluss verschlossen war, zog Toni ein Heft heraus.

„Was ist das?“

„Das Programmheft von *Cyrano*.“ Sie blätterte es durch. „Das ist das gleiche, das wir gestern Abend gekauft haben. Wieso hat sie das da drin?“

„Ich habe keine Ahnung. Ist aber seltsam, weil sie ja gesagt hat, dass sie die Vorstellung nie besucht hat.“

„Was sagst du?“, fragte sie flüsternd mit einer Kopfbewegung Richtung Büro, während sie das Programmheft wieder zurück in die Tasche schob.

„Was meinst du?“, fragte er.

„Ich hab den Eindruck, sie sagt nicht die ganze Wahrheit. Ist nur so ein Gefühl. Und nachdem du draußen warst, hat sie zu weinen begonnen.“

„Sie macht sich Sorgen.“

Toni nickte.

„Ich dachte, du hast Unterricht?“, fragte er.

„Nein. Ich geh mal schnell runter telefonieren“, sagte sie rasch und ließ ihn alleine.

Er lehnte sich an die Fensterbank. Fernandas „gleich“ zog sich in die Länge. Er sollte die Zeit nutzen, um Marie Herder einer genaueren Befragung zu unterziehen. Möglicherweise wusste sie mehr, als ihr bewusst war. Darum entschied er sich, zurück in sein Büro zu gehen und zu hoffen, Marie Herder hatte sich ausgeweint. Vorher wollte er rasch die Toilette benutzen. Als er pinkelte, hörte er, wie jemand langsam und schwerfällig die Stufen hochkam. Das klang nicht nach Toni, sondern nach einer alten Person. Einer wirklich alten. Herr Kratochvil? Es änderte sich der Gang in ein Schlurfen, gefolgt von einem hohlen, dumpfen Klopfen. Das hörte sich nach jemandem mit Stock an. Es klang verdächtig nach einem Menschen, der einen verletzten Fuß nachzog. Das konnte doch nicht Ralph sein? Edgar öffnete leise die Toilettentür und lugte daraus hervor. Und ob es Ralph war!

Was machte er hier? Er hatte eine braune Papiertasche dabei und holte etwas daraus hervor. Was das war, konnte

Edgar nicht sehen. Ein neuer Brief? Es war ein Fehler gewesen, Ralph bei sich übernachten zu lassen. Gleichzeitig wusste er, dass eine andere Entscheidung undenkbar gewesen wäre.

Edgar wagte kaum, zu atmen. Er hoffte, dass Ralph, was es auch war, einfach in die Tür steckte oder davor abstellte und abhaute. Doch dann hörte er das Klopfen, gefolgt vom Öffnen und Schließen der Türe. Er horchte, Ralph kam nicht wieder heraus. Wahrscheinlich nutzte er gleich die Gelegenheit, Marie Herder eine Seelsorgestunde zu geben.

Edgar schloss die Toilettentür, betätigte sanft die Spülung, nur so viel, dass sie nicht zu hören war, und wusch sich mit einem winzigen Wasserstrahl die Hände. Als sein Handy bei Fernandas Anruf in der Hand vibrierte, hätte er es fast ins Klo fallen lassen.

„Hallo", flüsterte er, so leise er konnte.

„Was ist los?"

„Ich kann nicht lauter", sagte er durch seine zusammengebissenen Zähne. Im selben Moment fragte er sich, was das sollte? War er wirklich an den Punkt gekommen, wo er sich vor Ralph versteckte?

„Okay, dann hör nur zu", sagte Fernanda. „Ich habe rausgefunden, warum Carolin abgezogen wurde."

„Dafür hab ich im Moment keine ..."

„Nein, warte, das hat damit zu tun. Auch mit diesem Schauspieler Max Wilhelm. Ich weiß jetzt alles. Carolin hat rasch Zweifel angemeldet, dass die Didier ihren Mann umgebracht hat, und wollte die Ermittlungen in eine andere Richtung lenken. Und das trotz Didiers Geständnisses. Sie findet, das ist kein eindeutiger Beweis. Dem Schebesta ist das gegen den Strich gegangen. Weil für ihn gab es gar keinen Zweifel, du kennst ihn ja. Er ist die Inkompetenz in Person. Kurz gesagt, die beiden haben unterschiedliche Ansichten, und weil er ein Mann ist und alt, hat er sich gegen sie bei den Vorgesetzten durchgesetzt."

„Wie ist Carolin darauf gekommen, dass es die Didier nicht war?", flüsterte Edgar, klappte den Deckel herunter und setzte sich.

„Es gibt mehrere Beweise, die gegen die Didier sprechen. Irgendwas hat es mit einem Schlüsselsafe zu tun, der betätigt wurde, bevor sie an diesem Abend nach Hause gekommen ist. Aber ganz hab ich das nicht verstanden." Edgar hörte, wie die Tür zur Detektei geöffnet wurde. Fragte Ralph sich, wo er steckte?

„Es gibt einen diffusen Fußabdruck im Blut", sprach Fernanda weiter. „Zuerst haben sie angenommen, der wäre von Julia Didier, aber jetzt ist sich die Kriminaltechnik nicht einig darüber. Der Abdruck ist zu breit für den Fuß der Didier."

Die Tür wurde wieder geschlossen. Keine Schritte waren zu hören. Ralph schien in seinem Büro auf ihn zu warten.

„Und dann diese Sache mit der Notwehr, die keine war, weil er durch den Sturz ja schon bewusstlos gewesen ist. Ihre Kleidung wurde auch untersucht. Sie hat sie in die Waschmaschine geworfen, aber die hat nicht funktioniert. Sie hat anscheinend in der Hektik vergessen, den Wasserhahn für den Waschmaschinenzufluss zu öffnen. Der war wohl abgedreht, weil die Didiers ja einige Tage nicht zuhause hätten sein sollen. Die Blutspuren auf ihrer Kleidung sind zwar vom Didier, aber nicht mit dem Tathergang vereinbar. Das waren für die Carolin genug Indizien, um in die Richtung eines anderen Täters zu ermitteln."

„Was ist mit der DNA, die am Tatort gefunden wurde?", fragte er leise.

„Natürlich wurde die von der Didier gefunden, aber da gab es noch viel fremde DNA. Alles von dem Essen, das sie zwei Tage vorher hatten, und von der Assistentin, die Überprüfung und genaue Zuordnung wird dauern. Aber jetzt kommts, pass auf. Gestern sind sie mit der Untersuchung des Laptops vom Didier fertig geworden. In einem versteckten Ordner hat man unzählige Videos einer Überwachungskamera gefunden. Er hat seine Frau eingesperrt, stundenlang, seit Jahren. Kannst du dir das vorstellen? Und da waren zwei anonyme Chats abgespeichert, es ist klar, dass es um eine Affäre geht. Mit Datum. Entweder ist er seiner Frau draufgekommen, dass sie ihn betrogen hat, und die Chats sind von ihr und ihrem Liebhaber. Oder die Chats sind von Erich Didier selbst und er hat sie aufgehoben, woran aber niemand glaubt. Egal, so oder so liefert das gleich zwei Motive: Ehebruch und Missbrauch."

Edgar wollte Fernanda nicht erklären, warum er diese Informationen zum Teil schon hatte, deshalb fragte er stattdessen: „Aber das würde ja wieder eher für die Didier als Mörderin sprechen."

„Das stimmt. Aber einer der forensischen Psychiater meint, die Didier wäre durch die Demütigungen alleine vermutlich gar nicht in der Lage gewesen, ihren Mann umzubringen. Der Schebesta hat jetzt wegen der neuen Beweise sagen müssen, dass es die Didier vielleicht nicht alleine war. Was ihm gegen den Strich geht."

„Der Liebhaber als Komplize?", fragte Edgar gedankenverloren. Wieder waren Schritte die Treppe herauf und das Öffnen der Bürotür zu hören. Das war sicher Toni, die zurückkam.

„Ja, das. Oder sie war wütend auf ihn, falls die Chats von ihm waren. Jedenfalls gibt es jetzt laut Georg Schebesta eine verdächtige Person als Mittäter."

„Und wer soll das sein?"

„Keine Ahnung. Er sagt, es gibt Indizien, diese Person hätte der Didier geholfen, den Ehemann loszuwerden. Woher er das hat oder was dafür spricht, weiß ich nicht. Aber da setzt er sich jetzt drauf, er tönt herum, das war ein geplanter Rache-Mord und er hat das alles durchschaut."

„Das kann nicht sein Ernst sein."

„Doch. Der ist so ein Trottel, dass es weh tut. Irgendwem von den Vorgesetzten steckt er so tief im Arsch, dass er gleich eine Darmspiegelung machen könnte."

„Und was ist mit dem Schauspieler Max Wilhelm?"

„Ja, stimmt. Also, es wurden ja alle verhört, die bei dem Abendessen der Didiers eingeladen waren. Dazu gehörten auch der und seine Frau, die sind beide die Zweitbesetzung der Hauptrollen."

„Ja, ich weiß."

„Dieser Max Wilhelm ist zwar am Samstag bei dem Essen der Didiers gewesen, aber er ist am Sonntag wieder zurück nach Berlin geflogen und erst gestern zurückgekommen. Er hatte Sonntag und Montag Vorstellungen im Berliner Ensemble. Das ist ein Theater. Seine Frau hat ihn begleitet. Und noch was. Es ist gar nicht so sicher, dass die Didier Amnesie hat."

„Sagt das Schebesta?"

„Nein, ausnahmsweise nicht. Sondern einer der Ärzte. Gedächtnisverlust ist neurologisch schwer festzustellen, und weil sie doch so eine gute Schauspielerin ist, gehen jetzt die Meinungen auseinander. Als würde sie das nur vorspielen."

Edgar stöhnte innerlich auf. Er wollte Fernanda noch fragen, ob es irgendwelche Hinweise gab, dass Julia Didier jemals verfolgt oder gestalkt worden war, da hörte er erneut die sich öffnende Tür. Der schlurfende Schritt und das hohle, dumpfe Klopfen von vorhin ertönten am Gang. Ralph ging. Endlich.

Aber er ging in die falsche Richtung. Nämlich in seine. Als die Schritte sehr nah waren, betätigte Edgar den Drehriegel und trat aus der Toilette. Ralph sah ihn verblüfft an.

„Fernanda, danke, ich melde mich wieder", sagte Edgar und legte auf. „Was machst du hier, Ralph?"

„Ich habe dir etwas mitgebracht. Es liegt in deinem Büro."

„Wieder einen Brief?“ Edgars Stimme triefte vor Zynismus.

„Nein. Kein Brief.“ Ralph ließ eine kurze Pause, die lang genug war, damit sich Edgar wegen seines Kommentars schuldig fühlte. Wahrscheinlich war das ein Trick der Katholiken. „Nur ein kleiner Dank, weil du dich letzte Nacht um mich gekümmert hast.“

„Sollest du nicht zu Hause sein und dich ausruhen?“

Ralph nickte, dann zuckte er mit den Achseln und verzog schmerzverzerrt das Gesicht. „Ich wollte nur das hier erledigen. Es war mir wichtig.“ Er senkte den Blick. Erst jetzt sah Edgar, Ralph trug unter einem Mantel schwarze Jogginghosen, dazu ein weißes T-Shirt, über das er das Stützkorsett angelegt hatte.

„Wie hast du es geschafft, dich umzuziehen?“

„Dort, wo ich wohne, gibt es nette Klosterschwestern.“

Edgar zog die Augenbrauen in die Höhe. „Und die hätten sich in der Nacht nicht um dich kümmern können?“

Ralph sah wieder hoch, er räusperte sich leise. „Doch.“ Das war überraschend. Hatte Ralph nicht selbst dagegen protestiert, dass er bei Edgar übernachten sollte?

„Aus dir wird man nicht schlau“, murmelte Edgar.

Sie standen einen Moment da und sahen sich an. In Ralphs Blick war etwas, das Edgar nicht so recht deuten konnte. Er hatte den Eindruck, es war eine Mischung aus Stolz und Dankbarkeit. Aber wieso? Ralph öffnete den Mund. Er wollte ihm etwas sagen, doch nichts kam heraus. Hätte Marie Herder nicht in seinem Büro auf ihn gewartet, vielleicht wäre Edgar versucht gewesen, Ralph auf seinen Sohn anzusprechen. Doch so tat er es nicht und konnte es mit dieser Ausrede immerhin vor sich selbst rechtfertigen. Und dann war dieser Moment auch schon vorbei.

„Darf ich?“, fragte Ralph und deutete zur Toilette.

Edgar trat zur Seite, sein Handy vibrierte erneut. Das war die Nummer von Julia Didiers Vater.

„Herr Kratochvil, darf ich Sie etwas später zurückrufen?“, sagte er am Weg zurück in sein Büro.

„Sie ist aufgewacht. Julia ist aufgewacht“, weinte er.

„Ja, ich weiß.“

„Aber sie lassen mich nicht zu ihr. Ich war im Krankenhaus, ich wollte sie sehen. Sie muss so viele Untersuchungen machen. Eine der Schwestern hat gesagt, ich soll am Nachmittag wiederkommen. Vielleicht kann ich ihr aus der Entfernung winken, wenn sie zu den Untersuchungen gebracht wird. Aber ich will mit ihr sprechen, wieso darf ich nicht zu meiner Tochter?“, jammerte er.

„Das tut mir leid. Herr Kratochvil ...“

„Aber darum rufe ich nicht an. Er ist mir eingefallen. Der Name.“

„Bitte?“

„Sie haben mich gefragt, ob Julia diesen Namen erwähnt hat. Und das hat sie. Nicht, wenn sie mit Erich zu Besuch bei mir war. Aber am Telefon. Sie hat von ihm gesprochen.“

„Von wem?“

„Diesem Mann mit den zwei Vornamen.“

„Max Wilhelm?“, unterbrach Edgar, ohne die Toilettentür aus den Augen zu lassen.

„Genau. Von ihm hat sie gesprochen. Max Wilhelm.“

„Sind Sie ganz sicher?“, fragte Edgar nach.

„Ja, bin ich. Ich habe mich an ihn erinnert, weil ich mich fragte, welcher sein Vor- und welcher sein Nachname ist.“

Aus der Toilette war ein lautes Rumpeln zu hören. Edgar ging näher. War Ralph hingefallen? Erneutes Rumpeln. Nein, es klang eher danach, als würde er mit seinem Stock die Toilette zertrümmern.

„Und was hat sie gesagt?“, fragte er leise.

Herr Kratochvil stöhnte auf, es klang, als würde er sich erheben. „Ich weiß es nicht mehr. Er ... nein, ich weiß es wirklich nicht mehr.“

„Können Sie sich erinnern, wann das war?“

„Ja, ich glaube, es war Sommer. Es war so heiß ... mir ging es nicht gut. Julia wollte zurück nach Wien kommen."

„Wieso, wo war sie?"

„In Deutschland."

„Danke, Herr Kratochvil, Sie haben mir sehr geholfen."

„War er es? Hat er damit zu tun?"

„Das werde ich rausfinden."

Als Edgar in sein Büro kam, hatte sich der Kater auf Marie Herders Schoß ausgebreitet. Sie wirkte in keiner Weise mehr verzweifelt, was Edgar sofort Ralphs katholischem Beistand unterstellte.

Toni saß auf seinem Schreibtisch und ließ die Beine baumeln, sie tippte in ihr Smartphone, anscheinend führte sie eine Unterhaltung. Neben ihr stand die braune Papiertasche am Tisch, die Ralph gebracht hatte. Jetzt erkannte Edgar das goldene Logo des Xocolat-Schokoladenkontors darauf. Das Schokoladengeschäft im Palais Ferstel.

„Das ist für dich. Von Ralph", sagte Toni, griff danach und hielt sie ihm hin.

Edgar nickte nur. Toni sah ihn auffordernd an, also schaute er nur rasch hinein. Der Blick war lang genug, um die zwei Schachteln der Buttertrüffel zu erkennen, nach denen er früher süchtig gewesen war und die er schon Jahre nicht mehr gegessen hatte. Der Gedanke, dass Ralph sich daran erinnerte, verärgerte ihn im ersten Moment mehr, als er ihn wehmütig machte. Als wäre das ein Relikt aus einem anderen Leben.

„Ralph hat sie sich liefern lassen, aber herbringen wollte er sie selbst", flüsterte Toni ihm zu.

Edgar schüttelte den Kopf und verdrehte die Augen. Demonstrativ nahm er Toni die Tasche ab, stellte sie auf den Boden und legte Karin Fuchs' Handtasche stattdessen auf den Schreibtisch.

„Es gibt Neuigkeiten." Er sah auf die Uhr, unter den Umständen hätte Marie Herder pünktlich zu der Befragung kommen sollen. „Frau Herder, ich werde Sie in die Polizeidirektion begleiten.“ Danach würde er versuchen, im Burgtheater doch mehr über diesen Max Wilhelm herauszufinden. „Kommst du mit?“, fragte er Toni.

„Und was ist mit Ralph?“

„Der wollte gerade gehen.“ Edgar nahm seinen Mantel vom Haken, er würde bei der Fahrt Marie Herder befragen, ob ihr jemand für diese Mittätertheorie einfiel. Irgendwas stimmte nicht mit diesem Fall. Edgar hatte den Eindruck, da waren so viele lose Enden, die sich widersprachen. Wo war der Weg durch dieses Dickicht, den er übersah?

„Herr Brehm, bevor ich gehe, muss ich Ihnen etwas sagen“, begann Marie Herder. „Bevor Julia ... an diesem Sonntag, nach der Vorstellung von *Cyrano*, da hat sie mich angerufen. Sie war anders als sonst, wenn sie mir irgendwelche Anweisungen gegeben hat. Sie hat sich von mir verabschiedet. Also, so richtig. Sie war noch im Theater, das hab ich gehört, denn eine Frau ist reingekommen und hat gefragt, ob sie das Kostüm schon mitnehmen kann. Dann war sie wieder alleine und hat gesagt, sie wünscht mir alles Gute und ich wäre für sie so eine Unterstützung gewesen. Und dann ... dann hat sie gesagt, sie hat mich lieb gewonnen, und es hat geklungen, als würde sie weinen. Ich war mit ein paar Freunden in einem Lokal. Darum konnte ich nicht länger mit ihr reden, aber ...“

„Was ist das für ein Geräusch?“, unterbrach Toni und stand auf.

Er wollte sie fragen, was sie meinte, da hörte er es auch. Mehrere Schritte näherten sich, sie eilten die Treppe herauf, es klang bedrohlich. Marie Herder sah Edgar fragend an.

„Weiß jemand, dass Sie hier sind?“, fragte Edgar.

„Nein, niemand, außer ...“, begann sie. Doch was sie sonst sagte, ging im lauten Klopfen an der Tür unter. Ohne Aufforderung flog die Tür auf. Der Kater sprang fauchend von der Sitzbank und zischte hinaus. Direkt zwischen Georg Schebestas Beinen hindurch.

Edgar stellte irritiert fest, Schebesta wirkte nicht überrascht. Als wusste er, dass sie alle hier waren. Hinter ihm konnte Edgar eine Gruppe von Polizeibeamten in Uniform sehen.

„Na, Brehm, mit mir hast du nicht gerechnet“, sagte Schebesta süffisant grinsend. „Hab ich dich überrascht.“ Er durchquerte das Zimmer, stellte sich neben Edgar, während einer der Polizisten zu Marie Herder ging und sie aufforderte, ihre Schuhe anzuziehen und mitzukommen.

Edgar spürte Schebestas Atem an seinem Ohr. „Ist aber nicht klug von dir, dass du die Hauptverdächtige versteckst“, wisperte er.

22.

Toni konnte nicht glauben, dass Marie Herder eben tatsächlich wegen Mordverdachts festgenommen worden war. Doch auch das lenkte sie kaum von ihrem eigenen Kummer ab, denn sie hatte sich schon lange nicht so beschissen gefühlt wie in den letzten paar Stunden. Ein Teil von ihr konnte nicht glauben, dass sie keine Schauspielschülerin mehr war. Ein anderer beschimpfte sie, warum sie so dumm sein hatte können. Und ein dritter Teil wollte am liebsten zu ihrer Oma und von ihr in den Arm genommen und getröstet werden, wie früher, als sie klein war. Ihre Oma hatte ihr vorhin eine SMS geschickt. Es war doch ein Fehler gewesen, nicht auf ihre Ärztin zu hören, denn wegen des Ausflugs gestern lagen sie und der Kapitän wieder mit Bauchschmerzen im Bett.

Es war ein Gefühl, als hätte sich von einem Moment auf den anderen die ganze Welt gegen Toni verschworen. Und das genau einen Tag vor ihrem Geburtstag.

Sie war alleine in Edgars Büro und starrte auf ihr Handy, als würde das irgendeine Lösung parat halten. Edgar war mit Marie Herder, die von Schebesta abgeführt worden war, als wäre sie eine Schwerverbrecherin, und den Polizeibeamten mitgegangen. Er wollte nur schnell einen Anwalt für sie anrufen und dann wiederkommen. Wieso war Herder eine Hauptverdächtige? Etwas musste in der Zwischenzeit passiert sein.

Toni legte sich auf die Chaiselongue und starrte aus dem Fenster hinter Edgars Schreibtisch. Der Himmel war grau und zog sich zusammen. Wie ihre Stimmung. Sie sollte nicht hier sein. Sie sollte im Konservatorium auf der Bühne stehen und ihren Monolog für den Szenenabend proben. Aber es gab keinen Szenenabend mehr, kein Konservatorium, nichts. Sie rollte sich zur Seite und verschränkte die Arme. Nach Hause wollte sie nicht, solange

Tim noch da war. Seit seinem Rückruf vorhin war ihr Herz noch schwerer und ihre Unruhe noch größer.

Bevor sie ihm von der Schmitz und ihrem Rauswurf erzählen konnte, hatte er gesagt: „Es gibt leider nicht so tolle Neuigkeiten, Toni. Unter anderen Umständen würde ich mich ja darüber freuen. Aber ... es tut mir wirklich leid. Eben kam ein Anruf von meiner Agentin. Ich muss nach Hamburg zurück. Der Flug geht in drei Stunden. Der Dreh wird jetzt doch fortgesetzt."

Mehr als ein „Oh" hatte sie nicht zustande gebracht.

„Ja, es ist total überraschend und ein bisschen makaber." Er lachte verhalten, sie konnte hören, wie er herumging. Packte er gerade seine Sachen ein? Toni war so enttäuscht, sie fühlte sich plötzlich entsetzlich schwer, als würde sie ein Gewicht in die Tiefe ziehen. Im selben Moment sagte sie sich, wie lächerlich ihre Reaktion war. Es war Tims Job, natürlich musste er zurück, er hätte ja gar nicht frei haben sollen. Außerdem konnte er nichts dafür, dass er ausgerechnet jetzt wegmusste.

Doch im selben Moment fühlte sie sich so verlassen und allein wie in dem Augenblick, als Felix fort gewesen war. Wie damals, als ihre Mutter sie zurückgelassen hatte. Es war nicht damit zu vergleichen, das wusste sie. Trotzdem fühlte es sich genauso an.

„Die Neuigkeit, dass Julia aus dem Koma aufgewacht ist, eröffnet den Produzenten irgendein rechtliches Schlupfloch", sprach Tim weiter. Jedes seiner Worte schien Toni ein bisschen näher an einen dunklen Abgrund zu schieben. „Es tut mir leid. Ich hab versucht, meinen Drehbeginn um einen Tag zu verschieben. Keine Chance."

„Ist doch okay." Wenn sie jemals so schlecht gespielt hätte, wie diese drei Worte aus ihrem Mund klangen, hätte die Schmitz sie aus dem Unterricht geworfen. Was sie ja nun nicht mehr konnte. Nie mehr.

„Entschuldige, ich rede die ganze Zeit. Eigentlich hast du ja mich angerufen", sagte er. „Was wolltest du sagen?"

Toni zögerte einen Augenblick. Er und die Schmitz waren befreundet. Was, wenn er mit der Schmitz darüber reden würde? Sich dafür einsetzen, dass sie ihre Entscheidung rückgängig machte? Es war nicht rational, aber der Gedanke löste panische Angst in ihr aus. Nicht, weil sie nicht aufs Konservatorium zurückwollte. Nein, es war etwas anderes, das sie gar nicht benennen konnte. Der berühmte Tim Ravinger, der sich um die kleine, unbedeutende Toni Lorenz kümmern und ihr Leben wieder in die richtige Bahn lenken würde. Sie wäre von ihm abhängig oder ihm zumindest für immer etwas schuldig. Der Gedanke schnürte ihr die Luft ab. Das war dumm, das war nicht verhältnismäßig, sie könnte es ihm erzählen und ihn bitten, nichts zu unternehmen. Aber es war, als fehlte ihr dafür die Kraft.

„Hat sich erübrigt", sagte sie rasch.

„Falls du Lust hast, mit nach Hamburg zu kommen, das Angebot steht." Das war nett, doch Toni hatte den Eindruck, er fühlte sich genötigt, das zu sagen. „Ich meine, weil du morgen Geburtstag hast, dachte ich ... ich weiß, ich werde wenig Zeit haben. Das Wochenende habe ich wegen der neuen Umstände nicht mehr frei. Sie wollen versuchen, den versäumten Drehplan einzuholen. Aber du könntest dir Hamburg ansehen und nach Drehschluss gehen wir essen. Was sagst du dazu?"

Toni spürte, wie sich alles in ihr sträubte. Sie würde nicht zusagen. Auf gar keinen Fall. Und das war nicht nur eine Frage des Stolzes.

Natürlich konnte sie sich alleine eine schöne Zeit in Hamburg machen. Und wäre das zwischen ihnen nicht am Anfang – wenn es denn überhaupt ein Anfang war und nicht nur eine nette Episode –, wäre ihre Entscheidung eine andere. Aber gerade jetzt konnte sie sich nicht vorstellen, alleine in einer fremden Stadt zu sein, ohne Perspektive. Es war ihre eigene Schuld. Sie war zu leichtfertig gewesen. Aber das Konservatorium und Edgar hatten ihr

Leben in einem Ausmaß bereichert wie nichts zuvor. An ihren Geburtstag mochte sie gar nicht denken. Sie wollte nach Hause, sich ins Bett legen und die Decke über den Kopf ziehen.

„Danke, Tim. Aber ich kann nicht."

„Ja, das dachte ich mir schon." War das Erleichterung in seiner Stimme, oder bildete sie sich das ein? Er fragte sie ja nicht mal nach einer Begründung. „Ich lass dir dein Geburtstagsgeschenk hier."

Toni presste einen Laut aus ihrer Kehle, der „cool" heißen sollte, stattdessen hörte er sich so armselig an, wie sie sich fühlte.

„Es tut mir so leid, dass ich jetzt wegmuss", wiederholte er. „Ich wünschte, ich könnte bleiben." Sie wollte sagen, dass er ja nichts dafür konnte, aber sie hatte Angst, dass sie gleich losheulen würde. „Ich wäre wirklich gerne bei deinem Szenenabend dabei gewesen. Du wirst großartig sein. Ich sehe schon vor mir, wie dir alle zujubeln. Schickst du mir davon ein Video?" Der Kloß in Tonis Hals wurde so riesengroß, sie beendete rasch das Telefonat unter dem Vorwand, dass Edgar sie brauchte.

Ihre Gedanken kamen nicht zur Ruhe. Sie musste sich ablenken, andernfalls würde sie hier noch durchdrehen.

Die Tasche von Karin Fuchs lag unverändert auf dem Tisch. Wieso hatte sie ein Programmheft von *Cyrano* eingesteckt? Toni stand auf und ging hinüber zum Schreibtisch. Sie öffnete das Reißverschlussfach der Handtasche und nahm das Programmheft heraus. Daran war nichts Ungewöhnliches. Es war genau so ein Programmheft, wie sie es gestern gehabt hatten. Sie durchsuchte die Seiten. Fotos der Schauspieler, Texte zum Stück, ein Interview mit der Autorin, die die Dialoge überarbeitet und in die neue Form gebracht hatte, Werbung der Sponsoren. Sonst nichts, keine Markierung oder Notiz. Aber warum trug Karin Fuchs es bei sich? Gedankenverloren blätterte sie wie bei einem Daumenkino schnell durch die Seiten. An einer Stelle fühlte es sich komisch an. Als würden die Blätter nicht so leicht durchlaufen wie bei den anderen Seiten. Sie stoppte. Blätterte ein paar Seiten zurück und wieder vor. Fehlte da ein Blatt? Toni legte das Heft auf den Tisch, klappte eine Seite nach der anderen um und überprüfte die Seitenzahlen. Tatsächlich, auf Seitennummer 20 folgte 23. Auf den ersten Blick war es nicht sichtbar, nur wenn man genau hinsah, waren winzige Überreste des herausgerissenen Papiers im Heftrücken zu erkennen.

Toni fing an zu suchen, sie hatte Edgar gestern das Programmheft mitgegeben. In den Schubaden war es nicht, in dem Berg von Akten, die auf seinem Schreibtisch lagen, konnte sie auch nichts finden.

Die Tür schwang auf, Toni dachte, es wäre Edgar, und setzte an, um ihn nach dem Heft zu fragen. Doch es war Ralph, der ein wenig außer Atem vor ihr stand. Sein Mantel hing schief über der Schulter, die Jogginghose sah verdreht und er verschwitzt aus.

„Mein Stock ist runtergefallen, ich habe die ganze Zeit selber versucht, ihn aufzuheben“, sagte er atemlos mit schmerzverzerrtem Gesicht. „Das war keine gute Idee. Könntest du ihn holen? Er liegt am Gang vor der Toilette.“

„Klar.“

Als Toni damit zurückkam, versuchte Ralph, sich auf den Besucherstuhl zu setzen, doch es klappte nicht mit seinem Korsett. Sie half ihm vorsichtig auf die Chaiselongue, legte ihm ein Kissen voller Katzenhaare in den Rücken und hievte behutsam sein Bein in dem Plastikschuh hoch.

„Danke, Toni“, sagte er und drückte ihren Unterarm. Sie sah ihm in die Augen, er lächelte freundlich. Sie fragte sich, was er vorhatte. War er doch wieder zur Vernunft gekommen und sah seinen Fehler ein?

„Was ist los?“, fragte er.

„Was meinst du?“

„Dich bedrückt etwas“, stellte er fest, es war keine Frage. Am liebsten hätte sie in dem Moment alles erzählt. Sie mochte Ralph. Aber etwas hielt sie davon ab. Vielleicht weil er Edgar erneut das Herz gebrochen hatte.

Sie zuckte nur mit den Schultern. Er betrachtete sie mit seinem wachen Blick, als würde er abwarten, ob sie es ihm sagte. Doch das tat sie nicht.

„Was war hier vorhin für ein Tumult?“, fragte er schließlich und sah sich um. „Und wo sind alle hin? War die Polizei da?“

Toni setzte sich ans Ende der Chaiselongue und erzählte ihm, was er verpasst hatte, und von dem Fall rund um Julia Didier. Ralph schnalzte immer wieder mit der Zunge.

„Ich wusste nicht, dass Edgar so begehrt ist. Ich meine, als Detektiv“, schob er rasch hinterher.

„Ja, das ist er.“ Sie sah ihn an. Die Doppeldeutigkeit, die ihm passiert war, lag in der Luft. „Ralph, darf ich dich was fragen? Auch wenn es mich gar nichts angeht?“

„Ich schätze, es geht um Edgar.“ Seine Stimme hatte einen liebevollen, warmen Klang, er lächelte wehmütig.

Sie nickte, verschränkte die Arme und fragte sich, ob Edgar ihm von Leonard erzählt hatte.

„Du hast sicher gute Gründe für deine Entscheidung, weiter Priester zu bleiben. Und ich muss das nicht verstehen. Aber ich glaube, Edgar würde dich gerade jetzt brauchen.“

Er runzelte die Stirn, es sah aus, als würde er überlegen. „Was meinst du mit gerade jetzt?“

„Na ja, weil … es sind eben für ihn besondere Umstände“, sagte sie vorsichtig.

„Wieso? Ist etwas passiert?“ Sie presste die Lippen zusammen und dachte einen Moment nach. Das klang nicht danach, als wüsste er von Leonard.

„Er hat es dir nicht erzählt und ich glaube, ich sollte das auch nicht“, sagte sie und stand auf.

„Was erzählt?“ Sie sah, wie sich Ralphs Gesichtszüge vor Sorge verhärteten.

„Nein, nein, es ist nicht Schlimmes“, sagte sie sofort. „Es ist nur … na ja, ich denke, es ist etwas Unerwartetes.“

„Etwas Unerwartetes?“

„Ja, etwas sehr, sehr Unerwartetes.“ Ob Edgar sich darüber freute, wusste sie noch immer nicht. Wie musste Leonard sich fühlen? Toni würde das nie können – ihren Vater finden. Aber sie hatte auch nie das Bedürfnis danach verspürt, sie kannte es nicht anders.

„Etwas unerwartet Gutes oder Schlechtes?“, fragte Ralph.

„Ich würde sagen, etwas Gutes.“ Sie ging zur Kaffeemaschine. „Möchtest du einen?“

„Ja, gerne.“

„Aber ich bin mir nicht so sicher, ob Edgar sich über Leonard freut“, murmelte sie gedankenverloren, während sie ihm Kaffee aus der Kanne einschenkte. „Milch, Zucker?“ Weil er nicht antwortete, drehte sie sich zu ihm. Er war vorhin schon blass gewesen, aber jetzt sah er richtig weiß aus.

„Leonard?“ Seine Stimme klang brüchig.

„Ich hätte nicht davon anfangen sollen. Es ist nur, weil ich mit ihm gesprochen habe.“ Toni schüttelte den Kopf, sie reichte ihm die Tasse und ging zurück zum Schreibtisch. Er stellte sie am kleinen Tisch vor der Chaiselongue ab und rutschte vor.

So wie Ralph reagierte, wusste er wohl von Edgars Sohn. War Edgar gar nicht so überrascht von der Neuigkeit, wie Toni vermutet hatte? Nur weil Leonard bis jetzt nichts von Edgar gewusst hatte, bedeutete das nicht, dass es umgekehrt genauso war. Hatte er gestern Abend deshalb so merkwürdig reagiert? Womöglich gab es eine Absprache zwischen Leonards Mutter und ihm?

„Was hat er gesagt?“ Ralph war so angespannt, dass sie eine pochende Ader auf seiner Stirn sah. Kein Zweifel, er wusste, wer Leonard war.

„Nichts, nur … also … er hat über Edgar gesprochen und über Ingrid, dass sie …“

Ralph fing an zu husten, er hielt sich die Rippen. In dem Moment ging die Tür auf. Edgar kam zurück, er sah nicht erfreut darüber aus, dass Ralph noch hier war. Er stieß ein ungehaltenes Seufzen aus, das sich in einen besorgten Blick verwandelte, als Ralph stärker hustete. Hinter Edgar kam Sebastian Weber herein.

„Ist alles in Ordnung?“, fragte Edgar, er meinte damit eindeutig Ralph.

„Toni, kannst du mir helfen?“, bat Ralph, ohne Edgar anzusehen. „Ich würde gerne aufstehen.“

„Natürlich.“ Kaum hatte er seinen Stock, verließ er grußlos und so eilig die Detektei, als wäre er auf der Flucht. Ein Schatten huschte über Edgars Gesicht.

„Herr Weber ist zurückgekommen, um die Tasche seiner Frau zu holen“, sagte er, ging zum Schreibtisch und reichte sie ihm. Toni war sich nicht sicher, ob Edgar registrierte, dass das Programmheft nicht mehr darin war, sondern daneben lag.

„Danke.“ Sebastian Weber nickte Edgar zu. „Und entschuldigen Sie bitte die Umstände. Karin ist …“ Seine Stimme kippte, er sprach nicht weiter.

„Ihre Tante hat mich gestern angerufen und es mir erzählt“, sagte Edgar. Sebastian Weber presste die Lippen zusammen und senkte den Kopf, es sah aus, als hätte er einen Ballon in seinem Oberkörper, aus dem die Luft entwich.

„Früher ist so etwas oft passiert. Bevor sie die richtigen Medikamente hatte. Ich dachte, wir hätten es überwunden“, sagte er leise. „Das dachten wir alle. Aber das war ein naiver Wunsch.“

„Es muss sehr schwer sein. Besonders jetzt, da sie ihre engste Freundin unter diesen Umständen verloren geglaubt hat“, sagte Edgar.

Weber nickte.

„Ich hätte es merken müssen. Ich dachte, sie nimmt ihre Medikamente. Es trifft uns doch alle, wir müssen es gemeinsam durchstehen. Wahrscheinlich wollte ich es nicht sehen. Als Karin krank wurde ... man kann sich so etwas nicht vorstellen.“ Er hob den Blick, man konnte ihm die Resignation ansehen. „Der Mensch, der dir am nächsten steht und den du am besten kennst und liebst, verschwindet plötzlich.“ Er klopfte auf die Handtasche. „Danke auf jeden Fall und entschuldigen Sie nochmal die Umstände, die wir Ihnen gemacht haben. Auf Wiedersehen, Herr Brehm.“ Er nickte Toni zu.

„Herr Weber, hätten Sie fünf Minuten? Es gibt ein paar Fragen“, hielt Edgar ihn auf. Weber schien verneinen zu wollen, dann nahm er sein Handy heraus und warf einen Blick darauf.

„Aber nur kurz. Ich muss zu Karin ins Krankenhaus. Sie brauchen ihren Ausweis, wegen der Aufnahme.“ Edgar bot ihm den Besucherstuhl an und nahm hinter dem Schreibtisch Platz. Das Programmheft lag unverändert dort.

„Herr Weber, bei diesem Abendessen der Didiers waren Max Wilhelm und seine Frau dabei. Wie war das?“

„Ich verstehe nicht?“

„Wieso wurden die beiden überhaupt eingeladen?“

Er zuckte mit den Achseln, ließ seinen Blick schweifen. „Ich denke, weil sie sich gut verstanden haben. Beide spielen die Cyrano ...“

„Und Max Wilhelm? Ist Ihnen etwas aufgefallen?“

„Worauf wollen Sie hinaus?“

„Zwischen Max Wilhelm und Erich oder Julia Didier? Egal, wie unbedeutend es Ihnen auch erscheint.“

Er schüttelte langsam den Kopf. „Nein, ich glaube nicht. Erich war stolz auf Julia, da sie für den Nestroy nominiert ist. Das war nicht sehr charmant Birgit gegenüber."

„Was meinte Ihre Frau vorhin damit, sie weiß nicht mehr, was wahr ist?"

„Die Warnsignale."

„Bitte?"

Er stieß ein tiefes Seufzen aus. „Karin hat auf viele Medikamente nicht angesprochen. Es war eine Prozedur, bis endlich die richtigen gefunden wurden. Zu dieser Zeit musste sie täglich in die psychiatrische Ambulanz. Dort wurden die Warnsignale erarbeitet. Eine Art Ebene, an der sie trotz ihrer Krankheit erkennt, dass sich eine psychotische Phase abzeichnet."

„Was waren das für Warnsignale?"

„Das erste Zeichen war, dass sie sich verfolgt fühlt. Manchmal von Menschen, die da waren, denen sie unterstellt hat, sie würden ihr nachstellen. Aber es kam auch vor, dass sie Leute gesehen hat, die es nicht gab. Sie hat sich Dinge eingebildet, die nicht passiert sind. Und obwohl sich das für sie so real angefühlt hat, hat sie diese andere Stimme in sich. Die hinterfragen konnte, ob das stimmt. Die die Warnsignale gesehen hat."

„Ich verstehe. Und hat das damals funktioniert?"

„Nicht immer. Manchmal aber schon. Das war alles tagesabhängig. Doch dann wurde endlich das richtige Medikament gefunden und sie war – sie war wieder fast wie früher. Man hat es nicht mehr gemerkt."

„Wusste Julia Didier davon? Oder ihr Mann?"

„Niemand in der Branche wusste es. Vor allem Erich hatte keine Ahnung, sonst hätte er Karin nie die Vertragsabschlüsse machen lassen." Er hob die Hände, als müsse er sich verteidigen. „Die immer intern von Berta überprüft wurden, sie hat sich dadurch viel mehr Arbeit angelastet. Aber es war ihr wichtig – uns beiden –, dass es Karin gut geht. Ob Julia davon wusste, weiß ich nicht. Vielleicht hat

Karin es ihr gesagt, die beiden hatten so viel Kontakt. Ich habe sie nie danach gefragt. Ich war mir sicher, selbst wenn Julia es weiß, würde sie es für sich behalten."

Edgar nickte und Weber stand auf. „Es tut mir leid, ich muss jetzt zu Karin."

„Danke, dass Sie sich die Zeit genommen haben. Auf Wiedersehen, Herr Weber. Und alles Gute."

Toni wartete, bis seine Schritte verklungen waren.

„Karin Fuchs hat sich das eingebildet?"

„Ja, es sieht so aus."

„Und wieso wurde Marie Herder abgeführt?"

„Schebesta wirft ihr Beihilfe zum Mord vor."

„Was? Warum?"

Sie hörte Edgar zu, wie er von diesem Raum bei den Didiers erzählte, in dem Marie Herder die Schauspielerin gefunden hatte. Ihr Herz wurde mit jedem Satz schwerer, sie konnte es nicht glauben.

„Wieso hat Julia Didier das mit sich machen lassen?"

Edgar kratzte sich am Kinn. „Ich habe keine Ahnung. Die Kriminaltechnik hat einen diffusen Fußabdruck in Erich Didiers Blut gefunden. Und dann gibt es die Sache mit dem Schlüsselsafe. Julia Didier hat ihn mit ihrer App geöffnet. Und zwar, nachdem Herder ihren Koffer zum Einchecken an diesem Montag geholt hatte."

„Das heißt, es war jemand anderes in der Wohnung. Wie kommt Schebesta da auf Marie Herder?"

„Seine Argumentation lautet, dass Herder nicht selbst den Schlüsselsafe betätigen konnte. Sonst hätte Erich Didier gesehen, dass sie zurückgekommen war."

„Aber eine Sache verstehe ich nicht, Edgar – wenn der Mord von den beiden geplant gewesen wäre, wie hätte das funktionieren sollen?"

„Was meinst du?"

„Na ja, Erich Didier ist doch zum Flughafen gefahren, er hätte gar nicht in der Wohnung sein sollen an diesem Abend."

Er nickte. „Das habe ich dem Anwalt, den ich angerufen habe, auch gesagt." Edgar beugte sich vor und stützte sich mit den Ellbogen am Tisch ab.

„Und was, wenn Erich Didier es Marie Herder gesagt hat, dass er nicht fliegen wird? Sie könnte ihn ja gesehen haben, als sie die Koffer geholt hat. Ich meine, denk mal das Ganze durch." Sie sah Edgars skeptischen Blick. „Wenn man ausschließt, dass es von Georg Schebesta kommt", schob sie nach.

Ab dem Moment, als Marie Herder hier aufgetaucht war, hatte Toni ein merkwürdiges Gefühl gehabt. Edgar sah sie fragend an.

„Nehmen wir nur mal rein hypothetisch an, Marie Herder lügt. Karin Fuchs hatte ja, wie es aussieht, nie einen Verfolger, es war nur ihre Wahnvorstellung. Aber Marie Herder sagt, es gibt doch einen. Und das sagt sie, weil ...?" Es klang wie ein Angriff, das wollte sie nicht. „Weil sie von sich ablenken will", führte sie ihren Satz selbst zu Ende.

„Natürlich ist das möglich." Edgar nickte, ließ seinen Blick über den Schreibtisch gleiten.

„Du hast gesagt, sie hat selbst zugegeben, sie war am Anfang in Erich Didier verknallt."

„Du meinst, sie und er?" Toni zuckte mit den Achseln und nickte gleichzeitig.

„Sie ist doch nochmal zurückgegangen an dem Abend, als Erich Didier ermordet wurde. Warum? Es hat keinen Grund gegeben. Aber da sie die Leiche entdeckt und die Polizei gerufen hat, nimmt niemand an, dass sie etwas damit zu tun hat. Und sie hat doch gesagt, dass sie alleine gar nicht in die Wohnung durfte, also weshalb war sie dann nochmal dort?"

„Sie hat gesagt, sie hätte das der Polizei erzählt. Das habe ich nie überprüft. Wenn es Marie Herder war, wieso hat Julia Didier aber den Mord gestanden?", fragte Edgar.

„Keine Ahnung. Wenn Carolin Schebesta daran zweifelt, dass sie es war, dann muss es dafür einen Grund geben. Meinst du nicht?"

Edgar nickte und sah sie einen Moment zu lange an. „Wieso bist du hier, Toni? Ich dachte, du hast den ganzen Tag Unterricht?"

„Wo ist das Programmheft von gestern, Edgar?", überging sie seine Frage.

„Es liegt doch hier." Er hob es hoch.

„Nein, das ist das von Karin Fuchs." Sie nahm es ihm ab und blätterte zur fehlenden Seite. „Die hier ist rausgerissen. Wir brauchen unseres, zum Vergleich."

Edgar sah sich um. „Warte. Ich war gestern hier, habe den Computer aufgedreht, mich hingesetzt und es aus dem Sakko genommen. Es muss da sein." Er stand auf und fing an zu suchen, hob wie Toni Akte hoch.

Sie half ihm, legte sich auf den Boden, um unter dem Schreibtisch nachzusehen. Nichts.

„Es muss hier sein", sagte Edgar und stemmte die Hände in die Hüften. Es sah aus, als hätte er eine Idee, er stellte den Mülleimer auf den Tisch und wühlte durch den Inhalt. Hatte er es weggeworfen?

„Wieso ist Ralph so schnell gegangen?", fragte er.

Toni hob das Kissen von der Chaiselongue, hier war es auch nicht.

„Ich weiß nicht ... ich habe Leonard erwähnt. Ich hab ihm nicht gesagt, dass er dein Sohn ist oder so." Sie konnte sehen, wie Edgar schluckte.

„Hab ich einen Fehler gemacht?", fragte Toni.

„Nein, es ist nur ... er ist nicht mein Sohn, Toni. Er ist der Sohn von Ralph."

„Ich verstehe nicht", unterbrach sie ihn.

Er schüttelte den Kopf. „Es ist ein Missverständnis. Ich weiß nicht, wieso, aber Leonard hat mich mit Ralph verwechselt. Er war mit Ingrid zusammen, bis sie ihm gesagt hat, dass sie schwanger ist. Ralph dachte, sie hat die Schwangerschaft abgebrochen."

„Und Ralph weiß davon?" Edgar nickte.

„Wow. Und Leonard hat keine Ahnung."

„Er wird sich sicher bei ihm melden. Wir sollten jetzt das verdammte Programmheft finden", sagte Edgar.

„Soll ich im Auto nachsehen? Vielleicht hast du es ja wieder mitgenommen?"

„Ich komme mit." Sie sah, wie er kurz innehielt und einen Blick auf die braune Papiertasche warf. Ihr war sehr danach, diese Pralinen zu essen. Am liebsten hätte sie sogar alle auf einmal in sich hineingestopft, aber Edgar schien sie nicht anrühren zu wollen. „Ich muss ohnehin an die frische Luft und mir die Beine vertreten."

Wortlos gingen sie die Treppe hinunter. Das Programmheft von *Cyrano* lag tatsächlich auf der Rückbank des Wagens. Toni holte es und schlug die Seite 21 auf. Es war ein Foto ohne Text. Julia Didier saß in der Garderobe des Burgtheaters auf einem gepolsterten roten Stuhl vor ihrem Schminkspiegel. Lachend hielt sie mit einer Hand eine große Plastiknase in die Kamera. Mit dem Zeigefinger der anderen Hand tippte sie auf ihre Nasenspitze. Es war ein bezauberndes Foto, witzig und charmant. Aber sonst war daran nichts Auffälliges. Hatte Karin Fuchs das Foto rausgerissen, um es in einen Rahmen zu geben?

Edgar hatte seine Brille aus dem Handschuhfach geholt und sie aufgesetzt. Er beugte sich über Toni, nahm sein Handy heraus und machte ein Foto von dem Bild. Dann zoomte er einen Ausschnitt heran.

„Schau dir das an", sagte er und reichte Toni sein Handy. Sie sah vom Display wieder auf das Foto. Ihr war entgangen, was Edgar entdeckt hatte.

Es war auf dem Schminkspiegel von Julia Didier. Dort hing ein Polaroid. Es war verschwommen, man konnte die Gesichter der zwei Personen, die Wange an Wange in die Kamera schauten, kaum erkennen. Eine der beiden war eindeutig Julia Didier, ihre roten Locken leuchteten. Die zweite Person neben ihr trug eine getönte Brille und eine blaue Baseballkappe. Die kurzen Haare, die seitlich hervorlugten, waren eindeutig blond. Die Person auf dem Foto hatte breite Wangenknochen und ein eckiges Kinn.

Zwei Dinge waren eindeutig: Es war nicht Karin Fuchs. Und wer auch immer Marie Herder verfolgt hatte und allem Anschein nach auch Karin Fuchs, bedeutete Julia Didier so viel, dass sie ein Foto dieser Person auf ihren Schminkspiegel gepinnt hatte.

IX.

Drei Tage vor dem Mord

X: Hast du es auch bekommen?

Y: Ja.

X: Wann?

Y: Bevor du mir das Zeichen gegeben hast, dass wir uns hier treffen. Ich habe sofort alle Passwörter geändert, als es gekommen ist.

X: War es eine Mail mit Foto, ohne Text?

Y: Ja. Wer war das?

X: Ich weiß es nicht. Ich weiß es wirklich nicht.

Y: Wie ist es möglich, dass dieses Foto von uns existiert? Wir waren so vorsichtig.

X: Das verstehe ich auch nicht. Mach dir keine Sorgen. Ich kümmere mich darum.

Y: Wie denn? Wenn du nicht mal weißt, wer es geschickt hat.

X: Wir sollten uns vorerst nicht mehr alleine treffen.

Y: Natürlich nicht. Denkst du, sie weiß davon?

X: Nein.

Y: Ich bete, dass du recht hast. Das könnte ich mir nie verzeihen.

X: Sie weiß nichts.

Y: Ist das unsere Strafe?

X: Bitte sag das nicht.

Y: Ich muss dafür büßen, dass ich dich liebe.

X: Nein. Ich werde herausfinden, wer das Foto geschickt hat. Und warum.

Y: Du bist mein Leben.

X: Und du bist meines.

X und Y haben die Unterhaltung gelöscht und den Chat verlassen.

23.

„Mein Name ist Marie Herder, ich bin die Assistentin von Julia Didier und wurde geschickt, um ihre Sachen abzuholen“, wiederholte Toni zum vierten Mal in einem so freundlichen und süßen Tonfall, als würde Honig zwischen ihren Stimmbändern fließen.

„Von wem wurdest du geschickt?“ Sie drehte sich zu Edgar, er parkte gerade gegenüber des Bühneneingangs des Burgtheaters ein. Der graue Himmel hatte sich verzogen, die Sonne war herausgekommen und eine Menge Touristen strömten am Auto vorbei zum Hintereingang in den Volksgarten, um die letzten Rosen des Herbstes zu bewundern.

„Bitte?“

„Wenn dich der Portier fragt, von wem wurdest du geschickt?“, wiederholte Edgar, in seiner Stimme schwang Unbehagen.

Sie überlegte kurz. „Von ihrem Vater, Herrn Kratochvil, er möchte ihre persönlichen Sachen aus der Garderobe.“

Edgar schnalzte mit der Zunge. „Das ist sehr gut. Bist du auch ganz sicher, dass du das machen willst?“

„Es ist zumindest einen Versuch wert, wenn wir dieses Foto haben wollen.“

„Und wenn der Portier oder sonst jemand Marie Herder kennt und weiß, wie sie aussieht?“

„Dann kann ich mich immer noch als Freundin von ihr ausgeben, die sie geschickt hat, weil sie zu traumatisiert ist. Was soll schon passieren? Mehr als nicht reinlassen können sie mich nicht. Und vielleicht hat ohnehin die Polizei alles beschlagnahmt.“

Ihr entging Edgars skeptischer Blick nicht, sie zuckte nur mit den Achseln. Möglicherweise hatte das etwas mit der Flucht nach vorne zu tun, einer Art unbändiger Mut, aus der Verzweiflung ihrer Situation geboren. Tatsache war, dass es keine Rolle spielte, ob sie im Theater jemand erkennen würde. Sie fühlte sich, als hätte sie nichts mehr zu verlieren.

„Falls es unangenehm wird oder irgendwer Probleme macht, ruf mich an. Ich bin hier", sagte Edgar. Sein Handy läutete, sie wollte aussteigen, doch als er sagte: „Das ist Strömer", blieb sie sitzen.

„Aha, ich verstehe. Wie sicher ist das? Das ist eindeutig. Ja, gerne, geben Sie ihn mir. ... Hallo. ... Und auch keine andere Möglichkeit? ... Gut, danke, das ist immerhin etwas. Können Sie mir bitte wieder Herrn Strömer geben. ... Ja, wir suchen weiter. ... Nein, noch nicht. Aber ich melde mich bald mit Neuigkeiten." Edgar legte auf und schüttelte den Kopf. „Er hat sein Handy untersuchen lassen, es ist keine Spyware darauf. Das heißt, ich muss nochmal in Strömers Praxis."

„Ich kann mitkommen", sagte Toni.

Bevor Edgar erneut nachfragen konnte, ob sie nicht in den Unterricht musste, stieg sie rasch aus. Es würde ihr nicht erspart bleiben, ihm alles zu erzählen. Aber sie war noch nicht so weit. Und das, nachdem es sie gerade erst so viel Überwindung gekostet hatte, ihm von ihrem Lügengestrick, das sie der Schmitz aufgetischt hatte, zu erzählen.

Mit jedem Schritt Richtung Bühneneingang verließ sie der Mut ein wenig mehr. Während sie durch das Portal zwischen die beiden Steinsäulen trat und die Stufen zu dem massiven braunen Holztor hinaufging, wurde ihr mulmig. Das war nicht richtig. Sie würde das nicht schaffen, sie sollte umkehren. Aber dann kam eine junge Frau heraus und hielt ihr die Tür auf. Sie bedankte sich und trat ein.

Der Portier stand mit dem Rücken zum Eingang auf der linken Seite hinter einem langgezogenen Tisch. Er war damit beschäftigt, Briefe und Postsendungen in einen Fächerschrank, der über die gesamte Wand reichte, einzuordnen. Auf einem Monitor erspähte Toni die Bühne, auf der Kulissen herumgeschoben wurden. Ohne darüber nachzudenken, ging sie weiter, an ihm vorbei, während sie mit angehaltenem Atem erwartete, dass er sie gleich aufhielt. Flott stieg sie in ihren Sneakern die Stufen hoch, eine automatische Glastür schwang auf. Jeden Moment würde er sie zurückpfeifen. Doch nichts geschah. Er ließ sie passieren, wahrscheinlich hatte er sie nicht bemerkt. Und dann war sie tatsächlich an einer Gabelung, die im grellen Licht der Neonröhren vor ihr lag.

Der muffige Geruch von Zigaretten hing in der Luft. Durfte man denn in Innenräumen überhaupt noch rauchen? Zu ihrer Linken stand eine Glastür offen, dahinter erstreckte sich ein langer Gang mit Türen. Rechts gab es einen Lift und Stufen, die nach oben führten. Das hier sah unglamouröser aus, als sie erwartet hatte. Links an der Wand hing ein Wegweiser zur Direktion, den Betriebsräten, zum Theaterarzt und zur Gebäudeinspektion. Schritte, die die Treppen herunterkamen, waren zu hören, Toni bog sofort links ab, sie ging bis zum Ende des Ganges. Hier würde sie nicht weiterkommen. Hinter ihr lagen eine Vielzahl von Türen, einige schmucklos und weiß, andere aus Holz mit Goldklinken und Verzierungen. Ein grünes Notausgangschild an der Wand und ein unbeleuchtetes Neonzeichen, auf dem „BITTE RUHE" stand, waren der einzige Hinweis, den sie entdecken konnte. Sie ging zurück zur Gabelung. Erst jetzt sah sie die Kamera, die auf den Gang gerichtet war. Die hatte sie vorhin gar nicht bemerkt. Wie lange konnte sie hier suchend herumgehen, bis der Portier sie entdecken würde? Eine Gruppe von vier jungen Leuten kam an ihr vorbei, anscheinend Schauspieler, die geschäftig miteinander über irgendein Stück sprachen. Sie nickte ihnen mit einem leichten Lächeln zu. Keiner nahm Notiz von ihr. Toni stellte sich unter die Kamera, um nicht von ihr gefilmt zu werden, und tat so, als würde sie die Aushänge in den Schaukästen an der Wand lesen.

Toni straffte sich. Das Geheimnis war, so zu tun, als würde sie hierher gehören. Mit flottem Schritt trat sie unter der Kamera hervor und ging den Gang entlang. Dort, wo alle herauskamen, befanden sich keine Garderoben. Toni irrte Stiegen und Gänge entlang, nirgends war die Garderobe angeschrieben. Plötzlich öffnete sich eine Tür. Ein Mann kam heraus, lächelte sie kurz an und ging dann mit schnellen Schritten weiter Richtung Kantine. Sie kannte ihn. Er war einer der Schauspieler aus *Cyrano*, sie hatte ihn bereits im Fernsehen gesehen. Wie hieß er bloß?

„Hallo, entschuldigen Sie bitte", hielt sie ihn auf, ohne darüber nachzudenken. Er blieb stehen, drehte sich um.

„Ja?"

Er war zwar nicht die Person, mit der sie gerechnet hatte, doch sie sagte trotzdem ihren auswendig gelernten Text auf: „Mein Name ist Marie Herder, ich bin die Assistentin von Julia Didier. Besser gesagt, ich war es." Sie stieß ein tiefes Seufzen aus. „Ich wurde geschickt, um ihre Sachen abzuholen. Ich will in die Damengarderobe, aber ich finde mich hier nicht zurecht, ich habe mich verlaufen."

Der Schauspieler sah sie einen Moment an und Toni dachte schon, er hatte erkannt, dass sie nicht die echte Marie Herder war. Doch dann legte sich ein tieftrauriger Ausdruck auf sein Gesicht.

„Mein Gott, Julia, wie geht es ihr?"

„Ich weiß es nicht, ich darf nicht zu ihr."

„Das tut uns allen so leid. Niemand hier kann es fassen."

„Ja, ihrem Vater geht es auch so. Er hätte so gerne ihre Sachen aus der Garderobe, aber ich weiß nicht, wo ich hinmuss. Können Sie mir bitte helfen?"

„Natürlich, sehr gerne. Kommen Sie. Ich bring Sie hin. Wir müssen zu den Treppen nach vorne und dann in den ersten Stock."

Toni fühlte sich, als wäre sie in ein Paralleluniversum katapultiert worden. Dieser Schauspieler war nicht nur unfassbar nett und aufmerksam, während er sie zur Damengarderobe brachte, er sprach ihr auch sein Mitgefühl aus. Anscheinend hatte Julia Didier von Marie erzählt und wie sehr sie ihre Assistentin mochte und schätzte. „Sie hat von Ihnen gesprochen, als seien Sie ihre kleine Schwester“, sagte er. Und er erwähnte, wie gern er und alle aus dem Stück Julia hatten. Dass niemand im Ensemble den Mord glaubte. Und es so eine Freude war, mit ihr zu arbeiten. Er konnte es sich nur so erklären, dass es sich um einen Unfall handeln musste. Selbst, wenn die Presse etwas anderes berichtete.

Dieser Schauspieler war so hilfsbereit und einnehmend, dass Toni sich an etwas erinnerte, das Tim bei einem Gespräch erwähnt hatte. Nämlich, dass die meisten erfolgreichen Schauspieler, mit denen er zu tun hatte, unkomplizierte und nette Menschen waren. Mehr Allüren hatten die nicht so berühmten. Toni fand das damals übertrieben und ungerecht. Wahrscheinlich auch deshalb, weil sie sich mit der zweiten Kategorie solidarisierte.

Er erkundigte sich sogar nach Julia Didiers Vater, den sie oft bei den Proben erwähnt hatte. Bei der Damengarderobe angekommen, ließ er sie nicht alleine, sondern übernahm alle Gespräche, bis sie die zuständige Leiterin gefunden hatten. Ohne zu zögern, wartete er neben Toni, als sie von einer älteren weißhaarigen Frau in einem Schminkmantel etwas widerwillig eine Schuhschachtel ausgehändigt bekam, auf die man mit Filzstift die Initialen J. D. geschrieben hatte.

Zum ersten Mal an diesem Tag, seit dem Gespräch mit der Schmitz, hatte Toni ein Hochgefühl und sie spürte so etwas wie Zuversicht. Vielleicht war das der Grund, warum sie, statt sich zu bedanken und wegzugehen, in diesem Moment die Schachtel öffnete. Der Schauspieler unterhielt sich weiter mit der Garderobiere. Sie sprachen über Julia Didiers Glanzleistung als Cyrano, die beide für den Rest ihres Lebens nicht mehr vergessen würden.

Toni wühlte sich durch diverses Make-up, Glückwunsch-Karten von der Premiere, unberührte Schokoladetafeln, Haargummis.

„Suchen Sie etwas Bestimmtes?“, fragte er, in dem Moment, als sie ganz unten das Polaroid fand. Sie zog es heraus, es waren zwei, sie klebten aneinander. Das erste war das vom Schminkspiegel. Die Person neben Julia Didier mit der Baseballkappe und der Brille mit den bunten Gläsern war darauf gut zu erkennen. Es war eine Frau. Sie hatte ein markantes Kinn, ihre quadratischen Gesichtszüge ähnelten mehr denen eines Mannes und dennoch war sie auf unkonventionelle und interessante Weise außergewöhnlich attraktiv mit ihrem breiten Lächeln. Auf dem zweiten Foto, das dahinter klebte, war sie auch neben Julia Didier, doch es war aus weiterer Entfernung aufgenommen. Sie standen nebeneinander, Seite an Seite. Die Frau war mehr als einen Kopf größer als Julia Didier. Sie war nicht dick, eher athletisch. „Wuchtig“ hatte Marie Herder es genannt. Das passte haargenau.

Toni war so überrascht, dass sie seine Frage nicht beantwortete.

„Wer ist das?“, fragte er.

„Ich weiß es nicht.“ Sie zeigte es der Garderobiere im Schminkmantel. „Wissen Sie vielleicht, wer das ist?“

Die Frau schüttelte den Kopf. „Nein. Aber ich war auch nicht für sie zuständig. Luzi, komm mal“, rief sie über ihre Schulter.

Eine hochgewachsene Frau mit schwarzen Dreadlocks kam aus einem der Zimmer, sie hatte eine Perücke in der einen und einen Kamm in der anderen Hand. „Du hast doch die Maske für die Didier gemacht, schau mal. Wer ist das auf dem Foto?“

„Ah, die. Ich weiß nicht, wer sie ist. Irgendeine Freundin wahrscheinlich. Sie war einmal hier und hat die Didier in der Garderobe besucht.“

„Wann war das?“, fragte Toni.

„Bei der letzten Vorstellung am Sonntag. Bevor sie ...“ Sie presste die Lippen zusammen und verzog das Gesicht.

„War Erich Didier auch dabei?“

„Nein. Er ist eigentlich nie in die Garderobe gekommen. Wieso? Was ist denn mit ihr?“ Die junge Frau betrachtete Toni argwöhnisch.

„Nichts“, sagte Toni, ließ das Foto rasch wieder in den Schuhkarton gleiten und gab den Deckel darauf. „Vielen Dank, ich bringe das jetzt zu Herrn Kratochvil.“

„Lassen Sie ihn lieb grüßen. Wir fühlen mit ihm“, sagte der Schauspieler und nahm Tonis Hand.

„Danke, das richte ich aus.“

Sie wollte sich umdrehen, da hörte sie hinter sich Schritte und ein Auflachen. „Toni? Das bist doch du! Was machst du hier?“ Toni erstarrte. Ihr wurde heiß. Die Blicke des Schauspielers, der Visagisten und der Garderobiere fixierten sie erwartungsvoll.

Toni musste nicht hinsehen, sie wusste, wer das war.

Auf der Suche nach einer Antwort spürte sie, wie ihre Wangen zu glühen anfingen.

„Hi, Janina“, sagte sie und drehte sich um.

24.

Edgar hatte kein gutes Gefühl. Toni war sicher schon eine halbe Stunde im Burgtheater, was konnte denn so lange dauern? Vor seinem inneren Auge sah er sie, bewacht von Security, die darauf wartete, dass die Polizei eintraf.

Sollte er ihr eine SMS schicken? Nein, sie würde sich melden, wenn sie ihn brauchte.

Er fing an zu schwitzen, das war eine Schnapsidee gewesen, sie da hineinzuschicken. Erneut öffnete sich die Tür zum Bühneneingang, Edgar streckte sich automatisch ein bisschen mehr durch. Keine Toni, stattdessen kamen zwei Männer in blauen Overalls heraus. Er hätte ihrem Vorschlag nicht zustimmen sollen.

Ein Taxi fuhr vor, ein großer Mann schälte sich aus dem Wagen. Es war Max Wilhelm. Er trug einen langen schwarzen Mantel und ging mit schnellen Schritten auf den Bühneneingang zu, blieb plötzlich davor stehen und holte eine Zigarette heraus. Er steckte sie in den Mund, ohne sie anzuzünden, nahm sein Telefon und fing an, darauf zu tippen.

Edgar stieg aus dem Wagen, ignorierte, dass ihm schon wieder ein Bein eingeschlafen war, und überquerte leicht humpelnd die Straße. Der Schauspieler war nicht nur auf der Bühne, sondern auch in der Nähe eine beeindruckende Erscheinung. Groß, muskulös, mit feinen Gesichtszügen, die gar nicht zu seinem Körperbau zu passen schienen.

Edgar holte seinen Ausweis hervor. „Herr Wilhelm, mein Name ist Edgar Brehm. Ich bin Privatdetektiv." Er streckte ihn Max Wilhelm in Sichthöhe entgegen. „Hätten Sie einen Moment Zeit?"

Der Schauspieler sah Edgar verdattert an, dann glitt sein Blick zu dem Ausweis. „Worum geht es?"

„Um Julia Didier."

Seine Gesichtszüge verhärteten sich. „Ich muss in die Direktion, ich habe einen Termin. Außerdem habe ich bereits mehrmals mit der Polizei gesprochen."

Er kehrte Edgar den Rücken zu, warf seine Zigarette auf den Boden und trat sie aus, als hätte sie gebrannt. Was sie nicht getan hatte. Entweder, das war so eine Schauspielsache, Method Acting, hatte ihm Toni mal erklärt. Oder er war so aus der Fassung, dass es ihm unabsichtlich passiert war?

Diesen Mann würde Edgar nicht mit Diplomatie ködern. Aber vielleicht mit der Wahrheit.

„Frau Didier hat Sie ihrem Vater gegenüber mehrmals erwähnt. Gibt es dafür einen Grund?"

Er drehte sich um. Eine Ader trat auf seiner Stirn hervor, aber sein Blick war nicht mehr so feindselig.

„Wieso wollen Sie das wissen? Von wem sind Sie überhaupt geschickt worden?"

„Frau Didiers Vater, Herr Kratochvil, hat mich engagiert. Er möchte verstehen, wie es zu dem Unglück kommen konnte?" Edgar wartete, wie Max Wilhelm darauf reagierte. Doch er sah Edgar nur weiter mit ernstem Blick an. „Ich weiß, dass Sie und Ihre Frau vergangenen Samstag bei den Didiers zum Essen eingeladen waren. Das war zwei Tage, bevor es geschehen ist."

Er war so groß wie Edgar und sah ihm direkt in die Augen.

„Was wollen Sie wissen?", knurrte er.

Edgar nahm Notizheft und Stift aus der Innentasche seines Sakkos.

„Wie war dieser Abend bei den Didiers? Ist irgendetwas Außergewöhnliches vorgefallen?"

„Oh, bitte, der Abend war eine reine Farce."

„Wie meinen Sie das?"

Er bückte sich, hob die zertretene Zigarette auf und hielt sie zwischen den Fingern. „Erich Didier war zwar nicht betrunken, aber nüchtern war er auch nicht. Die ganze Zeit hat er Birgit unter die Nase gerieben, dass *seine* Frau für die Rolle der Cyrano für einen Nestroy nominiert ist. Er war grauenhaft und uncharmant. Julia ist eine hervorragende Schauspielerin, kein Zweifel. Das finden wir beide, meine Frau und ich. Aber wie er sich benommen hat, das war schäbig."

„Meinen Sie damit, er hat angegeben?"

„Das ist noch höflich ausgedrückt. Er war ein Kotzbrocken."

„Inwieweit?"

„Wir haben zwei Kinder und immer versucht, unsere Engagements, so gut es geht, zu vereinbaren und einen fixen Wohnort zu haben, damit die Kinder sich zu Hause fühlen. Er hat Julias Erfolg vor meiner Frau ausgespielt, als hätte Birgit die falsche Entscheidung getroffen. Was schon alleine deshalb lächerlich ist, da sie am Burgtheater spielt. Aber darum geht es gar nicht. Sein Verhalten war allen peinlich, besonders Julia. Ich wäre am liebsten gleich wieder gegangen."

„Aber Sie sind geblieben, richtig?"

„Ja. Meine Frau meinte, wir müssen bleiben, Julia zuliebe. Natürlich hatte sie recht, Julia hat gekocht, sich viel Mühe gegeben. Gleich nachdem Julias Agentin mit den beiden anderen weg war, sind wir alle aufgebrochen. Doch meine Frau musste zurück, sie hatte ihren Schirm vergessen. Ich bin mit ihr hoch und da haben wir Julia und Erich streiten hören." Edgar hob die Augenbrauen. „Es muss um sein Verhalten während des Essens gegangen sein, das haben wir auch der Polizei gesagt. Wir sind aber schnell raus, ohne dass sie uns bemerkt haben."

„Und wieso hat Frau Didier mit ihrem Vater über Sie gesprochen?"

Er seufzte und senkte den Blick zu dem Zigarettenstummel in seiner Hand.

„Wahrscheinlich hat sie ihm erzählt, dass ich krank war. Sehr krank. Es war lange Zeit nicht klar, ob ich wieder gesund werde. Das hat sie bei den Proben mit meiner Frau mitbekommen. Doch dann, kurz vor dem Sommer, kam die Nachricht, dass ich es bin." Er lächelte, ging zum Mülleimer hinter Edgar und warf die zertretene Zigarette weg. Anscheinend registrierte er Edgars erstaunten Blick. „Es fehlt mir. Ich meine das Rauchen. Trotz allem." Edgar nickte. Dass einem Dinge fehlten, obwohl sie nicht gut für einen waren, konnte er gut nachvollziehen.

„Vielleicht hat sie ihm auch von ihren Bemühungen erzählt, ich weiß es nicht", sagte Max Wilhelm. „Sie hat mich und meine Frau im Sommer für einen Spielfilm vorgeschlagen. Sie kennt den Regisseur und fand, wir wären die perfekte Besetzung."

„Ein Film, in dem sie mitspielen sollte?"

„Nein. Julia ist eine der seltenen Ausnahmeerscheinungen in dieser Branche."

„Was meinen Sie damit?"

„Sie nutzt ihren Erfolg, um andere auf dieselbe Stufe zu heben, auf der sie sich befindet. Befunden hat. Es tut uns unglaublich leid, was vorgefallen ist. Meine Frau ist am Boden zerstört, sie hat als zweite Cyrano viel länger mit Julia geprobt als ich. Und kein einziges Mal hat Julia ihr das Gefühl gegeben, sie wären nicht in der gleichen Liga."

„Haben Sie eine Brille mit farbigen Gläsern, rosa, orange, gelb?"

Er sah Edgar aufmerksam an. „Das hat mich die Polizei schon gefragt. Nein, habe ich nicht, und ich habe nie irgendjemanden verfolgt, um gleich Ihre nächste Frage zu beantworten."

Edgar nickte. „Danke, das habe ich auch nicht angenommen. Darf ich Ihnen meine Karte geben, falls Ihnen sonst etwas einfällt? Eine letzte Frage – alles, was Sie mir erzählt haben, das haben Sie der Polizei gesagt?"

„Natürlich. Bis auf die Sache mit dem Film. Aber falls es zu einer Verhandlung kommt, werden wir das zur Sprache bringen."

„Das soll jetzt nicht respektlos klingen. Aber jeder berichtet, wie nett Julia Didier ist. Hat sie auch schlechte Seiten?“

Max Wilhelm stieß ein heiseres Lachen aus und zuckte mit den Achseln. „Das kann ich Ihnen nicht beantworten, dazu kenne ich sie zu wenig.“ Er schien zu zögern. „Vielleicht – aber das ist meine sehr persönliche Meinung – ich hatte den Eindruck, sie wollte immer perfekt sein. Ich weiß nicht, ob das von ihr oder ihrem Mann kam. Auf jeden Fall hat sie mitgemacht. In dieser Hinsicht war sie so exzentrisch wie wir alle. Nur ... sie war es – auf eine nette Art. So hat es zumindest gewirkt. Vielleicht wollte sie etwas damit kompensieren.“

„Was meinen Sie damit?“

„Meine Frau meint, wenn man den eigenen Mann wirklich umbringt, muss man sehr viel Wut in sich haben.“ Er lachte auf. „Julia hätte ja auch gehen können. Aber das hat sie nicht getan. Ich weiß, so etwas sagt sich leichter, als es dann in der Realität ist. Schließlich war er ihr Manager.“ Er winkte ab. „Ich sage meiner Frau, dass sie sich bei Ihnen melden soll, falls ihr etwas dazu einfällt.“

„Danke.“ Edgar reichte Max Wilhelm die Hand. Ohne zu zögern, schüttelte der Schauspieler sie.

„Und hat es geklappt?“, fragte Edgar.

„Bitte?“

„Ich meine, die Sache mit dem Film?“

„Ja.“ Ein leichtes Lächeln legte sich auf sein Gesicht. „Wir haben gestern die Zusage bekommen. Es tut uns so leid, dass wir sie das nicht mal wissen lassen können. Aber wahrscheinlich wird es sie im Moment ohnehin nicht interessieren. Wissen Sie, wie es ihr geht?“

„Nein, leider nicht.“

„Können Sie Julias Vater erzählen, dass ihre Bemühungen sich ausgezahlt haben und wie dankbar wir Julia sind?“

„Natürlich, das mache ich.“

„Danke.“ Er nickte Edgar zu und verschwand im Bühneneingang. Edgar sah ihm nach.

Seine Intuition hatte ihn in letzter Zeit für seine Verhältnisse zu oft im Stich gelassen, aber wenn er das außer Acht ließ, glaubte er Max Wilhelm. Natürlich war er ohne Zweifel ein guter Schauspieler. Aber wenn Wilhelm bereits von der Polizei wegen des Verfolger-Verdachts überprüft worden war, konnte Edgar vorerst davon ausgehen, dass er nichts damit zu tun hatte. Er blieb unschlüssig stehen, sollte er weiter auf Toni warten? Oder einen Blick hineinwerfen?

Gerade, als er sich entschieden hatte, Toni anzurufen, schwang die Tür des Bühneneingangs auf. Toni kam mit hochrotem Kopf heraus. Ihre angespannte Körperhaltung erinnerte ihn an Ralph in seinem Korsett. Sie ging eilig die drei Stufen hinunter und trat durch die Säulen.

„Was ist los?“, fragte Edgar. Sie schüttelte kaum merklich den Kopf, presste die Lippen zusammen und ging rasch an ihm vorbei. Erst jetzt bemerkte Edgar, dass jemand hinter ihr aus dem Theater gekommen war. Eine auffallend große, schlanke junge Frau, sie blieb mit verschränkten Armen vor einer der Säulen stehen und sah Toni mit feindseligem Blick nach. Edgar ging ein paar Schritte weiter Richtung Rathaus, er holte sein Handy heraus, tat so, als würde er telefonieren, während er die Szene beobachtete. Toni trat am Auto vorbei und dahinter durch das schmiedeeiserne Tor in den Volksgarten. Die junge Frau behielt sie im Blick, bis sie hinter den schwarzen Gitterstäben des Zauns verschwunden war. Dann drehte sie sich um und ging zurück ins Burgtheater. Edgar steckte das Handy ein, kehrte zum Auto zurück, stieg ein und startete den Motor, ohne den Bühneneingang aus den Augen zu verlieren. Doch die junge Frau kam nicht wieder. Er schickte Toni eine SMS, dass die Luft rein war.

Keine fünf Sekunden später kam sie aus dem Volksgarten und sprang in den Wagen. Sie rutschte sofort tief in den Sitz. „Fahr los.“

Er parkte aus, drehte um und erst, als er den Wagen in den dichten Verkehr am Burgring eingereiht hatte, fragte er: „Was ist passiert?“

Toni kam hoch und schnallte sich an. „Janina.“

„Wer ist das?“

„Sie geht mit mir ins Kons. Ich war so dicht dran, Edgar. Dieser Schauspieler hat mir – besser gesagt Marie Herder – geholfen, an die Sachen von der Didier ranzukommen. Ich hatte sie schon. Ich hätte nur noch gehen müssen. Aber dann kam Janina. Sie hat mich vor allen aber so was von auffliegen lassen.“

„Und?“

„Es war furchtbar. Zum Glück hat niemand die Polizei gerufen. Kannst du bitte rechts ranfahren? Mir ist ein bisschen schlecht.“

Edgar nahm die nächste Gelegenheit wahr, in die Nebenfahrbahn abzubiegen, und blieb im Halteverbot stehen. Toni öffnete die Beifahrertür, löste den Gurt und fächerte sich Luft zu. „Danke.“

„Soll ich dir etwas zu trinken besorgen?“

Sie schüttelte den Kopf. „Geht schon. Ich hab herumgestammelt, dass ich Marie Herder kenne und sie mich geschickt hat, doch wegen Janina hat mir natürlich keiner geglaubt. Sie denkt jetzt, ich bin vollkommen durchgeknallt. Aber das ist nicht so schlimm, das hat sie vorher schon von mir gedacht.“

„Du hast es immerhin versucht.“

„Ja, das hab ich. Und ...“ Toni zog etwas aus ihrer Gesäßtasche. „Ich hab ein Foto.“ Es war ein Polaroid. Nicht das vom Schminkspiegel, sondern aus größerer Entfernung aufgenommen. Edgar setzte seine Brille auf.

Er war so erstaunt, dass ihm ein Laut entkam. „Das ist eine Frau."

Toni nickte. „Ja. Ich hab sie schon mal gesehen. Gestern Abend, beim Bühneneingang des Burgtheaters. Sie hat dir nachgesehen und ist sofort weggegangen, als sie mich bemerkt hat. Sie könnte auf jeden Fall die Verfolgerin sein. Aus der Entfernung wäre sie leicht mit einem Mann zu verwechseln, oder?"

„Wahrscheinlich." Er war beeindruckt. Nicht, dass er Toni unterschätzt hätte, aber selbst seine erfahreneren Mitarbeiter hatten sich nie so ins Zeug gelegt. „Wie hast du das geschafft?"

„Ich hab gedacht, jetzt ist alles aus. Die nehmen mir gleich den Karton weg. Und dann hab ich ihn einfach fallen gelassen." Sie fing an zu grinsen. „Die ganzen Sachen lagen am Boden verstreut. Alle haben sofort einsammeln geholfen. Ich hab mir eines der beiden Fotos geschnappt und eingesteckt. ... Warte." Sie holte ihr Handy heraus und machte ein Foto des Polaroids. „Ich gebe nur rasch das Bild in die umgekehrte Suche ein."

„Was ist das?"

„Statt einer Textsuche lädt man ein Bild in Google und bekommt als Antwort, wer das ist."

Edgar wusste, was sie meinte, doch er zweifelte daran. Kein einziges Mal hatte ein solcher Versuch in der Vergangenheit funktioniert. Was einerseits nervtötend war, weil es ihm Zeit bei Personensuchen ersparen würde. Andererseits fand er es in gewisser Weise beruhigend. Aber vielleicht hatte Toni in dem Fall ja mehr Glück. Sie wischte ungeduldig auf ihrem Handy herum, gab in unterschiedlichen Tonhöhen ein genervtes Grunzen von sich und verkrampfte dabei immer mehr ihre Schultern. Sie legte einen Eifer in die Suche, als wäre sie auf der Jagd. Irgendetwas schien Toni gewaltigen Stress zu verursachen und Edgar bezweifelte, dass es etwas mit diesem Fall zu tun hatte.

„Ach, Mist“, rief sie plötzlich aus.

„Klappt es nicht?“

„Nein. Es kommen nur Werbungen für Kappen und Brillen. Ich habe sogar ihr Gesicht so ausgeschnitten, dass man die Kappe nicht mehr sieht, und die Brille gelöscht.“

„Das geht?“ Diesen Schritt war Toni ihm eindeutig voraus.

„Ja. Aber es bringt nichts.“ Sie sah ihn mit zusammengezogenen Augenbrauen an. „Da steht, Ergebnisse für Personen sind eingeschränkt.“

„Vielleicht kann uns dieser Ali aus dem Handyshop weiterhelfen?“

Ein Telefonat und zehn Minuten später hatten sie das ernüchternde Ergebnis von Ali – selbst er konnte diese Frau, mit allen Programmen, die er zur Verfügung hatte, nicht online finden. Edgar bat ihn darum, ihm eine Rechnung zu schicken, doch Ali sagte nur: „Nicht dafür. Aber falls Sie wieder was für mich haben, melden Sie sich. Das macht Spaß.“

Edgar legte eine geistige Notiz ab, bei der nächsten Gelegenheit in dem Geschäft vorbeizufahren und persönlich mit Ali zu reden. Es wäre gut, jemanden für solche Fälle zu haben.

Toni betrachtete das Foto so eindringlich, als könnte sie dadurch entdecken, wer diese Frau war.

„Okay, Marie Herder kennt sie auf jeden Fall nicht, sonst hätte sie ja gewusst, wer diese Verfolgerin ist. Karin Fuchs auch nicht, aber es sieht ganz so aus, dass sie sich die Verfolgerin nicht eingebildet hat. Also kann sie niemand aus der Szene sein. Am Sonntag war sie in der Garderobe der Didier, um sie zu besuchen. Vielleicht ist sie eine alte Freundin? Aus der Kindheit? Aber wen könnten wir da fragen?“

Edgar sah Toni an. In ihren Augen erkannte er, sie hatten gleichzeitig denselben Gedanken.

„Herr Kratochvil“, sagten sie wie aus einem Mund.

25.

Vor dem Haupteingang des allgemeinen Krankenhauses war nicht ein Übertragungswagen oder Fotograf zu sehen. Es musste ein Presseverbot rund um das Krankenhaus verhängt worden sein, anders konnte sich Toni das nicht erklären. Als Edgar Herrn Kratochvil erreichte, war er gerade aus dem Taxi gestiegen, um seiner Tochter wenigstens doch aus der Entfernung zu winken, wenn sie zu ihren Untersuchungen gebracht wurde.

„Hoffentlich erkennt sie ihn überhaupt“, dachte Toni laut. „Ich meine, wegen ihrer Amnesie.“

„Wenn die echt ist. Ein paar Ärzte meinen, sie spielt das nur vor.“

„Warum sollte sie das? Den Mord hat sie ja schon gestanden.“

„Frag mich etwas Leichteres.“

Edgar hatte vorgezogen, in einer Gasse auf der anderen Seite des Gürtels zu parken. Warum, war ihr nicht klar.

Toni hatte in den letzten Stunden alle Möglichkeiten in ihrem Kopf durchgespielt, wie sie mit ihrer aktuellen Situation umgehen sollte. Dass sie dabei nicht noch eine Panikattacke bekommen hatte, wunderte Toni selbst am allermeisten. Die Schmitz würde mit ziemlicher Sicherheit dafür sorgen, dass sie in keiner anderen Schauspielschule – sofern sie die Aufnahmeprüfung überhaupt bestand – aufgenommen werden würde. Blieb nur das Mozarteum in Salzburg, doch Toni war nicht so naiv zu glauben, dass die Kontakte der Schmitz sich nur auf Wien erstreckten. Dann also Deutschland. Was sie kategorisch ausschloss, denn so weit weg von ihrer Oma war keine Option. Den letzten Rest Familie brauchte sie so lange wie möglich um sich. Und dann war da auch noch Edgar.

Der gerade sein Handy herausnahm, weil er einen Anruf bekam.

„Brehm. ... Ja. ... Das kann er nicht ... hat sich der Anwalt schon bei Ihnen gemeldet? ... Ich schicke Ihnen sofort seine Nummer, rufen Sie ihn an. Ich melde mich." Er legte auf, Toni sah, dass etwas nicht stimmte.

„Das war Marie Herder. Die Polizei behält sie dort."

„Aber wieso?"

„Georg Schebesta scheint die Theorie seiner Tochter zu verfolgen. Nämlich, dass nicht Julia Didier ihren Mann umgebracht hat, sondern eine andere Person."

„Er denkt, es war Marie Herder?"

„Sieht so aus. Er zieht offenbar ihre DNA am Tatort als Indiz hinzu, was Schwachsinn ist. Natürlich wurde die dort gefunden, sie hat dort gearbeitet. Und die Leiche entdeckt."

Obwohl Toni gar nichts dafür konnte, regte sich das schlechte Gewissen in ihr. Sie hatte Marie Herder ja auch nicht geglaubt, dass sie verfolgt worden war.

In der Entfernung sahen sie Herrn Kratochvil. Wie verabredet, wartete er auf einer Sitzbank bei der Anmeldung. Er hatte die Hände auf dem Stock abgestützt und starrte vor sich hin. So traurig und einsam in der Betriebsamkeit des Krankenhauses. Sein Anblick war für Toni wie ein Tropfen auf den heißen Stein, sie musste heftig blinzeln. Plötzlich spürte sie, wie Edgar nach ihrer Hand fasste und sie leicht drückte. Sie sah zu ihm hoch und wie von selbst löste sich eine Träne aus ihrem Auge. Er blieb kurz stehen und beugte sich zu ihr.

„Wir reden später darüber, was bei dir los ist. In Ordnung?"

Sie wollte schon verneinen. Aber irgendwann musste sie ohnehin damit rausrücken. Also nickte sie und sagte leise: „Okay."

Herr Kratochvil bemühte sich um Lächeln, als er sie begrüßte, doch er wirkte niedergeschlagen. „Ich hab sie kaum gesehen. Es ging alles so schnell", sagte er und schüttelte den Kopf.

„Das tut mir leid“, entgegnete Edgar und nahm das Polaroid heraus. „Herr Kratochvil, kennen Sie diese Frau neben Ihrer Tochter auf dem Foto?“

Der alte Mann setzte sich eine Brille auf und betrachtete das Bild. Er sah hoch zu Edgar. „Wer ist das?“

„Sie kennen sie nicht?“

„Nein, ich habe sie noch nie gesehen.“

„Wissen Sie, wer diese Frau kennen könnte?“

Er verzog das Gesicht zu einer schmerzverzerrten Grimasse und nickte.

„Wer?“

„Erich.“

Er sah dabei so traurig aus. Edgar nahm das Foto wieder und steckte es ein. Er stemmte die Hände in die Hüften und sah sich um. Als würde er nach etwas Ausschau halten. Sein Blick scannte die Eingangshalle ab.

„Suchst du was?“, fragte Toni.

„Herr Kratochvil, vorhin, als Sie kurz Ihre Tochter gesehen haben, wo wurde sie da hingebracht?“

„Ich weiß nicht, was für eine Untersuchung mit ihr ...“

„Nein, das meine ich nicht. Wo haben Sie Ihre Tochter gesehen? Wo hat man sie in diesem Gebäude hingebracht?“

Herr Kratochvil sah Edgar erstaunt an. „Ebene 6“, sagte er. „Ich habe bei dem Bettenlift in Ebene 6 auf sie gewartet, wie die Krankenschwester es mir gesagt hat. Ihre Liege, auf der sie rausgeschoben wurde, haben drei Polizisten bewacht.“

Edgar schien kurz nachzudenken. „Haben Sie gesehen, in welche Richtung auf Ebene 6 man das Bett geschoben hat?“

Der alte Mann nickte.

Edgar setzte sich neben Herrn Kratochvil und beugte sich zu ihm. „Herr Kratochvil, hätten Sie ein Problem damit, einen Nervenzusammenbruch vorzutäuschen?“

Tonis Herz schlug bis zum Hals, als sie mit Herrn Kratochvil in Ebene 6 aus dem Lift stieg. Es war viel Betrieb, es wimmelte von Ärzten, Patienten und Personal, das Betten in Aufzüge schob. Herr Kratochvil hatte sich bei Toni untergehakt und zog sie zielstrebig in den linken Bettengang. Wo war Edgar? Sie konnte ihn nicht entdecken. Was so gut wie unmöglich war, bei seiner Größe und Statur. Verabredet war doch, dass er zuerst hochfahren und hier auf sie warten wollte. Auf dieser Ebene befanden sich sowohl Notfall- als auch Unfallambulanz.

„Herr Kratochvil, warten wir einen Moment", wisperte Toni, aber er war so in Fahrt, er reagierte gar nicht, sondern zog sie mit erstaunlichem Eifer mit. Toni konnte nur hoffen, dass Edgar hier war und ihnen folgte.

In der Entfernung konnte Toni die drei Polizisten am Ende des Ganges sehen. Sie standen vor einem Fenster und unterhielten sich. In ihrer unmittelbaren Nähe war eine Tür, oder ein Durchgang, das konnte Toni von hier nicht so genau erkennen. War dort Julia Didier hineingebracht worden?

Herr Kratochvil tönte ein lautes „Aha". Anscheinend gab ihm seine Aufgabe gehörigen Antrieb. Toni hatte den Eindruck, er stampfte fester auf als nötig und klopfte bei jedem Schritt mit dem Stock so laut auf den Boden, dass er möglichst viel Aufmerksamkeit auf sich zog.

„Meine Tochter", schrie er. „Ich will sofort zu meiner Tochter."

Die drei Polizisten drehten sich um. Sie sprachen miteinander, einer lachte. In dem Moment ließ Herr Kratochvil Toni los. Er ging ein paar Schritte weiter, dann schleuderte er seinen Stock von sich, reckte die Hände zur Decke und johlte mit mehr Inbrunst: „MEINE TOCHTER – JULIA DIDIER." Im nächsten Moment stieß er ein gleichzeitig zorniges und leidendes Stöhnen aus. Eine erstaunlichere Darbietung an Overacting hatte Toni noch nie gesehen. Vom Lärm angezogen, kamen einige Menschen, ein paar Türen wurden geöffnet und Köpfe herausgestreckt.

„JULIA DIDIER – ICH WILL ZU JULIA DIDIER“, brüllte Herr Kratochvil immer wieder. Er bückte sich, griff nach seinem Stock und wäre fast vornüber gefallen. Toni wollte ihm helfen, sie ging zu ihm, doch in dem Moment hatte er den Stock gepackt und jagte sie damit vor in die Richtung der Beamten. Auf jeder Bühne hätte sein Verhalten absurd gewirkt, aber hier war es absolut richtig. Als Toni schon fast bei den Polizisten war, fing er an, mit dem Stock auf die Wände einzuschlagen.

„MEINE TOCHTER – ICH WILL ZU IHR“, wiederholte er, holte aus und schlug auf die Uhr ein, die über ihm in der Mitte des Gangs hing. Glas klirrte. Endlich bewegten sich die drei Beamten und kamen auf ihn zu. Er ging im selben Moment zurück, fasste seinen Stock wie einen Degen, um sie von sich fernzuhalten. Dabei strauchelte er, Toni konnte nicht mehr sagen, ob das gespielt, echt oder ein bisschen von beidem war. Die Polizisten gingen an ihr vorbei. Toni hatte keine Ahnung, ob Edgar ihnen gefolgt war, aber sie lief so schnell und unauffällig weiter, wie sie konnte. Hinter sich hörte sie Schritte. Sie warf einen kurzen Blick über ihre Schulter, sah den blauen Kittel eines Chirurgen, er trug einen Mundschutz und eine OP-Haube.

Toni wollte schon stehenbleiben, um ihn vorbeigehen zu lassen, da registrierte sie die vertrauten Augen. Das war Edgar. Keine Ahnung, woher er diese Aufmachung hatte. Toni sah wieder nach vorne, ging zielstrebig durch die Tür am Ende des Ganges, bei der die Polizisten gestanden hatten, und öffnete sie. Es wirkte wie ein Untersuchungszimmer, es gab eine Liege, halb hinter einem Vorhang verborgen, unzählige Monitore, einen Schreibtisch, ein Gerät, das aussah wie ein fahrbares Stativ mit Bildschirm.

Aber keine Julia Didier. Edgar trat ein und schloss hinter sich leise die Tür. Eine weibliche Stimme und Schritte waren zu hören. Doch sie kamen nicht vom Gang. Edgar ging an Toni vorbei zu der Liege und zog den Vorhang ein wenig zur Seite. Er verdeckte eine Tür, die nur angelehnt war. Die Stimme sprach erneut. Was genau sie sagte, war nicht zu verstehen, bis auf die Worte „Frau Didier". Dann wieder Schritte, sie schienen sich zu entfernen. Vielleicht hatte diese Person etwas von dem Krawall draußen mitbekommen?

Edgar gab Toni mit einem Kopfnicken ein Zeichen, zu ihm zu kommen, dann öffnete er die Tür und ließ sie als Erste hindurchschlüpfen. Das Licht war gedimmt, darum brauchte sie einen Moment, um zu erkennen, dass jemand in einem Krankenhausnachthemd mit dem Rücken zu ihnen auf einem Stuhl saß. Sie hatte etwas auf dem Kopf, das aussah wie eine Duschhaube mit Drähten. Vor ihr war eine weitere Tür, auch sie war nur angelehnt. Wieder die Schritte. Toni hielt die Luft an, sie sah, wie Edgar erstarrte. Langsam drehte sich die Frau auf dem Stuhl um. Das war Julia Didier.

Sie kniff die Augen zusammen, als würde sie schlecht sehen.

Die Schritte verhallten, Toni wagte auszuatmen und Edgar zog sich den Mundschutz herunter.

Julia Didier sah so schmal und zerbrechlich aus. Ganz anders als auf der Bühne, in Filmen oder in Zeitschriften. Ihre roten Locken lugten unter der Duschhaube hervor, ihr Gesicht wirkte eingefallen.

„Was ...", begann Julia Didier, doch Edgar legte sofort einen Finger auf die Lippen. Er bedeutete Toni, zu der vorderen Tür zu gehen und aufzupassen, falls jemand hereinwollte. Als er sich neben Julia Didier kniete, knacksten seine Knie.

„Frau Didier, Sie kennen mich nicht. Mein Name ist Edgar Brehm. Ich bin hier, um Sie etwas zu fragen." Er gab Toni ein Zeichen, sie griff in die Gesäßtasche ihrer Hose und reichte ihm das Polaroid.

„Wer ist diese Frau hier neben Ihnen?", fragte er und hielt das Foto hoch.

Toni hatte den Eindruck, über Julia Didiers Gesicht huschte ein Schatten. Das war nicht Angst, auch kein Erschrecken. Sondern Trauer. Und Wehmut. Im nächsten Augenblick hatte sie sich schon wieder gefasst.

„Wer sind Sie? Warum fragen Sie mich das?"

„Ihr Vater schickt mich."

„Mein Vater? Was ist mit ihm?" Sie zuckte zurück, sah Edgar besorgt an. Toni hatte keine Ahnung, welches Ausmaß eine Amnesie annehmen konnte, aber so wie sie reagierte, musste sie nicht überlegen, ob er alt und gebrechlich war. Sie wusste es.

„Es geht ihm gut. Können Sie sich an irgendwas erinnern?"

„Nein, an nichts." Es kam so schnell – zu schnell.

„Ich muss wissen, wer diese Frau ist", versuchte Edgar es erneut.

Sie wandte den Blick ab, schüttelte den Kopf. Auf dem Monitor vor ihr fing es an zu piepsen. „Ich kenne sie nicht."

Das Piepsen wurde schneller. Die Schritte waren wieder zu hören. Sie kamen näher. Toni deutete auf die Tür und zeigte hinter Edgar, als Zeichen, dass sie verschwinden mussten, und zwar sofort. Auf demselben Weg, den sie gekommen waren.

„Sie sind sich sicher?"

„Ich kenne sie nicht", sagte sie, ohne ihn anzusehen.

Edgar stand auf, Toni schlich an ihm vorbei zur Tür, durch die sie hereingekommen waren, und schlüpfte hindurch. Sie hörte seine Schritte hinter sich – oder war das gar nicht Edgar? Blitzschnell drehte sie sich um und schloss die Tür gerade noch rechtzeitig nur so weit, dass sie nicht gesehen werden konnte. Mit hämmerndem Herzen lugte sie durch den Spalt.

Edgar war ihr nicht gefolgt. Er stand neben Julia Didier, vor ihm konnte Toni jemanden in einem weißen Kittel erkennen.

„Wer sind Sie?“ Es musste eine Ärztin sein. Sie knipste das Licht an. Julia Didier schirmte ihre Augen ab.

Edgar musste nur sagen, dass er Chirurg war. Vielleicht würde er damit durchkommen. Toni war so auf die Szene fixiert, sie registrierte im ersten Moment gar nicht, dass ihr jemand auf die Schulter tippte. Als sie sich umdrehte, war der gelbe Polizeischriftzug auf dem dunkelblauen Hemd das Erste, was sie sah.

„Was haben Sie hier zu suchen?“, blaffte der Beamte sie an. Sie öffnete den Mund, aber kein Wort kam heraus. Er schob sie zur Seite, stieß die Tür auf, durch die sie Edgar, die Ärztin und Julia Didier beobachtet hatte.

„Was ist hier los?“, fragte er.

„Dieser Mann gehört nicht hierher.“ Die Ärztin deutete auf Edgar. „Er ist kein Arzt in diesem Krankenhaus.“

„Das stimmt“, sagte Edgar und zog sich die OP-Haube vom Kopf. „Sagen Sie bitte Ihrer Kollegin Carolin Schebesta, dass Edgar Brehm sie sprechen möchte.“

26.

„Ein Tausch? Was meinen Sie mit einem Tausch, Herr Brehm?“

Carolin Schebesta runzelte die Stirn so sehr, dass ihre Augen noch größer wirkten. Edgar ließ sich Zeit mit der Antwort. Das hier war eine delikate Situation und er durfte nichts Falsches sagen. Bis vor ein paar Minuten waren Toni und er sich nicht sicher gewesen, ob wirklich Carolin Schebesta kommen würde oder doch ihr Vater. Die Polizisten hatten ihn und Toni in einen kleinen Raum auf Ebene 6 gebracht, in dem sich nichts weiter als ein Tisch mit vier Stühlen und Bildern von eintönigen Wüstenlandschaften an den Wänden befand. Wofür dieser Raum auch gedacht war: Er sollte definitiv nicht die Stimmung heben.

Herrn Kratochvil hatten sie nicht mehr gesehen. Auf Edgars Nachfrage bei dem Polizisten bekam er nur eine flapsige Antwort, dass ihn das nichts anginge. Genau dieser Polizeibeamte war bei ihnen geblieben und hatte sie nicht aus den Augen gelassen, als wären sie Schwerverbrecher. So hatten sie alle drei geschwiegen, die Zeit zog sich ewig hin. Doch dann hatte sich die Tür geöffnet und da stand tatsächlich Carolin Schebesta in ihrem schwarzen Oversize-Blazer und mit straffem Haarzopf. Sie hatte den Beamten aus dem Zimmer geschickt und stemmte nun ungeduldig die Hände in die Hüften.

„Wenn ich mich in der Wohnung der Didiers umsehen darf, bekommen Sie Informationen von mir. Alles, was ich bis jetzt rausgefunden habe. Ich weiß, dass Sie Julia Didier für unschuldig halten.“

„Woher ... Fernanda“, gab sie sich selbst die Antwort. Edgar bat Fernanda innerlich um Verzeihung, doch er reagierte nicht auf Carolin Schebestas Erkenntnis. Woher sollte er es sonst wissen?

„Ob Frau Didier unschuldig ist oder nicht, kann ich nicht sagen“, sprach er weiter. „Aber ich bin mir sicher,

Marie Herder ist die falsche Fährte. Es kann sein, dass ich die richtige habe. Um das zu überprüfen, möchte ich aber in die Wohnung der Didiers."

Toni sah ihn überrascht an. Der Gedanke war ihm gekommen, als er Julia Didier das Foto gezeigt hatte. Es war ihre Reaktion, die in ihm zuerst eine Vermutung und schließlich eine zarte Gewissheit ausgelöst hatte. Auch, wenn Edgar mit seiner Intuition haderte, in dem Moment blieb ihm nichts anderes übrig, als sich darauf zu verlassen. Denn es bestand für ihn kein Zweifel, dass Julia Didier diese Frau auf dem Polaroid erkannt hatte – trotz vermeintlicher Amnesie. Dass sie es aber abgestritten hatte, ließ die Vermutung zu, dass sie Angst hatte. Aber nicht *vor* dieser Frau. Sondern eher *um* sie.

Ihr Foto hatte auf dem Schminkspiegel geklebt. Das bedeutete, sie musste es bei jeder Vorstellung anbringen und wieder runternehmen, denn dazwischen nutzten ja andere Schauspielerinnen die Garderobe. Wahrscheinlich war das der einzige Ort, wo es Erich Didier nicht sehen konnte. Vermutlich war es Unachtsamkeit gewesen, dass sie es nicht abgenommen hatte, als der Fotograf die Bilder für das Programmheft geschossen hatte. Vielleicht war das Foto auch nie für das Programmheft gedacht gewesen. Darüber konnte er nur spekulieren. Aber sein Gefühl sagte ihm, dass sich mehr hinter diesem Foto verbarg. Viel mehr. Wenn er richtiglag, wäre der erste und logische Schritt, alle, mit denen Julia Didier zu tun hatte, nach der Frau auf dem Foto zu befragen. Doch da weder Karin Fuchs noch Marie Herder ihre Verfolgerin erkannt und sie sogar für einen Mann gehalten hatten, müsste er die Suche ausweiten und dafür fehlte ihm die Zeit. Und laut Toni hatte auch das Personal im Burgtheater die Frau noch nicht gesehen. Darum blieb ihm nur der zweite Schritt und der war, in ihrer privaten Umgebung zu suchen.

Carolin Schebesta verschränkte die Arme. Sie sah ihn an, als würde sie sich fragen, ob er das ernst meinte.

„Was sind das für Informationen?“ Sie klang streng.

„Wenn ich Ihnen das sage, dann gehen Sie raus und ich bekomme nicht, was ich möchte.“

„Tja, ich schätze, das ist ein Risiko, das Sie eingehen müssen.“

Ihr abschätziger Tonfall erinnerte Edgar viel zu sehr an ihren Vater. Er versuchte, seinen Unmut darüber zu ignorieren. Das Positive an ihrer Antwort war, sie hatte nicht abgelehnt. Was in diesem Fall schon einen Strohhalm bedeutete, den sie ihm hingestreckt hatte.

Vor ein paar Wochen hatte sie ihn auf der Hochzeit von Tonis Oma zum Tanzen aufgefordert. Es war eine Reminiszenz an ihre gemeinsame Vergangenheit. Vor vielen Jahren, als Edgar noch ein Kollege ihres Vaters bei der Wiener Polizei gewesen war, hatte er bei einer Geburtstagsfeier mit diesem kleinen Mädchen einen Walzer getanzt. Daran versuchte er sich jetzt zu erinnern und jegliches Misstrauen beiseitezuschieben.

„Ich glaube, Julia Didier will jemanden schützen“, wählte er seine Worte mit Bedacht. „Es kann eine Erklärung sein, warum sie gestanden hat – falls sie es tatsächlich nicht war. Oder wenigstens nicht alleine.“

„Und wen will sie schützen?“

Edgar schüttelte den Kopf. „Ich kenne den Namen nicht. Aber es muss jemand sein, der ihr nahesteht. Deshalb hoffe ich, in der Wohnung etwas über diese Person zu finden.“

Schebesta neigte ihren Kopf leicht zur Seite. „Die Beamten haben die Wohnung auf den Kopf gestellt. Und Sie glauben, Sie spazieren da rein und finden etwas, was bis jetzt niemandem aufgefallen ist?“

Edgar nickte.

„Und was macht Sie da so sicher?“

„Weil ich weiß, wonach ich suchen muss.“

Einzig das Absperrband, das vor der Eingangstür zur Wohnung der Didiers angebracht war, deutete auf das Verbrechen hin. Es war ein schönes Wohnhaus in der Nähe des Rathauses im achten Bezirk, Edgar schätzte das Gebäude auf Mitte 19. Jahrhundert. Die floralen Stuckverzierungen und Ornamente im Treppenhaus mussten über die Jahre hinweg restauriert und aufwendig gepflegt worden sein.

Carolin Schebesta löste bedächtig das Absperrband vom Türrahmen. Sie hatte Edgars Vorschlag zugestimmt, unter der Voraussetzung, dass sie mitkommen würde. Wovon Edgar ausgegangen war. Trotzdem überraschte ihn ihre Einwilligung und tief im Inneren konnte er es noch immer nicht glauben und vermutete irgendeinen Hinterhalt. Aber dann wäre sie ebenfalls dran, denn wie sollte sie das hier begründen? Vielleicht half es, dass Toni dabei war. Oder sie stand so mit dem Rücken zur Wand, was die Ermittlungen betraf, seit ihr Vater übernommen hatte, dass ihr jedes Mittel recht war? Edgar wollte lieber nicht zu viel darüber nachdenken.

Toni tippte ihm auf den Arm und deutete auf eine kleine Tür in der Mauer, die mit zwei dicken gelben Streifen überklebt war. So eine Tür befand sich auch vor Edgars Wohnung, wie wahrscheinlich vor jeder anderen in einem Altbau in Wien. Dahinter war der Sicherungskasten versteckt. Doch anders als bei ihm gab es hier kein Schlüsselloch, lediglich einen Riegel zum Auf- und Zuschieben. Darin musste sich der Schlüsselsafe befinden.

Carolin Schebesta schloss auf, sie bedeutete Edgar und Toni, als Erste hineinzugehen. Soweit Edgar mitbekommen hatte, wusste niemand davon, dass sie hier waren. Im Auto hatte Schebesta mit jemandem telefoniert und gesagt, sie sei in einer Stunde wieder im Büro, sie hätte eine persönliche Besorgung zu erledigen.

Der langgestreckte Flur im Eingangsbereich wirkte ordentlich und sauber, jedes Möbelstück erschien teuer.

Diese Wohnung erwies sich als absolut traumhaft, mit hohen Decken, einem dunklen, glänzenden Parkettboden. Einzig der scharfe Chlorgeruch störte das Bild. Dieses Relikt der Tatortreinigung katapultierte ihn Jahre zurück. Toni fasste sich an die Nase. Er lächelte sie an, sie schien sich hier nicht wohlzufühlen, was er ihr nicht verdenken konnte.

„Links sind Bad und Schlafzimmer, rechts Wohnzimmer, Küche und ... ein extra Raum“, sagte Carolin Schebesta. Edgar nickte ihr zu, als Zeichen, dass er davon wusste.

Carolin Schebesta wollte etwas sagen, in dem Moment läutete ihr Handy und sie zuckte zusammen. War sie doch nicht so gefasst, wie es den Anschein hatte? Sie legte einen Finger auf ihre Lippen und hob ab.

„Ja, was gibt's?“ Ihre Augen weiteten sich. „Wann? Und warum? ... Ja, ist gut. Ich komme hin. Wir treffen uns dort.“ Sie legte auf. „In zehn Minuten müssen wir hier raus. Wonach suchen Sie?“

„Ist etwas passiert?“, fragte Toni. Edgar war dankbar, dass sie ausgesprochen hatte, was er dachte.

„Karin Fuchs ist aus dem Krankenhaus weggelaufen. Das hätte nicht passieren dürfen. Sie wurde mit einem starken Medikament ruhiggestellt.“

„Ist sie denn verdächtig?“, fragte Toni überrascht.

Carolin Schebesta sah sie an, ohne ihre Frage zu beantworten. „Wonach suchen Sie, Herr Brehm?“, fragte sie stattdessen ungeduldig noch einmal.

Edgar wog seine Möglichkeiten ab. In zehn Minuten konnten er und Toni unmöglich alles absuchen. „Ich glaube, Julia Didier hat etwas vor ihrem Mann versteckt. Etwas, das mit dieser Frau zu tun hat. Toni, du hast das Foto.“

Toni nickte, fischte es hervor und reichte es Carolin Schebesta. Sie sah nicht so aus, als würde sie es kennen. „Wer soll das sein?“

„Das wissen wir nicht. Aber ihr Foto hing auf Didiers Schminkspiegel im Burgtheater. Und sie hat darauf reagiert, als ich es ihr vorhin gezeigt habe, ohne etwas dazu zu sagen."

„Gut, dann." Carolin Schebesta schob die Ärmel ihres Blazers hoch, griff in ihre Handtasche und holte drei Paar Einwegplastikhandschuhe hervor. „Dann suchen wir."

Sie teilten die Zimmer auf. Toni übernahm das Bad und die Küche, Schebesta das Wohnzimmer und das Arbeitszimmer von Erich Didier, Edgar das Schlafzimmer und die begehbaren Kleiderschränke.

Während er Röcke, Kleider, Hemden und Anzüge zur Seite schob, Laden mit Unterwäsche abtastete und einen Schuhkarton nach dem anderen öffnete, die Schuhe hochhob, sowohl die von Julia Didier als auch die von Erich Didier, um zu überprüfen, ob darin etwas versteckt war, vergingen die Minuten wie im Flug. Er versuchte, nicht an die Zeit zu denken. Irgendwo hier musste es sein. Das wusste er.

„Edgar. Carolin." Das war Toni. „Ich glaub, ich hab was."

Er ließ den Deckel des letzten Schuhkartons fallen, braune Herrenschuhe, die einen Geruch nach teurem Leder verströmten. Sicher Maßschuhe.

„Edgar", rief Toni wieder. Er würde den Deckel später aufheben.

Carolin Schebesta stand neben Toni, sie war aus dem Bad gekommen. „Das war in einem Schminkkoffer", sagte sie und klappte eine schwarze Make-up-Palette auf. Darin befand sich kein Gesichtspuder, sondern weitere Polaroids.

Edgar nahm sie behutsam heraus, er reichte ein Foto nach dem anderen Carolin Schebesta. Auf jedem war dieselbe Frau abgelichtet. Sie lachte mit leuchtenden Augen in die Kamera. Auf manchen Fotos war im Anschnitt Julia Didier zu erkennen, doch auf vielen der Aufnahmen war sie alleine zu sehen.

Die blonden Haare waren oben etwas länger und auf den Seiten abrasiert.

Ihr Blick verriet, dass sie mit der Person hinter der Kamera flirtete. Hatte Julia Didier diese Bilder gemacht?

„Sie ist nicht bei den Ermittlungen aufgetaucht?", fragte Edgar.

„Meines Wissens nicht, nein. Die Fotos müssen bei der Durchsuchung ja gefunden worden sein, so gut versteckt waren sie ja nicht. Bisher hat es aber keinen Anlass gegeben, sie sich genauer anzusehen."

Auf einem Foto war die Frau neben einem stattlichen schwarzen Pferd zu sehen. Sie hatte ihren Arm um dessen Kopf gelegt. Als er das Foto Carolin Schebesta reichte, hörte er sie scharf einatmen.

„Was ist los?"

Sie sah zu ihm hoch. „Das Pferd, der Unfall, im *kulturMontag*. Ich glaube, das hier ist dasselbe. Ein Menorquiner."

„Das Pferd aus dem Film ... War diese Frau dabei, als das Pferd während des Interviews auf Julia Didier losgegangen ist?"

„Nein. Soweit ich weiß, war die Reittrainerin für den *kulturMontag* eingeplant, hat aber kurzfristig abgesagt. Die Tochter des Stallbesitzers, bei dem das Pferd für die Zeit untergebracht war, ist spontan eingesprungen."

„Wissen Sie, warum sie nicht gekommen ist?"

Sie schüttelte den Kopf und betrachtete wieder das Bild. „Da steht etwas am Zaumzeug. Eine Schrift, aber man kann es nicht lesen."

Edgar nahm sein Handy heraus, öffnete die Kameraapp und schoss ein Foto. Er vergrößerte den Ausschnitt mit der Schrift, was für ihn zumindest wenig Sinn machte, denn er konnte es nicht mal so lesen. Er zeigte es den beiden Frauen.

„Heißt das Pegasus?", fragte Carolin Schebesta.

„Pegasus Rentals", sagte Toni. Sie drückte Edgar die Make-up-Palette in die Hand, nahm ihm das Handy ab, zog einen Handschuh aus und tippte etwas ein.

„Hier", sagte sie und hielt das Display hoch.

„Was steht da?", fragte Edgar.

„Pegasus Rentals ist ein Pferdeverleih im Schwarzwald. Und die Inhaberin ist Tanja Finke." Edgar kniff die Augen zusammen und ging einen Schritt zurück. Auf dem Foto der Website lachte ihnen dieselbe Frau wie auf Julia Didiers Polaroids inmitten von Pferden entgegen.

„Ist es das, was Sie gesucht haben?", fragte Carolin Schebesta. Edgar nickte.

„Woher wussten Sie davon?"

„Diese Frau hat Marie Herder verfolgt. Möglicherweise auch Karin Fuchs, aber das kann ich nicht mit Gewissheit sagen. Sie war in Julia Didiers Garderobe im Burgtheater, einen Tag vor dem Mord."

„Gut, ich kümmere mich darum. Wir müssen hier weg." Sie steckte die Fotos in ihre Tasche. „Alles muss so aussehen wie vorher."

Edgar ging wieder zurück zu den Kleiderschränken, rückte die hängenden Kleidungsstücke an die richtige Position und achtete darauf, dass alle Laden geschlossen waren. Neben dem letzten Schuhkarton, den er geöffnet hatte, lag der Deckel. Als er ihn zurücklegen wollte, blitzte etwas Silbriges auf der Innenseite des Deckels. Da waren mit Tixo fünf silberne schlanke Kugelschreiber befestigt. So einen hatte er schon einmal gesehen. In Karin Fuchs' Handtasche. Und noch irgendwo anders. Wo war das gewesen? Die Erkenntnis kam ihm so plötzlich, dass ihm ein Laut entkam. Bei seinem ersten Besuch in Strömers Praxis, als er ihnen aus dem Café Gerstner gefolgt war.

„Herr Brehm, wir müssen los", rief Carolin Schebesta.

„Ich ..." Er zögerte. Würde er ihr seinen Fund zeigen, müsste sie sich darum kümmern. Das würde Bürokratie bedeuten, eine Verzögerung durch die Behörde, eine Erklärung, wieso sie in der Wohnung waren, eine genaue Untersuchung und Analyse der Kugelschreiber. Und – für den Fall, dass es sich dabei um das handelte, was Edgar vermutete, würde dieser Fund früher oder später garantiert bei Georg Schebesta landen.

„Herr Brehm?“, rief sie wieder.

„Komme sofort“, rief er zurück. Edgar war schmerzhaft klar, dass er hier Beweismittel mitnahm, doch es blieb ihm nichts anderes übrig, wollte er seinem Verdacht nachgehen. So leise wie möglich löste er einen Kugelschreiber nach dem anderen und ließ alle in die Innentasche seines Sakkos gleiten. Dann legte er den Deckel auf den Schuhkarton und ging in den Flur, wo Toni und Carolin Schebesta schon auf ihn warteten.

Sie begleiteten Carolin Schebesta ein paar Meter, bevor sie zuerst Toni und dann Edgar die Hand reichte, um sich zu verabschieden.

„Wir haben miteinander getanzt, eine Wohnung durchsucht, ich will gar nicht wissen, was als Nächstes kommt“, sagte sie kopfschüttelnd.

Edgar musste grinsen: „Dann könnten wir uns eigentlich duzen, oder? Ich bin Edgar.“

„Carolin“, sagte sie lächelnd, bevor sie eilig Richtung Josefstädter Straße ging, wo sie ihr Auto geparkt hatte. Edgar fühlte sich schlagartig müde und erschöpft. Als wäre das Adrenalin aus seiner Blutbahn gewichen und hätte Blei zurückgelassen. In ein paar Metern Entfernung sah er Tische und Stühle eines Lokals am Gehsteig, er musste sich setzen, brauchte ein Glas Wasser und einen Happen zu essen.

„Was hat das alles zu bedeuten?“, fragte Toni und sah ihn mit gerunzelter Stirn an. „Die Sache mit Tanja Finkes Pferd. Denkst du, es war Absicht, dass es auf Julia Didier losgegangen ist?“

„Ich weiß es nicht. Ich muss kurz mit Strömer telefonieren.“

„Sollen wir uns dort in dem Kaffeehaus treffen?“, fragte Toni und deutete zu den Tischen und Stühlen. „Ich muss auch einen Anruf machen.“ *Zwei Menschen, ein Gedanke,* dachte Edgar und nickte ihr zu.

Edgar wählte Strömers Nummer, es klingelte und er machte sich schon bereit, dem Therapeuten eine Nachricht auf der Mobilbox zu hinterlassen. Zu seiner Überraschung hob Strömer nach dem fünften Klingeln doch ab.

„Herr Brehm, haben Sie Neuigkeiten?“

„Vielleicht. Ich erinnere mich an einen silbernen Kugelschreiber, den ich bei Ihnen gesehen habe. Er ist schmal, die Firma weiß ich nicht, aber er sieht teuer aus. Wissen Sie, welchen ich meine?“

„Natürlich.“

„Woher haben Sie ihn?“

„Er war ein Geschenk.“

„Lassen Sie mich raten. Von Erich Didier?“

„Woher wissen Sie das?“

27.

„Finke“, meldete sich eine tiefe, warme Frauenstimme.

Was machst du da, was soll das, das ist doch verrückt?, fragte eine mindestens genauso laute Stimme in Tonis Kopf. Sie sollte auflegen. Jetzt sofort. Nur weil sie diese Frau beim Burgtheater gesehen und die Nummer auf der Seite des Pferdeverleihs gefunden hatte, hieß das nicht, dass sie anrufen sollte. Schon gar nicht, ohne es mit Edgar abzusprechen. Nur weil sie aus dem Konservatorium geworfen wurde und nicht schlecht darin war, Sachen im Internet rauszufinden oder sich als jemand anderes auszugeben, um an Informationen zu kommen, machte sie das um Himmels willen nicht automatisch zu einer Detektivin. Sie hielt das Handy so fest umklammert, dass es knackste.

„Hallo?“, fragte die Frau.

Es war zu spät, sie konnte jetzt nicht nichts sagen und einfach auflegen. Ihre Nummer stand sicherlich auf Tanja Finkes Display. Und wenn sie nun eine Mörderin war? Die Person, die Erich Didier umgebracht hatte? Die Polizei würde sie aufspüren, jetzt, wo Carolin Schebesta wusste, wer sie war, und dann hätten sie Tonis Anruf auf dem Handy und ...

„Hallo? Wollen Sie es nochmal versuchen? Ich kann Sie nicht hören.“

„Hallo, mein Name ist Toni Lorenz“, schoss es aus Toni heraus. Ihr ganzer Körper vibrierte. Wie als Kind, als sie zum ersten Mal auf dem Fünf-Meter-Brett im Schwimmbad gestanden hatte. Manchmal musste man einfach springen. „Spreche ich mit Pegasus Rentals?“ Ihre Stimme klang in ihren eigenen Ohren fremd.

„Ja, hallo. Es tut mir leid, ich bin momentan nicht vor Ort, aber ich kann Ihnen die Telefonnummer einer Mitarbeiterin ...“, begann die Frau. Sie klang freundlich, trotz dem erkannte Toni einen traurigen Unterton, der sie seltsam berührte.

„Sind Sie in Wien?"

„Äh ... ja. Woher wissen Sie das?"

„Können wir uns treffen?" Toni war so aufgeregt, während sie sprach, dass ihre Stimme kiekste.

„Worum geht es bitte?"

„Um Julia Didier ..."

Kurzes Zögern am anderen Ende. „Sie kennen Julia ...?" Sie klang fast ehrfürchtig.

„Ich habe Sie gestern vor dem Burgtheater gesehen. Beim Bühneneingang. Können wir uns treffen?"

Tanja Finke zögerte einen Augenblick, fragte dann aber: „Wo sind Sie?"

Toni überlegte einen Moment. Diese Frau in die unmittelbare Nähe der Wohnung der Didiers zu bestellen, war keine gute Idee. Aber ihr fiel so schnell nichts anderes ein. Und es waren immerhin ein paar Minuten Fußweg bis dorthin. „Kennen Sie das Café Eiles am Ende der Josefstädter Straße?"

„Ich werde es finden. Wann?"

„In 30 Minuten?"

„Ich werde da sein."

Toni sah Edgar an einem der Tische, er telefonierte. Vor ihm standen zwei Tassen Kaffee und zwei große Gläser Wasser. Café Namenlos. Mit einer Hand rollte Edgar den Kugelschreiber aus Karin Fuchs' Handtasche zwischen seinen Fingern. Toni wusste gar nicht, dass er ihn behalten hatte. Sie nahm ihm gegenüber Platz.

„Ja, Herr Kratochvil, ich melde mich, wenn ich mehr weiß. Es ist zumindest eine Spur. Bis später."

Er legte auf. Bevor Toni etwas sagen konnte, begann er: „Herrn Kratochvil geht es gut, er ist wieder zu Hause. Ich glaube, das ist es."

„Das ist was?"

„Hier." Er reichte ihr sein Handy. Darauf war ein Foto des Kugelschreibers, er hatte einen Ausschnitt herangezoomt.

„Siehst du es?"

„Was soll ich sehen?"

„Dieses kleine Loch in der Mitte?" Erst jetzt, wo er es sagte, erkannte sie, was er meinte. Es war schwarz und winzig. Sah aus wie ein Produktionsfehler im Metall.

„Ja, was ist damit?"

„Da ist eine Kamera im Stift. So klein, dass man sie mit bloßem Auge nicht erkennt."

Sie sah genauer hin. Das war ja unglaublich. „Karin Fuchs hat einen Kuli mit Kamera?"

„Das ist nicht der Kugelschreiber von Karin Fuchs." Er griff in die Innentasche seines Sakkos und holte vier weitere Kugelschreiber heraus. „Die habe ich aus der Wohnung der Didiers mitgenommen. Strömer hat auch so einen. Von Erich Didier."

„Ach, du Scheiße", rief Toni so laut, dass sich jemand am Tisch hinter Edgar umdrehte. Sie hob entschuldigend die Hand. „Dann hat Erich Didier Strömer erpresst?", fragte sie leise.

„Möglicherweise. Ich habe schon mit Ali aus dem Handyshop telefoniert. Wenn wir gegessen haben, hole ich das Auto und bringe ihm die hier vorbei. Er meint, er kann nachsehen, ob Aufnahmen darauf sind."

Als wäre das sein Stichwort, kam ein Mann im türkisfarbenen Hawaiihemd und stellte zwei getoastete gefüllte Fladenbrote auf den Tisch. Er nickte Toni lächelnd zu.

„Ich habe für dich auch eines bestellt", sagte Edgar. Er zahlte gleich, Toni wartete, bis sie wieder alleine waren.

Während Edgar sich sein Brot schnappte und einen kräftigen Bissen nahm, sagte sie leise: „Ich muss dir was sagen, Edgar. Ich habe sie angerufen."

„Was?", fragte er mit vollem Mund. „Wen?"

„Tanja Finke. Die Besitzerin von Pegasus Rental. Ich habe gerade mit ihr gesprochen."

Edgar verschluckte sich, er hustete und verteilte Schinken, Blattspinat und Mozzarellastückchen am Tisch.

„Du hast ... mit ...", keuchte er.

Sie nickte. „Es tut mir leid. Es war eine Übersprunghandlung, weil ..." Sie sah ihn an. *Weil ich nicht mehr am Konservatorium bin.* Nein, das war nun wirklich nicht der richtige Moment, um ihm das zu sagen. „Wir treffen sie in 20 Minuten im Café Eiles."

Edgar hielt inne, seinen Blick konnte sie nicht deuten. Er schien zu überlegen, schließlich nickte er und sagte: „Dann sollten wir uns beeilen."

Obwohl Toni immer essen konnte und einen erstaunlichen Appetit hatte, musste sie sich jetzt zu jedem Bissen zwingen. Wenn es ein Fehler gewesen war, Tanja Finke anzurufen, dann ließ Edgar sie es keinen Moment lang spüren. Was sie sich zwar nicht erklären konnte, ihm aber dennoch hoch anrechnete.

„Gut, gehen wir", sagte er kurz darauf und leerte seinen Kaffee.

Tanja Finke saß in einer Nische bei einem Fenster, doch sie war so auffällig, dass sie Tonis Blick sofort auf sich zog. Sie schien zu leuchten. Von innen und von außen. Wie eine Boje im Meer. Und das hatte nichts mit ihrer Größe zu tun oder mit ihrem athletischen Körperbau. Obwohl beides beachtlich war.

Als Toni auf sie zukam, stand sie auf. Ihr Gesicht hatte eine Offenheit, die Toni selten bei einem Menschen gesehen hatte. Ihr Blick aus den graublauen Augen war strahlend, ernst und klar. Sie war vollkommen ungeschminkt und Toni war sich sicher, noch nie so eine ungewöhnliche und wunderschöne Frau gesehen zu haben. Sie trug schwarze Jeans und ein schlichtes schwarzes T-Shirt, auf der Bank sah Toni eine braune Lederjacke und eine blaue Baseballkappe. Tanja Finkes Schultern waren erstaunlich breit, kein Wunder, dass man sie aus der Entfernung für einen Mann hielt. Auf dem Tisch lag die Brille mit den getönten Gläsern.

„Haben wir telefoniert?", fragte sie. Ihre Stimme war samtig und der traurige Unterton war deutlich herauszuhören.

„Ja. Hallo. Ich bin Toni Lorenz. Das ist Edgar Brehm." Sie deutete auf Edgar.

„Tanja Finke." Sie reichte zuerst Toni und dann Edgar die Hand. Ihr Händedruck war genauso außergewöhnlich, er dauerte einen Moment länger als normal und sie sah einem dabei in die Augen, als versuchte sie, etwas darin zu erkennen. Kaum hatten sie Platz genommen, fragte sie: „Sie kennen Julia?"

Toni wackelte mit dem Kopf. Sie fühlte sich doch mehr von der ganzen Situation überfordert, als sie zugeben wollte. Sie sah zu Edgar.

„Frau Finke, ich bin Privatdetektiv", antwortete er statt ihrer, holte seinen Ausweis hervor und zeigte ihn. Sie nahm den Ausweis kaum zur Kenntnis und sah nur Edgar an. „Frau Didiers Vater hat mich engagiert. Er möchte verstehen, wie es zu dem Unglück kommen konnte."

Sie nickte. „Ich habe Sie schon gesehen. Bei der Vorstellung im Burgtheater und im Krankenhaus. Ich habe gehofft zu erfahren ... wie es Julia geht."

Ihr Kinn fing an zu zittern, sie wischte sich über die Augen, eine verlegene Geste. Toni musste schwer schlucken. „Wissen Sie, wie es ihr geht?"

„Den Umständen entsprechend gut, denke ich."

„Gott sei Dank. Das ist alles ... ich kann es noch immer nicht glauben. Wir hatten so viele Pläne."

„Wir?"

Sie nickte langsam. Edgar wartete ab, das hatte Toni oft bei ihm beobachtet. Für sie waren diese Augenblicke fast schon unerträglich, alles in ihr drängte darauf, etwas zu sagen. Doch von Edgar wusste sie, manchmal musste man dem Gegenüber nur Zeit lassen.

„Julia und ich", sagte Tanja Finke nach einer Pause. Eine Träne löste sich aus ihrem Augenwinkel.

„Würden Sie uns erzählen, was passiert ist?"

Edgar sprach leise, doch noch laut genug, um gerade verstanden zu werden. Wahrscheinlich wollte er nicht, dass man am Nebentisch etwas davon mitbekam.

„Was meinen Sie?"

Er schien zu überlegen. „Die Wahrheit", sagte er schließlich.

Sie holte tief Luft, beugte sich vor und stützte sich mit den Ellbogen am Tisch auf. „Julia wollte Erich verlassen."

„Woher wissen Sie das?"

„Weil sie es für mich tun wollte." Sie sah Edgar an, als erwartete sie eine Reaktion.

„Wie haben Sie sich kennengelernt?" Die Frage überraschte Toni.

„Bei ihrem Reittraining für die Dreharbeiten ihres letzten Films vor eineinhalb Jahren. Zuerst war es nur Freundschaft, ich habe mir ehrlich gesagt keine Hoffnungen gemacht." Sie seufzte verhalten. „Nein, das stimmt nicht. Hoffnungen gemacht habe ich mir, aber es war mehr eine Schwärmerei. Ich wusste ja, dass Julia verheiratet ist, ich dachte nicht, dass sie ... aber dann ist es doch passiert." Ein Lächeln breitete sich auf ihrem Gesicht aus. „Sie hat gesagt, ich bin ihr passiert. Wir haben uns verliebt." In ihrem Satz schwang eine leichte Sehnsucht mit. Toni musste an die versteckten Polaroidfotos denken, die Carolin Schebesta mitgenommen hatte. An das Foto am Schminkspiegel. Das war also Julia Didiers heimliche Liebe, von der Karin Fuchs gesprochen hatte. Was das betraf, hatte sie die Wahrheit gesagt.

„Und Erich Didier, haben Sie ihn auch kennengelernt?", fragte Edgar, sein Tonfall klang vorsichtig. Toni konnte es nicht mit Sicherheit sagen, aber sie hatte das Gefühl, er wollte auf etwas Bestimmtes hinaus. Dachte er, diese Frau wäre für seinen Tod verantwortlich?

„Ich wusste zu Beginn nicht viel über ihn. Sie hat ihn kaum erwähnt. Nur, dass er manchmal schwierig war. So hat sie es genannt. Je besser ich sie kennengelernt habe, desto klarer wurde mir, es musste eine sehr unglückliche Ehe sein.“ Sie räusperte sich. „Sie hat ihn nie betrogen. Aber es gab schon vor mir Zeiten, da wollte sie sich von ihm trennen. Doch sie ist nie von ihm losgekommen. Er hat immer dafür gesorgt.“

„Wie hat er das gemacht?“

„Er hat dafür gesorgt, dass sie so wenig Kontakt zu Freunden hatte wie möglich. Alles wurde dem Beruf untergeordnet. Sie hat sich von ihm abhängig gefühlt. Nicht nur finanziell, er hat sich ja um alle Verträge gekümmert, sondern auch emotional. Er hat ihr das Gefühl gegeben, nichts ohne ihn zu sein. Und ich denke, obwohl sie rational begriffen hat, dass es nicht der Wahrheit entsprach, hat sie es trotzdem geglaubt. Weil ihre Karriere, die erst mit ihm begonnen hat, für sie der Beweis war, dass er recht haben musste.“ Sie lehnte sich zurück, legte ihre Hände in den Schoß und blickte gedankenverloren aus dem Fenster. „Julia hat mal zu mir gesagt, Erich hätte ihr Leben drei Mal verändert. Das erste Mal, als er sie aus ihrem Job in diesem Fernsehstudio, wo sie als Assistentin angestellt war, rausgeholt hat und ihr gezeigt hat, was es braucht, um als Schauspielerin gesehen zu werden und erfolgreich zu sein. Das zweite Mal, als er sie gefragt hat, ob sie ihn heiraten will. Und das dritte Mal, als er sein wahres Gesicht gezeigt hat.“

„Ich verstehe das nicht. Wenn es so schlimm war, wieso ist sie nicht gegangen?“, platzte es aus Toni heraus. „War ihr die Karriere so wichtig?“

Tanja Finke sah sie an und schüttelte den Kopf. „Das habe ich sie auch gefragt. Aber so einfach war es nicht.

Jedes Mal, wenn es schlimm wurde, hat er sie danach angefleht, ihm zu verzeihen. Er hat wohl immer wieder versprochen, er würde sich ändern. Ich glaube, er hat sich auch daran gehalten. Ein paar Wochen. Manchmal Monate. Bis wieder irgendwas passiert ist, das ihm nicht gepasst hat. Es war ein Kreislauf, den keiner von beiden beendet hat."

„Und er hat nie Verdacht geschöpft bei Ihnen und Julia?"

„Nein. Wenn man so will, war das unser Glück. Aber es gab einen Punkt, an dem ich gemerkt habe, ich kann das nicht mehr. Diese Heimlichkeiten ohne jede Perspektive. Ich habe ihr gesagt, sie muss eine Entscheidung treffen, sonst gehe ich kaputt. Und das hat sie. Sie wollte ihn verlassen. Das war vor dem Sommer. Ich sollte sie am Flughafen in München abholen. Aber sie ist nicht gekommen. Sie hat es sich im letzten Moment anders überlegt. Damals dachte ich, es wäre das Schlimmste, was mir je passiert ist. Danach hatten wir keinen Kontakt mehr." Sie schüttelte resigniert den Kopf.

„Aber Sie haben wieder zusammengefunden", stellte Edgar fest.

Sie nickte und sah hoch. „Vor drei Wochen stand sie plötzlich da, auf dem Gestüt. Sie hat in München gedreht und einen Tag frei gehabt. Erich musste nach Wien, wegen einer Vertragsverhandlung. Da ist sie einfach zu mir gekommen. Sie hat gesagt, sie hätte es versucht. Aber ohne mich zu leben, machte für sie keinen Sinn. ... Und mir ist es ebenso gegangen."

„Und Erich?"

„Erich würde sie nie gehen lassen, hat sie gesagt. Sie musste ihn überrumpeln. Es würde keine einvernehmliche Trennung geben. Wir hatten alles genau abgesprochen. Nach dem Dreh in Hamburg wollte sie nicht zurück zu ihm, sondern bei mir bleiben und ihm die Wahrheit sagen. Wir haben besprochen, uns gemeinsam etwas in der

Nähe von Wien zu suchen, im Helenental, wo sie es nicht zu weit in die Stadt und ich Platz für meine Pferde hätte. Sie wusste nicht, dass ich Anatol mitgebracht habe, das war eine Überraschung."

„Anatol?", fragte Edgar.

Sie nickte und vergrub ihr Gesicht in den Händen. „Das Pferd in ihrem Film."

„Was ist an diesem Montag passiert?"

„Es war ausgemacht, dass wir uns bei ihr zuhause treffen, bevor sie zu dem Fernsehinterview fährt. Sie hat mir gesagt, was ich schon vorher alles einpacken und aus der Wohnung mitnehmen soll."

„Dafür hat sie den Schlüsselsafe von ihrer App für Sie geöffnet?"

„Ja, genau. Sie hatte Termine, die waren schon lange ausgemacht, sie konnte nicht absagen. Sie hatte Angst, sonst würde Erich Verdacht schöpfen. Er hat alles kontrolliert. Ich bin hoch in die Wohnung und wollte den Schlüssel holen. Da habe ich gehört, dass jemand unten in den Lift steigt. Ich habe gewartet, um kein Risiko einzugehen. Als der Lift plötzlich vor mir gehalten hat und die Türen aufgegangen sind, bin ich die Stufen runter, um mich zu verstecken. Es war Erich. Er hat mich nicht gesehen. Ich habe angenommen, er ist zurückgekommen, da er etwas vergessen hat. Aber er ist nicht mehr aus der Wohnung gekommen."

„Was haben Sie dann gemacht?"

„Nach ungefähr einer Stunde bin ich gegangen. Ich bin in mein Hotel gefahren und habe gewartet, dass Julia sich meldet." Sie musste also wieder weg gewesen sein, bevor Erich Didier ermordet worden war. Oder doch nicht? Sie hätte ja in einen Streit mit ihm geraten sein und ihn – absichtlich oder unabsichtlich – so stoßen können, dass er mit dem Kopf auf dem Glastisch aufgeprallt war. Kräftig genug dafür war sie sicherlich. Toni musste darüber unbedingt mit Edgar sprechen – wenn Tanja Finke weg war.

„Sie haben ihr keine Nachricht geschickt?"

„Doch, aber wir schreiben uns nur über *WhisperNet*."

„Was ist das?"

„Ein anonymes Forum, in dem man private Unterhaltungen führen kann."

„Sie haben miteinander gechattet?"

„Ja." Edgar schien etwas sagen zu wollen, doch Tanja Finke sprach weiter. „Wir hatten fixe Zeiten, an denen wir uns dort getroffen haben. Manchmal haben wir uns gegenseitig Nachrichten hinterlassen. Julia wollte das so."

„Und hat sie sich an diesem Tag auf Ihre Nachricht gemeldet?"

„Nein. Sie hätte mich anrufen können, mir eine Nachricht an der Rezeption hinterlassen, irgendwas. Sie wusste ja, in welchem Hotel ich bin. Aber nichts. Ich habe gedacht, sie hat es sich wieder anders überlegt. Wie damals." Sie schluckte schwer, ihr Kinn zitterte erneut. „Darum bin ich nicht zu Anatol gefahren, ich hätte ihn ja ins Fernsehstudio bringen sollen. Aber der Gedanke, das alles nochmal durchzumachen, wie damals ... wenn ich da gewesen wäre ... dann hätte Anatol nie ..." Tränen liefen ihr die Wangen herunter, sie wischte sie mit einer zornigen Bewegung weg und senkte den Blick. Toni biss sich auf die Lippe. Edgar schien zu warten, bis Tanja Finke wieder die Fassung erlangte.

„Wieso haben Sie Marie Herder verfolgt?", fragte er schließlich

„Ich wollte mit ihr reden. Mir war klar, es würde für Julia nicht leicht werden, wenn alles öffentlich wird. Darum wollte ich ... ich wusste, Marie und Karin stehen ihr am nächsten, sie hat oft von ihnen erzählt. Ich wollte nicht, dass irgendjemand schlecht von Julia denkt. Und ich dachte, wenn sie mich vorher kennenlernen, dann ist die Überraschung nicht so groß ... das war eine bescheuerte Idee. Ich habe mich nicht getraut, sie anzusprechen. Was hätte ich denn auch sagen sollen?"

„Wissen Sie, dass Karin Fuchs auch so eine Kappe und Brille hat wie Sie?“ Edgar deutete auf die Brille am Tisch.

Sie lachte gequält. „Natürlich weiß ich das. Es hätten Geschenke für mich von Julia sein sollen. Ich habe meine Brille und die Kappe bei einem Pferdetransport verloren. Darum hat sie mir neue gekauft. Doch bevor sie mir alles schicken konnte, hat Erich die Sachen entdeckt. Er dachte, Julia wollte einen neuen Style ausprobieren, das fand er furchtbar und hat von ihr verlangt, beides wegzuwerfen. Julia hat gesagt, sie hätte die Brille und die Kappe für Karin besorgt. Sie hat ihr die Sachen geschenkt.“

„Und wieso haben Sie sich nicht bei der Polizei gemeldet, als Sie erfahren haben, was passiert ist?“

„Am Anfang wollte ich das sofort. Aber dann dachte ich, wenn Julia nie wieder aufwacht ...“ Sie presste die Lippen fest aufeinander und blinzelte. „ ... was hätte das dann für einen Sinn? Ich wollte ihr nicht schaden.“ Sie sah zu Toni. „Ich war so froh, als Sie mich vorhin angerufen haben. Ich dachte, ich drehe noch durch. Die letzten Tage waren ein Alptraum.“

Edgar lehnte sich zurück. Toni ahnte, was er dachte: Dass Tanja Finke nur deshalb so offen mit ihnen sprach, weil sie froh war, endlich mit jemandem darüber sprechen zu können. Sie wollte sich alles von der Seele reden.

„Sie halten es nicht für unmöglich, dass sie ihren Mann umgebracht hat?“, fragte er.

Sie verschränkte die Arme. „Es spielt für mich keine Rolle.“

„Bitte?“ Edgar sah überrascht aus.

„Es ist mir egal, ob sie es war oder nicht. Das soll nicht heißen, dass ich es befürworte. Aber sie ist für mich dieselbe Frau wie vorher. Und daran wird sich nichts ändern.“

Toni wurde bewusst, dass sie den Atem angehalten hatte.

„Das heißt, Sie halten sie nicht für unschuldig?“, fragte Edgar.

Sie zögerte. „Doch.“ Es klang unsicher. Fast wie eine Verteidigung.

„Ich glaube, Herrn Kratochvil würde es helfen, wenn er alles wüsste“, sagte Edgar.

Sie ließ sich Zeit. „Julia hat einmal etwas zu mir gesagt ... über Erich“, sagte sie und winkte im selben Moment wieder ab. „Ich habe es damals nicht ernst genommen.“

„Und was war das?“

„Sie hat gesagt, die einzige Möglichkeit, dass Erich sie gehen lassen würde, wäre, wenn er tot ist.“

28.

Edgar fand, Toni war auffallend schweigsam, seit sie das Café Eiles verlassen hatten. Er hatte ihr angeboten, alleine sein Auto zu holen und die Kugelschreiber zu Ali in den Handyshop zu bringen, doch sie wollte ihn unbedingt begleiten. Sie waren die Josefstädter Straße hinaufgegangen, weil Toni meinte, es wäre gut, nach diesem Treffen den Kopf ein bisschen durchzulüften. Womit sie recht hatte.

Sie waren flott unterwegs, Toni gab das Tempo vor. Er ging in Gedanken durch, was Tanja Finke gesagt hatte. Wenn das alles der Wahrheit entsprach, woher stammte dann dieser Fußabdruck im Blut bei der Leiche? Angenommen, es stimmte und Julia Didier war die Täterin, wer hatte ihr geholfen? Oder hatte Georg Schebesta recht gehabt und sie war es doch alleine gewesen? Vielleicht war der Fußabdruck von Marie Herder, die beim Anblick der Leiche so durcheinander gewesen war, dass sie sich nicht mehr daran erinnerte? Nein, das konnte nicht stimmen, die Spurensicherung hatte einen Abdruck in Erich Didiers frischem Blut gefunden. Würde der Abdruck von Marie Herder stammen, wäre Didiers Blut bei ihrem Eintreffen bereits getrocknet gewesen.

„Ist alles in Ordnung?", fragte Edgar, als sie am voll besetzten Bahnsteig auf die U6 warteten. Er hätte gerne ein Taxi zurück zum AKH genommen, doch ein Blick auf den sich stauenden Verkehr am Gürtel hatte gereicht, um diese Möglichkeit zu verwerfen.

„Glaubst du, sie hat recht?", fragte Toni gedankenverloren und sah auf die Gleise. Immer mehr Menschen strömten auf den Bahnsteig. Er trat einen Schritt näher an Toni.

„Womit?"

Sie sah hoch zu ihm. „Dass Julia es getan hat."

„Ich weiß es nicht."

In der Entfernung konnte er die sich nähernde U6 sehen. Jemand rempelte ihn von hinten in die Kniekehle, er drehte sich um. Es war ein Mann mit einem dieser modernen Kinderwagen mit breiten Reifen, der ein Baby am Arm hatte.

„Sorry", sagte er und bugsierte den Buggy an Edgar vorbei.

Toni starrte auf ihr Handy, er wollte sie noch fragen, ob sie heute denn den ganzen Tag frei hatte, doch die U-Bahn kam näher und die Menschen hinter ihm drängten zum gekennzeichneten Einstieg. Eine Ansage über die Verspätung in der anderen Fahrtrichtung war zu hören, im nächsten Moment spürte Edgar eine Hand, die ihm in die Innentasche des Sakkos griff. Es ging so blitzschnell, er wollte sich umdrehen, nach der Hand fassen, doch ihn traf sofort ein so harter Schlag im Rücken, dass ihm die Luft wegblieb. Die Zeit schien stillzustehen, als er nach vorne gestoßen wurde. Vor ihm die Kante, die Gleise, von rechts der Zug, dessen Lichter er im Augenwinkel sah. Er ruderte mit den Armen, machte sich bereit für das Unvermeidliche.

Im Bruchteil einer Sekunde dachte er an Ralph, an Toni, spürte, wie er kippte, das Gleichgewicht verlor, der Zug quietschte, als würde er versuchen, zu bremsen, jemand schrie.

Mit einem Ruck wurde er nach hinten gezogen. Der Fahrtwind des einfahrenden Zuges schlug ihm ins Gesicht. Er drehte sich um, musste den Arm heben, weil jemand ihn festhielt, und sah in die aufgerissenen Augen des Vaters mit dem Kinderwagen, der noch immer den Stoff seines Sakkos in der Hand hatte. Sie starrten einander fassungslos an, das Baby in seinem Arm fing an zu weinen.

Edgar wollte danke sagen, aber kein Wort kam aus seiner Kehle.

„Oh mein Gott, Edgar", hörte er Toni. Sie stand neben ihm, zitternd. „Was ist passiert?"

Der Mann ließ ihn los, Edgar nickte ihm zu, krächzte, doch der Vater schien ihn auch so zu verstehen. Die Türen wurden geöffnet, Menschen strömten hinein und hinaus. Sofort fasste er sich an die Innentasche seines Sakkos. Die Kugelschreiber waren noch da. Er sah sich um, versuchte auszumachen, wer ihn gestoßen hatte. Doch es waren zu viele Menschen hier und wahrscheinlich war die Person schon in dem Treiben untergetaucht.

„Steigen wir ein", sagte er zu Toni.

Sie nickte, der Schrecken war noch in ihren Augen. Der Vater mit dem Kinderwagen stand in der Nähe. Toni schob sich zu ihm durch, ohne dass er ihr etwas gesagt hatte. Er hörte, wie sie ihn fragte, ob er gesehen hatte, wer das gewesen war? Nein, das hatte er nicht. Sie dankte ihm nochmal und schob sich wieder zu Edgar zurück.

Während der zwei Stationen hielt er eine Hand unter dem Sakko fest an seine Brust gepresst. Als wäre er Napoleon, dachte er und musste fast darüber lachen. Dann fiel ihm wieder ein, was gerade passiert war, aber es wirkte in dem Moment so unwirklich, als wäre es gar nicht geschehen. Erst, als sie beim AKH ausstiegen, spürte er, wie seine Knie zitterten. Er sah sich um, Menschen strömten wieder an ihnen vorbei.

„Lass uns gehen", sagte Toni. In ihrem Blick erkannte er die Angst, die er zu unterdrücken versuchte.

Das Blut rauschte in seinen Ohren. Als sie im Auto saßen, betätigte Toni sofort die Zentralverriegelung.

„Wer war das, Edgar?"

Er schüttelte langsam den Kopf.

Sie sah ihn fassungslos an. „Das war Absicht."

Sein „Ja" erfüllte das Innere des Wagens.

Toni beugte sich zu ihm, schlang ihre Arme um ihn. Er spürte ihre feste Umarmung und das war das Tröstlichste, was er seit langem gespürt hatte.

Es war nicht das erste Mal, dass Edgar sich in einer gefährlichen Situation befunden hatte. Das brachte sein Beruf mit sich. Er kannte dieses Gefühl, wenn sich das ganze Leben auf einen Moment zubewegte. Als würde es sich einen Kampf mit dem Tod liefern. Edgar war im Gegensatz zu Ralph sicher nicht gläubig, aber in diesen kritischen Momenten gab es eine Energie, die sich anders anfühlte und die nicht einmal er leugnen konnte. Eines konnte er mit Sicherheit sagen. Noch nie war es ihm so unerwartet passiert. Er konnte die Hände an seinem Rücken spüren, wenn er daran dachte.

Wer auch immer das gewesen war, hatte die Absicht gehabt, ihn vor die U-Bahn zu stoßen, und war nur knapp gescheitert.

Und noch etwas anderes konnte er mit Sicherheit sagen. Es war nicht Tanja Finke gewesen. Sie war viel zu groß, um sich ungesehen in der Menschenmenge zu bewegen. Entweder jemand hatte Edgar und Toni mit ihr gesehen. Oder – was Edgar für wahrscheinlicher hielt – sie wurden seit der Wohnung der Didiers verfolgt. Das ergab mehr Sinn, denn dann hatte die Person gesehen, wie er in dem Schanigarten des kleinen Cafés die Kugelschreiber aus der Innentasche seines Sakkos geholt hatte.

Während der Fahrt in den elften Bezirk sah Toni immer wieder nervös in den Rückspiegel.

„Wer, glaubst du, kann das gewesen sein?“, fragte Toni.

„Ich habe keine Ahnung. Aber wenn mich nicht alles täuscht, werden wir es wissen, wenn Ali die Aufnahmen auf den Kugelschreibern abspielen kann – sofern welche drauf sind.“

Der Handyshop und sein Besitzer Ali waren vollkommen anders, als Edgar es sich am Telefon vorgestellt hatte. Und das in jeder Beziehung. Es war ein geschmackvolles Geschäft in einer Seitengasse der Simmeringer Hauptstraße, das Edgar mehr an einen Juwelier erinnerte. In Vitrinen waren nicht nur Handys, sondern auch Telefone aus allen Jahrzehnten ausgestellt, angefangen von denen mit Wählscheibe und Zahlknopf, die er aus den öffentlichen Telefonzellen seiner Kindheit kannte.

Ali war älter, als seine Stimme am Telefon vermuten hatte lassen – Edgar hatte mit einem Mann Mitte 20 gerechnet, doch jetzt schätzte er ihn eher auf Ende 40. Sein weißes Hemd hatte einen hohen Kragen, die schwarzen, langen Haare waren zu einem Zopf gebunden und seine Augen leuchteten so dunkel, dass man kaum sah, wo die Iris in die Pupille überging. Sein gepflegter schwarzer Bart über Kinn, Wangen und Oberlippe war kurz und glänzte.

Ali führte sie nach hinten in ein kleines Büro voller Computer und Monitore.

„Es ist mein Hobby", sagte Ali entschuldigend und bot ihnen zwei Stühle an. Edgar holte die Kugelschreiber heraus und legte sie auf das Tablett, das Ali ihm entgegenstreckte. „Was haben wir denn da?", sagte er und setzte eine Brille auf. „Oha. Das scheinen kostspielige Modelle zu sein." Mit einer raschen Drehbewegung öffnete er das Gehäuse. „Oh, bitte, das ist ja schon zu einfach. Hier, sehen Sie." Er zeigte Edgar das Innere des Stifts. „Da ist eine Buchse. Sie ist relativ klein, hm, ich muss nur das richtige Kabel dafür finden." Er rollte seinen Drehstuhl vor eine der Laden, probierte ein paar Varianten aus und sagte zufrieden: „Du bist es, mein Schätzchen. Also dann, wollen wir mal."

Es hatte etwas von einem virtuosen Klavierspieler, wie Ali den Computer bediente, Programme startete und schließlich auf den größten Monitor in der Mitte deutete.

„Es geht los", sagte er und betätigte eine Taste.

Ein schwarzer Bildschirm erschien, im ersten Moment dachte Edgar, es wäre nichts zu sehen. Doch dann erkannte er, dass die Dunkelheit nicht durchgängig war. Es sah aus wie ein Schatten, der sich bewegte. Toni rückte ihren Stuhl näher heran, sie legte den Kopf schief.

Der Schatten schien sich vor und zurück zu bewegen. Nein, er ging rauf und runter.

„Gibt es dazu einen Ton?“, fragte Toni.

„Moment.“ Ali tippte auf ein paar Tasten und schaltete eine der Boxen an. Ein rhythmisches schabendes Geräusch war zu hören. Und Atmen. Keuchen. Stöhnen.

„Die haben Sex“, sagte Toni erstaunt.

„Können Sie das lauter machen?“, bat Edgar. Das Stöhnen erfüllte das kleine Büro. Zwei Tonlagen. Es klang nach einem Mann und einer Frau.

Toni sah ihn an. „Wer ist das?“

Edgar zuckte mit den Achseln, er versuchte, das Alter der beiden aus dem Stöhnen zu schließen. Das war unmöglich.

Ali räusperte sich geräuschvoll. „Soll ich vorspulen? Möglicherweise kann man dann etwas mehr sehen? Ein Gesicht, meine ich“, sagte er rasch.

„Ja, bitte“, bat Edgar.

Der Schatten bewegte sich jetzt schneller, dafür ohne Ton.

„Bitte wieder normales Tempo“, sagte Edgar. „Vielleicht wird ein Name genannt.“

Ali schaltete zurück auf die ursprüngliche Einstellung. Der Mann sagte etwas, kurz und erstickt. Es hatte geklungen wie „Ich liebe dich“.

„Können Sie das nochmal lauter abspielen?“, bat Edgar. Beim zweiten Mal war es besser zu verstehen. Edgar hatte richtig gehört, er sagte ihr, dass er sie liebte. Sie beobachteten die Szene weiter, es war eindeutig, wann der Orgasmus zuerst bei ihr und dann bei ihm einsetzte.

„Die Arbeit eines Detektivs habe ich mir anders vorgestellt“, murmelte Ali, worauf Edgar und Toni sich ansahen und kurz auflachten.

Dann wurde das Bild heller. Haut und die untere Hälfte eines BHs aus weißer Spitze waren zu sehen.

„Sie sitzt auf ihm“, erkannte Toni.

Die Frau stand rasch auf und war sofort aus dem Bild. Nichts von ihr war zu erkennen. Ali spulte vor und zurück, ließ Standbilder durchlaufen, aber es war chancenlos. Das Bild war weiß. Filmte die Kamera eine Wand? Schritte waren zu hören, etwas, das klang wie eine Tür, die zugeschlagen wurde. Das Weiß bekam Schatten, es sah so aus, als würde der Kugelschreiber hochgehoben. Bevor das Bild schwarz wurde, sah man für den Bruchteil einer Sekunde ein Gesicht. Erich Didier.

Er hatte gefilmt, wie er mit einer Frau schlief. Das konnte Julia Didier sein, obwohl Edgar bezweifelte, dass ihr Mann heimlich Sexvideos von ihr machte. Wenn sie es wäre, wieso hatte er sie dann nicht auf seinen Computer gespielt? Aus Vorsicht? Das war unlogisch, wenn man bedachte, wie viele Videos von Julia Didiers Gefangenschaft in dem Extraraum der Wohnung in dem versteckten Ordner seines Laptops gefunden worden waren.

„Ist noch etwas darauf?“, fragte Edgar.

Ali setzte sich wieder an den Rechner. „Nein. Obwohl nicht mal ein Prozent Speicherplatz mit der Aufnahme belegt ist.“

„Was bedeutet das?“

„Die Aufnahme dauert etwa sieben Minuten. Platz wäre ...“, er legte den Kopf in den Nacken, seine Lippen bewegten sich leicht, „ ... für ungefähr zwölf Stunden.“ Er stieß einen leisen Pfiff aus. „Diese Spyware hat nichts mit der zu tun, die man auf legalem Weg bekommt. Da muss man schon ganz schön Geld hinlegen, für so eine Ausführung mit Hardware in dieser Qualität. Soll ich auf den anderen nachsehen?“

„Ja, bitte.“

Das zweite Video war fast genauso wie das erste. Anscheinend war es die bevorzugte Position der beiden, die Frau saß rittlings auf dem Mann. Derselbe BH, den man hier öfter sah, dieselbe Frau. Sie sahen sicher schon fünf, sechs Minuten zu, da sagte der Mann plötzlich etwas, aber es wurde vom Geräusch der Bewegung und ihrem Stöhnen übertönt.

„Hat das wer verstanden?“, fragte Edgar.

Toni schüttelte den Kopf.

Ali fragte: „Soll ich zurückspulen?“

„Noch nicht, Moment.“ Erich Didier sprach weiter. Diesmal waren nur Wortfetzen zu hören, die keinen Sinn ergaben. Die Frau sagte nichts. Aber ihre Bewegungen schienen schneller. Aggressiver.

„Vielleicht Sex-Talk?“, fragte Toni.

Sie hörten es sich erneut an.

„Ich kann versuchen, seine Stimme zu isolieren. Aber ich weiß nicht, ob es klappt“, sagte Ali.

Er klimperte wieder auf der Tastatur, bewegte die Maus, spielte es erneut ab.

„Das ... ist ... letzte Mal“, war Erich Didier zu hören. „Wir ... aufhören ... nie wieder ... auffliegen ... Ende ... verstanden?“ Es war nicht klar, ob die Frau daraufhin stöhnte oder weinte, es hörte sich nach einer Mischung aus beidem an. Ali ließ die Aufnahme weiterlaufen.

„Es ... Schluss“, sagte Didier laut. Er klang wütend. Sie hielt in der Bewegung inne. Es war nichts mehr zu hören. Oder war das Bild eingefroren? Im nächsten Moment stand sie so schnell auf und bewegte sich aus dem Bild, dass wieder nichts zu erkennen war. Erneut hinter ihr die weiße Wand, dann Erich Didiers Gesicht, der die Kamera ausschaltete. Das ließ vermuten, er hatte die Affäre beendet und sie darauf das Liebesspiel abgebrochen. Doch wer machte schon mitten beim Sex Schluss?

Auch der dritte und vierte Kugelschreiber zeigte die beiden wieder beim Sex. Sie hatten sich zu dem Zeitpunkt offenbar noch nicht getrennt – oder waren wieder zusammengekommen? Er sprach, sagte ihr, wie schön sie sei, dass er sie liebte. Wer war diese Frau? Das waren ganz offensichtlich Mitschnitte einer Affäre, die Erich Didier beendet hatte.

„Gibt es ein Datum zu den Aufnahmen?“

Ali schüttelte den Kopf.

Edgar war so in Gedanken, dass er zusammenzuckte, als Toni „STOPP“ rief. „Halten Sie das Bild an.“ Sie klang so aufgeregt, ihre Stimme überschlug sich. Sofort fror Ali die Szene ein. Da waren nur Schatten. „Können Sie zurückspulen?“

„Natürlich.“ Der BH bewegte sich wieder rhythmisch.

„Da“, sagte Edgar. Das Bild blieb stehen.

Sein Blick wanderte zu Toni. Sie nickte. Er holte sein Handy hervor und machte ein Foto. Dann wählte er eine Nummer, die er seit der Hochzeit von Tonis Oma gespeichert hatte.

„Wir tauschen wieder.“

„Ein Tausch gegen was?“, meldete sich Carolin Schebesta gehetzt.

„Ich habe etwas rausgefunden, das dich interessieren wird“, sagte er, während er weiter auf die enganliegende schwarze Perlenkette von Karin Fuchs, die über dem weißen BH zu sehen war, starrte. Für einen kurzen Augenblick fühlte Edgar Erleichterung, dass sein Instinkt ihn doch nicht immer im Stich ließ. „Es geht um die Frau, mit der Erich Didier die Affäre hatte.“

„Wer ist es?“

„Ich schicke dir eine Adresse. Wir warten hier auf dich, dann kannst du es dir selbst ansehen. Und im Gegenzug bekommt eine Klientin, die einmal im Jahr für ein paar Tage nach Wien kommt, polizeilichen Personenschutz während ihres Aufenthalts.“

„Das geht nicht so einfach.“

„Ich weiß. Aber ich glaube, wenn es jemanden gibt, der das kann, dann bist du es.“

„Und vor wem soll sie geschützt werden?“

„Vor ihrem Vater.“

29.

„Happy Birthday to you, happy Birthday to you, happy Birthday, liebe Toni, happy Birthday to you."

Toni bemühte sich um ein breites Grinsen, während sie ihrer Oma, dem Kapitän und Edgar zuhörte, die mit vollen Sektgläsern im Wohnzimmer vor ihr standen und laut sangen. Auf der Sachertorte auf dem Tisch brannten 23 Kerzen. Darum drapiert lagen ihre Geschenke. Ein kleines, hübsch verpacktes von Edgar, ein großes von ihrer Oma. Sogar der Kapitän hatte ihr etwas geschenkt, einen dicken Briefumschlag, Toni konnte die Geldscheine spüren, ohne reinzusehen.

Das von Tim hatte sie gestern Abend ausgepackt. Es war ein selbst geschriebener Gutschein, er wollte für sie kochen. Ein Sterne-Menü, und falls es ihm nicht gelingen sollte, womit er rechnete, lagen zwei ausgedruckte Eintrittskarten für die Urania-Sternwarte in dem Kuvert, um dort Sterne einzuholen.

Ihr Herz machte trotz aller Umstände einen Freudensprung, sie hatte ihn sofort angerufen, doch er war nicht rangegangen. Die Dreharbeiten hatten sicher schon begonnen. Sie hinterließ ihm eine Nachricht, wie sehr sie sich freute. Kein Wort von ihrem Rauswurf aus dem Konservatorium. Als sie aufgelegt hatte, fühlte es sich an, als hätte sie wieder diesen Klumpen in ihrer Brust.

Es rührte Toni, dass ihre Oma und der Kapitän gekommen waren, eigentlich hatte sie vorgehabt, zu ihnen in die Residenz zu fahren. Aber ihre Oma bestand darauf, um „den Argusaugen der Ärztin zu entfliehen", und so konnte auch Edgar dabei sein.

Lena wollte später kommen. Im Konservatorium fand gerade die Lichtprobe für den Szenenabend statt. Sie hatte sofort angerufen, als die Schmitz vor Beginn der Probe Tonis Rauswurf verkündet hatte. Alle waren geschockt, niemand konnte es glauben. Doch die Schulleiterin war immun gegen Kritik und Nachfragen. Die Entscheidung war bereits vom Lehrerkollegium akzeptiert worden. Lena hatte sich rausgeschlichen, um Toni anzurufen.

„Diese gemeine Hexe“, schimpfte sie leise heulend. „Geh zum Stadtschulrat und beschwer dich. Das kann sie nicht machen.“

„Ich glaube nicht, dass der Stadtschulrat dafür zuständig ist“, weinte Toni.

„Wir finden eine Lösung. Es muss eine geben. Tim soll mit ihr reden.“

„Nein, das will ich nicht.“

„Aber Toni ...“

„Nein!“

Dann mussten sie das Gespräch beenden, da die Schmitz „Lena auf die Bühne“ brüllte.

„Kerzen ausblasen und etwas wünschen“, sagte der Kapitän jetzt.

In einem Zug leerte Toni ihr Sektglas, dann pustete sie, so fest sie konnte. Eine einzige Flamme trotzte ihren Bemühungen. Mit ganzer Kraft stieß sie den letzten Rest Luft aus ihrer Lunge. Sie wünschte sich, dass sie diesen drei Menschen nicht erzählen musste, was sie noch immer nicht preisgegeben hatte. Dass eine gute Fee sie anrief, um ihr zu sagen, die Schmitz hätte einen Fehler gemacht, sie wäre weiterhin Studentin am Konservatorium und würde Schauspielerin werden. Und sie wünschte sich, dass die Tür aufging und Tim davorstand als Geburtstagsüberraschung. Er hatte nicht zurückgerufen, ihr aber um Mitternacht eine Whatsapp geschickt – das GIF eines Mannes, der im Konfettiregen aus einer Torte sprang. Sonst nichts. Die Unpersönlichkeit dieser Nachricht hatte sie mehr getroffen, als sie sich eingestand. Sie wollte ihn jetzt. Hier. Das alles war dumm und es war kindisch. Aber sie konnte trotzdem nicht anders, als es sich aus ganzem Herzen zu wünschen.

„Das sind ja wilde Neuigkeiten, die Nachrichten berichten kaum über etwas anderes“, sagte Tonis Oma und setzte sich. Sie hatte ihre üppigen weißen Haare kunstvoll hochgesteckt und trug blau funkelnde Ohrringe, die Toni nicht kannte. Wahrscheinlich von der Hochzeitsreise. „Die Freundin von Julia Didier hatte eine Affäre mit ihrem Mann und hat ihn umgebracht, als er sie beendet hat“, sagte ihre Oma.

„Die arme Frau“, sagte der Kapitän und nahm neben ihr Platz. Ihre Oma sah ihn erstaunt an. „Ich meine natürlich Julia Didier“, schob er nach.

„Ihr Mann soll ein Scheusal gewesen sein. Die Freundin hat der Didier einen Gefallen getan. Hätte ich mal vor Jahren so eine Freundin gehabt, hätte ich mir nicht so lange Zeit gelassen, wieder zu heiraten.“ Sie sagte es so trocken, dass der Kapitän losprustete. Die Ehe schien den beiden gutzutun. Toni hatte ihre Oma noch nie so glücklich erlebt. Und der Kapitän sah sie an, als wäre sie das Großartigste auf der Welt. Womit er recht hatte.

„Diese junge Assistentin von der Didier gilt also nicht mehr als Verdächtige?“, erkundigte sich ihre Oma bei Edgar.

„Genau. Marie Herder wurde freigelassen.“

„Es ist aber nicht sicher, ob die Didier ihrer Freundin beim Mord geholfen hat?“

„Das ist noch unklar. Doch selbst wenn sich herausstellt, dass sie beteiligt war, wird sie mildernde Umstände bekommen.“ Er nickte und lächelte abwesend. Ihn schien etwas zu beschäftigen. Vielleicht saß ihm der Schreck von gestern noch in den Knochen?

Wahrscheinlich war es Karin Fuchs, die ihn gestoßen hatte. Edgar hatte gemeint, es wäre nicht unwahrscheinlich, dass sie ihnen gefolgt war. Wusste sie von den Kugelschreibern, die sie gefilmt hatten? Sie hatte ja selbst so einen bei sich gehabt.

Nachdem Carolin Schebesta in den Handyshop gekommen war, waren Edgar und Toni gegangen. Während er sie heimbrachte, hatte er mit Strömer telefoniert. Toni hörte über die Freisprecheinrichtung zu, wie sie gemeinsam herausfanden, wie Erich Didier vorgegangen war. Es war so simpel wie genial. Didier hatte den Kugelschreiber bei ihrer ersten Sitzung vergessen, bei der nächsten Sitzung hatte er ihn wieder mitgenommen. So war er an die Aufnahme gekommen, die laut Ali bis zu 20 Stunden dauern und in verschiedenen Aufnahmemodi eingestellt werden konnte. Es gab mehrere Möglichkeiten, die Aufnahme zu starten, entweder manuell am Kugelschreiber, mit dem aktivierten Spracherkennungssensor oder dem Bewegungssensor, sogar mit einer App war es möglich, dafür brauchte man nur einen Code, der mitgeliefert worden war.

„Wieso haben Sie diesen Kugelschreiber, wenn Erich Didier ihn wieder mitgenommen hat?"

„Es war ein Geschenk, bei der dritten Sitzung. Er hat gesagt, ihm ist aufgefallen, dass ich den Kugelschreiber bewundert habe, und er würde ihn mir gerne schenken. Ich fand das sehr nett und aufmerksam."

Das war Didiers Rückversicherung, falls seine Frau alleine den Therapeuten aufsuchen und doch die Wahrheit über ihre Ehe preisgeben wollte. Er musste den Kugelschreiber irgendwann bei Strömer gestohlen haben – das war der erste Einbruch bei Strömer gewesen, eigentlich der einzige, da der zweite ja nur von seiner Frau vorgetäuscht worden war. Edgar sagte Strömer, er solle den Kugelschreiber in Alufolie einwickeln und morgen in die Detektei bringen. Sie könnten gleich alles Formelle abschließen, er würde dafür sorgen, dass Ali sämtliche Inhalte, die sich auf dem Kugelschreiber befanden, löschte.

Ob Erich Didier die Aufnahmen von Karin Fuchs gemacht hatte, um sie für sich als Erinnerung zu behalten oder um sie damit zu erpressen, würde man wohl erst erfahren, wenn man sie fasste. Bis jetzt gab es keine Spur von ihr.

Toni sah zu Edgar, er drehte das Sektglas am Stiel. Wie traurig er wirkte. Sie war so sauer auf Ralph. Das war nicht fair. Es war einfach alles nicht fair.

„Nach Karin Fuchs wird gefahndet", sagte Toni mit gezwungen fröhlicher Miene. Sie griff nach dem Messer, um die Torte anzuschneiden. Ihr fiel auf, dass die Teller fehlten, auch das Besteck hatte sie vergessen. Auf dem Weg in die Küche läutete ihr Handy. Tims Name auf dem Display machte sie glücklich. Sie schloss die Küchentür hinter sich und hob ab.

„Hi", sagte sie.

„Hi, Toni, happy Birthday. Wie geht's dir?" Er klang anders. War er nicht allein?

„Gut. Hier steigt eine wilde Party", lachte sie ein bisschen zu laut.

„Wer ist bei dir?"

„Im Moment niemand, ich bin in der Küche. Aber im Wohnzimmer sitzen Edgar, meine Oma und ihr Kapitän. Wie sind die Dreharbeiten?"

„Anstrengend."

„Danke nochmal für dein Geschenk. Es ist toll."

„Ja." Er schwieg und Toni bemühte sich, ihre leichte Anspannung zu ignorieren. „Und sonst?", fragte er.

„Wir haben Sekt und Sachertorte und vielleicht leg ich nachher Elvis Presley auf und wir tanzen eine Runde." Während sie es sagte, fragte eine Stimme in Tonis Hinterkopf, was sie da eigentlich tat? Mit dem Fingernagel kratzte sie über einen eingetrockneten Kaffeefleck am Küchentisch. Der musste ein Relikt sein, von dem Abend, als Tim nach Wien gekommen war.

„Wie sind die Dreharbeiten?", fragte sie.

„Das hast du mich gerade gefragt."

„Ach ja, stimmt. Ich dachte nur, weil doch jetzt rausgekommen ist, dass Karin Fuchs ..."

„Toni“, unterbrach er sie. An seiner Stimme merkte sie, dass etwas nicht stimmte. In ihrer Brust tobte ein Kampf, sie sollte es ihm sagen. Oder wusste er es? Sie fühlte sich so erbärmlich. Die nüchterne Realität war doch, dass ein Tim Ravinger es nett gefunden hätte, eine Schauspielschülerin zur Freundin zu haben. Aber keine „was auch immer“ aus ihr werden sollte.

„Du weißt es schon, oder?“ Wieder Schweigen. Ihr Instinkt gab ihr die Antwort.

„Ja.“

„Hast du es von der Schmitz selbst?“ Sie bemühte sich, so neutral wie möglich zu klingen.

„Sie dachte, du hast es mir gesagt.“ Dann sprach er also mit der Schmitz über Toni? Das hatte sie nicht gedacht. „Wieso hast du nichts erwähnt?“

„Was hätte ich denn sagen sollen? Die Schmitz hat mich rausgeworfen, bitte sprich mit ihr?“

„Zum Beispiel.“

„Siehst du, und genau das ist der Grund, warum ich nichts gesagt habe. Weil ich nicht wollte, dass du es für mich regelst. Außerdem gibt es da nichts mehr zu regeln.“

„Dann hättest du nur sagen müssen, Tim, ich wurde aus dem Kons geschmissen, bitte regle das nicht für mich.“ Er klang verärgert.

„Wieso bist du wütend auf mich? Mich hat sie rausgeschmissen, nicht dich. Es kann dir doch egal sein. Oder interessierst du dich jetzt nicht mehr für mich?“ Am liebsten hätte sie sich auf die Zunge gebissen, dass ihr das rausgerutscht war.

„Du willst wissen, warum ich verärgert bin? Ernsthaft?“

„Ja.“

„Okay, bitte. Dann sag mir, wäre ich kein Schauspieler, wäre ich nicht erfolgreich, wäre ich, was weiß ich, Frisör, oder Anwalt oder halt was anderes, hättest du es mir dann auch nicht gesagt?“

„Was soll das, ich kapier das nicht“, sagte sie, obwohl sie in dem Moment spürte, dass er recht hatte. Trotzdem, sein Ärger war nicht im Mindesten gerechtfertigt.

„Wenn du mir so etwas nicht sagst, gibst du mir das Gefühl, dass ich dir gleichgültig bin. Weil du dann nur den Tim Ravinger siehst, den alle sehen.“

„Das ist …“ Ihr fiel keine Entgegnung ein. „… nicht wahr. Außerdem, wegen einer Kleinigkeit kannst du nicht gleich so ausflippen. Ich bin diejenige, für die alles vorbei ist. Vielen Dank für dein Mitgefühl“, blaffte sie.

„Für mich ist das aber keine Kleinigkeit. Es kann nicht funktionieren, Toni, wenn du *mich* nicht siehst.“

„Was soll das jetzt wieder bedeuten?“

„Hörst du mir überhaupt zu? Wenn ich für dich nur der bin wie für alle anderen, klappt das nicht. Das hatte ich schon. Ich will das nicht mehr. Und weißt du, was ich nicht verstehe? Ich dachte, es ist anders zwischen uns. Du bist anders.“

Toni war in diesem Moment so zornig, sie wusste nirgends hin mit ihrer Wut. Ohne ein Wort zu sagen, beendete sie das Gespräch. Sie starrte auf ihr Handy. Ein Teil von ihr wollte ihn sofort zurückrufen. Ein anderer hoffte, dass er sich melden würde. Sie sah unverändert auf das Handydisplay, bis es in den Stand-by-Modus wechselte. Dicke Tränen tropften darauf. Der ganze Kummer wollte raus. Sie rutschte auf den Küchenboden, zog die Beine an und ließ den Tränen freien Lauf.

„Liebes, ist alles in Ordnung?“, hörte sie die Stimme ihrer Oma, im nächsten Moment wurde die Küchentür geöffnet. Sie sah aus dem Tränenschleier hoch.

„Nein, nichts ist in Ordnung, Oma“, weinte sie.

Ihre Oma sah sie an, nahm die vorbereiteten Teller und das Besteck und brachte beides ins Wohnzimmer. Sie sagte etwas, das sich für Toni über ihr eigenes Schluchzen anhörte wie: „Wir brauchen ein bisschen, esst schon mal Torte." Dann kam sie zurück, schloss die Küchentür, nahm einen der Stühle und stellte ihn zu Toni. Sie setzte sich auf den zweiten.

„So. Komm hoch und erzähl, Liebes. Was ist los?"

Zwei Stunden später stieg Toni aus der U-Bahn beim Stephansplatz. Sie fühlte sich nicht ganz so euphorisch wie vor einer halben Stunde, als sie sich von ihrer Oma, dem Kapitän und Edgar verabschiedet hatte. Nachdem sie sich alles von der Seele geredet hatte, hatte ihre Oma nach ihrer Hand gegriffen.

„Spätzchen, was ist es dir wert, diese Schauspielschule zu besuchen?"

„Was meinst du, Oma?"

„Kennst du die Geschichte von dieser berühmten Geigenlehrerin in Amerika? Hach, wie heißt sie nochmal ... mein Gedächtnis. Ich hab von ihr in einem Podcast gehört." Podcasts waren die neue Liebe ihrer Oma. Sie mochte besonders gerne True-Crime-Berichte, manchmal auch Interviews. Toni schüttelte den Kopf und wischte sich die Tränen von den Wangen.

„Egal, mir fällt ihr Name noch ein. Man musste jedenfalls schon sehr gut sein, wenn man von ihr unterrichtet werden wollte, es war wie ein Freifahrtschein in die Carnegie Hall. Oder in die Metropolitan Opera? Na, egal, sie hat nur ausgewählte Schüler angenommen, man musste ihr vorspielen. Eines Tages hat eine junge Frau bei ihr vorgespielt, sie war unglaublich begabt, hatte sogar schon Preise gewonnen. Aber sie hat diese junge Frau weggeschickt und ihr gesagt, sie wäre nicht gut genug und nicht würdig, von ihr unterrichtet zu werden."

„Hat sie Schmitz geheißen?", hatte Toni halb lachend und weinend gefragt.

„Die Geschichte geht weiter. Diese junge Frau hat ab dem Moment das Geigespielen aufgegeben, sie dachte, es hat keinen Sinn mehr, sie würde es nie zu was bringen.

Also hat sie was anderes studiert und ist Journalistin geworden. Jahre später sollte sie für ihre Zeitung ein Interview mit dieser Geigenlehrerin, die inzwischen steinalt war, machen. Sie kommt hin und sagt, können Sie sich an mich erinnern? Ich war die Schülerin, die alle für so begabt hielten, aber Sie haben mir gesagt, ich kann nichts und Sie werden mich nicht unterrichten. Darauf sagt die Geigenlehrerin, Schätzchen, Sie müssen schon spezifischer werden. Das habe ich allen gesagt, die von mir unterrichtet werden wollten. Die, die sich davon nicht haben abhalten lassen und weitergemacht haben, waren diejenigen, die ich unterrichtet habe. Diese Lehrerin wusste, wie schwierig der Beruf ist. Ihr war klar, dass es nicht um Talent oder Fleiß geht. Sie wollte Kämpfer. Und ich weiß, dass du eine Kämpferin bist, Toni. Das warst du schon als kleines Mädchen."

„Und ... wenn es nicht klappt?", hatte Toni geschluchzt. „Was mach ich denn dann? Ich bin doch schon so alt."

Daraufhin hatte Martha Lorenz so einen Lachkrampf bekommen, dass der Kapitän und Edgar in die Küche gekommen waren, um nachzusehen, was los war.

„Das ist das Verrückte am Alter, mein Liebes", hatte ihre Oma gesagt und sich die Lachtränen aus den Augen getupft. „Wir glauben immer, dass wir schon so alt sind. Ob 23 oder 73, macht dabei kaum einen Unterschied."

Sie waren zurück ins Wohnzimmer gegangen, Toni hatte ein Stück Torte gegessen und ihre Geschenke ausgepackt. Das Parfum von Edgar hüllte sie wie eine zweite Haut ein, die nach Urlaub, Sonne und Strand roch. Von ihrer Oma hatte Toni „die besten Kopfhörer" bekommen, die es momentan zu kaufen gab. Und viel zu viel Geld vom Kapitän, das sie ihm gleich zurückgeben wollte, doch er wehrte ab und meinte, das sei „Taschengeld" und sie sollte sich was Schönes davon kaufen. Toni wusste, dass er wohlhabend war, aber sie hatte keine Ahnung gehabt, wie wohlhabend. Edgar war auf ein zweites Stück Torte bei ihrer Oma und dem Kapitän geblieben, als Toni sich verabschiedet hatte.

Touristen flanierten über die Kärntnerstraße, die Geschäfte hatten bereits geschlossen. Toni bog in die Johannesgasse ein, ein kühler Wind wehte, aber ihr war heiß. Sie hatte keine Ahnung, ob die Schmitz noch hier wäre. Die Probe war laut Lena seit einer halben Stunde vorbei.

Kurz vor dem Theatersaal hörte Toni die Stimme der Schmitz.

„Vierter Auftritt. Heller. Noch heller. Nicht so hell. Sie sollen ausgeleuchtet sein, nicht erblinden."

Die Tür stand offen, Toni klopfte trotzdem. Der Saal war dunkel, die Bühne erstrahlte. Von ihrem Jahrgang war niemand mehr da. Der Lichttechniker saß im Schein einer Schreibtischlampe in einer kleinen Koje hinter der letzten Reihe.

Die Schmitz konnte Toni nicht sehen.

„Frau Professor?", fragte sie laut.

Die Schulleiterin kam von der Seitenbühne, sie schirmte ihre Augen gegen das Licht der Scheinwerfer ab. „Wer ist da?"

„Ich bin es. Toni. Haben Sie kurz Zeit?" Toni war erstaunt, wie fest ihre Stimme klang. Kein Zittern, kein Beben. Es fiel ihr erst jetzt auf. Sie war gar nicht nervös.

Die Schmitz schien überrascht zu sein. „Machen Sie drei Minuten Pause", sagte sie in Richtung des Lichttechnikers.

„Drei Minuten Pause, die ist gut, ich sollte schon seit zwei Stunden hier fertig sein", sagte er laut genug, dass die Schmitz es hören konnte. Er rollte mit den Augen, als er an Toni vorbeiging und den Saal verließ.

„Was willst du?" Die Schmitz machte keine Anstalten, herunter in den Zuschauerraum zu kommen. Toni ging nach vorne, die vier Stufen hoch, in die Mitte der Bühne, bis sie vor der Schmitz stand. Die Spannung zwischen ihnen war spürbar, die Gesichtsmuskeln der Schmitz zuckten leicht. Sie sah abgekämpft aus.

„Sie hatten recht“, sagte Toni. „Ich hätte Sie nicht anlügen dürfen.“ Eine Augenbraue der Schmitz wanderte in die Höhe. „Ich habe es getan, weil ich dachte, ich habe keine andere Wahl. Es tut mir leid.“

„Danke, Antonia. Du kannst jetzt gehen. Alles Gute für deine Zukunft.“ Sie drehte sich um, wollte wieder zur Seitenbühne.

„Darf ich erklären, warum ich gelogen habe?“, sagte Toni in ihren Rücken.

„Das kannst du dir sparen. Es ändert nichts an meiner Entscheidung. Wir sind hier fertig.“ Die Schmitz fand es nicht mal nötig, Toni dabei anzusehen.

Alle Worte, die Toni sich auf der Fahrt hierher zurechtgelegt hatte, waren verschwunden. Jedes vernünftige Argument, jede Bekundung von Reue, alles in Luft aufgelöst.

„Warum sind Sie so?“, platzte es laut und wütend aus ihr heraus.

„Bitte?“ Die Schmitz wirbelte so schnell herum, dass sie ein wenig schlingerte.

„Sie predigen im Unterricht, wir sollen unvoreingenommen sein, egal, welche Rolle wir spielen. Es gibt immer einen Zugang und ein Verständnis, wieso die Figur etwas tut. Einen Subtext, eine Motivation. Wieso haben Sie so viel Empathie für eine Rolle, die nur am Papier existiert, und nicht für ... mich?“ Toni hatte keine Ahnung, woher diese Worte plötzlich kamen.

„Glaub mir, Toni, ich habe Empathie für dich“, sagte die Schmitz gehässig. „Ich habe dir einen Gefallen getan mit meiner Entscheidung. Du hast weder die Demut noch den Biss für diesen Beruf. Und beides ist unerlässlich.“

„Glauben Sie das wirklich?“

„Dein Verhalten hat es mir gezeigt.“

„Hat es das? Oder haben Sie nur gesehen, was Sie sehen wollten, weil es in Ihr vorgefertigtes Bild passt?“

Die Schmitz antwortete nicht, an ihrem verkniffenen Gesicht konnte Toni erkennen, was sie von dieser Frage hielt. Jetzt war schon alles egal.

„Ich habe große Demut und ich habe Biss“, sagte sie laut. „Ich habe sogar beides noch viel mehr seit meinem Nebenjob. Weil es nämlich gar nicht nur ein Nebenjob ist. Ich sehe die Menschen, die zu Edgar kommen, die Hilfe brauchen, und ich hab dadurch ein viel größeres Verständnis für einfach alles bekommen. Die Liebe, den Schmerz, die Wut, die Verzweiflung, die Hoffnung, das alles sehe ich dort, ich kann es nachempfinden. Ich bin gut darin, Edgar zu helfen, ich weiß nicht, wieso ich das kann, aber ich kann es wirklich. Ich mag die Arbeit, die Rätsel, den Versuch, wenigstens so eine Art Gerechtigkeit zu finden, für die Leute, die zu ihm kommen. Und ich mag ihn. Weil er anders ist, weil er so tut, als würde ihn das alles gar nicht berühren, und das tut es aber doch. Jedes Mal, mit jedem Auftrag, bei dem ich ihn unterstütze, lerne ich etwas über das Leben. Und das alles benutze ich dann genau hier.“ Sie deutete auf die Bühne. „Aber das wollen Sie nicht sehen, weil Sie sich so in Ihrer Vorstellung festgebissen haben, wie jemand zu sein hat. Und nur, weil ich nicht in diese Schablone hineinpasse, glauben Sie, Sie wissen Bescheid.“

Toni hörte, dass der Lichttechniker zurückgekommen war. Die Schmitz bemerkte es auch. „Zeigen Sie mir das Licht für den fünften Auftritt“, rief sie ihm zu, bevor sie auf der Seitenbühne verschwand, ohne Toni noch eines Blickes zu würdigen.

30.

Der Kapitän war auf dem Sofa eingeschlafen und schnarchte leise. Eben hatte Edgar sich mit ihm über die liebsten Filme seiner Jugend wie *Ein Herz und eine Krone*, *Verdammt in alle Ewigkeit* oder *Der unsichtbare Dritte* unterhalten, und als Edgar wieder hinsah, waren seine Augen geschlossen.

„Verträgt keinen Schluck Alkohol. Mein Mann", sagte Martha Lorenz mit einem Lächeln und sah ihn liebevoll an. Sie war in die Küche gegangen, um Kaffee zu machen.

Edgar stand auf, es war höchste Zeit aufzubrechen. Strömer wollte in einer Stunde zu ihm in die Detektei kommen und Edgar musste die Abrechnung vorbereiten.

„Haben Sie ein paar Minuten für einen Kaffee in der Küche?", fragte Martha Lorenz ihn leise.

„Gerne", sagte er und nahm ihr eine Tasse ab. Edgar kam sich in Tonis kleiner bunter Küche immer noch größer und – wie hatte es Marie Herder genannt – „wuchtiger" vor. Er zwängte sich hinter den winzigen Tisch auf den Stuhl. Wenn er erst einmal saß, war es gemütlich. Martha Lorenz nahm ihm gegenüber Platz. Sie plauderten zunächst über Karin Fuchs und Julia Didier, Tonis Großmutter fragte interessiert, und er unterhielt sich gern mit ihr.

„Und wie geht es Ralph? Ist er schon zurück aus Rom?", fragte sie mit einem aufrichtigen Lächeln. „Oh, war das ein Fettnäpfchen? Sie sehen nicht erfreut aus."

Edgar räusperte sich. „Ralph hat sich entschieden, Priester zu bleiben."

„Ach herrje. Mit Zölibat und allem, was dazugehört?"

„Davon gehe ich aus. Ralph war nie für halbe Sachen."

„Das tut mir leid. Wie geht es Ihnen?"

Edgar zuckte mit den Achseln. Wahrscheinlich würde er erst in ein paar Tagen merken, wie es ihm tatsächlich ging – wenn es keine Ablenkung mehr gab, wie eine berühmte Schauspielerin, die angeblich ihren Mann umgebracht hatte.

Martha Lorenz nickte mit offenem Blick. Sie nahm einen Schluck aus der Tasse.

„Bevor Toni auf die Welt gekommen ist, hatte ich schrecklich oft Herzschmerz. Es ist schon so viele Jahre her, aber es war grauenhaft."

„Wegen Tonis Großvater?"

Mit einer wegwerfenden Handbewegung lachte sie auf. „Auch. Aber ich hatte nie einen guten Griff bei Männern."

„Bis jetzt", sagte Edgar und machte eine Kopfbewegung Richtung Wohnzimmer.

„Ihr Wort in Gottes Ohr. Oh, das hätte ich nicht sagen sollen."

„Schon gut." Er stand auf, es war Zeit zu gehen. Sie erhob sich ebenfalls.

„Es ist ein Jammer, Edgar. Sie sind ein Hauptgewinn, das wissen Sie hoffentlich." Sie klang wie Toni. „Wer das nicht sieht, hat Sie nicht verdient. Oh, darf ich Sie überhaupt Edgar nennen?"

„Sehr gerne."

Sie küsste ihn auf die Wangen, ihr Maiglöckchenparfüm stieg ihm in die Nase. „Ich bin Martha."

„Martha, deine Toni hat großes Glück mit ihrer Oma."

„Und ich habe großes Glück mit meiner Enkelin." Sie sahen sich an, ihre Augen bekamen einen leichten Glanz.

„Ich wünschte, ich könnte dir irgendetwas sagen, das die Sache leichter macht. Jemanden loszulassen, den man liebt, ist eine schrecklich schwere Angelegenheit", sagte sie leise.

„Dein Wort in Gottes Ohr", war Edgars Antwort.

Die Formalitäten mit Strömer waren schneller erledigt, als Edgar erwartet hatte. Der Therapeut unterschrieb alle Formulare und Abrechnungen bereitwillig und händigte Edgar den in Alufolie gewickelten Kugelschreiber mit so spitzen Fingern aus, als könnte er sich an ihm vergiften. Von seiner makellosen Erscheinung vor ein paar Tagen schien nichts übriggeblieben zu sein. Der Dreitagebart wirkte ungepflegt, sein Hemd hatte einen unansehnlichen Fleck.

Dass seine Frau einen Einbruch vorgetäuscht und von seiner Affäre erfahren hatte, setzte ihm mehr zu als alles andere. Sie verabschiedeten sich mit Handschlag. Doch dann hielt Strömer plötzlich inne.

„Was ist Ihr Hauptgeschäft, Herr Brehm?“

„Sie meinen, welche Aufträge ich am häufigsten bekomme?“

Er nickte.

„Beschattungen untreuer Partner“, sagte Edgar und tippte auf den Stapel auf seinem Schreibtisch.

„Und wie oft trifft es zu? Ich meine, dass Sie etwas finden?“

„Es trifft öfter zu, als das nicht der Fall ist.“

„60, 40?“

„Eher 80, 20.“

„Und fragen Sie sich manchmal, wieso es passiert?“

„Gelegentlich.“

„Wollen Sie wissen, wieso ich meine Frau betrogen habe, da ich es doch besser wissen müsste?“

Edgar nickte nur aus Höflichkeit. Nichts interessierte ihn weniger.

Doch Strömers Blick glitt an Edgar vorbei. „Die letzten Nächte habe ich viel Zeit damit verbracht, darüber nachzudenken. Es klingt zynisch, aber ich wollte meiner Frau nie weh tun. Ich liebe sie. Dass ich sie betrogen habe, hat nichts mit ihr zu tun. Sondern mit mir.“ Er senkte den Kopf. „Ich habe etwas an mir vermisst. Ich habe diesen Mann vermisst, der ich einmal war. Voller Sehnsucht, lebendig, leidenschaftlich, witzig. Er war plötzlich wieder da. Vielleicht sogar mehr als je zuvor. Deshalb konnte ich mich nicht von dem USB-Stick trennen. Trotz des schlechten

Gewissens, das ich natürlich hatte, konnte ich mich auf einmal wieder leiden. Was verrückt ist, wenn man bedenkt, womit ich mein Geld verdiene." Edgar konnte nicht anders, er musste lächeln. Strömer hob den Blick und sah ihn an. „Vielleicht war dieser Teil von mir nie ganz fort. Ich habe ihn nur an der falschen Stelle gesucht."

„Wird Ihre Frau Ihnen verzeihen?"

Er schüttelte den Kopf. „Nein. Sie hat sich bereits einen Anwalt genommen. Von Paartherapie hält sie nicht mehr viel."

Edgar stieß ein leises Lachen aus. „Kann man ihr nicht verdenken."

„Nein, das kann man nicht." Strömer lächelte traurig. Er legte den Kopf schief und betrachtete Edgar. „Sie wären ein guter Psychologe."

„Ach so?"

„Ja, Sie haben so etwas an sich, dass man das Gefühl hat, sich Ihnen anvertrauen zu können. Was eine gute Eigenschaft für einen Detektiv ist."

„Mein Vater war Therapeut."

„Welche Richtung?"

„Analytiker."

„Dann hatten Sie sicher eine interessante Kindheit."

„Das kann man so sagen."

„Ist das nicht erstaunlich?"

„Was?"

Er machte eine ausladende Handbewegung und deutete in Edgars Büro. „Sie sind in gewisser Weise in seine Fußstapfen getreten. Wie er suchen Sie nach der Wahrheit. Nur weniger im Innen, sondern mehr im Außen."

Edgar nickte. So hatte er es nie betrachtet. Er hätte nicht gedacht, dass ihm Strömer jemals sympathisch werden konnte. Sie gaben sich zum zweiten Mal die Hand.

„Wollen Sie wissen, was sich auf dem Kugelschreiber befindet, den Sie mir gebracht haben?", rief Edgar ihm im Stiegenhaus nach.

„Bloß nicht", hörte er Strömer, der die Treppe hinunterging.

Edgar wollte die Tür zu seinem Büro schließen, da kam der Kater angelaufen und meldete sich mit einem lauten „Miau".

„Na komm, ich geb dir was zu fressen", sagte Edgar. Doch er tapste an der Tür vorbei, weiter in Richtung der Toiletten und setzte sich hin, mit Blick zur Fensternische. Edgar wartete.

„Was ist, was siehst du denn da?", fragte Edgar. Wahrscheinlich ein Vogel auf der Fensterbank.

„Na, dann halt nicht", sagte er und wollte zurück in sein Büro. In dem Moment waren Schritte zu hören. Er drehte sich um. Fast rechnete er mit Karin Fuchs. Doch statt ihrer stand da der junge Vespafahrer. Leonard. Ralphs Sohn sah ihn mit wütendem Blick an. Edgar musste kein guter Detektiv sein, um zu erkennen, dass er ihn noch immer für seinen Vater hielt. Das hatte ihm gerade noch gefehlt. Edgar hatte den starken Wunsch, seine Tür zuzumachen, um endlich seine Ruhe zu haben.

„Das ist eine Verwechslung", sagte er ruhig.

„Was?", bellte Leonard und kam auf ihn zu. Er roch nach Alkohol. Es war eindeutig, dass er betrunken war.

„Ich bin nicht der, den Sie suchen."

„Ach so, ja, klar. Arschloch."

Edgar seufzte. Vor ihm stand ein gebrochener, zorniger Junge im Körper eines halbwegs erwachsenen Mannes. „Hat Ihnen Ihre Mutter keinen Namen genannt?"

Sein Kopfschütteln war langsam. „Ich hab Sie gesehen."

Als wäre das Begründung genug. „Wie sind Sie überhaupt auf mich gekommen?"

„Das Treffen zwischen meiner Mutter und Ihnen am Dienstag."

„Wo war das?"

„Beim Italiener." Er sagte es so, als könnte Edgar ihm nicht folgen. „Ich habe gewusst, dass sie meinen Vater trifft, und ihr eine App aufs Handy geladen, damit ich sehe, wo sie hingeht." Sein Alkoholatem war erstaunlich. Dafür sprach er unerwartet klar und deutlich. Was Edgar vermuten ließ, dass er öfter trank. „Dann bin ich hingefahren und hab sie zur Rede gestellt. Sie hat gesagt, Sie sind noch im Restaurant geblieben, weil Sie eine weitere Verabredung haben. Ich bin weg, aber dann hat es mir doch keine Ruhe gelassen und ich bin zurück zu dem Restaurant. Und hab gewartet." Ralph hatte Ingrid also beim Italiener getroffen, direkt bevor er sich mit Edgar getroffen und sich von ihm ... getrennt hatte.

„Sie haben den Falschen."

Leonard runzelte die Stirn und trat einen Schritt zurück. Vielleicht begriff er endlich, dass etwas an Edgars Worten dran sein könnte.

„Warten Sie kurz", sagte Edgar, ging zurück in sein Büro und wählte Ralphs Nummer. Er hob gleich nach dem zweiten Klingeln ab. Nachdem Edgar aufgelegt hatte, ging er wieder vor die Tür. Leonard hatte sich gegenüber auf den kalten Steinboden gesetzt und streichelte den Kater.

„Kommen Sie mit. Wir fahren zu dem, den Sie suchen."

„Ich kann selber fahren, meine Vespa steht unten."

„Ja, klar", sagte Edgar kopfschüttelnd und holte seinen Autoschlüssel.

Ralph stand mit seiner Krücke vor dem Gebäude im neunten Bezirk, das er Edgar genannt hatte. Von außen sah es aus wie ein normales Wohnhaus. Er hielt sich ein wenig schief, es war ihm anzusehen, wie nervös er war.

Edgar parkte direkt gegenüber.

„Er ist es, den Sie suchen", sagte Edgar und deutete zu Ralph.

„Der ist viel zu jung."

„Vielen Dank", murmelte Edgar ein wenig verärgert. „Wollen Sie nicht aussteigen?"

Leonard schüttelte den Kopf. Auf einmal schien er nicht mehr so aufbrausend. Edgar drehte sich zu ihm. Die Angst war in seinen Augen zu sehen.

„Sein Name ist Ralph. Geben Sie ihm eine Chance. Er wird Sie nicht enttäuschen."

Leonard stieß ein sarkastisches Lachen aus. „Da wäre er der Erste."

„Lernen Sie ihn erst mal kennen."

„Wie ist er?"

Ein tiefes Seufzen kam aus Edgars Brust. „Er ist großartig. Das ist er wirklich. Klar, er hat seine Fehler, wer hat die nicht? Aber ... Sie werden ihn mögen."

„Glauben Sie das tatsächlich?"

„Ja, das glaube ich."

Zögerlich griff Leonard zur Türschnalle. „Danke, dass Sie mich hergebracht haben. Woher kennen Sie ihn?"

„Das soll Ihnen Ihr Vater erzählen."

Leonard stieg aus. Auf Ralphs Gesicht breitete sich ein Strahlen aus, als er seinem Sohn die Hand reichte. Er bedeutete ihm, ins Haus zu gehen, dann drehte er sich nochmal zu Edgars Wagen, legte die Hand auf sein Herz und formte „Danke" mit seinen Lippen, bevor er Leonard ins Gebäude folgte.

Edgar wusste gar nicht, wie lang er bereits im Auto saß und auf den Eingang starrte, als sein Handy läutete. Er hob über die Freisprecheinrichtung ab.

„Edgar, kannst du bitte kommen", schluchzte Toni. „Ich will nicht alleine an diesem beschissenen Geburtstag sein." Ohne einen Moment zu zögern, startete er den Motor.

Eine halbe Stunde später saß Edgar auf Tonis Couch. Sie lag zusammengerollt in ihrem Pyjama mit einer riesigen Schüssel Popcorn neben ihm. Die schnulzige Romanze auf Netflix, die Toni ausgesucht hatte, war nur wegen Julia Didier in der Hauptrolle zu ertragen.

„Sie ist großartig, oder?", flüsterte Toni ehrfürchtig.

Edgar stimmte ihr zu.

Die Handlung war simpel, was ihm entgegenkam, er konnte sich ohnehin kaum konzentrieren. Erst als er angekommen war, hatte er von Toni erfahren, dass sie wegen ihres Jobs bei ihm aus der Schauspielschule geworfen worden war. Ihm war klar gewesen, dass sie etwas bedrückte, aber er hatte gedacht, es hätte mit Tim zu tun.

Er ersparte ihr alle Fragen, die hatten Zeit bis morgen, er fühlte sich so müde und erschöpft wie schon lange nicht mehr. Als hätten sein Kopf und sein Körper gleichzeitig den Dienst aufgegeben. Das einzig Tröstliche war Tonis Nähe. Er hatte seine Schuhe ausgezogen, die Füße auf den Couchtisch gelegt und ein Glas Rotwein in der Hand.

„Bist du sicher, dass du nicht mit deinen Freunden feiern willst?", fragte Edgar und nahm einen Schluck.

Sie legte wortlos ihren Kopf an seine Schulter, er spürte, wie sie den Kopf schüttelte. Draußen war es dunkel, es hatte zu regnen begonnen, die Tropfen klatschten an das Fenster.

Plötzlich drückte sie die Pausetaste auf der Fernbedienung.

„Was ist los?"

„Dein Handy vibriert." Sie deutete auf den Couchtisch, wo Edgar es hingelegt hatte. Sie hatte recht. Er bereute, es nicht lautlos gestellt zu haben, und beugte sich vor, um das Display zu sehen. Eine unterdrückte Nummer.

„Willst du nicht rangehen?", fragte Toni.

Edgar schüttelte den Kopf. Wer das auch war, sollte sich am Montag melden.

„Und wenn es wichtig ist?", appellierte sie an sein Gewissen.

Widerwillig griff er nach seinem Handy. „Ja?"

„Herr Brehm", flüsterte eine weinerliche Frauenstimme. Sofort ging ein Ruck durch seinen Körper, wie ein elektrischer Schlag. „Ich brauche Ihre Hilfe, Herr Brehm. Bitte. Ich … ich habe ihm nichts getan.“

„Wo sind Sie?“

„Erich, ich habe ihm nichts getan“, wiederholte sie. Im Hintergrund waren blecherne Stimmen zu hören, wie aus einem alten Fernseher. „Bitte kommen Sie. Ich kann hier nicht weg. Die dürfen mich nicht finden.“

„Wer darf Sie nicht finden?“

„Sie müssen mir helfen, Herr Brehm. Sie wollen mir etwas tun, weil ich es jetzt verstanden habe. Ich bin nicht verrückt. Ich sehe die Warnsignale. Aber ich weiß nicht, was wahr ist und was nicht. Wenn die Polizei mich findet, stecken sie mich in die Psychiatrie. Ich werde nie wieder rauskommen. Bitte, helfen Sie mir. Bitte!“

Edgar zögerte. Er spürte dieses Kribbeln in seinem Körper. Wie ein Signal, das sein Geist ihm sendete. Es gab keine rationale Erklärung dafür. Doch im selben Moment das Vertrauen, dass er richtiglag. Entweder konnte er sich dieses eine Mal auf seine Intuition einlassen. Oder er konnte Carolin Schebesta anrufen. Die Entscheidung traf er im Bruchteil einer Sekunde.

Edgar gab Toni ein Zeichen, sich anzuziehen, er schlüpfte in seine Schuhe.

„In Ordnung, ich komme. Wo kann ich Sie finden?“

„Im Burgtheater. In der Herrengarderobe Nummer 40. Bitte beeilen Sie sich. Die wissen, dass ich hier bin.“

Und dann legte Karin Fuchs auf.

X.

Ein Tag vor dem Mord

Y: Wir dürfen das nicht zulassen.

X: Ich weiß. Ich war so dumm.

Y: Hör auf, so etwas zu sagen. Er ist das Problem, nicht wir. Aber jetzt hat er uns in der Hand. Was sollen wir tun?

X: Wir werden mit ihm reden und ihm einen Deal vorschlagen.

Y: Und wenn er nicht darauf eingeht?

X: Das wird er.

Y: Das ist alles meine Schuld.

X: Nein, ist es nicht. Alles wird gut.

Y: Und jetzt kommt sie doch.

X: Was meinst du?

Y: Unsere Strafe.

X und Y haben den Chat verlassen.

31.

„Gibt es noch andere Wege, wie man zu dieser Herrengarderobe gelangt?“, fragte Edgar, nachdem er wieder ins Auto gestiegen war. Der Portier hatte ihn beim Bühneneingang des Burgtheaters sofort aufgehalten und gefragt, wo er hinwolle.

„In die Kantine“, war seine Antwort, wie Toni es ihm vorgeschlagen hatte, „ich bin dort mit jemandem aus dem Ensemble verabredet.“

„Tut mir leid, nicht während einer Vorstellung“, war die Antwort des Portiers.

Danach war er um das gesamte Gebäude gegangen, hatte jede Tür probiert. Entweder führte sie ins Foyer, wo Platzanweiser ihn nach einer Eintrittskarte für die ausverkaufte Vorstellung von *Cyrano*, die gerade lief, fragten. Oder sie waren versperrt. Wenigstens hatte es zu regnen aufgehört.

Jetzt behielt Edgar den Bühneneingang im Blick. Wie gestern hatte er das Auto vor dem Eingang zum Volksgarten, dessen Tor nun geschlossen war, geparkt.

Karin Fuchs hatte sich nicht mehr gemeldet. Edgar war noch nicht mit sich übereingekommen, ob der Wahn aus ihr sprach und sie sich das alles einbildete oder ob er ihr doch glauben sollte. Immer wieder ging er die Gespräche durch, die er mit ihr geführt hatte. Ob sie doch mehr wusste? Sich Wahrheit und Einbildung vermischten? Die Warnsignale, von denen sie gesprochen hatte, woran sie laut ihrem Mann eine psychotische Episode erkennen konnte, obwohl sie gleichzeitig darin steckte. War es Zufall, dass sie sich an einem Abend, an dem wieder *Cyrano* gezeigt wurde, im Burgtheater versteckte? Oder hatte es mit der Vorstellung zu tun? Wieso sonst war sie dort, wo sie ihm doch von ihrer Mutter erzählt hatte, wegen der sie nie wieder einen Fuß in das Theater setzen wollte? Oder war das auch nicht wahr?

„Ich weiß echt nicht, ob man sonst noch zu den Garderoben kommen kann, als über den Bühneneingang“, sagte Toni neben ihm. Sie trug ihren Pyjama, hatte nur einen Mantel darüber angezogen.

„Vielleicht doch über den Zuschauerraum?“

„Ohne Eintrittskarte kommst du nicht rein. Und selbst wenn du eine hättest, ich glaube nicht, dass man da einfach so zu den Garderoben durchgehen kann.“

Er nickte, damit hatte sie sicher recht. Toni nahm ihr Handy heraus, sie wählte eine Nummer.

„Rufst du Tim an?“

Sie schüttelte den Kopf. „Janina, hier ist Toni. Kannst du mich bitte zurückrufen? Es ist wirklich dringend“, sagte sie und legte auf.

„Wieso rufst du sie an?“

Bevor Toni antworten konnte, läutete ihr Handy. Edgar erkannte an dem Telefonat, dass Janina Toni nicht mochte und ihr nicht helfen wollte. „Janina, nur dieses eine Mal“, sagte Toni. „Ich werde dich nie wieder um etwas bitten. Du wirst mich sowieso nicht mehr sehen. ... Weil die Schmitz mich rausgeworfen hat. ... Ja, wirklich.“ Dann hörte sie nur zu.

„Ich weiß, wie wir reinkommen“, sagte Toni, als sie aufgelegt hatte. „Wir müssen auf die gegenüberliegende Seite.“

„Warum, was ist dort?“

„Auf der Volksgartenseite sind die Damengarderoben, auf der Seite des Café Landtmann die für die Herren. Bei dem Parkplatz drüben gibt es eine dieser großen Holztüren mit Verzierungen. Sie ist von innen nicht versperrt und laut Janina geht dort immer mal wieder jemand vom Ensemble oder den Mitarbeitern raus, um am Bankomat auf der anderen Straßenseite Geld abzuheben, weil es der kürzere Weg ist und man in der Kantine bar zahlt. Das ist die einzige Möglichkeit, wie man unbemerkt reinkommt.“

Sie fanden die beschriebene Tür auf der anderen Seite des Theaters sofort. Aus der Nähe betrachtet glich sie einem Kunstwerk mit den massiven Eisenbeschlägen und den raffinierten Schnitzereien. Davor parkten einige Autos. Toni nahm Edgar den Autoschlüssel ab, stellte sich hinter den schwarzen BMW, der der Tür am nächsten war. Er schätzte drei Meter. Dazu schwenkte sie den Schlüssel in der Hand, als wollte sie gleich einsteigen. Sie fing an, mit Edgar ein Gespräch über irgendwelche Leute zu führen, von denen er noch nie gehört hatte. Einen „Onkel Bertram, der regelmäßig nach Thailand fährt und so tut, als würde er dort Urlaub machen, obwohl sowieso jeder in der Familie weiß, warum er dort ist", und eine „Cousine, die schon das fünfte Studium beginnt und ihr Leben nicht auf die Reihe kriegt".

Als Edgar sie nur fragend anstarrte, stellte sie sich auf die Zehenspitzen und murmelte durch ihre zusammengebissenen Zähne: „Ich improvisiere hier, wir kommen von einer Familienfeier, mach einfach mit." Ihr Blick wanderte zur Fassade des Burgtheaters. Er nickte, stellte sich auf die andere Seite, damit er über Tonis Kopf auf die Tür sah. Ihm fiel nichts ein, das er erzählen konnte, darum streute er immer wieder Fragen ein, um ihr die Möglichkeit zu geben, von einem fiktiven Familienmitglied zum nächsten zu gelangen. Es begann leicht zu nieseln und wurde im Minutentakt stärker. Wenn nicht bald jemand aus der Tür kam, mussten sie sich etwas einfallen lassen. Edgar spürte schon die Regentropfen, die seinen Hals entlangkrochen. Toni ignorierte den Regen, sie sah ihn mit festem Blick an und erzählte weiter, als würden diese Leute wirklich existieren. Und dann endlich öffnete sich die Tür. Ein Mann kam heraus, sah in den Himmel und blieb im Türrahmen stehen.

Geh schon, dachte Edgar. Er schien nachzudenken, warf einen kurzen Blick hinter sich. Wollte er einen Schirm holen? Dann sah er auf seine Armbanduhr, kratzte sich am Kinn. Gerade, als Edgar dachte, er hätte es sich anders überlegt, stellte er mit einem raschen Griff den Kragen seiner Jacke hoch und ging los.

Kaum war er an ihnen vorüber, stürmte Edgar zur Tür, die sofort zufiel. Er würde es nicht schaffen, sie war nur noch ein paar Zentimeter geöffnet. Toni schoss an ihm vorbei und warf sich dagegen. Die Tür fiel nicht ins Schloss. Sie riss den Mund zu einem stummen Schrei auf. Erst jetzt sah er, sie hatte ihre Hand in den Spalt gesteckt, um sie am Zufallen zu hindern.

„Toni", keuchte er, sie schüttelte den Kopf, wisperte „Geht schon". Und dann waren sie im Burgtheater.

Sie bedeutete ihm, ihr in den ersten Stock zu folgen. Sie irrten kurze Zeit in den Gängen herum, doch plötzlich blieb Toni stehen. Sie nickte Edgar zu und zeigte auf ein kleines goldenes Metallschild rechts neben der Tür. *Paul Breitter* stand in geschwungenen Buchstaben darauf. Das war der Name eines Schauspielers, sie waren richtig. Die Herrengarderoben. Aber da waren keine Ziffern zu sehen. Wie sollten sie wissen, welches die Nummer 40 war?

Sie gingen weiter, aus irgendeinem Raum auf der anderen Seite war leise *Dancing Queen* von ABBA und der Dampfausstoß eines Bügeleisens zu hören. Edgar versuchte, nicht daran zu denken, dass hier gleich jemand vor ihnen stehen konnte. Gleichzeitig stoppten sie vor dem Metallschild einer Tür. Der Name des männlichen Hauptdarstellers war darin eingraviert. *Max Wilhelm.*

Edgar nickte Toni zu, griff auf die Türklinke und drückte sie herunter. Es war ein kleiner Raum mit einem Fenster am anderen Ende. Hier war niemand. Über einen Lautsprecher hörte man leise die Stimmen von der Bühne.

Links versperrte ein heller Kleiderschrank die Sicht. In dessen Schloss steckte ein Schlüssel, an dem ein kleines laminiertes Schild angebracht war. *40* stand darauf.

Edgar drehte sich zu Toni um und zeigte hin. Sie nickte. Sanft machte sie die Tür zu und kam zu ihm.

Gleich neben dem Schrank war ein großer Spiegel über einer antiken Kommode. Davor ein roter, samtbezogener Stuhl mit goldenem Rahmen. Wie ein Thron. Auf der anderen Seite eine dunkelgraue Chaiselongue, über der gerahmte Fotos mit Theaterszenen und zwei Gipsabdrücke hingen. Darauf lagen Kleidungsstücke, eine schwarze Jeans, ein schwarzes Hemd.

Wo war Karin Fuchs?

„Hat sie sich mit der Nummer der Garderobe geirrt?“, fragte Toni leise.

Das Rumpeln kam unerwartet. Der Kleiderkasten. Edgar öffnete die Tür. Zusammengekauert saß unter hängenden Kostümen Karin Fuchs, wie ein Paket, die Beine angezogen. Sie sah hoch, blinzelte.

„Herr Brehm“, wisperte sie. Er reichte ihr die Hand und half ihr aus dem Schrank.

„Ich muss weg. Bitte. Sie sind sicher gleich hier. Sie dürfen mich nicht finden.“

„Wer ist gleich hier?“

Sie fasste nach seinem Hemd, krallte sich daran fest. „Sie kommen. Diese Frau hat mich erkannt ... Sie wird es Berta sagen, dass ich hier bin, und wenn sie mich finden ... Ich habe sie gesehen. An dem Tag, als ich zu Ihnen wollte. Ich habe sie gesehen. Aber ich war mir nicht sicher ... ob es wahr ist.“

„Wen denn?“

„Sie haben sich geküsst.“ Ihre Stimme kiekste. „Berta und Sebastian.“

„Ihre Tante und Ihr Mann?“

Sie nickte heftig. Edgar spürte Tonis Blick. Sie schaute so skeptisch, wie er sich fühlte.

„Was meinen Sie, sie haben sich geküsst?“, fragte er.

„Ich habe es gesehen. Eine der Kameras in der Agentur hat sie gefilmt. Sie haben auf der Treppe geredet. Berta war aufgebracht. Und dann haben sie sich geküsst. Wie ein Liebespaar. Es war am Bildschirm." Sie stampfte mit einem Fuß auf, wie ein Kind, dem man nicht glaubt.

„Welcher Bildschirm?"

„Der in Bertas Wohnung. Über der Agentur. Ich war dort wegen Emil. Meinem Sohn."

Edgar warf einen Blick zu Toni. Karin Fuchs sprach im Wahn. Eine leise Stimme in seinem Hinterkopf war enttäuscht darüber. Er hätte es besser wissen müssen. Seine Intuition hatte ihn wieder im Stich gelassen. Sie war die Hauptverdächtige. Erich Didier hatte die Affäre mit ihr zu einem mehr als schlecht gewählten Zeitpunkt beendet. Sie war psychisch labil, hatte ihre Antipsychotika abgesetzt. Was auch immer die Rolle von Julia Didier dabei war, Karin Fuchs hatte Erich Didier umgebracht. Edgar nickte Toni zu. Sie hatten im Auto abgesprochen, was zu tun war, wenn sich herausstellte, dass Karin Fuchs eine psychotische Episode hatte.

„Edgar, ich komme gleich. Ich hab vergessen, meine Freundin anzurufen", sagte Toni und schlüpfte aus der Garderobe. Ihre „Freundin" war das Codewort für Carolin Schebesta.

„Sie suchen mich. Sie dürfen mich nicht finden", weinte Karin Fuchs.

„Niemand wird Sie finden. Ich bin hier und beschütze Sie", redete Edgar beruhigend auf sie ein. Er fasste sie behutsam an der Schulter und setzte sie auf die Chaiselongue. Sie wippte mit den Knien, zitterte.

Hoffentlich dachte Carolin Schebesta daran, die Rettung zu verständigen.

„Ich wusste nicht, ob es wahr ist, was ich sehe", sagte Karin Fuchs. Sie sah hoch zu Edgar. „Ich war in ihrer Wohnung. Die Warnsignale, sie waren da, aber ich war mir nicht sicher. Ich habe gesucht, ein Foto, irgendwas."

„Was für ein Foto?"

„Ein Foto von Emil. Berta hat Alben. Sie lässt Bilder ausdrucken, wie früher. Klebt sie hinein. Sie blättert sie gerne durch. Ich habe das schon oft gemacht. Ich meine, nachgesehen, wenn ich mir nicht sicher war." Sie griff sich an die Stirn. „Und es hat gestimmt, da war nichts. Es gibt ihn nicht. Ich habe keinen Sohn."

„Sie haben keinen ..."

Sie schüttelte den Kopf. „Nein. Kein Emil. Es hat ihn nie gegeben. Ich habe keine Kinder."

„Und Sie wissen, dass es wahr ist?"

Sie nickte. „Es ist mir gut gegangen. Ich wollte die Medikamente nicht mehr nehmen ... wegen Erich. Er hat gesagt, er liebt mich. Und ich wusste, dass mein Mann das nicht mehr tut. Schon lange nicht mehr. Für ihn bin ich ein Kind, um das er sich kümmern muss. Ich hatte nicht einmal ein schlechtes Gewissen wegen Julia. Ich dachte mir, sie liebt jemand anderen, vielleicht ist das die Lösung für uns alle. Wenn Erich und ich ... aber dann habe ich es begriffen. Erich wollte mich nie. Es ging ihm nur um Julias Verträge. Als er gemerkt hat, dass ich da nicht mitspiele, hat er Berta gesagt, er will, dass sich jemand anderer um die Verträge kümmert. Und das war sie."

Edgar hörte hinter sich die Tür aufgehen. Wahrscheinlich war Toni zurückgekommen. Karin Fuchs sprang von der Couch hoch. Edgar drehte sich um.

Sebastian Weber war so erstaunt, dass er Edgar nur anstarrte.

„Was ist ...", sagte eine Frauenstimme hinter ihm. Er trat zur Seite. Da stand Berta Fuchs. Sebastian Weber erwachte aus seiner Starre, rief: „Karin" und stürzte auf seine Frau zu. Sie zuckte zurück, ging Richtung Fenster und hielt abwehrend ihre Hände vor sich.

„Nicht. Geh weg."

Ihre Tante blieb hinter Edgar stehen.

„Was hast du getan? Was hast du getan, Sebastian. Und du ...“ Sie zeigte auf Berta Fuchs. „Wieso? Wieso ihr beide?“

„Karin, du bildest dir das ein“, sagte Weber. „Bitte, hör auf.“

Karin Fuchs schlug die Hände vor ihr Gesicht und fing an zu weinen. Edgar drehte sich um. Die Tür zur Garderobe stand offen. Er trat an Berta Fuchs vorbei.

„Holen Sie die Polizei?“, fragte sie.

Er schloss die Tür, kam zu ihr zurück, schüttelte den Kopf. „Nein.“

Berta Fuchs warf Sebastian Weber einen raschen Blick zu. In ihren Augen spiegelte sich die pure Angst. Edgar hatte sich nicht in Karin Fuchs geirrt. Sie sagte die Wahrheit.

„Er hat Sie erpresst. Erich Didier“, sagte Edgar zu Sebastian Weber. „Woher wusste er von Ihrer Beziehung?“

„Ich weiß nicht, was Karin Ihnen erzählt hat, aber es stimmt nicht. Sie ist krank“, sagte Weber.

„Ihr habt euch geküsst, Sebastian. Ich habe euch gesehen. Berta und du habt euch geküsst.“ Einen Moment lang herrschte eisige Stille.

„Herr Brehm, ich glaube, wir müssen reden“, begann Berta Fuchs.

„Berta, nicht“, fuhr Weber dazwischen.

„Welche Summe verlangen Sie für Ihr Schweigen?“, sprach sie weiter.

„Berta.“

„Wir haben keine Wahl, Sebastian. Nennen Sie mir Ihren Preis, Herr Brehm.“

„Das kann ich erst, wenn ich die ganze Wahrheit kenne.“ Karin Fuchs schluchzte laut auf. Sie sah Edgar mit so verachtendem Blick an, als wollte sie ihn damit durchbohren.

„Wieso wusste Erich Didier, dass Sie eine Affäre mit dem Mann Ihrer Nichte haben?“, fragte Edgar Berta Fuchs erneut.

„Eine dumme Unachtsamkeit. Es war meine Schuld."

„Berta, hör auf."

„Nein, Sebastian. Herr Brehm ist ein Geschäftsmann. Das respektiere ich. Wir werden uns einigen." Sie sah wieder zu Edgar. „Nachdem ich von Karin Julias Verträge übernommen habe, bin ich sie gemeinsam mit ihm durchgegangen. Wir haben in der Agentur ein eigenes Softwareprogramm und ich habe Erich meinen Bildschirm freigegeben, damit wir beide die Änderungen des jeweils anderen verfolgen konnten. Ich wusste nicht, dass es möglich ist, aber so hat er die Firewall umgangen und eine Spyware installiert."

„Erklären Sie mir das bitte genauer."

„Es gibt in der Agentur ein internes Textbearbeitungsprogramm. Man kann gemeinsam schreiben, etwas bearbeiten. Und sich darin unterhalten. Es ist nur für die lesbar, die eingeloggt und für das jeweilige Dokument freigegeben sind. Und wenn man den Text löscht, ist für niemanden nachvollziehbar, was man geschrieben hat. Es gibt keine Spuren."

„Die Chats auf seinem Laptop. X und Y sind Sie beide?"

Sie nickte. Weber stand noch immer zwischen ihr und seiner Frau und starrte auf den Boden. „Erich hat es schnell herausgefunden. Er hat versucht, uns zu erpressen. Unmögliche Klauseln und Beträge verlangt, jenseits jeder Realität. Sollte ich nicht zustimmen, wollte er alles an die Öffentlichkeit bringen. Diese lächerliche Beziehung einer alten, hässlichen Frau mit dem attraktiven Mann ihrer Nichte."

„Berta", sagte Weber, doch sie schüttelte nur den Kopf.

„Ich habe selbst nicht verstanden, wieso es passiert ist."

„Weil du reich bist", zischte Karin Fuchs. „Weil du reich und erfolgreich bist."

„Nein. Hör auf, das stimmt nicht", sagte Weber und trat einen Schritt näher zu seiner Frau. Sie zuckte zurück, ihr

Blick war hasserfüllt. „Ich wollte dir nicht weh tun", sagte er eindringlich. „Wir beide wollten das nicht. Wir haben versucht, dich zu beschützen. Wir lieben dich."

„Wie konntet ihr nur? Wie konntet ihr nur?", schluchzte sie. Keiner der beiden antwortete darauf.

„Wir haben versucht, mit Erich zu reden", sagte Berta Fuchs an Edgar gewandt. „Uns mit ihm zu einigen, an dem Abend, als Julia das Essen gegeben hat. Aber er war in seiner Selbstherrlichkeit gefangen. Hat sich aufgespielt wie der König der Welt."

„Was ist am Montag passiert?"

„Er hat mich vom Flughafen aus angerufen, kurz bevor er in die Maschine steigen wollte. Es ging um einen neuen Vertrag, auf dem er bestanden hat. Seine Forderungen waren absurd. Hätte ich ihm zugestimmt, hätte es mich und meine Agentur in der Branche lächerlich gemacht. Er hat getobt. Gesagt, er hat nicht nur ein Foto von uns. Ob ich mich erinnern könne, an den Kugelschreiber, den er mir geschenkt hat? Ich hatte ihn verloren, das dachte ich zumindest. Da hat er gesagt, es gibt Videoaufzeichnungen von Sebastian und mir. Er würde sie ins Internet stellen, wenn ich nicht zustimme. Und da habe ich geblufft. Ihm gesagt, ich hätte Beweise, als ich ihn damals in Berlin mit der Frau des Produzenten überrascht habe. Sie hätte mir vor ihrem Tod einen Abschiedsbrief geschickt, in dem stand, dass er mit ihr eine Affäre hatte. Es gab immer schon Gerüchte, dass ihre Überdosis nichts anderes als Selbstmord war. Diese Nachricht würde ich Julia überlassen. Bei einer Scheidung aus Verschulden hätte sie das Recht auf ihrer Seite und er würde leer ausgehen."

„Wussten Sie zu dem Zeitpunkt, dass er seine Frau misshandelt hat?"

„Nein. Wir hatten keine Ahnung. Niemand hatte das. Julia ist nicht nur eine perfekte Schauspielerin im Film und auf der Bühne. Sie ist es auch im echten Leben."

„Was war dann, in der Wohnung?"

„Es war keine Absicht", sagte Sebastian Weber leise. „Wir wollten nur, dass er damit aufhört. Aber es ist eskaliert. Er ist auf Berta losgegangen, ich habe ihn weggestoßen, da ist er in den Couchtisch gestürzt." Deshalb hatte sonst niemand die Eingangstür entsperrt. Erich Didier hatte die beiden hereingelassen.

„Er hat geschrien, er macht uns fertig. Da habe ich eine Scherbe vom Couchtisch genommen und ihm ...", sagte Berta Fuchs.

„Nein, Berta, nicht", sagte Weber erschrocken. Edgar nahm an, dass Sebastian Weber sie davon abhalten wollte, weiterzusprechen. Doch stattdessen sagte er: „Herr Brehm wollte die Wahrheit."

„Sebastian ..." Ihre Stimme klang erstickt. Weber nickte ihr leicht zu.

„Es war nicht Berta. Ich war es. Erich war durch den Sturz bewusstlos. Berta wollte mich abhalten, aber ich wusste, wenn er aufwacht, wäre nichts anders. Deshalb ... habe ich Erich umgebracht." Sebastian Weber schien gefasst, nein, erleichtert.

„Wo ist die Scherbe?"

„Ich habe sie mitgenommen, zertreten und die Teile in einen Altglascontainer geworfen."

„Herr Brehm, nennen Sie mir Ihren Preis", sagte Berta Fuchs. „Es war falsch, was wir getan haben, aber Erich ... ich weiß nicht, ob man sagen kann, dass jemand es verdient hat. Alles, was ich weiß, ist, dass es keinen Unschuldigen getroffen hat. Sie waren heute in der Wohnung der Didiers und haben Erichs Kugelschreiber gefunden."

„Woher wissen Sie das?"

„Das spielt keine Rolle. Ich möchte sie haben. Und dann können wir das alles vergessen. Sagen Sie mir, wie viel Sie für Ihr Schweigen verlangen?"

„Und was ist mit mir?", schluchzte Karin Fuchs. „Was ist mit mir? Wie bringt ihr mich zum Schweigen? Oder lasst ihr mich einliefern, weil ich verrückt bin?"

„Karin", sagte Weber, „es wird alles gut."

„Nichts wird gut. Nie wieder." Sie schoss so schnell an ihrem Mann vorbei, dass er davon völlig überrumpelt war. Er wollte sie aufhalten, doch sie stieß ihn weg und stürmte zur Tür hinaus.

„Aus dem Weg", hörte man sie vom Gang schreien, gefolgt von einem Poltern. Weber rappelte sich hoch, Edgar lief ihr hinterher. Er sah, wie sie die Tür zur Bühne aufriss, hindurchlief. Im Augenwinkel entdeckte er Toni, sie kam die Treppe hoch.

„Ich hab sie nicht erreicht", rief sie. Von der Bühne war ein Aufschrei zu hören. Edgar konnte nicht sagen, ob der zum Stück gehörte. „Was ist los?"

„Hilf mir, sie aufzuhalten", schrie Edgar.

Sein Bauchgefühl schlug Alarm. Er hatte Karin Fuchs' Blick gesehen. Verzweifelt, gedemütigt und entschlossen. Auf der Hinterbühne war es stockdunkel, die Kulissenwände ragten meterhoch nach oben. Er hörte die Stimmen der Schauspieler, doch er versuchte, nicht darauf zu achten.

Sie musste hier sein. Und wenn er sich nicht irrte, dann hatte sie vor, ihr Leben zu beenden. So, wie Sebastian Weber heute Edgars beenden hatte wollen. Berta Fuchs hatte es selbst gesagt. Sie wusste, dass er in der Wohnung gewesen war und die Kugelschreiber gefunden hatte. Edgar nahm an, Weber war ihnen vom Krankenhaus gefolgt. Vielleicht hatte er beobachtet, wie Edgar Toni in dem Café die Kugelschreiber gezeigt hatte, und wusste deshalb Bescheid. Zu dem Zeitpunkt konnte er ja nicht ahnen, dass seine Frau und nicht Berta Fuchs und er darauf zu sehen waren. Sie konnte ja nicht wissen, dass es weit mehr als einen Kugelschreiber gab.

Hinter sich hörte Edgar ein Geräusch. Blitzschnell drehte er sich um. Ein Schatten huschte aus der Tür zurück auf den Gang.

„Hey, was machen Sie da?“, zischte ein Mann zu seiner Linken. Er packte Edgar am Oberarm, nahm ein Handy heraus. Mit einem Ruck riss Edgar sich los, lief dem Schatten hinterher. Der Mann kam ihm nach, er sagte in sein Handy etwas von „betriebsfremde Person“. Wo war Karin Fuchs? Er lief den Gang zurück. Nichts. Vor zu den Treppen. Schritte kamen von oben heruntergelaufen. Es war Toni.

„Ich finde sie nicht.“

„Sieh auf der anderen Seite nach.“

Sie nickte, bog in den Gang ein. Wo waren Weber und Berta Fuchs? Verdammt! Er konnte nicht zurück zur Bühne, also nahm er die andere Richtung. Er blieb stehen.

War das Webers Stimme? Sie klang leise, weit entfernt. Aber hier war nichts, außer einer Tür mit der Aufschrift „MASKE“. Er drückte leise die Klinke herunter.

Das war ein Schminkraum. Schminktische und Regale voller Perücken. Auf der gegenüberliegenden Seite war die Glastür zu einem großen Balkon halb geöffnet. Karin Fuchs stand auf der schmalen steinernen Brüstung. Bereit zum Sprung. Der Regen hatte wieder begonnen. Ihr ganzer Körper bebte vor Weinen. Sie sah Edgar nicht.

„Noch ein Schritt und ich springe“, schrie sie ihren Mann und ihre Tante an. Beide waren drei Meter von ihr entfernt. Sie redeten beschwichtigend auf sie ein, dass alles gut werden würde. Sie nur eine schlimme Episode hätte. Wie damals. Es ihr bald wieder besser ginge mit den richtigen Medikamenten. Sie sah von ihrem Mann zu ihrer Tante. Weinte immer mehr. Plötzlich schwankte sie, streckte die Arme zur Seite.

„Karin“, rief Edgar. Ihr Mann und ihre Tante bemerkten ihn erst jetzt. Er griff in die Innentasche seines Sakkos. „Sie sind nicht verrückt“, rief er ihr zu und holte den silbernen Kugelschreiber heraus. „Ich habe alles aufgenommen. Das ist der Beweis. Sie haben sich nichts eingebildet.“

Im nächsten Moment packte ihn jemand an den Oberarmen.

„Das ist der Kerl, der hinter der Bühne war", wurde ihm ins Ohr gebrüllt. Der Stift fiel ihm aus der Hand zu Boden. Weber stürmte darauf zu.

„Stopp, lassen Sie das liegen", rief eine Frau hinter ihnen.

Edgar war noch nie in seinem Leben so froh gewesen, Carolin Schebestas Stimme zu hören.

32.

Es war schon Nachmittag, doch Edgar lag noch immer im Bett. Gestern hatten die Einvernahmen die halbe Nacht gedauert, es war drei Uhr in der Früh, als er Toni heimgebracht hatte. Sein gesamter Körper war ein einziger Schmerz, und wenn es nach ihm ging, wollte er den ganzen Samstag hier liegen bleiben und sich nicht bewegen. Wie schon so oft machte er sich eine geistige Notiz, mit einem Sportprogramm zu beginnen. Morgen. Oder besser übermorgen.

Er drehte sich zur Seite, nahm sein Handy vom Nachttisch und rief eine Nachrichtenseite auf. Die Presse kannte wieder nur ein Thema, was zwar nicht verwunderlich sein sollte. Trotzdem überraschte es Edgar, wie rasch alle Informationen durchgedrungen waren.

Er wusste nicht, worüber sich die Medien mehr ausließen. Dass Julia Didier ihren Mann nicht umgebracht hatte und mit ihrem falschen Geständnis nur die Frau, die sie liebte, schützen wollte. Sie kannte ihren Mann und hatte gedacht, es sei Notwehr von Tanja Finke gewesen. Oder über die Liebesbeziehung zwischen Berta Fuchs und Sebastian Weber. Die nicht nur Anstoß fand wegen des Altersunterschieds und der familiären Verwicklung, sondern auch deshalb, weil Berta Fuchs ganz und gar nicht dem gängigen Schönheitsideal entsprach. Sie wurde eine „sehr untypische Cougar“ genannt, was Edgar erst mal googeln musste. Es war die weibliche Variante eines „Sugardaddys“. Was in seinen Augen nicht stimmte. Aber wahrscheinlich musste die Beziehung der beiden in irgendeine Schublade passen, um sich gut zu verkaufen. Wenigstens über Karin Fuchs stand nichts in den Artikeln, zumindest nicht auf den seriösen Nachrichtenseiten, was Edgar beruhigend fand.

Gerade als er überlegte, doch aufzustehen und sich einen Kaffee zu machen, läutete sein Handy.

„Hab ich dich geweckt?“, fragte Toni. Sie gähnte und klang genauso müde wie er.

„Nein. Aber ich bin noch im Bett.“

„Ich auch“, lachte sie. „Ich muss gleich aufstehen, Lena kommt vorbei. Sie möchte alles von gestern erfahren. Willst du kommen?“

„Danke, ich glaube, ich ruhe mich heute mal aus.“

„Mhm.“ Es folgte ein kurzer Moment der Stille.

„Wie geht es dir, Toni?“

„Ich weiß nicht. Ich glaube, irgendwie ... erwachsener.“

„Ja, du bist ja schon 23.“

Sie lachte. „Eben. Brauchst du eine Vollzeitarbeitskraft, Edgar?“

„Nein. Aber eine Teilzeitarbeitskraft, die studiert, kann ich gut gebrauchen.“

„Dann muss ich studieren, wenn ich weiter für dich arbeiten will?“

„Das musst du nicht, Toni.“

„Ich versteh schon. Mach dir keine Sorgen, Edgar. Ich krieg das hin.“

Edgar hörte ihr zu und er machte sich trotzdem Sorgen. „Ich weiß, dass du es hinkriegst“, sagte er.

„Montag um neun in der Detektei?“

„In Ordnung. Dann schauen wir weiter.“

In der Leitung klopfte ein weiterer Anruf. Sie verabschiedeten sich und er schaltete um.

„Hallo, Edgar“, sagte Carolin Schebesta. Im Hintergrund war es laut und klang, als stünde sie auf einem Bahnhof.

„Wo bist du?“

„Im Krankenhaus, ich komme eben von Julia Didier. Ihre Amnesie hat sich erstaunlich schnell gebessert.“ Sie lachte. „Woher hattest du gestern diesen Kugelschreiber? Ich dachte, du hast mir alle ausgehändigt?“

„Habe ich auch. Er war ... von einer anderen Quelle.“

Dass es Strömers Kugelschreiber war, den ihm der Therapeut in die Detektei gebracht hatte, musste sie nicht wissen. „Wenn du die Aufnahme von gestern hast, lösch bitte den Rest. Was sich sonst darauf befindet, ist privat."

„Mache ich. Warum ich außerdem anrufe, der Gefallen, um den du mich gebeten hast ..."

„Es war ein Tausch, kein Gefallen."

„Ja, gut, der Tausch, die Vater-Tochter-Sache, ich habe mit ihr gesprochen und mir das angesehen. Sie erhält ihren Polizeischutz, wenn sie wieder nach Wien kommt."

„Danke."

„Das ist nicht alles. Ich habe ihren Vater der Strafverfolgungsbehörde gemeldet. Was er neben allem anderen nämlich auch noch gemacht hat, war Stalking. Dieses Mal wird er nicht so glimpflich davonkommen. Darum wollte ich dich fragen, ob du aussagen wirst? Wenn es zu einer neuen Verhandlung kommt. Wovon ich ausgehe."

Edgar hatte damit gerechnet, dass sie den Fall neu aufrollen würde, wenn sie davon Kenntnis hatte. Es war gut, dass sie nicht sehen konnte, wie er zufrieden lächelte. „Natürlich."

„Sehr gut. Ich würde sagen, bis demnächst, aber ich hoffe, wir sehen uns nicht so bald."

„Carolin, eine Bitte noch ..."

„Schon wieder ein Tausch?"

„Nein. Da du im Krankenhaus bist, kannst du veranlassen, dass Julia Didier Besuch bekommt?"

„Du willst schon wieder zu ihr?"

„Nicht ich. Aber ihr Vater. Und Tanja Finke. Ich schicke dir die Nummer."

„Ich werde sehen, was ich tun kann", war ihre Antwort. Womit Edgar sich zufriedengab. Denn mittlerweile wusste er, bei Carolin hieß das „Ja".

Nachdem er aufgelegt hatte, schälte er sich aus dem Bett, griff sich seinen Morgenmantel und ging in die Küche. Sein Kühlschrank war noch immer erschreckend leer. Wenigstens hatte er Kaffee da, den er in den Siebträger füllte. Er versuchte, den Gedanken an Ralph zu verdrängen, der sich in seinen Kopf schob. Während er dabei zusah, wie die braune Flüssigkeit in die Tasse tropfte, überlegte er, was er tun konnte. Vielleicht in einen Supermarkt fahren, der mit Wochenendeinkäufern restlos überfüllt war? Nein, dafür fehlte ihm die Motivation. Er trug seine Tasse zurück zum Bett. Auf seinem Nachttisch lag ein Buch, das er schon seit Ewigkeiten lesen wollte.

Edgar schaffte drei Seiten, dann fielen ihm die Augen zu. Als er aufwachte, schien die nachmittägliche Herbstsonne durch sein Fenster und tauchte das Schlafzimmer in goldenes Licht. Er nahm sein Handy, Fernanda hatte ihm eine Nachricht geschrieben, er solle sie zurückrufen.

„Edgar, ist das wahr? Die bringen was in den Nachrichten über dich wegen der Didier-Sache."

Er schob sich im Bett hoch, griff nach seiner Tasse am Nachttisch und nahm einen Schluck des mittlerweile kalten Kaffees. „Ach so?"

„Ja, angeblich kam die Information von der Polizei, dass du bei der Aufklärung beteiligt warst. Das muss Carolin gewesen sein. Ihr Vater wird toben." Sie kicherte. „Wie geht es dir?"

„Okay. Was macht deine Tanzverletzung?"

„Es geht. Ich glaube, ich probiere es doch noch einmal. Aber vielleicht mit Tango. Der ist nicht so gefährlich. Jetzt brauch ich nur einen neuen Tanzpartner."

„Was ist mit deinem alten?" Er vermied es, Ralphs Namen zu sagen.

„Den hab ich verbraucht." Sie lachte. „Er hat gemeint, er benötigt ein paar Monate Pause vom Tanzen."

„Ich verstehe."

Das Klopfen an der Tür kam so unerwartet, dass Edgar zusammenzuckte und Kaffee auf die Bettdecke schüttete.

„Fernanda, ich ruf dich zurück.“ Er stand auf, zog den Morgenmantel enger und ging zur Tür. Vor seinem Türspion sah er das vertraute Gesicht.

„Vom Telefonieren hältst du wohl nichts“, sagte er, als er Ralph öffnete.

„Das würde ich, wenn ich wüsste, dass du abhebst.“ Den Vorwurf in seiner Stimme fand Edgar ungerechtfertigt und das zeigte er mit seinem Blick. „Carolin hat mir gesagt, was gestern los war. Ich habe mir Sorgen gemacht. Wie geht es dir?“

Edgar trat zur Seite, damit Ralph eintreten konnte. Er hatte unverändert sein Korsett um und brauchte den Stock.

„Oh, ihr habt Kontakt. Wie schön“, überging er die Frage. Ganz selbstverständlich ging Edgar ins Wohnzimmer, Ralph folgte ihm. Er würde um dieses Gespräch nicht herumkommen. Auch wenn er das gerne würde.

„Willst du einen Kaffee?“

„Ja, danke.“

„Du trinkst ihn wie früher?“ Schon als die Frage über seine Lippen kam, spürte er den Stich. „Wie früher“, das war ihm rausgerutscht. Ralph hatte es auch gemerkt. Er nickte, ein peinlich berührtes Lächeln.

Edgar ging in die Küche. Während er den Kaffee zubereitete, versuchte er diesem leisen Gefühl der Hoffnung keine Beachtung zu schenken. Ralph hatte sich auf die Couch gesetzt, er lehnte wegen des Korsetts ein bisschen schief in den Pölstern. Es sah nicht besonders bequem aus. Edgar reichte ihm seine Tasse und nahm im Couchsessel gegenüber Platz.

„Danke“, Ralph nippte am Kaffee, er sah Edgar dabei über den Rand seiner Tasse an. Er wollte sie auf dem Couchtisch abstellen, aber er konnte sich nicht nach vorne beugen. Edgar erhob sich, unterdrückte ein Stöhnen, wie es ihm in letzter Zeit öfter entfuhr, wenn er aufstehen wollte, nahm Ralph die Tasse ab.

„Ich weiß, dass du böse auf mich bist", sagte Ralph, als Edgar wieder saß. Er stritt es nicht ab, sondern nahm nur einen Schluck Kaffee. „Kann ich irgendetwas tun?"

Edgar hatte Mühe, Ralph in die Augen zu sehen. Böse. Er war nicht böse. Nein, er hatte Sehnsucht nach ihm. Als könnte er es dadurch zurückdrängen, stellte er rasch die Tasse ab und verschränkte die Arme.

„Wie war es mit deinem Sohn?", lenkte er ab.

„Anders, als ich erwartet habe."

„Aha."

„Seine Freundin hat ihn vor ein paar Monaten verlassen. Das hat er nicht verkraftet."

„Der arme Junge." Edgar meinte es nicht so sarkastisch, wie es sich anhörte.

„Seine Mutter hat mich angerufen, als ich in Rom war. Ich hatte vorher keine Ahnung, Edgar. Mein Entschluss, das Priesteramt nicht aufzugeben, stand zu dem Zeitpunkt bereits fest. Edgar ..." Ralphs warme Stimme zu hören, machte es nicht besser. „Ich habe dir bei unserem Treffen nicht von ihm erzählt, damit du nicht glaubst, er wäre der Grund. Das ist er nicht. Ich wollte alles erst ins Reine bringen."

Edgar nickte. In seiner Brust schien etwas zu zerreißen. Es wäre eine Lüge, zu sagen, dieses Mal fühlte es sich nicht so schlimm an. Vor einer Woche hatte er sich noch ein gemeinsames Leben ausgemalt mit Ralph an seiner Seite.

„Ich weiß, es ist nicht das, was du dir vorgestellt hast. Aber ich will dich nicht verlieren, Edgar. Bitte." Wie zum Beweis griff Ralph sich ans Herz.

„Warum, Ralph? Ich verstehe es nicht."

„Ich kann weder Gott noch dich aufgeben, Edgar. In Rom habe ich das gemerkt. Es zu tun, wäre eine Lüge."

„Und wie stellst du dir das vor."

„Platonisch", sagte Ralph leise und ließ die Hand sinken. „Wir waren doch schon ein Paar. Wir müssen nur lernen, Freunde zu sein."

Edgar verkniff sich jeglichen Kommentar, obwohl es ihm nicht leichtfiel. Platonisch. Ein grausameres Wort hatte er selten gehört. Und Freunde. Wie alt waren sie? Zwölf?

„Ich glaube, es ist besser, du gehst jetzt, Ralph."

Es war Ralph anzusehen, wie enttäuscht er war. „Wirst du wenigstens darüber nachdenken, Edgar?"

Edgar ließ sich zu einem halbherzigen Nicken hinreißen. Ralph drehte sich zur Seite, er versuchte, sich auf den Stock zu stützen, um aufzustehen. Sein Fuß in dem Plastikschuh rutschte ihm weg.

„Warte." Edgar stand auf, diesmal hatte er vergessen, sich das Aufstöhnen zu untersagen, aber Ralph war zu sehr mit seinem ungelenken Oberkörper beschäftigt, um es zu bemerken. Edgar beugte sich über ihn, griff ihm unter die Achseln, Ralph legte die Hände um seinen Hals. Mit einem Ruck zog Edgar ihn hoch.

„Danke", sagte Ralph, ohne Edgar loszulassen. Auch Edgars Hände lagen unverändert auf seinem Rücken.

Ihre Gesichter waren nur eine Handbreit voneinander entfernt. Es fühlte sich an, als wäre ein Magnet zwischen ihnen, der ihre Lippen zueinander zog. Ralph schien es auch zu spüren. Im selben Moment ließen sie einander los und schreckten zurück. Edgar stieß sich das Schienbein am Couchtisch.

„Ich sollte jetzt gehen", sagte Ralph, die Verwirrung in seiner Stimme war hörbar. Er sah sich suchend um, als hätte er vergessen, wo die Tür war. Beim Gehen stieß er mit dem Plastikschuh gegen den Türrahmen, doch schien es nicht zu bemerken. Edgar eilte ihm hinterher, überholte ihn, peinlich darauf bedacht, ihn nicht zu berühren. Er öffnete die Tür, sie sahen sich für den Bruchteil einer Sekunde an und wendeten beide sofort den Blick ab. Eine gleichzeitige rasch gemurmelte Verabschiedung, die keiner von ihnen verstand, aber das war auch nicht notwendig.

Kaum war Ralph draußen, schloss Edgar die Tür. Er musste sich zwingen, nicht durch den Türspion zu sehen. Sein Herz hämmerte in seiner Brust. Er blieb stehen, bis sein Atem sich beruhigt hatte. Er hob seinen Blick zur Zimmerdecke.

„Na, da hast du uns ja was Schönes eingebrockt“, kam wie von selbst über seine Lippen. Im nächsten Moment schüttelte er den Kopf. Was sollte das? Fing er jetzt an, mit Gott zu sprechen? Er musste an die frische Luft, und das schnell.

Ein rosa Zuckerwattehimmel erwartete ihn, als er aus dem Haus trat, die Dämmerung hatte eingesetzt. Es war ein prächtiger lauer Herbstabend. Er setzte sich ins Auto, ohne sein Ziel zu kennen, und landete wieder beim Burgtheater. Als hätte sein Unterbewusstsein ihn hergeführt. Von dem Tumult gestern Abend war nichts zu sehen, Besucher strömten in das Theater.

Das Tor zum Volksgarten stand offen. Edgar konnte sich gar nicht erinnern, wann er das letzte Mal hier spaziert war. Er flanierte zwischen den Rosenstöcken, die bereits für die kühlen Herbstnächte eingepackt waren, ging weiter, schlenderte dann den Ring entlang, ließ sich treiben, bis er nach dem Burggarten auf eine Traube asiatischer Touristen traf. Sie standen vor dem Goethe-Denkmal, hintereinander angestellt, als könnte man dort etwas kaufen.

Edgar blieb stehen, sah zu, wie einer nach dem anderen dem in einem Prunksessel sitzenden Dichter über die Schuhspitze rieb. Erst beim genauen Hinsehen fiel ihm auf, wie glänzend rötlich und speckig diese Stelle war, im Gegensatz zum Rest der grünlich schimmernden Statue. Der Tourguide der Gruppe neben ihm schwenkte eine Fahne, trieb alle zu mehr Eile an, zumindest hatte es den Anschein.

„Wieso reiben sie Goethe über den Schuh?“, fragte Edgar ihn.

„Glücksbringend“, sagte der Tourguide mit einem freundlichen Lächeln, bevor er die Gruppe weiterwinkte, hinein in den Burggarten.

Edgar war weder abergläubisch noch glaubte er an Gott. Er sah sich selbst als rationalen Menschen. Trotzdem konnte er nicht einfach so weggehen. Einen Moment lang blieb er stehen und zögerte. Einer inneren Stimme folgend, trat er vor, hob seine Hand und rieb leicht über das kalte Metall von Goethes Schuh.

Glücksbringend. Ein schönes Wort.

Auf dem Weg zurück zum Auto holte er sein Handy hervor.

„Edgar“, meldete sich Fernanda, „ich hab gedacht, du hast auf mich vergessen.“

„Hab ich nicht. Ich glaube, ich weiß einen Tanzpartner für deinen Tangokurs.“

„Wirklich? Wen?“

„Mich.“

Epilog

Tonis Brustkorb krampfte sich zusammen, sie konnte kaum atmen. Ihr war schlecht. Hoffentlich würde sie sich nicht jeden Moment übergeben. Ihre Hände waren feucht, ihre Achseln klebten. Nur noch ein paar Sekunden. Ihr Blut schien zu brodeln, ihr Körper bebte.

Das trübe Licht flackerte kurz auf, dann wurde es wieder dunkel. Das war ihr Zeichen.

Sie ging ein paar Schritte vor. Schloss die Augen. Im nächsten Moment wurde es dahinter gleißend hell. Sie hob ihre Hände. Als wollte sie sich vor Schlägen schützen. Dann fing sie zaghaft an zu blinzeln. Ihr Körper straffte sich.

„Immerwährende Gefangenschaft? Ihr lasst mich also nicht frei?", sagte sie im Scheinwerferlicht. Es schien in diesem Moment, als hätte sie alles andere um sich vergessen.

In ihrem ganz persönlichen Hier und Jetzt saßen keine Oma, kein Edgar und kein Kapitän neben den anderen Menschen im vollbesetzten Zuschauerraum und sahen ihr zu. Da gab es keine Schmitz, die hinten beim Lichttechniker saß, damit er alle Lichteinsätze richtig machte. Keinen Gedanken an einen Anruf, der am Montag in der Früh gekommen war und sie in die Direktion des Konservatoriums bestellt hatte, gerade als sie in Edgars Detektei eingetroffen war.

Edgar war über den Anruf aufgeregter gewesen als sie, wahrscheinlich wären es Anweisungen, dass sie nur irgendwelche Papiere unterschreiben musste. Doch die Sekretärin sagte: „Frau Lorenz, Sie haben in einer Stunde einen Termin mit Frau Professor Schmitz in der Direktion. Schaffen Sie das?"

Edgar hatte darauf bestanden, sie mit dem Auto bis vor die Eingangstür zu fahren. Er hatte sogar auf sie gewartet und saß noch immer im Auto, als sie heulend aus dem

Konservatorium gelaufen kam. Als wäre das eine Observation. Sein bekümmertes Gesicht, das sich zu einem Strahlen verwandelt hatte, als sie ihm gesagt hatte, sie könne ihm heute nicht helfen, sie hätte Probe für den Szenenabend in zwei Tagen.

Es grenzte an nichts weniger als ein Wunder, dass die Schmitz ihr eröffnet hatte, sie dürfe bleiben.

„Hat Tim etwas gesagt?“, fragte sie.

Die Schmitz hatte den Kopf geschüttelt, es hatte gewirkt, als wäre sie von der Frage beleidigt. Im nächsten Moment hatte sie Toni angeblafft, dass sie sich beeilen sollte, sie hätte Unterricht und würde nur die Zeit der Schulleiterin verschwenden. Über ihren Nebenjob hatte die Schmitz kein Wort mehr verloren. Und auch nicht über Berta Fuchs’ und Sebastian Webers Verhaftung.

Jetzt, als Toni auf der Bühne ganz in der Rolle der Johanna aufging, als wäre sie nie jemand anderes gewesen, war das alles nicht mehr da. Es gab nur noch diesen Moment.

Und dann war es plötzlich vorbei. Das Licht erlosch. Stille. Sie spürte die eilig laufenden Schritte am Boden, rechts und links die Hände, die nach ihren fassten. Das Scheinwerferlicht erstrahlte und ein Regen aus Applaus, Jubel und Bravorufen prasselte auf Toni und die Mitschüler ihres Jahrgangs ein.

Jetzt sah sie Edgar, ihre Oma und den Kapitän, die von ihren Sitzen aufgestanden waren, klatschten und „Bravo“ riefen. Toni war sich nicht sicher, ob es sich um eine optische Täuschung handelte, aber sogar die Schmitz war beim Lichtpult aufgestanden und klatschte.

Sie mussten sich wieder und wieder verbeugen. Als es vorbei war, fielen sich Toni und Lena in die Arme, dann liefen alle auseinander, zu ihren Freunden und Familien. Es war ausgemacht, dass Edgar, ihre Oma und der Kapitän auf Toni beim Griechen um die Ecke warten würden, der Tisch war schon bestellt.

„Ich komm gleich nach, ich zieh mich nur um“, sagte Toni und wurde noch einmal gedrückt.

Die Schmitz stand in Beobachtungsposition, sie versuchte das gar nicht zu verstecken. Toni hatte keine Ahnung, ob sie wusste, wer Edgar war, doch es konnte natürlich sein, denn sein Bild war durch die Presse gegangen. Worüber er sich nicht erfreut zeigte, aber es lapidar weggeschoben hatte mit der Behauptung, dass sich die Leute in einer Woche nicht mehr daran erinnern würden.

Von Tim hatte sie nichts mehr gehört. Sie wäre sich dumm vorgekommen, ihn anzurufen, nur weil die Schmitz ihre Meinung geändert hatte.

Gerade schlüpfte sie in ihre Jeans, als es leise an der Tür zur Gemeinschaftsgarderobe klopfte. Wahrscheinlich war ein Elternteil auf der Suche.

„Es ist niemand hier außer mir“, rief sie.

Die Tür wurde langsam geöffnet.

„Das trifft sich gut“, sagte Tim.

Toni war so perplex, dass sie nicht mal „Hallo“ sagen konnte. Er kam herein, schloss die Tür hinter sich.

Als wären sie Fremde, kam er auf sie zu und streckte ihr die Hand entgegen, um sie zu schütteln. Was sollte das? Ein Friedensangebot? Ein Abschied?

Sie griff danach. Tatsächlich, er schüttelte ihr die Hand.

„Hallo. Ich bin Tim Ravinger. Bis 14 habe ich gestottert und wurde gehänselt“, begann er zaghaft. „Bis dahin war ich häufig Bettnässer und ich habe auch noch heute manchmal Angst, wenn es ganz, ganz dunkel ist. Besonders in Hotelzimmern.“ Seine Gesichtszüge entspannten sich ein wenig. „Ich mag es, Züge beim Vorbeifahren zu beobachten, ich hasse Spinnen, obwohl ich weiß, dass man kein Tier hassen sollte.“ Er schluckte. „Und manchmal bekomme ich Panik, dass die Leute, die mich für ihre Filme engagieren, erkennen, dass ich oft bluffe und viele Sachen gar nicht kann. Und manchmal reagiere ich über, weil ich Angst habe, dass ich nicht mehr ich sein könnte, sondern nur noch dieser Tim Ravinger, den alle sehen." Sein Lächeln wirkte schüchtern. „Freut mich, dich kennenzulernen. Und du bist ...?"

Während der ganzen Zeit hielt er ihre Hand.

Toni schluckte. Sie fühlte sich ein wenig schwindlig.

„Toni Lorenz. Antonia." Er nickte. „Aber so nennt mich nur die Schmitz. Seit Freitag bin ich 23 Jahre alt und ich weiß, es ist Unsinn, aber ich fühle mich richtig alt." Sein Blick fühlte sich ein bisschen so an, als würde etwas in Toni schmelzen. „Meine größte Angst ist, dass irgendwann meine Oma nicht mehr da ist und es dann nur noch mich gibt", sprach sie weiter. „Ich kann sehr viel essen, ich hab ständig Hunger, aber ich koche entsetzlich. Alles, was ich zubereite, wird eine Schuhsohle." Sie wollte gar nicht weinen, aber sie konnte nichts dagegen tun, dass ihre Augen feucht wurden. „Ich hatte noch nie lange Haare, weil ich glaube, ich sehe damit aus wie ein Idiot. Und manchmal habe ich Angst, Dinge auszusprechen, weil es sich anfühlt, als würden sie dann noch wahrer werden", sagte sie leise.

Sie sahen sich in die Augen, hielten unverändert ihre Hände und wahrscheinlich hätten sie sich im nächsten Moment geküsst, wäre nicht die Tür von ein paar Mitschülern aufgerissen worden, die sich ebenfalls umziehen wollten.

„Sollen wir zum Griechen?", fragte Tim.

Anscheinend hatte er ihre Familie schon gesehen. *Ihre Familie,* stellte Toni überrascht fest. Sie hatte in Gedanken Oma, den Kapitän und Edgar *ihre Familie* genannt.

„Wieso bist du eigentlich hier?"

„Der Dreh wurde nochmal unterbrochen", grinste er. „Es wird gewartet, bis Julia Didier wieder fit ist und drehen kann."

Kurz bevor Tim und sie das Restaurant betraten, aus dessen Fenster ihre Oma ihnen zuwinkte, hielt Tim sie zurück.

„Toni, ich sollte dir noch was sagen."

„Was denn?“
„Wir müssen uns für die Zukunft etwas überlegen.“
„Was meinst du?“
„Mein Geburtstagsgeschenk ... ich wollte es dir damit schonend beibringen.“
„Was denn?“
Er fasste nach ihrer Hand und sah ihr tief in die Augen. „Ich kann auch nicht kochen.“
Toni nickte und bemühte sich, ein Grinsen zu unterdrücken. Tims Mundwinkel zuckte ebenfalls verdächtig. „Okay.“
„Glaubst du, wir kriegen das hin?“, fragte er.
Auf der gegenüberliegenden Straßenseite hörte Toni eine Gruppe Mädchen kichern. Sie hatten ihre Handys gezückt, es war eindeutig, dass sie Tim erkannt hatten.
Toni zögerte einen Moment. Dann nickte sie.
Tim zog sie an sich und gab ihr einen Kuss. Als sie das „Oh, wie süß“ der Mädchen hörten, fingen sie beide an zu lachen.
Ja, sie würden das hinkriegen. Ganz sicher.

Danke

Ein herzliches Dankeschön an die wunderbare Linda Müller – die Zusammenarbeit mit dir ist stets eine riesige Freude. Ein großes Lob geht an Ilona Mader für das aufmerksame und liebevolle Lektorat, sowie an Danijela Pavic für deinen scharfen Blick.

Ein Teil von „Falsche Masken“ spielt im Burgtheater, und ich möchte Margret Kranner für die eindrucksvolle Führung durch das Theater und die Beantwortung meiner vielen Fragen danken.

Gerlinde Pisek, danke für dein hervorragendes psychologisches Fachwissen, und wie immer gilt mein Dank Brit Haslinger.

Ein riesiges Dankeschön auch an die besten Testleserinnen. Sabine Bergmann, deine großartigen Anmerkungen sind unbezahlbar. Petra Kleinert, dein Wissen über die Schauspielbranche ist von unschätzbarem Wert. Ich habe großes Glück, euch beide in meinem Leben zu haben.

Das gilt auch für dich, Franziska Tkavc, meine Lieblings-Kriminalistin. Danke für das Lesen, Reflektieren, Brainstormen über den Tathergang und die Rettung der Ratten im Plot (weil man keine Glasscherben die Toilette runterspülen darf). Danke an Martin Herzog für die unermüdliche Beantwortung meiner Fragen in allen polizeilichen Belangen. Danke meiner Familie für eure Unterstützung und danke allen Leserinnen und Lesern, dass ihr Toni und Edgar so in euer Herz geschlossen habt.

Und schließlich, last but not least, ein riesiges Dankeschön an meinen fabelhaften Ehemann Joseph.

Stadt Wien | Kultur

Gefördert von der Stadt Wien Kultur

Auflage:
4 3 2 1
2027 2026 2025 2024

HAYMON krimi
Innsbruck-Wien
www.haymonverlag.at

ISBN 978-3-7099-8212-9

Inhaltliche Betreuung: Haymon Krimi/Linda Müller
Lektorat: Haymon Krimi/Ilona Mader/Linda Müller
Projektleitung: Haymon Krimi/Danijela Pavic
Buchinnengestaltung nach Entwürfen von himmel. Studio für Design und Kommunikation, Innsbruck/Scheffau – www.himmel.co.at
Umschlaggestaltung sowie Gestaltung der Innenseiten der Klappen: Designbüro Lübbeke Naumann Thoben
Bildmotiv auf den Innenseiten der Klappen: Frenta/Depositphotos
Umschlagabbildung: plainpicture/harry + lidy
Satz: Dörlemann Satz, Lemförde
Autorinnenfoto: Janine Guldener

Gedruckt auf umweltfreundlichem,
chlor- und säurefrei gebleichtem Papier.